大清丝商

【第一部】·上

天朗山洋

城君◎著

新世界出版社
NEW WORLD PRESS

图书在版编目（CIP）数据

大清丝商 ： 全三部 / 城君著. — 北京 ： 新世界出版社，2019.6

ISBN 978-7-5104-6742-4

Ⅰ. ①大… Ⅱ. ①城… Ⅲ. ①长篇历史小说－中国－当代 Ⅳ. ①I247.5

中国版本图书馆CIP数据核字(2019)第063235号

大清丝商 ： 全三部

作　　者：城　君
策划编辑：张铁成
责任编辑：张晓翠
责任印制：王宝根
出版发行：新世界出版社
社　　址：北京西城区百万庄大街24号（100037）
发 行 部：（010）6899 5968　（010）6899 8733（传真）
总 编 室：（010）6899 5424　（010）6832 6679（传真）
http：//www.nwp.cn
http：//www.nwp.com.cn
版 权 部：+8610 6899 6306
版权部电子信箱：nwpcd@sina.com
印　　刷：三河市金元印装有限公司
经　　销：新华书店
开　　本：880mm×1230mm　1/32
字　　数：1168千字　印张：49.5
版　　次：2019年6月第1版　2019年6月第1次印刷
书　　号：ISBN 978-7-5104-6742-4
定　　价：158.00元（全三部）

天朗山浑

目 录

墨染苍穹

目 录

故事开篇

“广客隆”东家周玉得知朝廷准备采购“七里丝”的消息，先人一步奔赴南京去找关系、找门路，意欲在神不知鬼不觉的情况下抢下这笔大生意来做。而周玉的竞争对手“德胜行”东家高尚与“兴昌隆”东家杨梓传同样在积极谋划并形成联盟联手抵制他。周玉到达南京后，找到在织造衙门做事的老友程九信，由程九信中间接洽织造白郎中，却被白郎中拒绝，就在准备回南浔时，又被程九信追回。原来是周玉的儿子周冰羽代父采购了一件礼物，这件礼物曾被周玉认为伤风败俗，叱令儿子毁掉，没想到还是被阴差阳错送到白郎中手上，正是这件礼物起到了关键作用。

南浔，周冰羽在家里支撑门面，因为经验不足与感情用事，鬼迷心窍地被人骗去两千包七里丝的上品“合罗”，从此便一病不起。在这种情况下，周家的少奶奶纯如摒弃夫妻前嫌，开始介入对行号的管理。

“德胜行”东家高尚自以为有堂哥两江总督做靠山，“兴昌隆”东家杨梓传同样找了京城里的关系，有监督这次采办的太监谭公公为自己说话，对此次的生意是信心满满。而且二人还合作共同对付“广客隆”周家，但在周家被骗后，二人均认为周家不足为虑而分道扬镳。

周玉不知家里情况，继续留在南京，没想到第一次竞标就被筛选掉，原因是蚕丝小样不合格，后来才得知是被调包，几经周折才得以再次获得竞标资格。周玉得知家里被骗，手足无措，这时车把式萧武挺身而出回到老家苏州府，向身为漕帮首领的父亲求援，并最终将生丝追回。

三家各显神通进入最后一轮争夺，但因周玉实力强，找的门路又广，最终将这笔生意揽入怀中，但麻烦却接踵而来，周家的货款在一年之后还是分文没有得到，经营陷于困境之中。在周家风雨飘摇之际，纯如勇挑重担。

第一章　南辕北辙

夜晚，树上的知了单调而聒噪的叫声，还如白天一样此起彼伏，片刻也不会停歇下来。流过古镇上运河里吱吱呀呀的划桨声，不知疲倦的孩童提着灯笼追逐嬉戏的打闹声，新婚燕尔的青年男女还在蜜月期里耳鬓厮磨的呢喃声，懒汉子好像马上要憋死过去、一会儿又平缓过来的鼾声，一切的一切都淹没在其中。

夜色乏味而深沉，大户人家里未熄的火烛，不停地跳动着，把男人女人的身影歪歪斜斜地投射在陈旧的窗棂子上。从外面看就像皮影戏里的人物，只有轮廓，看不清楚那本来的面目。

"父亲，据京城马掌柜派回来的人说，内务府与工部的人昨日已经上路了，半月之内就能到达江宁织造。"周家的大公子周冰羽恭恭敬敬地侍奉着父亲周玉喝茶，神情略带些紧张和兴奋。

"该准备的都准备好了吗？"周玉不紧不慢地拿起紫砂茶杯，慢慢地品着茶，用平和而慈祥的眼神看着儿子。

"贵州分号购的'大和烧坊'烧酒五十坛和奉天分号购的鹿

茸、野山参，赵管家都已经入了库房。广州分号购的西洋参、小自鸣钟和西女画这些西洋物件三天之内也能到了。”周冰羽如数家珍地向周玉汇报着。

这几年周玉放手让周冰羽自己去做一些事情，周冰羽乐在其中，得到了极大的锻炼，每每也从周玉的表扬和肯定中获得了几分自信。

周家这么大的家业，未来需要一个能顶天立地的男子汉去支撑和维持，并且将来还要开创一个崭新的能够大展宏图的局面。但周玉认为至少目前周冰羽还不具备这个能力，所以在一些大事情上还得自己去亲力亲为，只是让周冰羽去做一些力所能及或不太重要的事情。

“西女画是什么物件？”周玉扬起头带着疑惑的神情问道，他还是第一次听说有用这个来当礼物往外送的。

“就是西洋女人的不穿衣服的画像册子，用上等的金箔纸做画布。一大册子里有三十页，每页女人像各不相同，但个个都是身材高挑、金发碧眼、袒胸露臂的模样。这涂抹在画布上面的油料里还掺上了洋药水，男人一旦闻到这画上的味道就想那个啥。这物件就是在洋人的市面上也才是刚刚有的，我让广州分号的胡掌柜私下接触那些从事海上贩私赚钱不要命的船家，偷偷地高价购买过来的，很是稀罕的，这要是当礼物送，一定会一炮打响……”周冰羽急忙向周玉解释着，生怕漏了这画册的每一个细节。他想，就他采购的这些礼品贵、新、奇、特各个特点都具备了，一定会让父亲对他刮目相看的，至少会得到几句夸奖的。

“真是胡闹！”周玉有些生气地挥手制止了儿子再继续说

下去。

“这么有伤风化的东西怎么能拿去送人？亏你想得出来！你知道要送的人都是什么来头？工部这次派出的刘大人是三品大员，江宁织造的白大人是正五品的衔儿，就是内务府来的谭公公也是戴着从四品衔的顶戴，你说的这个东西要是送出去成什么体统？丢人现眼，让人瞧不起不说，这要是碰到个爱生事的主儿，给咱们往外一抖搂，弄不好我们父子的身家性命都要赔进去！”周玉越说越激动。

“父亲，您听我说……”虽然周玉的话听得周冰羽脊梁骨一阵发寒，但他还想再和周玉解释一番。

“说什么说，这个不许送！货到了立马要就地销毁，一件都不许留！”周玉斩钉截铁地说道。

“你还是太年轻不更事啊！你不知晓这送礼的门道，也不知道那官场上的游戏规则和一些必须遵守的规则和底线。”看着被他的话说得有些呆呆发愣的周冰羽，周玉还不忘加上这么一句看似教导又似叮咛的话。

“还有这次咱家办的事一定要严密从事，消息不能透露给任何人，包括杨家。还有，你给我准备一下，我明日去杭州。”

“您去杭州做什么？这几日要是礼物都到齐了，您不得去南京吗？”周冰羽有些不解地问。

“这个你不要多问，我自有主张。明早寅时三刻准时出发，有什么事情我会书信通知你的，你照办就是了。还有，你不要起来送我，也不要惊动任何人，明白吗？”周玉低声对周冰羽说。

“明白。只是您一人在外面，一定要多保重身体。”周冰羽嘱咐道。

“放心吧，有萧武陪着我呢。我不在家的这段日子里，你要担得起咱家这里里外外的事情来，凡事动动脑子再做决定。我说的话，你可记在心间了？”周玉认真而满怀期望地对周冰羽说。

“父亲，您放心，我也是这么大的人了，定是出不了任何差错。”周冰羽信心十足地应答了周玉的担心。

晨曦微露，雾霭缭绕，草木葱茏，一派祥和静谧的景象。

“啾，啾！”车把式萧武嘴里吆喝着，随后甩出了一声清脆鞭响。一辆马车疾驰出去，一会儿的工夫就出了城南门，这个方向正是去杭州的。

“绕着转到北门去，去南京。”车里的人低沉的声音说。脸上带着刀疤的车把式没有说话，猛地一收马的缰绳，调转了车头的方向。

车里面坐着的不是别人，正是“广客隆”的东家周玉。一位在生丝行当里摸爬滚打了一辈子的人，家资丰盈深厚不说，为人也是小心谨慎、仁义厚道。周玉此番去南京的主要目的是为了要和朝廷做一桩生意。这桩生意之大是他从来没有经历过的不说，就是这生意额外所能带来的好处，也是他之前那些生意所不能比的。如果做成这桩生意，不单是可以光耀门庭，甚至对于儿子周冰羽的前程来讲也是一件大好事，至少他自己是这么认为的。兹事体大，大有可为，他必须打起十二分的精神来去积极争取。

消息灵通准确，是一个生意人在生意场上战无不胜的先决条件和法宝，周玉想神不知鬼不觉先人一步地就把这笔生意拿下来。因为他很自信自家的实力完全够得上这个资格，如果再有贵人在一旁稍稍提携一下，那几乎就成了十拿九稳的事情了。

正常情况下，朝廷不会这样兴师动众来干涉江宁织造采办生丝事务，但此次则不同。此时是乾隆三十四年，明年就是乾隆皇帝的六十大寿，后年也就是乾隆的亲生母亲钮祜禄氏太后老佛爷的八十大寿，朝廷采购这批生丝染织刺绣成华丽的绸缎，是为了恭祝皇上和太后的万寿节用的。钮祜禄太后下的懿旨，要将这批绸缎赏给宫里嫔妃和京里京外包括蒙古、新疆、西藏的王公大臣、诰命夫人和散落在全国各地无数的贞洁烈妇。也正是基于此，这次生丝买卖的机会才显得弥足珍贵，值得让人不计血本地去争取。

周玉知道，一旦这样的消息传播开，垂涎欲滴者便会接踵而至。既然是竞争，那一定是要拼个你死我活，直到最后胜者为王。变得更加强大，是对胜者最好的褒奖。这样的褒奖让人欢呼雀跃，让人深陷其中欲罢不能，也让人不知疲倦乐在其中！

这个世界是如此的纷繁复杂、诡异多变，但从来都是公平的，在这残酷的竞争之中，一家独大，占尽天时、地利、人和这样完美的人或事还从来没有出现过，想轻轻松松如探囊取物一般就夺取和品尝胜利果实的想法，也只能是痴人说梦一厢情愿罢了。竞争中，总会有实力上平分秋色不分伯仲的强硬对手与之争锋，上演一场场惊心动魄的好戏，这或许是除了优胜劣汰之外的又一个生存法则。

马车还在疾驰。

道路坑坑洼洼，车厢在不停地颠簸，坐在里面的周玉恹恹欲睡，但前途未卜，他不断提醒着自己不能睡，要时刻保持清醒，他还有更多的事情没有理出个头绪来。或许周玉也不知道，正因为他这次南辕北辙的出行，不仅打破了以往平静的生活，还改变了很多人的命运轨迹……

“周家的掌柜一大早就出了南门，往杭州方向去了。”

“去杭州了？他去杭州干什么去了呢？再出去仔细探听一下。”

“是，东家。我一直盯着呢！”

第二章　莫名其妙

古镇是典型的江南水乡，小桥流水人家，自南向北一条叫“井河”的小河流和自西向东的京杭大运河将古镇分成了一个十字，三座古老的石拱桥穿插在井河之上，将两岸贯通。镇里的大户人家多住在井河的西岸，而市井百姓则多住在东岸。因此西岸的房价、米价、菜价过高，也是有原因的。但也正因为东岸的人多，从而自发地形成了很多集市，这其中就有规模非常庞大的生丝和绸缎市场。买卖交易非常活跃，特别是每到蚕丝入市时节，全国客商云集于此，更是一番热闹兴隆的景象。如此一来，反倒是把大户人家所盘踞的西岸衬显得冷清寂寞，甚至在那鳞次栉比的宅地之间，让人感觉到有些神神秘秘的气息。

杨家是这个镇子里数一数二的大户人家。老宅传到杨梓传这辈，已经有上百年的历史。此时在这高宅深院之间，依然看得出当年建造者为子孙后代造福的良苦用心，雕梁画栋、坚固气派依然不减当年。百年来，杨家一直以蚕丝为业，资本雄厚，陆续在各地以

“兴昌隆”为号开了二十多家商铺。

“绎如，高家前几日已派人来提亲，我和你母亲已经答应了这门亲事，待过些时日，高家请了期后，择了吉日，就给你和高尚完婚。”杨梓传膝下有二女，杨纯如和杨绎如。大女儿纯如在三年前嫁给了周家的周冰羽，小女儿绎如还未出阁，对于这个小女儿杨梓传是由衷地疼爱。

大户人家子女的名字可不是随便起的。杨家两个女儿的名字也不例外，自是有一番来历的。《论语·八佾篇》之中有一段话：“乐其可知也：始作，翕如也；从之，纯如也，皦如也，绎如也，以成。”“纯如”就是乐曲展开后美好而和谐的样子；“绎如”就是乐声连续不断，如流水绵绵流淌的样子。总之，这里面寄托了杨梓传对两个女儿的美好希望。

“啊？爹，你怎么能把我许给高家，嫁谁我也不想嫁给高尚！还有，这事我秋哥知道吗？再说，爹，我还要和秋哥帮你做好咱家丝柜上的事呢，我哪里有那闲心思出嫁呢？”绎如显然没有做好任何心理准备，情急之下，不知道说什么好。

“不要总‘秋哥、秋哥’的挂在嘴边，成什么体统？都是一家人，以后就叫哥哥。还有咱们是大家闺秀，生意上的事情和你没什么干系，不要总是有事没事地就往前面的柜上跑，让人家看了不好看。再说，你也老大不小的了，爹也要仔细准备你的婚事了！”杨梓传打断了女儿不着边际的话，故意沉下脸来说，“还有，高家虽为外来人家，但已在此地扎根多年，况且高家财大势大，高尚的本家堂哥乃是现任的两江总督。就这人家，你嫁过去还能亏待了你不成？有些人想巴结还巴结不上呢！”

“爹，高家虽有钱有势，别人愿意怎么巴结就怎么巴结，和我没有半点儿关系。高尚的为人我还是有一些了解的，他假仁假义、唯利是图，为人心狠手辣，是个为了钱财权势什么事都干得出来的人，难道您想把女儿嫁给这样的人？再说我心里早已经有意中人了，我的婚事不需要您老操心。”绎如争辩着，也在给杨梓传解释着。

“放肆，婚事乃父母之命，媒妁之言，什么时候轮到你们女儿家家的自作主张了？快把楚秋叫过来，我有事情和他商量。”

“爹，我姐姐的事您还没有教训吗？”

“什么教训不教训的，你是越来越不听话了，你是不是要气死我？赶紧给我下去。”杨梓传有些声嘶力竭地大喊着。绎如无可奈何，哭戚戚地一转身跑出了厅堂。

楚秋正在账房里仔细地看着账目，不时地问着伙计一些柜上的事情。“妹妹，你这是怎么了，眼睛怎么还红了呢？哈哈，这么大姑娘了还哭鼻子？谁欺负你了，告诉我，哥哥给你出气去！”楚秋略带戏谑而又不失关心地问。

“哼，谁敢欺负我，除了你还有谁？”绎如在楚秋面前自顾自地要起了大小姐的性子。

“我？我这哪里也没招惹你啊？”楚秋口里小声地嘟囔着，又好像在努力地回忆着什么。楚秋平时很少和别人开玩笑的，即便是和这个小妹妹，也只是偶尔不轻不重地一句两句，说完后也都马上就会恢复严肃低沉的本色。

“秋哥，以后真是要有人欺负我，你真会为我挺身而出保护我吗？”绎如仰起头一脸认真地问，长长的眼睫毛上还挂着泪珠，晶莹而透明。

“一定。”见绎如问得如此严肃认真，楚秋回答得也是非常肯定。

“秋哥，我记住了你今天说的话，你也要记住你自己今天说的话，我可是认真的。”得到楚秋如此肯定的回答，绎如破涕为笑，“差点儿忘了，爹让我给你传话，他有事情要和你商量。”说完转身便跑了出去，突然间又停了下来，回转头对楚秋喊，“记得要保护我一辈子哟！”

楚秋知道这个妹妹喜欢自己这个当哥哥的，自己当然也是十分疼爱着这个小妹妹。但绎如近两年来说出的一些不知所以然的话，有时让他感到莫名其妙。不用妹妹说，他这个当哥哥的自然要保护妹妹免受别人欺负，这是做哥哥的神圣职责和应尽的义务。但至于是不是一辈子，楚秋可不敢那样说也不敢那样答应。因为妹妹总是要嫁人的，等出了阁，自然会有另外一个男人，理所当然地承担起这个任务来。

楚秋听说父亲找他，不敢太做耽搁，连忙朝客厅走去。

父子两人见了面，楚秋坐了下来：“爹，探听的人回来了，听说周家东家身体抱恙，此番出行是往杭州探病去了。”楚秋明白杨梓传当务之急要问他什么，所以没等杨梓传开口就直接说了出来。

“我想听听你的意见。”杨梓传淡淡地说。

“我想周东家去杭州探病有些不太可能，一来周东家刚过不惑之年，一向身体硬朗，怎么突然就得了这么重的病呢？二来本地的郎中也不乏扁鹊、华佗之辈，他舍近求远地选择去杭州也是让人匪夷所思。”楚秋坐在下首边的红木圆凳上若有所思地说。

"对了，爹，这段时间你总是让我派人看着周家的动向，这里边有什么事情吗？"楚秋有些不解地问道。

"其实也没什么。不知你还记不记得周家开在京城那家分号的马掌柜，前些日子，他私下书信告诉我说，朝廷要采购一大批上等的'七里丝'，当然他也同时把这个消息告诉了他的东家周玉，毕竟这事情他是瞒不了的。所以这些日子我才让你紧紧地盯着周家，看周家会有何动作。"杨梓传带着些许神秘的口气对楚秋说。

原来是这样的情形啊！楚秋心里一紧，看来父亲知道这个事情有一段时间了，可是为什么第一时间没有告诉他呢？

"那爹您找我是……"

"我找你来是让你帮我分析一下周玉到底去了哪里？"

"如果按爹刚才的说法，我认为他应该有两种可能。"楚秋收住自己的心神，继续说道，"一种情况是确实去了杭州，但不是去探病，而是为了这桩生意去了杭州织造找人请托。如果再大胆推测一下，另外一种可能，就是周东家根本没有去杭州，而是去了南京！"

"嗯，楚秋，我认为你分析得有道理，我怎么就没有想到这一层呢？好，好！"杨梓传听了楚秋的分析很是高兴。

"周玉既然已经开始活动了，咱爷们儿也不能在这里坐以待毙。我让咱家的陈掌柜找到了庆贵妃的侄子陆通，陆通虽然只是一个军机处小小的章京，但毕竟是京官，见多识广，在京里和地方上多有交集。且太常寺少卿陆士隆就这么一个孙子，庆贵妃自然对这个侄子宠爱有加。可就是请陆通办事的成本是大了些啊，他张嘴就开价这个数……"没等话说完，杨梓传伸出了手掌，齐刷刷地伸出了五个手指头。

“五千？”楚秋也把一个巴掌伸开，再次向杨梓传认证一下他说的这个数目。他的手指如青葱一般，直挺而纤弱，仿佛不带着一丝血意。

“五万！”杨梓传有些心疼地说，“其实呢，这五万两银子也不算什么，要是成了事，也就值了。”杨梓传看着楚秋有些惊讶的神情，补充了一句，也好像是在努力说服自己。

“楚秋，你过两天亲自往京城跑一趟，从咱家的柜上取出一百两银子，送给周家的马掌柜，加深一下你们两个的私下情谊，让马掌柜近一段时间多留心周家的动向。这个人目前看来还是有利用价值的，如果他对我们死心塌地，这样我们获知周家在京城活动的内部消息就方便多了。”

“爹，您什么时候和马掌柜牵上了线，将他为我们所用的呢？”楚秋不解地问。

“这个你就不要多问了，日后我再说给你听就是了。”杨梓传拒绝了楚秋提出的问题，说完这些话后竟然显得有些疲惫，无力地挥了挥手。

“放心吧，爹，马掌柜那边，我会安排好的。”楚秋看杨梓传有些累了，马上应承下来杨梓传交办的事项，然后准备下去。

“嗯，那就好。再有，等忙完了眼前这些事，把绎如的婚事操办喽，你也该考虑考虑自己的终身大事了，毕竟二十好几的人了。”杨梓传交代完生意上的事，顺便又说了说家务事。

“绎如订亲了？是和哪家订的？”楚秋显然还不知道这件事呢。

“德胜行的东家高尚。”

“高尚？这人行吗？绎如嫁过去不得吃亏啊？”

“行，有什么不行的？再说这女孩家姻缘的事，本来就是听天由命的。”杨梓传应付了一句。

“也是。爹，我的事不急，以后慢慢再说吧。”

“楚秋，你的婚事呢，当然也由不得你自己做主，等忙完这些事情后，我就给你安排。还有，你派人去周家，把纯如接回来住几日，我想纯如了。”说完这些，杨梓传再一次朝楚秋挥了挥手，示意他想休息一下。

“是。”楚秋连忙回答，然后小心翼翼地退出了厅门。偌大的客厅里，只剩下杨梓传一人斜靠在椅子上，显得空空荡荡，冷冷清清。

第三章　各怀心事

大抵上，男人一辈子能把真话、谎话、浑话、废话、丑话、坏话、闲话、空话、大话、情话、脏话、心里话都说给一个女人听的，那这个女人定是他的婆娘了，否则换作旁人，定是会被挠死的。

半夜，清风，鸣蝉。

“等纯如回来后，有些话，我这当爹的不好问也不好说，你要多开导开导她，不能总是抑郁着，那会作病的。”杨梓传白天忙，只有到了晚上这般光景才顾得上和夫人陈氏闲聊上几句。

“当初嫁女儿的时候，你怎么不和我这般好说好商量？此时女儿日子过得不如意，你倒是想起让我来开导她了，你让我怎么开导她？”说起大女儿来，陈氏便对杨梓传生起了气，但也不敢太放肆，只是小声地在那里嘀咕。

“现在说这些话还有什么用呢？当初我不也是看周家财力丰厚，加之周冰羽是周家的独苗，饱读诗书不说，这小子将来也一定要继承周家整个家业的。纯如嫁过去做周家的大少奶奶，怎么说也会风风光光地生活一辈子，我那是为了她好啊！但谁能想到周冰羽这小子这般的狼心狗肺、不识抬举，知人知面不知心，完全出乎我的预料，要是知道此时的结局，我这当爹的怎么着也不能把女儿往火坑里推。这个账，你不能算到我的头上。”杨梓传说完这些，不知他是长叹了口气，还是因为实在是太困了打了一个哈欠，总之，好像有些不太舒服的样子，在纱灯若明若暗的映照下，面容讪讪的，有些难看。

“当初不是为了还你欠周家的风流债，谁能让纯如嫁给周家？明知道周家为什么要娶纯如，你还不是把女儿硬生生地嫁了过去……”

“够了，有完没完？大半夜的说这些风凉话，存心让人窝火是不是？”杨梓传听陈氏唠叨起过往之事非常生气，高声吼了陈氏之后，绷着脸把身子扭向了床的外侧。

陈氏见状也就不敢再出声，也自觉说得过分了，把身子往外边凑了凑，前胸靠在了杨梓传的后背上。

窗外，黑漆漆的。

纯如的事算是陈芝麻烂谷子的旧账，陈氏并不想再多说。但是杨梓传和她连个招呼都没打，就将绎如许配给了高尚，这让她实在是接受不了。虽然陈氏平时不怎么出门，但也听说过高尚这个人毁誉参半，镇上说他好的人不在少数，并且说起来那是好得不得了，诸如年轻有为、出类拔萃、秀出班行、敦厚温良等，可说他坏的人也大有人在，例如心术不正、诡计多端、爱造谣生事又两面三刀。陈氏担心将小女儿嫁给高尚，会重蹈纯如不幸福的覆辙。但杨梓传是一家之主，他固执己见做了主张，那就是最后的决定，并且亲事已经定下来了，想改弦更张也是不可能的事情了。

大女儿纯如性子敦厚、善良，虽然有一些固执，但是个善心肠的人，内心特别柔软，见不得任何人遭罪受苦。而小女儿绎如的性格却有些叛逆，做起事情来大胆泼辣、嫉恶如仇，但也灵活善变。要说两个女儿有相同之处，那就是都继承了杨梓传的清晰头脑和缜密心思。姐妹二人在很小的时候就显示出了在经商方面的一些天赋，但因为只是女儿家，所以杨梓传就没有着力培养。也为了日后让她们出阁之后能有做少奶奶的样子，因此平时也刻意不让她们参与生意上的事情。

大女儿在周家的处境算是水深火热。而绎如知道了父亲将她许配给高家，也是一百个不愿意，这强扭的瓜终究是不甜的，何况就绎如那倔强性子真若是将她强嫁高尚，还真不知道她会做出什么样的傻事来……

想到这些，陈氏把头靠在了杨梓传的后背上，手绕过杨梓传的腰抱着他。都说女人是水做的，虽然这个年龄的陈氏面容体态连风韵犹存都算不上，但她知道，她的温柔对杨梓传永远是管用的，刚才一时心中气恼，将这温柔抛在脑后真是失策。杨梓传的身子微微地动了动，但没有说话。男人很多时候都是这样，一旦赌气，都想着女人能主动来打破僵局，不知道为什么，就没了在外面行事对待外人那种胸怀和气度。

“老爷，我还是有些担心，咱们家的绎如是什么脾气秉性，你是知道的。如果将绎如强嫁高家，难保这孩子不会做出什么出格的事来。”

杨梓传听夫人如此柔声细语，态度也变得温和了许多，他转过身来对陈氏说道："别看她在家里怎样，那都是平时娇惯的，嫁了人，心性自然就改了。高家是什么门户你也不是不知道，财大势大，进了那门里，自然有享不尽的荣华富贵，你还想怎样？虽然高尚比绎如大了那么七八岁，但也算合适般配，根本就不算什么。"

陈氏轻轻发出了一个"唉"声："话是这么说，但我感觉这事还是急了些……"

"这怎么还能算急，绎如都已是十六岁的大姑娘了，放在一般人家早就嫁人了。儿大不由娘的道理我懂，但婚姻大事由不得她做主，更不能由着她的性子乱来。你没发现这一年多来，绎如对楚秋有些异样的暧昧情怀吗？我真怕在这上面闹出乱子来，和高家这么急着定亲，我要的也是防患于未然，快刀斩乱麻。"

"哦，我明白老爷的心思了，就按老爷的意思办吧。"陈氏听杨梓传如此说，好似终于听明白了杨梓传的真实想法。在绎如和楚秋的事情上，她和杨梓传的想法出奇地一致，两个人算是难得的默契。

气氛又融洽起来。

杨梓传幽幽地说："等纯如回来，你要仔细向她打听一下周家这些日子的动向，越详细越好。再叮嘱一下纯如，回去后周家有个什么风吹草动的，要她把消息及时送回来。"

陈氏听了心里有些不痛快，但还是和声细语地问道："老爷，你这是想让纯如在周家做你的内应？"

"说得这么难听干吗？不说周家是否待见她，就说这血脉，纯如到什么时候都是咱们的女儿，娘家这里的事当然也就是她的事。”

“可我担心这要是被周家人察觉了，岂不得休了她或是打死她？老爷，这事可不能让女儿做。多卖点儿丝少卖点儿丝是小事，女儿下半辈子要过的日子可是大事，何况……”

“妇人之见！”

杨梓传又一次大声地喝止了陈氏：“这次的事情哪里像你说的这么简单？这件事说大，对我杨梓传来说大过天。做上生意赚上银子是大事，尊荣体面、光宗耀祖也是大事，这次若是我真的拔了头筹，我就花银子捐个四品知府的官服穿在身上，到时候你自然也就成了知府夫人。太后老佛爷若是知道万寿节上她拿来穿的凤袍生丝是咱家供的，一高兴就是封你个诰命夫人也是可能的。这次机会实在是太难得了，这辈子或许也就只有这么一回，我必须抓住！”杨梓传这番话似乎是在对陈氏说，但也像是在自言自语。说完，长长地舒了一口气，眼神也随之变得迷离起来，脸在纱灯的映照下暗红，看上去烫烫的。

“老爷，我就不明白了，就是这生意不做，咱也照样可以拿银子去捐官，再说，你平时并不很热衷于官场之事，为何做上了这生意，老爷就改变了想法？”陈氏不解地问道。其实，她的内心里已起了波澜，“诰命夫人”这四个字是那么神秘、那么高贵，充满了无限的诱惑和无上的荣光，对于她来讲，诱惑力实在是太大了。

“这你就不懂了，什么叫契机？这就是契机！平时你捐官有什么用？那都是虚衔，什么用处也没有，就是穿上那官服也是徒徒被人在后面笑话。而这次则不同啊，把生意做下来，把事情办明白了，那可是会受到皇上奖赏的，那捐来的官自然也就能补成实缺。

我一手做官，一手经营生意，两不耽误，到时候这镇里哪一家也比不上咱家，个个都要看我杨梓传的脸色行事。”

“可那诰命夫人也是那般容易得来的吗？”

陈氏并没有得到回应。因为杨梓传已沉沉地入了梦乡，嘴角上还浮着一丝笑意。

但陈氏却再也睡不着了。

这“名利”二字，有人会嗤之以鼻，甚至不屑一提，若是提起来，也会慷慨激昂地高呼视其为粪土，可心里呢，却未必是那么一回事。到底是谁给的，有多少？

第四章　釜底抽薪

其实古镇里不是只有井河和运河两条河流，也并不只有三座石拱桥。只是它们与其他的河和桥比起来，大了一些也宽阔了一些。作用大了，也就有了名气，自然就会让人容易记起和谈起。古镇里小一点儿的河流纵横交错地超过十几条，有的或许不能称之为河，称为小溪更为贴切些。这么多条小河流在低洼处又汇聚成了大大小小的池塘。

镇的最南面有座火神庙，西面地有长生寺、大土庵、关帝庙，东面地有慈胤庵、晏公庙、圣贤殿。还有其他诸如嘉应庙、朱庙的建筑零散分布在镇里的各个角落。到了该朝拜祈福的日子，镇里的人从来不缺乏热情，都会从四面八方赶来，奔向各个大门口，所以每个神仙的居所里面香火都很旺盛。即使那些平常日子，大户人家也会时不时来进香，不分寺庙大小，生怕落下一个而受到哪路神仙的怪罪。因为不管自己是不是该进去，终归是要绕着镇子奔波上一大圈子挨个去祭拜。

值得一提的是，在镇的西南一角有一座“百善堂”。这是“德胜行”的东家高尚在前些年刚搬进这个镇子时修建的，几进几出的院落，很是气派。百善堂里住的都是高家收养的鳏寡孤独者，有些时候，在大门口还会经常发现被破烂被子包裹着的弃婴，小被子里面大多时候都有张写着诸如生辰八字、孩子姓名的字条，也还会夹上请“百善堂”善待孩子不胜感激的纸条。但也不乏从外省流离失所逃难到此的，虽然高家会对每个人的情况有所甄别，但也不会太多为难他们，照样问询之后供给白粥、咸菜，足以让这些苦难的人果腹，不至于饿死。

这样的义举，使高家人很快被镇里的人所推崇，无形之中赢得了很多美誉，高家也因此很快地在当地站稳了脚跟。看来做好事、做善事，是最能快速得到大家认可的途径，“德胜行”的东家高尚充分利用了这一点，而且在他手上发挥得淋漓尽致。毕竟，大多数人看的都是事情的表面，不会探究事情的根底。因此如果不和这个人打一打交道，他心里面到底有几根花花肠子，谁能数得清呢！

“东家，‘德胜行’的高东家来拜访您了。”杨家的李管家急匆匆地走进会客厅来禀告杨梓传。

“他来了？快请。”杨梓传正和楚秋在客厅里商量事情，听闻高尚来访也是一愣，虽然绎如和高尚定了亲事，但因为没有成婚，加之高尚总是游走于各地，因此大家平时来往并不多。

“爹，我先回避一下。”楚秋说。他不想和高尚见面。

“高尚此番来访必有蹊跷，且看看他有什么主张，你也听一听。”杨梓传说道。楚秋听杨梓传这样说，只能轻轻地点了点头。

不一会儿，高尚昂首挺胸进得会客厅来，身材虽然矮小了些，但脸上却透着精明之色。

“高东家来了，有失远迎啊。”杨梓传站起身来，但并没有按照常规辞令将“失敬”二字说出口。

“杨叔您太客气了，小侄虽忝列这丝业东家，不过您我叔侄之间已然有翁婿之实，虽然平时走动少了些，但自然还是比他人多了几分亲近。”高尚对杨梓传说完话后，又朝楚秋拱了拱手，接着说道，“秋兄也是越来越意气风发啊。”

楚秋见高尚和他打招呼，也只能站起来，向高尚拱了供手，表示了一下礼让之意，但并没有说话。

“高东家说得好啊，哈哈，既然是一家人，咱就不说两家话啦。你和周冰羽都是这地界方圆千里的丝商巨子，又都出自名门望族，有你们二位乘龙快婿入门，老夫列于业内也是自感体面尊荣。”杨梓传说的是实话，周、高两家确实都是丝业里的大户人家，和这样的人家都是姻亲，加之自己也是实力雄厚，谁敢对他不客气三分呢！

“杨叔，我前几年初来乍到之时，还不是多得您的眷顾和关照才有今日立锥之地。特别是您将爱女绎如下嫁于我这般无功无名之人，真不知是我高尚几辈子的造化呢！您老这大恩大德，我真不知道如何能报答得了啊！等成了亲之后，我一定要好好在您面前尽一份孝心，以报答您对我的知遇之恩。”高尚听了杨梓传说的话，自己的优越感陡然剧增，说话也越发畅快淋漓，面上更是多了几分气宇轩昂的神情。

此时厅里的气氛显得异常和谐和融洽，好像到处都充满了欢声笑语一般。只有楚秋呆坐在一旁，面无表情地听着父亲和高尚两人彼此之间你来我往的对话，不时摆弄一下手里的茶杯，转了又转，茶水沿着杯子的边缘轻轻地摇晃着，却没溢出半滴水来。

“哈哈，哈哈。”杨梓传高兴地大笑起来。显然，高尚的话让杨梓传十分受用，高尚今天对他的谦恭超出了自己的预料，要知道高家此时的势力在两江之间，不是简简单单哪门子大户就可以比肩的。还有高尚对他承诺的这个“孝心”二字也异常地打动了杨梓传的心，谁能没有老的时候呢？到了走不动的时候，终归是需要孩子们照顾养老的，到时候孩子孝顺，可是人一辈子不可多得的福分。

“贤侄，这次来可是有什么重要事务？”杨梓传笑完之后，终于把话题引到了正题，当然也顺着高尚对自己的称谓，顺其自然地对高尚也改了称呼。

“杨叔，如您所料，今日小侄确实有件要事欲与您相商，也是想请您老的主意，不知当讲不当讲？”高尚往前探了探身子，面带微笑地说。

“都是一家人，还有什么当讲不当讲的，尽管说吧。”

“啊，是这样，这个事嘛，这个，这个……”忽然之间，高尚说话变得吞吞吐吐起来，朝坐在一边的楚秋看了一眼，又快速地转过头来，似乎用眼神向杨梓传传递着某些信息。

“但说无妨，不碍事的，不碍事的。”杨梓传见高尚说话这般畏首畏尾的样子，猜想高尚定是要和他说一些机密的话，不想让外人听见，说完也不由自主地看了楚秋一眼。

楚秋刚才一直用手轻轻地晃着茶碗，好像要撇去里面漂浮的碎茶叶，此时见杨梓传看着自己，也就站了起来：“爹，我手头还有些事儿急着要去办，您先和高东家聊，我出去处理一下。”

说完，楚秋见杨梓传面无表情并没有挽留他的意思，也就快步地向厅门走去了。高尚则显得有些尴尬，又带着一丝不易察觉的得意起了身，说着“走好，走好”，反客为主地把楚秋送出了会客厅。他看楚秋走远了，回来时顺手把会客厅的门紧紧地关上了。

“杨叔，听我本家大哥派来的人说，朝廷派下人手来要采购五千包上等的‘七里丝’。小侄知道这件事后，感觉事体重大，就马上给您报信来了。”高尚说话的神态变得神神秘秘，屋子里的气氛也随之变得压抑起来。

“是吗？我怎么一点儿消息也没听到？”杨梓传显得十分地惊讶，继而自我解嘲道，“看来我真是上了年纪，不单眼睛不好使，消息更是一点儿也不灵通了。”

“小侄自认为这真是个天大的好事，不知杨叔是怎么想的？”高尚拿捏着问。

“贤侄啊，说来这确实是一件大好事。可这样的大生意，如我这般实力也只能是干瞪眼睛心里痒痒而已，沾不上分毫的。”杨梓传此时说起话来有些倚老卖老的味道。说完之后，竟长长地叹了口气，眼神也随之变得迷茫起来，或许他是真的老了，精神不济了。

“杨叔不骄不躁，可谓谦谦君子。可在咱这地界里，谁不知道杨家几代人于此辛勤耕耘、家业兴隆，您老叱咤丝业这么多年，广积人脉，百事百成。小侄更是沐您风雨久矣，若是杨叔不嫌弃，这件事小侄愿唯您马首是瞻，在一旁助您一臂之力。”

“呵呵，咱一家人不说两家话，你且说说这其中的具体情形。”

高尚胸有成竹地说道：“听说这五千包上等的‘七里丝’是为皇上和太后的万寿节而采办，要在一个月之内将货供得齐整。这样的大事，江宁织造定是做不了主的，所以听说朝廷会派人来全程监督采办评议。但不管怎样，小侄认为最有可能接下这笔生意的，无非就是我们杨、高、周三家，我的意思是，我们两家联手，互为犄角，把周家从这个评议里排除出去，然后将这生意平分，不知您意下如何？”

“这么做不是太好吧？你和周冰羽同为我婿，可谓肝胆相照，且杨家和周家世代相交，这么做伤了和气不说，传出去也为人所不齿啊……”杨梓传很是为难地说。

“杨叔，小侄何尝不是这么想的，只是朝廷采办生丝这件事千载难逢，过了这个村可就真没这个店了，若是真拔得了头筹，必将成为行业翘楚，旁人家只能望您项背，这可是名利双收的好事。”高尚慷慨地说完，清了清嗓子，又换了幽幽口气说道，“我听街坊间都传说纯如姐姐在周家过得不是十分畅快，常遭周冰羽的冷落和嫌弃，甚至虐待，也不知道这事是真是假……”

杨梓传听了尴尬地忙摆手说道：“那都是些没有影子的事，不可相信。圣人言‘不患人之不己知，患不知人也’，周玉不是等闲之辈，周家不是那么好对付的，你不要小瞧了他。‘广客隆’设在嘉兴的库房里就有三千多包头茧之丝，上等的‘合罗’不说，就算那‘串五’‘肥光’等二蚕、三蚕之丝也是多得数不胜数，一月之内将生丝全部送到江宁织造，也只有周家能做到。”

“杨叔，这个我已经想到了，可今日周家为富不仁、德不配位，天所不容。我有一计，计若成，周家此役必然败北无疑，甚或知难而退。”高尚将话说得铿锵有力。

周家还不至于像高尚说的这般无耻吧？这高尚要是说起谁不好

来，真是比指着鼻子骂人还难听，杨梓传在心里盘算，嘴上说道：“说来听听。”

“咱们给他来一个釜底抽薪。”高尚说这句话时，声音几乎是从嗓子眼里发出的，恶狠狠的，虽然声音很低，但杨梓传听得却很真切。

杨梓传听后心猛然间颤了一下，试探着问道：“你莫不是要……”

“杨叔，事情急迫，我们爷俩合作与否，还望您早做决断。事成之后，您六我四分成。侄儿先告辞了！”高尚说完之后朝杨梓传一拱手，然后昂首走出厅门。他知道，杨梓传一定会同意和他合作的。

第五章　荷塘月色

纯如被人接回了娘家。

纯如嫁到周家已经有三年时间了。虽然住在同一个镇子上，但两家的距离并不近，因此在这三年里，她回娘家也就两三次。因为不知从何时开始，纯如从心里不想回到这个生她、养她的家，连她自己都不知道因为什么，每次回到这个养育了她整整十五年的家里后，就会莫名地伤心上一阵子。从踏出这个门那天起，这个家在纯如的心里也就变得非常陌生了，每次回来，纯如也只是小住几天，然后就急着回了周家。

纯如在周家虽然有百般的不如意，但那毕竟是自己真正意义上的家，她是周家真正意义上的大少奶奶。在周家，有些人她不想见，可以绕着道走；有些事情不想听，可以装聋作哑。而在娘家不行，既然回来了，她就必须去面对某个人，至少低头不见抬头也是要见的。总之，世上有好多事情是说不清道不明的。

纯如回到娘家，母亲陈氏当然是最高兴的了，欢天喜地地拉着女儿的手不停地嘘寒问暖，忙不迭地吩咐丫鬟们将女儿从前住的房间打扫干净，拿出崭新的被褥来铺在床上，又吩咐人上街买酒买肉置办酒席。

“纯如，听说你家公公去杭州看病了，到底得了什么病啊？这么急慌慌地跑去杭州去求治？”陈氏和女儿在有一搭没一搭地闲聊着。

“不知道。走得急，连周冰羽好像也不知情。”纯如回答道。自从出嫁后，不知道为什么，纯如好像不再会笑了，脸上总是冷哒哒的。而从前，她的笑容是那样的甜美而妩媚，曾经打动了这镇里无数少男的心。

“噢。那么这一段时候，周冰羽有没有和你说家里有什么大事情要做？”陈氏接着问。

“没有。他什么话也不和我说，我也不问。”

“周冰羽这混账小子现在对你怎么样？”陈氏说这句话时，眼角竟然有些湿润。

“还行，他过他的，我过我的。现在我们既不打了，也不闹了，也算是彼此都安生和清静了。”纯如还是一如既往平静地说着。

陈氏宽慰纯如道：“这日子呢，你还得和冰羽往好了去过，你也不能太执拗了。其实女儿家就是那么回事，天生就不是来这世上享福的，这时光都是慢慢熬出来的，到了娘这岁数，你也就会知道了，其实夫妻之间没什么过不去的坎，彼此将就一下，也就那么点儿事，没什么大不了的。”

见纯如没有吱声，陈氏继续说道：“娘知道你心里还怨着我和你爹，但你已嫁入周家三年，既然木已成舟，你也应该自己把这个心结解开了。纯如，要说这世上只有狠心的儿女，没有狠心的爹娘。爹娘把你一手拉扯大抚养成人，不容易不说，我们的任何决定终归也都是为了儿女好。爹娘就是做错了，儿女也不至于耿耿于怀，怨上爹娘一辈子吧？”

“娘，您不用说了，我现在过得挺好的，没什么可爱的，也没什么可恨的，算是无欲无求，自然更没什么可怨的。您放心吧。”纯如平静地说。

“乖女儿，既然你能这么想，为娘也就放心了。你爹听你回来欢喜坏了，特意嘱咐厨子办好伙食，今晚要好好吃一顿团圆饭。”

陈氏抹了一把眼睛，继续说道：“还有，听你父亲说，咱家近来要做一桩大生意，一旦做成了，今后咱们杨家可就今非昔比了。只是啊，这事做起来难免要与周玉和周冰羽父子俩有些磕磕碰碰的，生意上的事为娘不懂，但也知道这生意不好做，想做好了更是难。你爹为了这个家，为了你们姐妹活得滋润辛苦了大半辈子，现在你们大了，特别像你这成家立业的，更应该知道心疼心疼他。为娘的意思是你平时在周家那边多留心着点儿，常回来把周家私下的一些盘算和举动和你爹说说。”母亲陈氏说完，用急切的目光看着女儿。

“在家从父，出嫁从夫。我既然嫁了周家，就是周家的人了。再说，周家纵使有什么秘密，也不会主动和我说，我想探听也探听不到。娘，您说的这个事我办不到。”纯如似乎知道母亲要说什么，不软不硬地回了这么一句。

“傻女儿，在那么一个大院子里，别说你这做少奶奶的，就是那丫鬟厨子对东家的举动都是一目了然，有些事你不知道，你多问问他们，不管有没有你爹这回事，在周家的院子里你得有自己的耳目才行。纯如，你嫁不嫁人，都是爹娘的心头肉，不是我诅咒他周家，万一哪一天他周家败落了，爹娘这里还不是你永远有依有靠的地方？”

纯如没有说话，走到窗前，长长地叹了口气。

这个季节的雨总是来得急，下得骤。

恼人的知了立时没了声响。

在杨家后花园的“心逸亭”里，纯如和楚秋肩并肩地站着。那瓢泼的雨水在亭子顶上汇聚，又顺着檐子跌落下来，形成一道密实的水帘，溅到地上又升腾起朦胧的水雾萦绕在眼前。

“周冰羽对你还好吗？”楚秋首先打破了彼此间的沉默。

“父亲还没有给你订亲事？”纯如反问道。

“前些日子父亲还和我提起过这件事，可我不想。我这样一个人过得挺好的。等帮父亲忙完了眼前的大事，我想出去走一走，或许看中了哪个地方，就在那里孤独终老也是有可能的。”

“秋哥，你这是在选择逃避吗？父母年龄越来越大了，他们以后需要你的照顾，你怎么能走呢？”

楚秋以沉默作答。

二人都目不转睛地看着池塘里的荷花。

“秋哥，你还记得当年我们俩在这里玩耍，我不小心掉进了这池塘里面……”纯如幽幽地说。

楚秋微微一动：“那年我十二岁，你八岁，你不小心掉进了这里的池塘，是我把你救上来的，当时你受了惊吓，也把我吓坏了，最后都挨了爹的骂……这么多年过去了，难得你还记着。”

“那时候，我就想着，我欠秋哥一条命，我要用我的一切来报答你。可秋哥你知道这些年你欠我什么吗？”纯如转过头来，面对着楚秋说。

楚秋不敢正视纯如，默默地低下了头。

“爹娘不顾我的意愿，将我强嫁与周家，这三年来我的苦，没人知晓。我痛过，也怨过，也曾试图去抹灭这些痛和怨，不再去触碰……”纯如喏喏地说着，眼泪夺眶而出。

“纯如，当年，要是我在爹娘面前再坚强一点儿，再勇敢一点儿，也不至于让你嫁到周家去遭罪。可是，爹出了那事，要你去顶过，我也是没有一点儿办法。作为一个养子，虽然爹娘待我不薄，但我毕竟是一个逃荒人家的弃子，这个身份永远也改变不了……我若是将你带走私奔，这一辈子我都会怀着对爹娘的亏欠和愧疚度日，也感觉对不起你。”楚秋似乎在为自己辩解着，但声音低得连自己都听不见。这是他多年深深埋藏在心底的知心话，今天能当着纯如的面把苦水吐出来，也感觉轻松了许多。

雨，不知不觉间停了下来，那密布的阴云也知趣地四散开去。一轮圆月挂在当空，银色的月光洒向大地，把荷塘里的荷叶映得翠绿欲滴，如出水芙蓉般，水佩风裳，清香袭人……

楚秋默默地离开了，背影如同一只受伤的公牛，又好似一个醉汉，打着趔趄走在青石铺的小径之上，左一下，右一下，好像迷了方向。

亭子里，纯如立在那里，一动不动，如同那池塘里的一枝莲，亭亭玉立。

夜色渐渐深了下来，母亲陈氏和妹妹绎如提着灯笼来寻她。

“难道你回家就是为了要看这池塘里的荷花？如果真是这样，我想你大可不必回来了，在周家的园子里种上一些不就行了。”绎如冷冷地说。

第六章　一家之主

周玉不在，周冰羽暂时成了周家宅里的一家之主。

话说这周冰羽是在周玉的精心培养和严格管教之下成长起来的。周冰羽小时候如果稍顽皮一点儿或学业上比别人差一点儿，轻则招来父亲的一顿训斥责骂，重则会惹来周玉没头没脑地用三尺长的皮带在他身上抽打，甚至被关在院子西南角的一处僻静的小黑屋里罚跪、面壁也是常有的事。对于那间那小黑屋，小小的冰羽有着梦魇一般的记忆，他感觉自已被扔进了充满了妖魔鬼怪的房间，任凭他怎么哭泣，怎么捶打那扇黑屋的门都无济于事，只有等父亲消了气，他才能出得去。如此下来，周冰羽不敢再犯任何错误，他害怕再进那黑屋子里面去，那里面有他难以磨灭的恐怖记忆。

周冰羽多次参加湖州府组织的“童试”考试，虽然看似非常容易就能得来的秀才身份却每每都和他擦肩而过，好似天生无缘一般，以致现在还没有取得一点儿功名在身，还只是个童生。不是秀才也就不能参加乡试，这与父亲对他的期望相差太远了。说来也真奇怪了，在平时，周冰羽的四书五经背得滚瓜烂熟、出口成章，但是一到考场作起八股文章来，不是破题不足就是承题不深或是起讲不精，总之最后都是名落孙山的结局。在考取功名的这条道路上，不用别人说，就是周冰羽自己也觉得非常地坎坷和无奈，就在他参加最近一次的考试后，因为榜上再次无名，失望至极，还曾短暂性地犯了失心病。这样的情形也把周玉吓得不轻，周家就这么一个独苗，如果周冰羽一旦有个一差二错，那还得了？从那以后，周玉索性也就不再强迫周冰羽读书赶考了，但在他有生之年能亲眼看见儿子取上功名、显耀乡里这样的念想在周玉的脑海里还从来没有断过——周冰羽还很年轻，范进还不是在五十四岁那年才中了举人嘛。

其实周冰羽知道，自己并不愚笨，而且还时常为自己的聪明智慧而感到骄傲，但为什么一到考场就犯迷糊，取不上好名次，自己也说不清楚。随着时间的推移，他也慢慢接受了这样的现实，也许一切都是天意，造物弄人吧。或许，他天生就是一块做生意的料，毕竟老天给了他这么一大摊子家业需要继承和打理呢！

父亲不在家，一切事务都落在了自己的身上，虽然非常忙碌，但他体会到了真正自由、快乐的感觉。周冰羽知道，只有这时，才是他大显身手的时候，才能让别人看到他读这么多年诗书是没有白读的。其实他也真的闲不下来，周家的家业实在是太大了，里里外外的巨细事务真要是打理下来，相当繁杂沉重。当然，他也因为乐在其中，所以不知疲倦，他需要在不断忙忙碌碌中与不断向掌柜们和伙计的发号施令中证明些什么。他喜欢看着手下人和外地回来的掌柜们请示完他的主张后，带着他周冰羽的意志和章程走出宅门的样子，这些人个个好像都是刚刚从神仙那里求得了锦囊妙计般，这让周冰羽由里往外获得了一种莫大的优越感和满足感。很多时候，他也把自己想象成说书人嘴里的八府巡按大人，在街头被有冤情的妇人拦下来，哭天抹泪地请求他给百姓主持公道，而他则是快意恩仇，立马给予平冤解恨，妇人则对他千恩万谢一番满意而去。不得不说，周冰羽太需要别人对他的努力和才智给予足够的肯定了，他需要掌声、欢呼声和鲜花。而这一切，只要有父亲在，他连想都不敢想。

“少东家，安徽的王掌柜回来了，有事要求见您。”赵管家毕恭毕敬地向周冰羽说。

“赵管家，快让人进来啊。在外面办事的人辛苦，以后这些外埠掌柜的回来了不用通禀，直接进来说话就好。”周冰羽满脸笑容，态度上甚是和蔼可亲，但也不忘了补充一句，“父亲不在家，我主事的时候就这么样办。”

“是，少东家。”赵管家看着眼前这位少东家，虽然是一副温文尔雅的样子，但却不敢造次。他清楚，不知道什么时候一个不留神惹恼了这位少东家，周冰羽可就会翻脸不认人的。

“王掌柜，几时回来的啊？怎么又清减了些？是不是为了账房上多节省几文，苦了胃肠？”周冰羽迎上去，扳着王掌柜的肩头嘘寒问暖。

“刚刚到的。多谢少东家挂怀，老朽身体还算硬朗。哈哈。”王掌柜也着实被周冰羽的问候感动了。他是周家的老人，也是看着周冰羽长大的。从小伙计做起，用了二十年的时间，才被周冰羽的父亲派到安徽分号做了掌柜。

“少东家，这次我回来，是有件事情我做不了主，特来请你主张的。”

“什么样的大事，还让王掌柜做不了章程的？你是周家的老人，还有什么信不着您的大事？”周冰羽的书确实没有白读，他高兴起来，对谁都是那么客气，说起话来，也是让人无比地舒服和中听。

“少东家，是这样，前几日，前边柜台上来了个年轻的妇人，说是要买两千包七里丝的上品‘合罗’，价钱给得也是出奇地好，连运到安徽的运费都给得足够……”王掌柜急急地说着，仿佛怕漏掉每一个微小的细节。

“能有这么大的买卖找上门来，这是好事啊！这难道还有什么难办的吗？王掌柜自作主张就是了。”周冰羽一拍大腿，几乎从座椅上跳了起来，但停了一下，他又若有所思地对王掌柜说，“货款怎么个支付法？”

“这好像是个非常有能量的大买家，她是这么说的，先给付三成作为定金。之后等咱们把货给她送到了安徽的织染坊时，在车上再次清点好数量，立马给余下的银票。可就是她要货要得急啊，她要求三日之内必须要把货物装上车拉走。”王掌柜回答道。

“嗯，这交易还算合理。但王叔你有什么可担心犹豫的呢？”周冰羽一脸不解地问着王掌柜。

“我是想，这上等的七里丝历来是宫中织物的主要来源，苏州织造、江宁织造、杭州织造，这三大织造历来是最大的买家。这么一个女子买这么多的数量，她要干什么呢？难道是自己要缫丝、染整、织绣做成绸缎？可那成本太高了，普通老百姓买不起不说，就是一般官宦人家也舍不得买啊，她卖给谁啊？除非是要转手再将生丝卖出去，难道说她自己要织染只是个噱头？可是即使她有能力再卖出织造，但到了她手上的这些丝，她也几乎无利了啊。所以啊，我想这里面能不能有什么猫腻和闪失？再有就是她要货要得急，我不知道咱家大库里一时半会能不能给她凑得上？所以特意回来和老东家商量商量。老东家不在家，这事就必须和你说了。”王掌柜几乎是一口气说出了自己心中的疑虑，说完后好像卸了一副重重的担子，看着周冰羽，等着周冰羽说话。

“这个，这个……王掌柜，你说得有道理，我想这个女人一定是个不一般的人物，一定有什么来头才对，可只要我们小心谨慎一些，应该没什么麻烦的。俗话说得好，‘富贵险中求’，这可是一桩上好的大买卖。库存上你不用担心，别说三日之内给她备足两千包，就是给她备足三千包，咱家也是有的。”周冰羽认为王掌柜分析得有些道理，同时也对自家有这样强大的实力感到自豪。

“我和这个妇人说了，这件事我做不了主，得要东家的主意。她说事急等不及回信，就和我一同来了。因是妇人，有诸多不便，我将她安置在了咱府外不远的‘福来’客栈。要不这样，少东家您见见她，再作章程？”

“好，我想见见她谈上一谈，那就等我明天见完她之后再作打算吧。王掌柜，你也好好休息一下。”周冰羽用一手指掰着另一手手指的关节，发出了“咔”“咔”的响声。

“好的，少东家，我听你的吩咐就是了。”说罢，王掌柜退了出去。

周冰羽感觉自父亲走后，他把家里外头的事情处理得井井有条，甚至私下认为比父亲做得还要好。这种美好的情绪，又加上父亲不在家，少了父亲的很多说教，自然无形之中就又多了那么几分的意气风发，特别是安徽的王掌柜回来了，还给他带来这么一桩好消息，真如锦上添花，岂不美哉！

晚上，周冰羽出了周宅，独自一人来到了镇里的酒肆小酌一番，如此，或许更能衬托他这几日来的美好心情！

第七章　妩媚佳人

镇里的酒楼、茶馆大多临井河和运河的两岸而建，鳞次栉比，延绵数里。一到夜晚，灯火辉煌，人声攒动。

客商们南腔北调的猜酒行令、嬉笑怒骂声，吴侬细语、抚琴浅吟低唱声，谦谦君子附庸风雅而吟诗作赋声，小商小贩们得益于人流汇海，五行八作各类的叫卖声，此起彼伏，即便知了的叫声，也被淹没其中。

这里不是秦淮河，却也不比秦淮河差到哪里去。

周冰羽挑了个离家较近、档次非常高的酒楼，颇有兴致地拣了个临窗的位置坐了下来。周围好几桌子的客人，各自夹菜劝酒忙得不亦乐乎，这些人他一个都不认识，当然他们也不认识他。

尽管周冰羽早已成家立业，不过周玉对他的管教仍旧严格，酒肆茶楼这种地方，周冰羽只有应酬的时候才得进来，却终不得放肆自由。所以虽为镇里的大户少爷，但周冰羽不是这里的常客，因此连这家酒肆的小二也不认得他，这样一来，周冰羽独自一人倒显得有些冷落寂寥。

“公子，请问您要用点什么？”小二满面堆笑，连跑带颠地跑过来，忙不迭地问。

“都有什么？”周冰羽高傲地以问作答。

“公子，要说起我们这里的菜来，那这可叫一个多了，我也没法给您报全啊！咱这里好吃的多得是啊，烂糊鳝丝、太湖炝白虾、一品酱牛肉、板羊肉、花鲢头滚豆腐、雨后地滑苔、绣花锦菜、雪梨鸡丝……”店小二如数家珍，喋喋不休地报着菜名，脸上自然带着十二分的得意神情。

“好了，就这些吧。”周冰羽一边饶有兴致地看着外面的景致，一边听小二报着菜名，感觉差不多了，这时候才转过头来对小二说。

“那您到底是要点儿什么啊？”店小二微微有点儿不高兴了，这位公子让我报菜名，莫不是在逗着我玩呢？

“一样各上一份。”周冰羽并没有太理会店小二。

“啊？！这么多啊？听您是本地口音，就您一位能吃得了吗？”店小二有点儿迷糊，再说这一大桌子菜那都是名菜，菜价甚高。

“不要废话。”周冰羽从怀里拿出五两银子，往桌子上一放。之后又补充了一句，“外加三壶上好的‘程林酒’。”

碰到这么个主顾，小二不敢再多说话，谁能和这白花花的银子较劲呢。连忙拿起银子，脸上带着小野花儿一样绽开的笑容，屁颠屁颠地跑向了后厨。

过了一会儿，菜品陆续地被端了上来，满满的一大桌子，周冰羽自斟自饮，喝得十分欢快。此时，他需要这上等的程林酒，来把这些时日的兴奋劲儿再提高个高度，他想找到飘飘欲仙的感觉，虽然他并不是很胜酒力。

沉浸在朦胧的酒意之间，周冰羽忽然抬头时，只见一少妇不知什么时候坐在他斜对面的桌子旁独饮。桌子上的饭菜不多，都是素菜，但一坛陈年女儿红分外显眼。仔细打量上下，此女约有三十二三岁的模样。上身着镶有黑边的无领翡绿色小袖衣，襟前挂着一串长短合适的香牌。下身着一身碎花的宝蓝色绣花的长裙，脚上穿着一双红红的薄底弓鞋。一头长发随便披散在脸颊两侧。这少妇不时用手轻轻地抬扶一下垂下的发鬓，然后又重新摆弄放在耳侧，不紧不慢地在酌着酒，顾盼流离间尽显得一份雍容华贵。

少妇似乎看见了周冰羽在打量她，遂朝周冰羽嫣然一笑，这一笑似满面桃花自带着三分的妩媚妖娆。只见她端起酒杯，在半空中朝周冰羽晃了几晃，然后不急不缓地喝了下去。周冰羽连忙收眼，不再敢如刚才那样大方去打量，可是在耳热脸红心跳之际，不知不觉地也端起杯子朝向那名少妇，然后把杯子里的酒一饮而尽。

周冰羽本想站起身来大着胆子过去和那女子坐在一桌喝上两杯，但此时身体却好似灌了铅似的动弹不得。再看时，少妇又朝他晃了晃酒杯，再次将美酒酣畅淋漓入口，一饮而尽。而后又拿起酒篓晃了一晃，好像在告诉周冰羽说，她的酒已经没有了，轻轻地蹙了蹙眉，朝周冰羽不好意思地嫣然一笑，忽然间起身离席飘然而去，再仔细看时，那女子已是不知去向。

周冰羽恍然间如做了一场春梦，梦醒了，想追已然来不及了。

蹒跚摸索着回到了家，沐浴之后，周冰羽躺在了床上，酒醒了大半，却怎么着也不能入睡，一幕幕往事瞬间涌上了心头。

周冰羽的父亲周玉和纯如的父亲杨梓传，两人从小一起长大，并在周玉十五岁那年一个头磕在了地上，八拜结交为兄弟。周玉年长为兄，杨梓传为弟，立誓有福同享，有难同当。这样一来二人的来往更是殷勤，酒则同席，卧则同榻。后来，周玉娶妻姜氏完婚、生子，两兄弟闲暇之余，还是经常在一起讨论琴棋书画、诗书礼乐，生意上的事情更是互相商量、互不设防、不分彼此，没什么秘密可言。两家的和和气气密切来往，让旁人好不羡慕。

一日，杨梓传如周玉之约来到周家喝酒，席间四五人均是酒中的花魁。就在大家几番推杯换盏之间，杨梓传已是酒意渐浓，如厕之意涌上小腹，忙不迭和各位告假，大家哈哈大笑之后也就随他方便去了。

此时正值盛夏，酷暑难耐，当杨梓传如厕回走之时已是大汗淋漓。走到半路，忽然间听见周家耳房里有“哗啦啦”的洗澡之声。杨梓传正待疾走，忽地又转过身来，男人与生俱来的好奇心加之美酒涨腹促使他走到门前，从门缝单眼调线费力地往里面瞧。

里面洗澡的恰是周玉的夫人姜氏，此刻姜氏正站在木桶里，一边用手往身上撩着水，一边闭着眼睛享受着这澡水带给她的惬意清凉。因两家走动熟络，杨梓传能经常见到姜氏，每每见到，也是一口一个“嫂子”的叫得勤快，只是那时见面之时，杨梓传与姜氏都是于厅堂之上，大家自然都是衣冠楚楚，杨梓传哪曾见得过姜氏美人出浴之姿容呢！

姜氏虽生过了孩子，但年龄也就在二十七八，虽然已稍有膏腴之态，但体态依然匀称……

看着眼前的画面杨梓传已然入了神，不停地将唾沫下咽到肚子里边，但还是忍不住有些口干舌燥之感，贪婪之态不可名状。就在他忘乎所以之时，自己不经意间将房门碰了开来。姜氏洗得正认真仔细，加之正是去燥解暑、舒服清爽之间，并没有注意到门外有人偷窥，猛然间听见开门声响，再看时，杨梓传已猝不及防地趴跄在门槛上。姜氏自然惊慌失措，没来得及看清来人的面目，只顾着一边忙着穿衣，一边忙着惊恐尖叫。

而此时的杨梓传猛然间醍醐灌顶、酒意全无，连忙站起来说："嫂夫人，误会啊，误会啊！"慌乱中急急地向外跑去，与此同时，迎面正是听见求救声而来的周玉和其他的几位宾客。杨梓传自然已是无路可走。

周玉将已穿好衣服的姜氏拉到一旁，问个清楚明白后勃然大怒。杨梓传自知理亏，想解释却也无力，耷拉着脑袋默不作声。周玉来到杨梓传面前抡起巴掌左右开弓照脸就打，嘴上骂声不绝于耳，杨梓传只能抱头蹲坐在地上。

其他宾客见状，有的指责杨梓传太不地道，"朋友妻不可欺"，有的则在拉扯周玉让他息怒，劝解此时"家丑不可外扬"。其中有一宾客慨然说道："梓传今日丑事，传出去他将身败名裂永无翻身复世之日，但嫂夫人名节亦如玉碎不得保全。奈何梓传今日做事太甚，必须赔罪于周东家。"其他人也认为此人说得有道理。周玉冷静了一下脑子，也就不再挣扯着去打杨梓传。

另一宾客道："是啊，梓传今日也是酒后无德、丧心病狂，以致犯下如此龌龊蠢事。但念及过往兄弟情分也就算了吧。可常言道'死罪可恕，活罪难逃'，不如这样，杨家有女周家有儿，做个儿女亲家如何？冤家宜解不宜结，既然事情已经出了，梓传现在也没什么其他好办法可以弥补得了他的过错了。”

“这个主意不错，好！好！”大家附和着。周玉度量再三，无他良策，知道就是打死杨梓传也于事无补。听着众人的劝说，分明是让杨梓传嫁女于周家来弥补他犯的过错，想着姜氏受辱经历，周玉也就愤然同意了。

杨梓传如蒙大赦，哪敢有半句不可，头如捣蒜般同意之后，如丧家之犬夺路而逃。

过了一些时日，杨梓传如约将大女儿纯如嫁到了周家。但杨梓传并没有风风光光地将女儿嫁出去，一来是纯如百般地不愿意这门婚事，只是杨梓传强逼着没有办法；二来这毕竟不是什么光彩的事，要是让外人知道了此事的内情，他杨梓传从此真的也就无法做人了。周家也是为了保存姜氏的名声，和杨梓传的想法不谋而合。所以纯如和周冰羽的婚事两家都没有大张旗鼓地去操办，婚礼仪式一切从简，简简单单地就成了事。外人不知内情，都称道周、杨两家有古人之风，不铺张奢靡值得称道。

杨梓传虽知有错于周家，但周家强逼嫁女也实在让他愤恨不已，自忖若有雪耻之日，必连本带利要周家偿还。因此，嫁女之后，他竟是大病一场，内羞外愧，差一点儿死去。自此，周杨两家虽有亲家之实，可情感只是骷髅本色，大有水火不容、老死不相往来之势。世上没有不透风的墙，这件事市井间多有流传，但当事人都三缄其口，大家也寻不出个由来，慢慢地这事也就逐渐被人忘了。

话说大婚之夜，周冰羽见纯如姿容俏丽，丰神绰约，珠圆玉润，早已是意乱神迷，但奈何他如何卖力也没有见到纯如半点儿配合的样子。筋疲力尽下来，却没有品味到那般神仙般的快意滋味，这让周冰羽大失所望，也是恼火至极，直到天明才睡着。再之后，纯如就是像一个融化不开的冰石头，每日面若冰霜，拒周冰羽于千里之外。慢慢地，这样的时候多了，周冰羽对夫妻间的亲密也就没了兴致，并渐渐对纯如起了憎恶怨恨之意。每遇到烦心事，周冰羽便将火气撒在纯如身上，不是冷嘲热讽，就是怒骂嫌弃，甚至几次饮了酒之后还狠狠地掐了纯如。周冰羽是饱读诗书之人，要的是斯文，他知道纯如这样的伤外人是看不到的，没人知道就辱没不了他的清高人品。再后来，夫妻间如同路人，彼此不闻不问，但到了有场合的时候，纯如还必须扮演周家大少奶奶的角色，毕竟周家是大户人家，需要家和人兴的体面去支撑。周玉也大概知道小两口的实际情形，但他也懒得去过问，所以周冰羽和纯如就这样一直持续着尴尬的局面。

此时的周冰羽情不自禁地又想起刚才在酒楼里见到的那个少妇，那女人的一笑一颦，举手投足之间的风韵始终萦绕在他的心头挥之不去。特别是那女人和他隔空对饮、眉目传情的大方妩媚之态，更是如同烙铁放在了他的小腹之上一样，滚烫的皮肉随之紧缩，无比熨帖舒畅。他真的无比后悔，后悔没有过去搭讪一下，让这样一个女子就在自己彷徨犹豫间走过去了，真是恨自己不争气。

周冰羽就这样恍恍惚惚地度过了大半晚上，直到天色渐亮，才迷迷糊糊地睡了一小觉。早上起床洗漱过后，已是日上三竿了。到了会客厅，长长地伸了个懒腰。可刚刚坐定，那少妇美丽妖娆的身姿立时又浮现在了脑海之中。他想着，不由得摇摇头，苦笑了一声。

第八章　风生水起

“少东家，少东家，您起来了？王掌柜领着一个妇人在外堂里已等候您多时了，他告诉我说您要是起来了，就让我赶紧通禀他一声，他们要见您。”赵管家小跑到厅里，对着周冰羽说到。

“好吧，快请进来吧。我昨天不是说过了嘛，我当家做主这段日子，掌柜这一级别的一概不用通禀，直接领进来说话就是。”周冰羽长长地打了个哈欠，整了整衣袖，端正地坐在会客厅的椅子上。

说话之间，只见王掌柜领着一个少妇从外堂走了进来，一边走着，少妇一边不时地发出对周宅的阔气壮观由衷的赞叹之声。她的声音时而低吟婉转，时而又如百灵鸟唱歌的声音一样清脆悦耳。周家的院子里要是总站着这样一个女人说话，梧桐树上不引来凤凰才怪呢！

待王掌柜和那少妇进得厅来，周冰羽不由得吓了一跳，连忙站了起来，喏喏地说：“怎么是你？”

那少妇明显也是没有任何准备，脱口而出说：“怎么是你？”

两个人的话几乎同时说出口，说得王掌柜一脸茫然，他奇怪这两人是什么时候认识的呢？看来还挺熟络的，好像是老相识一般。但王掌柜毕竟江湖历练多年，马上镇定了下来，互相介绍说：“这就是我们的少东家，老东家不在，现在是我们少东家主事。少东家，这位就是我昨天和您提起的安徽客户华春娇东家。”

听到王掌柜的介绍，周冰羽和华春娇这时候才回过神来，两个人都对自己刚才的失态，感觉有些不好意思。周冰羽首先拱手施礼，朗声说道：“不知华东家驾到，有失远迎啊，恕罪，恕罪！”面对大老远地从安徽来的大客户，而且还是个漂亮大方的美人，周冰羽自然要显示出自己饱读诗书的素养来，也要展示出周家人对客户的尊重和热情。

华春娇则忙屈下膝来，两手相环，仪态万千地给周冰羽道了声万福。在道福施礼之际，华春娇那低低的略显宽大的领口处，饱满坚挺的双峰都堆积在那里，领口也鼓胀起来，在起身之后，又变成一道夺人心魄的沟壑将两座山峰分在两处。一张一弛间，周冰羽眼前已是春光无限。华春娇虽然不似昨夜在酒楼里打扮得那般潇洒、飘逸、端庄，可是今天却多了几分俏丽和成熟女人的魅惑妖娆。

宾主落座后，周冰羽的大脑一片空白，面对这样一个俏丽女子，竟然不知道自己该说些什么才好。好像自己一侧的肋骨刚被人重重地捶了一拳，身子有些坐不直，不自觉地倾向了华春娇坐的那一边，显得有些手足无措，非常窘迫。

“咯咯，”华春娇掩口而笑，用她那甜美的笑声打破了这片刻的尴尬气氛，落落大方，没有丝毫的矫揉造作之态，锆石般的牙齿整齐地在她修长的指缝之间露了出来，“少东家，看来我们真是有缘啊！”

“是啊，是啊。华东家，我们是有缘，这缘分现在看来还真是不浅呢！哈哈。”周冰羽听华春娇一开腔就这么落落大方，没有一点儿女人的扭捏，自然也就不再感觉到那么局促不安了。

“和王掌柜刚来时，我还在想，这周家的少东家，能够让周老东家肯放心地让他支撑着这么大个家业，这个人一定是个老气横秋的中年汉子，哪成想原来是这般风流倜傥、英俊潇洒，是有大家风范的公子哥啊！”华春娇带着异常的欣喜和崇拜的眼神望着周冰羽说。

“哪里，哪里！华东家不也是长袖善舞，行走于江湖间的巾帼英雄嘛！像你这般在生意场上能如鱼得水、游刃有余的女子实在是少之又少的。我还听王掌柜说，华东家家资丰厚，生意买卖做得风生水起，实在是令周冰羽佩服至极！哈哈，哈哈。”

华春娇刚才说的话语中，既带着对周冰羽的几分戏谑，又带着几分实捧，大方得体，分寸拿捏得正是火候，说得周冰羽心花怒放，喜不自胜。

“我和少东家您比，哪里能称之为什么东家啊？我那只不过是一个小小的织染坊，是我们这种小门小户养家糊口的一个营生而已。无奈父母过世得早，我和哥哥相依为命，靠着个祖上传下来的织染坊过活。也是祖上积德，苍天开眼，这不，广州那边的本家堂哥在‘牙行’里做事，派人捎过信来说英吉利人要采购一大批上等的丝绸，价钱还算公道，付了我三成的订金。他们等着我置办的生丝到了，派人来验货入库，就把余下的款项都给付了，只是对方担心我没料干活，把他们的买卖给耽搁了，因此对方派人来到我的织染坊，监工织、染的过程以保证成品的质量。而对方只给了我一个月的加工期限，少东家，真是急死个人，可惜了儿，王掌柜还做不了这个主，这不，他才带着我急慌慌地来找您寻章程了。”华春娇说着说着好像触动了心里的苦情，翻滚着的泪花在眼眶里不停地打转转。发觉自己的失态，华春娇忙从怀里取出香帕轻轻地去拭泪，而在取帕的瞬间一不小心露出了里面贴身的红兜兜。不知是帕香还是体香，或两者兼而有之，一股脑儿地朝周冰羽扑鼻而来，直接沁入周冰羽的心脾之中。

周冰羽连忙把痴痴的眼神收了回来，强行定了定心神。此时华春娇明眸流转，半嗔半怪地看了周冰羽一眼，脸上微微一红，带着千娇百媚般的羞涩。如此神态更加令周冰羽意乱神迷，想入非非。

在一旁的王掌柜听着二人的谈话就像一头雾水，时而糊里糊涂，甚是惊奇，时而随着华春娇的叙述百感交集，唏嘘慨叹。华春娇是他的客户，她和少东家这么谈得来，这是他乐于见到的。他从心底也想做成这笔大生意，从个人角度讲，这笔生意对他可名利双收；对公来讲，也是对周玉培养他这么多年，对老东家的知遇之恩的报答。

“华东家真是谦虚得过了头儿，你能有这么大的生意找上门来，纵使你本家哥哥从中调度，那也不是哪门子小户就敢随随便便接纳的，想来华东家必定是安徽地界织染的一方诸侯。如此看来，这应该是华东家命里该有的财气富贵。这么一件天大的好事，怎么又被华东家说得这般不堪和凄凉？再说，我卖丝、你买丝的生意，本来就是我们两方都得利的好事，不是谁在求谁的事儿，你这做好了，我也才有利可图不是？”周冰羽不知是在有意地劝慰着春娇，还是在努力地说服自己。

“那么说少东家是同意我们之间的这桩交易了？”华春娇破涕为笑，这样的神态是那样的温柔可人，是那样的真诚感激。眼神中带着无限的期盼，直视着周冰羽，夺人心魄。

“我看这样，毕竟事体重大，华东家容在下和家人、掌柜们再商议一下，明日给你回信，你看怎么样？”周冰羽此时应该不忍心再看华春娇的心酸模样，所以回答得也是爽快利落。

“那是自然。这事成与不成，春娇都念着少东家的好，如果您这边不成，一定是您有实际的困难，这些我自然能理解的。我无非就是再去别家的大门大户央求，这是人之常情，毕竟现在谁都不想做赊欠的生意。”华春娇说得那么重情重义，自然诚恳。前一句话似乎显得很是想得开，可后一句话又让人感觉到她的无可奈何，“还有，恕我冒昧地问一句，我想请少东家晚上再畅快对饮一杯，不知道少东家意下如何？”

“好啊！我也正有此意呢！即使生意这事不成，还有人情在。华东家风尘仆仆来到我这里，我理应尽地主之谊，给华东家接风洗尘的。地方呢，华东家定，我随时恭候。”周冰羽听到华春娇有如此邀请，立马爽快地答应了。要知道，这是他求之不得的事情。

其实和华春娇几番往来话语之后，周冰羽早已视华春娇为红颜知己。华春娇不仅外表美艳而且随性灵动而不自怨自艾，况且她对周冰羽也是充满了理解、尊重和柔情美意。看到华春娇说到难处时梨花带雨的模样，更是让周冰羽有一种穿透躯体的心疼。面对这样一个外表华丽大气，而内心终不过是一副柔弱心肠的女子，让他产生了十分的怜爱之情。他认为他必须要帮这个女人，不帮她，他觉得自己心里会不安，会后悔，甚至认为自己在华春娇面前都不配做个顶天立地的男人。

“那好啊，少东家，那咱就一言为定，不见不散！您就在府上等着，我会派我的丫鬟小翠给您送信来的。”说完，华春娇主动提出告辞。

周冰羽和王掌柜将华春娇送到了大门口，人已走远，周冰羽还是一副意犹未尽、恋恋不舍的样子。但一想到晚上要赴佳人之约，只好告诉自己要耐着性子等着。

“少东家，你看这事？”王掌柜刚才一言未发，只是在一旁陪坐。他见少东家与华东家谈得意兴阑珊，非常投机，因此也不便在里面说什么。

“王掌柜，明天我们拿个主意再说，我看这里面应该是没有什么闪失。”周冰羽看着这个女人远去的背影，意味深长地说。

“少东家，你看用不用咱们和东家仔细盘桓后再作打算？”王掌柜小心翼翼地说。

“家父出门在外，路途遥远，就是书信来往也需要个时间。华东家事情急迫，如若咱们不早做决断，她若去找杨家、高家或者其他家怎么办？这桩要到手的大买卖，岂不这么轻易地就鸡飞蛋打、功亏一篑喽？”周冰羽听王掌柜这件事上，还是要去找父亲做主，心里是老大的不愿意和不舒服，说起话来自然也多了几分不痛快的样子。

王掌柜自然听出了话外之音，连忙说：“也是，那明天我就听少东家的吩咐就是了。”然后，知趣地告退下去。

仅仅是一个下午的时间，周冰羽却过得十分煎熬漫长。冲了三次澡，可是依旧感觉不是很清爽。衣服换了一套又一套，在镜子面前左看右看都不是十分满意，最终选择了一套还算称心如意的衣服，又巴望着时间快点儿过去，完全没有了做事的心思。

太阳终于不紧不慢地落下了西山，但华春娇来邀请他的人始终都没有露面。是不是华东家只是说说而已，客气了之后就把这事给忘在脑后了呢？还是派的人路上出了什么问题？还有莫不是去找其他做生丝买卖的商家了，和别人有了约，放了我的鸽子？周冰羽心里暗自犯起了嘀咕，心情也随之变得焦躁起来。

与其在家里这样痴等消息，自己不如去主动看看。焦躁间，周冰羽忽地想起来王掌柜和他说过，华春娇就住在离自家不远的“福来”客栈，他知道那个地方。

“小姐，周家的少东家出了巷口，往咱们这边来了。”一个丫鬟在对一个女人说。

“知道了，你下去吧。再有，一定记住管我叫东家。”里面的女人提醒道。

第九章　春宵千金

周冰羽几乎是慢慢地踱到了“福来”客栈，他希望路上有个人能叫住他，说是春娇来请他去酒楼赴宴的，但一路上这个人也没有出现过。

“福来”虽说是叫客栈，但规模却比一般的旅店大了许多，装修得富丽堂皇甚是气派，价钱自然也高得离谱，令人咋舌。里面不单提供休息住宿，还兼有美食美酒、名厨料理，远近闻名，加之又远离喧嚣，是个幽静之所在，故多是巨富商贾、本地官吏乡绅往来住宿、聚会的绝佳场所。

当周冰羽走进大堂，已被眼尖的前台小二认了出来，忙躬身打千儿含笑说道：“周少东家，是哪阵风把您给吹来了？您这是要赴宴还是要订房啊？订房就派个下人来嘛，我还不是照样给您留最好的房间……”小二絮絮叨叨地客气个没完。

“我要找人，是不是有一个华姓的安徽客商住在这里？”周冰羽本来心烦意乱，赶紧趁小二说话有个空隙问道。

“噢，您说是那个长得非常漂亮的少妇吧？对，对，就住在三楼最里间。少东家，您可知道，她住的那间儿，那可是我们这里最上档次的客房，平常人啊，也真是住不起，这一天的房钱快赶上普通人家一个月的开销，这女人一看就是哪门子大户人家的少奶奶……”

“嗯，知道了。”周冰羽并没有工夫听他在这里胡扯，快步上了三楼的楼梯。

说是三楼，其实这个楼层只有两间客房，小二所说靠里边的那间房，很容易找。房门并没有上锁，只是虚掩着。

周冰羽敲了敲门，却无人应声。他轻轻推开了房门，只听见最里间的卧室里传来“哗啦啦”的水声。周冰羽故意地大声咳嗽了两声，却听见里间的人说：“翠儿，把衣服给我拿过来。”

周冰羽听出了是华春娇的声音，看来华春娇不知道有外人进来。“翠儿，怎么这么慢啊，快一点儿，一会我还要出去见周少东家呢！”周冰羽听见华春娇这样说，骨头都要酥了。

就在周冰羽不知道怎么办是好的时候，里间的水声忽然间停了。周冰羽马上又装作咳嗽了两声：“华东家，嗯，是，是我，周冰羽。”周冰羽显得有点尴尬地说。

“哟，是少东家啊，哈哈，不好意思啊，翠儿这死丫头也不知道去哪儿了。这个，这个，唉，少东家能不能麻烦你把衣服给我递进来？”华春娇对周冰羽的来访，感觉非常意外的样子，说起话来也是显得有些狼狈。

“啊？”周冰羽不由自主地在心里暗自发出了一声惊叹。这孤男寡女同处一室，已经让人有所避讳，自古以来男女授受不亲的道理，周冰羽还是懂得的。且华春娇此时一定是身无一物遮羞，这更如何是好？但既然华春娇都如此大大方方地说了话，举手之劳的事如果扭扭捏捏地拒绝，便显得自己不是个男人。周冰羽努力地说服了自己，拿起外间椅背上的衣物走向里间，并不断告诫自己，行起事来要像个君子。

里间就是卧室，在卧室里的一角，又多了一处用帘子在四周围起来的区域，想必这里就是华春娇沐浴的地方了。周冰羽走到帘子边，心如撞兔，尽量压低颤抖的声音说："华东家，给你。"

"谢谢你啦，少东家。"华春娇好像也带着一丝娇羞，在帘子里娇滴滴地说。

周冰羽把头扭向外间，用手从帘子的缝隙里将华春娇的衣物递了进去，却不想自己的手指不小心碰到了华春娇滑溜溜的纤细柔软的小臂。周冰羽马上触电般抽出手来，然后快步退到外间的椅子上坐了下来，脸上渗出了细微的汗珠。

里间的帘子里面，响起了华春娇窸窸窣窣穿衣服的声音。"少东家，真是对不住啊。午后有三五友人来访，攀谈得尽兴，竟然忘了这时辰。这翠妮子也不知道跑哪去了，本想着派她去你知会一声的，我却又找不到她了。您看，我这怎么敢劳您的大驾呢？哎，真是的！哈哈……"春娇边说着，边从里间走出来。

"不碍事，不碍事。我这也是闲着没事，正好也就走到这儿了，知道华东家在这里下榻，就走进来顺便看看华东家有没有什么需要的物件，你有什么需要的尽管说，我好吩咐下人去置办。出门在外女人家不容易，别委屈了自己。"周冰羽连忙替自己找了个理由，牵强地解释了一番，话里也顺带着卖了华春娇一个人情。

华春娇朝着周冰羽走得越来越近。这时候周冰羽才发现，华春娇只穿了一件水粉的丝绸连体裙子，说是裙子或许只是一件薄薄且半透明的睡衣。有可能是华春娇太着急的缘故，身上的水汽没有完全擦干，裙子紧紧贴合在身体上，更加显得身材异常窈窕婀娜。此时的华春娇天然粉面白颈的素颜，坦露袖外小半截的玉臂，粗细匀称、挺直而纤细的小腿，凹凸有致的美妙曲线，扑鼻而来玫瑰花的香气……

周冰羽不是没见过女人，近两年，他还背着父亲去船舫的烟花处厮混过几次。只是他还从来没有见过，或者说从懂男女之事的时候起，还没见过这样完美的女人，包括纯如在内。

“翠儿，翠儿。”华春娇一边捋了捋带着水汽的长发，一边朝外面呼叫她的丫鬟。翠儿应声而入。

华春娇转过身来对周冰羽说：“少东家，我看咱俩啊，就在这里吃酒好不？这里清静，酒楼里吵闹烦杂，说起个话来都不方便。”

“好啊，好啊，只要华东家方便就成。”周冰羽的精神有点儿恍惚。且华春娇说要在此间房里摆酒，的确是难得清静。

不大一会，翠儿就备置了一桌子精致的酒菜，酒还是上等的陈年女儿红。摆放完，翠儿悄声地退出了房间。

“少东家，别愣着了啊，来、来嘛，虽然酒菜素淡了点，但今天我要和少东家您啊，来个一醉方休，不醉不归。”华春娇一边说着，一边伸手过来将周冰羽拉入座位。

“还有啊，既然我和少东家这么有缘，我呢，又年长少东家那么几岁，我就在您面前放肆一回，咱今儿个就姐弟相称吧。总是互相‘东家’‘东家’地叫着，一来听着拗口不舒服，二来带着一份生分劲儿，这酒怎么能喝得痛快啊？你说是不是，羽弟儿？”华春娇不愧是在外面行走江湖多年的东家，说起话来显得通情达理，又让人觉得无比亲近，她的话总是让人不忍心拒绝和无法辩驳。

“好啊，娇，娇姐，今儿个咱一醉方休。”周冰羽已经开始语无伦次，他也不知道自己今晚说了多少个“好啊”这两个字，也自然而然地顺着华春娇的称呼接承了下来。

周冰羽今天就像着了魔一样，完全顺从着华春娇的意愿和安排，失去了话语权和主动权，将自己心甘情愿地拱手相让给了华春娇，但他心甘情愿、乐在其中，这或许就是叫客随主便吧。

“太好了，羽弟，来，让姐把酒给你斟上。”华春娇端着酒壶来到周冰羽身旁，弯着腰身往酒杯里倒酒。不知道是有意还是无心，华春娇的胸部直挺挺地贴在了周冰羽的半边脸上，几乎遮挡住了周冰羽一侧的视线并堵塞了半个鼻孔。但华春娇好像没并有注意到这些，不过周冰羽感到的却是一阵窒息的眩晕。

但他还是有着些许知觉的，他分明感受到了华春娇胸前的柔软。此刻周冰羽知道华春娇的这件连体裙子里面，再没有其他的衣物了。

周冰羽还没有喝酒，头脑应该是清醒的，但此时他却感觉自己已经醉了，而且醉得魂不守舍。

华春娇斟完酒，走回自己的座位上举起酒杯，莞尔一笑：“羽弟，这第一杯啊，娇姐敬你，愿你我姐弟的情分地久天长！”

“娇姐，地久天长！干！”周冰羽一饮而尽。他太需要这杯酒来润润喉咙了，因为此刻他的呼吸间，喉咙里冒出的都是火，干涩得要命，也渴得要命。

酒宴开始后，华春娇和周冰羽都各自讲着所知道的江湖上的轶事和市井间流传的笑话，相谈甚欢。两人又几番寻着来由，互相敬着酒。虽然每次华春娇给周冰羽斟酒的时候，周冰羽还是会脸红心跳，但已不像刚坐下时那般拘谨了。

这个时节的高温，再加上酒入曲肠，气氛热烈，两个人此时都显得有些热。并且周冰羽还感觉到自己今天的酒量大增，特别能喝，还特别想喝。烛光摇曳之下，美酒佳人陪伴，真是梦寐以求。

“羽弟，我还担心呢，要是这生意不成啊，不知道弟弟以后还能不能认我这个姐姐了。”华春娇已经带了五分的醉意，突然冒出了这么一句感伤的话。说完之后，神情显得那么落寞忧伤。

“姐姐，这生意我、我、我做定了。天下哪有弟弟不帮姐姐的道理呢？你说是不是？姐姐，你也太小瞧了我，这生意成与不成，不就是我一句话的事嘛！明天一早，我、我就派人去嘉兴的库房里装车，你就瞧好吧。”周冰羽喝得红头涨脸，手上也开始比比画画，但说出的话还是很铿锵有力。

周冰羽知道，现在没有任何一个理由可以说服自己不去做华春娇这笔生意。他不能让面前的这个姐姐失望，不能让华春娇瞧不起自己，也不能让她对自己的依赖落了空，如果那么做的话，自己就不是个男人！

“弟弟，那姐姐我就、就放心了，谢谢弟弟这么帮我、这么帮我，咱一言为定、一言为定，干！”华春娇说完这句话，又爽快地干了一杯酒，但随后便醉得不成样子，不知不觉间趴在了桌子上。

虽然周冰羽今天已经喝得相当多了，但兴奋的感觉要他认为自己还能坚持，还能畅饮。集结在心中多年来对父亲责骂鞭打的隐忍苦闷，与纯如之间生活的不谐调和愤懑惆怅，都在今天的一杯杯酒中稀释掉，抛到九霄云外，灰飞烟灭。

周冰羽趔趄着走到了华春娇的身边，用手触碰着春娇的肩胛，继而摇晃着华春娇的臂膀：“娇姐，娇、娇姐，喝酒，来我们接着喝酒。”

华春娇摇晃着身体，勉强地想站起来，却再也站不住，一头扎进了周冰羽的怀里。突然间，周冰羽感觉自己如同抱着一个偌大的蚁穴，而那成千上万只蚂蚁开始啃噬着他的血肉。周冰羽连忙用身体顶住华春娇，接着搂住春娇生怕她摔倒。

他的一只手搂住华春娇纤细的蜂腰，另一只手掌撑着华春娇下面饱满的翘臀。华春娇的身体湿湿滑滑的，显然刚才洗澡的水还没有完全干透。华春娇也越发地搂紧了周冰羽，头轻微地扬起来，娇喘着，眼睛无力地想睁开，却怎么努力也睁不开。两个人之间的唇恰好又不经意地相互碰到了一起，互相摩挲着，突然间又发了疯一样地亲吻起来，彼此都透不过气……

这一夜，周冰羽有生以来第一次这样几乎整夜地疯狂地呐喊着、战栗着……

第二天下午时分，从周家的嘉兴大库陆陆续续地出来了几十辆马车，车上装满了上等的七里丝，浩浩荡荡地向安徽的方向驶去。

一男一女在深情地告别，难分难舍。在互道珍重之后，挥泪而别，各奔东西！

第十章　推心置腹

南京是两江总督的府衙驻地，也是久负盛名的江宁织造所在之地。从顺治时期开始，朝廷设立了三个织造衙门，分别位于江宁、苏州和杭州三地。织造的主官称为“郎中”，为正五品的官职。织造衙门主要负责皇上和后宫嫔妃的穿戴用料，祭祀、朝廷内外官员的赏赐以及怀柔外邦远夷等所需丝绸的监督织造与解送。同时，三个织造衙门还拥有密折专奏特权，如有奏折可以通过一个特制皮匣向皇上直接禀报。上至总督下至县令的吏治、地方上税收、粮食收成和价格、打击盗贼、平定祸乱、致仕的朝廷大臣及当地士人平时的活动等情况，事无巨细、无所不包，几乎就是皇帝设在江南的一双眼睛。一旦被织造衙门盯上，是祸是福只能是听天由命了。织造衙门还负责为皇帝和宫廷采办奇珍贡品，古玩字画、珠翠之珍、美玉奇石等物都在其搜罗之列。

周玉到了南京的第二天，很早就起来，洗漱完毕，就直奔江宁织造的主管程九信的家。到了程家门口，将名刺递给了门房，彼此看着陌生的面孔，门房话不多言拿着名刺便往里走去。

不大会儿的工夫，门房一路小跑地出来，颠颠地来到周玉的近前，一弓腰说："周大爷，我家老爷说了，快请您呢！看来您和我们老爷交情不浅啊，一般情况下，我们老爷不管是有多大钱财的主儿，还是顶着多大的花翎的官儿，若是他不想见的人，他都是不见啊！"

周玉朝门房一拱手，道了声谢，由家丁前面带路进了程家的院门。

此时程九信已迎到了外堂："周兄，有失远迎，恕罪、恕罪！"

"一早就到贵府冒昧叨扰，也望贤弟海涵啊！"

两个人寒暄过后进了客厅，分宾主落座，程家下人献上茶来。程九信问："周兄，冒昧地问一句，你是不是为了朝廷采购的这批上等蚕丝之事而来？"

周玉答道："无事不登三宝殿，贤弟猜着了，愚兄正是为此事而来。贤弟身在织造，还望帮着愚兄谋划一番。"

"周兄，当真人不说假话，我不是有意推脱，我只是一个小小的从七品织造局的'都事'，虽然和县老爷只差了那么半格子，可什么实权也没有。县老爷至少还管着一方水土子民呢，我这除了在这织造里管个染织刺绣的活计，其他什么事也是插不上手啊！"

程九信很无奈地摇摇头，接着说道："我想就是织造衙门的白郎中，怕什么话也说不上。这件事，上至朝廷里的王公大臣，下到地方的大员官绅，不知有多少人想插手从中讨一杯羹喝呢！再说，明年就是乾隆三十五年，是皇上的六十大寿，后年就是太后老佛爷的八十大寿，这批织品是为了万寿节普天同庆之时用的。皇上、太后要赏赐的这些人里边，品轶高低不一，各方习俗差异很大，花样繁杂，工期又紧得要命。就是我们这些干活的，弄好了，是光宗耀祖的美差事；弄不好，发配伊犁充军或是押送到黑龙江做披甲人的奴才也是说不好的事，重则就是掉脑袋，株连九族的无穷祸患。周兄，就是你将这生意做成了，可若是因为供给不及时或是质地上有瑕疵而误了事，那更是大麻烦，望兄长三思而后行。”

“贤弟能说上这番肺腑之言，愚兄真是感激不尽。贤弟所虑极是，但我也做好了万全之策，我知道这次采办的当口紧，不瞒贤弟说，我在嘉兴的蚕丝大库里已有三千包上品的七里丝，余下的两千包准备齐全也是指日可待的事，所以不存在供货不及时的问题。至于质地上，这些生丝都是今年刚刚囤积的春丝，也都是优中选优的上品‘合罗’，凭谁也挑不出毛病来。因为是大量采购，价钱上也算便宜，就是竞争起来也有优势。但不经贤弟点拨，愚兄也是没想到这里边的事会这么复杂，如果真如贤弟所言，朝廷上下会有达官显贵伸手操纵这件事，那真就是不好办了。但愚兄刚才也想了，不管白郎中品轶如何低，但毕竟他才是这江宁织造的主官，朝廷即使派人来，也必然征询他的五分意见，没有他的首肯，怕是什么事情也不好定夺。”周玉显然是有备而来，对答如流。

“周兄，看来你是主意已定，我也不好再说什么。但我位卑言轻，实在是帮不上什么忙，这样，既然周兄将白郎中在这当中可能起到的作用分析得如此透彻，那我就试着给你引荐一下，我自当尽力，成是最好，不成，兄长莫怪罪。”

“那真是太好了！”周玉很是激动，“劳烦贤弟办事，成与不成，都是感激，哪里会有怪罪之说。贤弟，白郎中到底是个怎样的人我还不了解，可否说上一二，也让愚兄心里有个数。”

程九信答道：“白郎中去年才从工部派过来，到江宁织造上任不到一年的光景，为人低调，不阳不阴、不温不火，喜怒哀乐不形于色，行事谨慎小心，性格上显得有些高傲孤僻，外人很难与他接近。我作为属下也只是请示汇报时候才得见上他一面，平时私底下并没有什么来往。”

“噢。”周玉点点头，“听来好似有些古怪，但官场之人内敛低调也是正常不过。我来之前让各地的分号都购了些当地的土特产，还有些洋货，我想把这些送给白郎中当个见面礼，等事成之后，再奉送上一笔银两，贤弟以为如何？”

程九信听后犹豫了一下，缓缓说道：“虽说织造郎中只是一个正五品的官衔，品轶不高，但织造郎中有着钦差的身份，刚才我说他在这件事上说不上话，是从品轶上说的，他可能到时候在各位大人面前有意藏拙，装聋作哑不肯出头，但他这个钦差身份确实是非同小可，织造郎中可以帮着皇上瞭望审视地方上的一切事物，密折专奏之权更可以直接将折子直达御案，就是这贵为天下八督之一的一品大员两江总督高晋也要让他三分，不是用上非常手段很难卓有成效啊！”

程九信拿起茶碗喝了一口茶水，接着说道：“刚才周兄提到要送上些礼物，兄长可知织造郎中不单是只为宫廷织染刺绣，他还私下为皇上、为宫里采办各种珍奇物件，恕我冒昧，别说什么土特产，就是世上什么奇珍异宝，织造郎中也是见过、经过手的，我担心你准备的这些物件，恐怕不能成什么事。”

周玉听了，有些气馁：“听贤弟这么一说，我准备的那些物件确实有些小家子气了。我之前听说白郎中喜好喝酒，所以我特地让贵州分号购买了当地‘大和烧坊’的几十坛陈年好酒，又让广州分号购了些西洋稀奇物件，现在看来真是没什么用。但不管怎样，还是望贤弟帮我走一趟，与愚兄蹚一蹚这里边的浑水，等事成之后，我一定要好好酬谢贤弟的。”

程九信忙摆手：“周兄，你说的这是哪里话，想当初九信生活困顿无着无落之时，全仗兄长苦心周济，虽是陈年旧事过去多年，但兄长于我恩情，九信未曾敢忘怀片刻。今兄长有事，我岂能袖手旁观，即使力量绵薄，也是要尽心去做，至于兄长刚才所言‘酬谢’二字，真是说淡了我们之间的感情，请兄长万万不要再提。”

“好，那我也就不和你客气了。贤弟，你再帮我想想还有什么需要注意的。”

程九信沉吟了一下：“别说，我还真忽然想起一件事来，这个周兄还真得有个心理准备。”

周玉愣了一下，连忙说道：“贤弟，快请讲。”

程九信带着忧虑说道：“我要说的是这个货款的问题。周兄，你知道，这五千包生丝按市面上的价钱算下来至少要一百五十万两银子，这可不是一个小数字，你可要做好朝廷拖欠你货款的准备。”

“嗯，这确实是一个大问题。但此时咱也不知道朝廷会是个什么章程，先走一步说一步吧。我的想法是，但凡能做我都是要做下来的。”

“既然周兄有如此决心，那你就等我的信儿吧。我这里人多眼杂，多有不便，传出去对你我事情不利，我就不留兄长在我这里盘桓了。”程九信说得很真诚，都是他的心里话。

“好，我等你的好消息。”周玉说完又告诉了程九信他在南京的住址后，告辞而去。

第十一章　道听途说

周玉从程九信家里出来之后，就径直回到了自己的宅子里。这个宅子是他去年新买的，虽然小了点儿，但毕竟到南京住起来方便，省去了许多住店打尖的劳顿之苦。

坐定后，周玉马上拿出笔墨纸砚给周冰羽写信，信里告诉周冰羽派人速将所备的礼品送到南京来，并带上五张面额六千两的银票过来，并再三叮嘱周冰羽，一定要照管好家里和生意上的事情云云。信写好后加上火漆，叫人立马送了出去。

周玉回味着刚才和程九信的谈话，才知道这次的事情他想得过于简单了。他想，既然他知道了朝廷派人来监督采办蚕丝的事，其他两家杨家、高家或者更多人家也一定是知道此事的。甚或杨家、高家已经先他一步做好了各方面的应酬，如果这样，这件事情就变得麻烦多了。而他原以为，此事只要他先别人一步知晓，神不知鬼不觉就能拿得下来呢！

自从他和杨梓传闹生分以后，两家虽为儿女亲家，可却再也没什么往来了。他自然能感觉到杨梓传大有和他水火不容之势，杨梓传一直对他隐忍不发，或许是在等待一个时机，伺机对他进行疯狂的报复。

其实很多时候周玉也觉得当年逼迫杨梓传嫁女到周家，做得确实是过分了些，但一想到杨梓传酒后偷窥姜氏洗澡时的猥琐和不堪，而朋友们从中调停，匆忙间出此下策，自己也是不得已而为之。自己的老婆受到自己拜把兄弟的猥亵，这要是不做出个姿态来让对方受些屈辱，一是不甘心，二来也没法和当场的众人交代，事情传出去也必然被他人耻笑无能。

唉，要不是出了那么一档子事，这时候他一定是在和杨梓传互相商量着怎么办呢！或许两个人联起手来这事情早已经有了清晰的章程。可现在想这些，都是多余的了。

至于高尚，周玉认为他虽然看似年轻有为、不可小窥，但此人趋炎附势、诡计多端、心胸狭隘、心术不正，他对这样的人历来都是敬而远之的。高尚自去年以来，不停地指挥着自家人在周玉所开分号的城市里，和周玉的人拉客户抢生意，闹腾得不亦乐乎，令人非常不齿。但生意就是这样，在商言商，把生意做到手是真把式，周玉认为高尚的这些作为也是完全可以理解的。并且周玉认为高尚毕竟是年轻人，是小辈，年轻气盛，血气方刚，做出这样的事情来也实属正常。自己作为丝业的老人儿，不能与高尚这样的年轻人争个你长我短，那样也会被众人耻笑，所以凡在与高家的事情处理上周玉都是先退让三分。但高尚不以为戒、反以为荣，认为周玉好欺负，做起事情来更加肆无忌惮，让周玉有时候也无可奈何，不知怎么样对待高尚才好。

如果各家都是单打独斗的想法，周玉认为自己胜算很大。周玉现在怕的就是杨梓传和高尚联起手来对付他，两家合起来的实力，是他无论如何也抵挡不了和吃不消的。高尚现在是杨梓传即将登门的姑爷，两人有着翁婿的情分，两家现在也正是如胶似漆，好似蜜月的时候。何况杨梓传这几年蠢蠢欲动要对他报仇雪恨，已然是欲盖弥彰的事了，这样想来，高、杨两家更容易合起手来，对付周玉的理由就更加充分了。

周玉思来想去，目前别无他路，只能走一步算一步了。他现在唯一能依靠的人就是程九信，再唯一能依靠的人，也只能是自己了。他自认为，他随机应变、处事不惊的沟通能力和解决问题的能力还是有的，剩下其他的事情只能是听天由命了。“命里有时终须有，命里无时莫强求。”周玉认为老天还是会帮他的，因为他对谁都没什么亏欠。

就这样胡思乱想的，一整天也没有想出个所以然来。将近傍晚，周玉信马由缰走出了宅子，决定出去逛一逛。他对南京城并不是太熟悉，难得有这样的机会出去转转。也不知道走了多少光景，一路打听路人来到了夫子庙。

南京夫子庙始建于宋景祐元年，由东晋时期的学宫旧址扩建而成，称文宣王庙。历经各朝各代的不断维修、扩建，到此时已经颇具规模。庙前以秦淮河为傍池，南岸灰色条形的石砖墙为照壁；北岸庙前有聚星亭、思乐亭；中轴线上有棂星门、大成门、大成殿、明德堂、尊经阁；庙东有魁星阁。临河的两岸相当繁华，乌衣巷、朱雀街、桃叶渡等处的房子，大都是当地官绅大户的居所，也有外地的豪门在此处购置美宅，作为来南京的临时逍遥之所。各种酒楼、茶馆、小吃、当铺、青楼妓院林林总总地树立在河岸的两旁，岸边空闲的地方不是打把势、卖艺、耍猴、斗鸡、斗蛐蛐的，就是下象棋、剃头、吹拉弹唱、摇卦测字问前程的，总之是人声鼎沸，摩肩接踵。秦淮河上"桨声灯影连十里，歌女花船戏浊波"，画船萧鼓，绵绵不绝。就如《桃花扇》里所描写的"梨花似雪草如烟，春在秦淮两岸边，一带妆楼临水盖，家家粉影照婵娟"，一派繁荣景象。

因为心有烦事，周玉静不下心去仔细瞧看，而此时晚饭还没吃，肚子也有些饿了，心想着找个好去处，先填饱肚子再说。抬头一看，旁边的一家酒楼的二楼檐子上书写着三个鎏金大字"状元楼"，看着这三个大字，周玉心想，就是它了。

走进酒楼，周玉挑了个靠窗能看见外面景致的位置坐了下来。见多识广的店小二看到周玉不凡的外表，连忙过来招待，周玉点了桂花盐水鸭、松鼠鱼、美人肝、凤尾虾几样菜肴，又点了一壶南京本地产的"卫酒"中的上品"堆花"。酒菜一时上齐，周玉便慢饮起来。

酒楼里的客人很多，周玉旁边的桌子几乎都坐满了人。

"仁兄，你说南京这界面上谁最好使？"

"那当然是高总督了，封疆大吏位极人臣，哪能有人比他更好使的？"

"错！"

"那还能有谁啊？"

"江宁织造的白郎中啊！"

"他？一个正五品的官哪能和堂堂的高总督一品大员比？你可

别胡扯了！”

“哈哈，你真是不知道白郎中是什么来头，亏你们一天天在这里厮混。说出来吓你一跳，那白郎中啊……”说话者故意用手掌罩住半张嘴，压低声音接着说，“听说啊，那白郎中的夫人长得是如花似玉、倾国倾城的美人，白郎中为啥能来当这个肥差事，听说啊，就是那啥那啥……”

“到底为啥啊？”周围一桌子人听得这个着急，连忙问。

“可惜了儿啊，这么个美人，白郎中消受不了啊。白郎中小时候有次小便不小心被条黄狗给吓了一跳，长大成人后娶了夫人才知道那活儿不行了，被吓得举不起来。这房夫人啊也是命苦，没有两年就得病死了。”

“嗯，确实是命太苦了，这要是嫁给我，怎么着能活到现在。”旁边的一个人见缝插针地说了这么一嘴，引起哄堂大笑。

“白郎中不知道暗地里寻了多少名医仙药，可这落下的毛病就是死活没医治过来，这一来二去的，白郎中也就一直没娶。直到前几年，才经不住人撺掇，四十多岁续了弦，又娶了房年轻漂亮的太太。但这也是苦煞了这位窈窕淑女了，结婚了三年，可怜见儿的还是个雏儿。有一天咱这万岁爷的五弟，也就是和亲王弘昼来到白家，恰好白郎中不在家……”

“那接着怎么着了？”众人十分好奇。

“正好是这个白郎中的夫人出来相迎接待。这五爷您是知道的，是咱大清国出了名的荒唐王爷，看白郎中的夫人长得这般俊俏，加之对白郎中不举之事也稍加耳闻，所以对着白夫人多有言辞和举止上的勾引，这白夫人三年来只看过肉鲜，却未尝过肉味，加之五爷乃是当今圣上的同胞兄弟，宛若肱股，自身又是大富大贵之人，人不常说这‘权贵’二字是最好的春药吗？这夫人也是立时兴起，春心萌动荡漾。两人啊，正风生水起、颠鸾倒凤之时，哪成想白郎中临时回家有事，那个巧啊，撞了个结结实实。五爷自知理亏啊，只好嘿嘿一笑了事。白郎中哪里敢多和五爷计较，说白了，这白家的上下老小不都是人家五爷的奴才，上了你家夫人，没让你当老公的当场谢恩就不错了……”

“哈哈……”周围人又是发出了一阵哄笑声。

见众人这么捧场听得认真，这哥们儿说得更起劲了，唾沫星子横飞，口干舌燥之时顺手拿起桌子上的酒壶喝了一大口酒接着说：“咱这五爷虽说荒唐是荒唐了点儿，但毕竟是皇亲贵胄，也怕这事传出去伤了皇家的体面，就在万岁爷面前保举了白郎中来南京做这个‘江宁织造’，算是补偿。白郎中也乐得这个差事，一来织造郎中这是个肥差，多少人巴结还巴结不来呢；二来闲言碎语的在这京城里也住不下去了，正好寻这个由头也避避风头。他没带家眷来，说白了也不敢带夫人来，自然也是由着五爷的心意去的……”

“你可真能扯，说得跟真事似的，就这事你能知道？我看你啊，快成说书的了！”

讲故事的人却不尴尬，不紧不慢地说：“我和诸位说，这消息绝对可靠，我的一个远房姑妈，就在这白府做事，这事的来龙去脉一清二楚。你说咱这南京的地界谁最硬实，最好使？还不是人家这白郎中，人家和五爷可是连襟，是皇亲国戚。弄不好啊，过两年这白郎中还不得穿个五爷赏的绿马褂御前行走啊……”

“哈哈……”一大桌子人不等他说完，又是一顿哄堂大笑。说完笑完，各自又都举起手中的酒杯来，胡吃海喝，天南海北肆无忌惮地聊了起来。

周玉一边喝着酒，一边听着旁边这桌胡侃，当初也并没太在意，一群市井百姓能谈得出来什么可听的呢？但听到中途，听他们说到白郎中，才用心起来。再后来一听，也无非就是些市井百姓爱瞎传的无中生有的八卦，也就随之微微一笑而过，没放在心上。

看天色已晚，也是该回宅子了。便喊来了小二结了账，信步走出了“状元楼”。

第十二章　初见郎中

“东家，少东家派人送来的货物都到齐了。”车把式萧武走了进来对周玉说。萧武是个魁梧高大的汉子，说起话来瓮声瓮气的。

“好。武儿啊，夜晚天黑，不得眼，你让这些伙计都仔细地验看一下，看有没有受过雨水潮湿的，包装器物上有没有污损毁坏的，查看之后把有瑕疵的剔除出去，确认无误让他们写个礼单上来。”周玉怕出什么差池，忙嘱咐了一番。

“好的东家，放心吧。”萧武答应着走了出去。

周玉也连忙穿戴整齐准备去找程九信，还没等他走出厅门口，突然看见对面影影绰绰地过来一个人，脚步很是匆忙的样子，待看清来人时，程九信已经走进了外堂。两人见面没像上次那么多生分客气，程九信开门见山就说：“周兄，我知道你着急要见白郎中，所以赶快给你来知会一声，这事看来真如你我所料，确实难办啊！”

“怎么了？来，来，快进厅里说话。”周玉忙将程九信迎进了客厅里。

“是这样，那天你走后，我就去织造衙门里见了白郎中，话里话外，将你要见他的这个意思就传过去了。但郎中大人只是说近期公务冗杂，没有时间，说等过一段时间再说。就是我说要请他到外面喝顿私酒的请求，他也是一并给回绝了。”

“贤弟，白郎中说等过一段时间，这明显在推诿。朝廷派来的人马上就要到了，他这边的事情落不了地，这事不就耽搁了吗？白郎中到底是什么意思呢？”周玉听了程九信的话有点急了，其实也难怪，任谁听到这样的消息也会沉不住气的。

“周兄，我那天就和你说过这白郎中的脾气，你也应该有这样的心理准备。既然白郎中现在这个态度，我想，你还是早做其他打算吧，以免挂在他这棵树上误事。”程九信虽然是无可奈何，但还是在极力宽解着周玉。

“贤弟，你看这样行不行，你和我直接去他府上行不？俗话说‘抬手不打笑脸人’，白郎中总不至于把咱们轰出来吧？”周玉在地上背着手，来回转着圈，忽然间停下来对着程九信说。

“这么办行吗？我怕这事办得太唐突了，惹恼了白郎中啊！这一年来，我还没摸透他什么脾气。惹恼了他，我倒不怕什么，但我怕把你这事变得更加复杂啊！”程九信有些担心地说，此时自己也拿不定主意。

“哎，事已至此，死马当活马医，顾不了那么多了，就算是下策也得依着去办了。否则时日一长，夜长梦多，或许以后办起来更难，我们不能坐以待毙，必须主动出击。听你这几天形容的这么个人，我倒也真想和他攀谈攀谈，如果事情真的办不成，我也没什么可遗憾的了。你看咱此时就去，如何？我就不信有你引路，他还能把咱治个‘私闯官宅’的罪，投进大牢里不成？”周玉下定决心去碰碰运气，执拗的犟脾气也随之上来了。

“好吧，周兄，既然你主意已定，那就按你说的办。我现在就陪你去。”程九信也打起精神来说。

言罢，周玉立即吩咐伙计准备妥当，趁着夜色，和程九信带着送给白郎中的礼物来到白府。

白府就在织造衙门的后身，从后门可以直接进去。周玉和程九信二人走到门口，守门的是一个长得尖嘴猴腮、三十岁上下的精瘦男子。一看是程九信来了，精瘦守门忙过来打了个千："哈哈，程都事来了，小的给您请安了，您这是找郎中大人有事？"

"啊，哦，是你啊！你去禀报郎中大人一声，就说九信有事求见。"

"对不住啊，程大人，郎中大人有过吩咐小的，今天晚上不会客，他说了，有事明天到织造衙门里说去。您看这事？"精瘦守门说完，也是一脸无奈的样子。

程九信看了看周玉，周玉则上前一步，走到精瘦守门面前，从袖子里摸出二十两文银塞到了他的衣兜里，满面带笑地说："这位小哥，虽然郎中大人这么说，但还是劳烦小哥去里面通禀一声，如果郎中大人再不准的话，我们哥俩转身再走也不迟。"说完，周玉又从袖子里抽出封好的礼品单子，对精瘦守门说，"再劳烦这位小哥把这个物件当面呈给白大人，你看如何？"

精瘦守门用手轻轻掂量着兜里的银子，没办法地说："哎，两位大人千万别跟小的见怪啊，我们这碗饭确实是不好吃啊，你们各位大人们就是那么清亮清亮嗓子，那在我这做下人的耳朵里，不也是得当炸子儿听吗？我这就进去禀报，白大人决定见不见您二位，那可就和小的没有干系了。”精瘦守门说完便转身进了门内。

周玉和程九信在外面自然是焦急而又忐忑不安地等着。约莫过了有一刻钟，精瘦守门呼哧带喘地从里面跑了出来：“还是程都事在白大人那里有面子啊，老爷身体今天不是很舒服，但听了程大人来了，还是勉强着从床上起来，我这不刚刚服侍老爷喝了药汤子才出来……”

“多谢小哥了。”周玉实在是等得心急，听着白郎中让他见了，恨不得马上就进去，他来不及再听精瘦守门絮叨，拱手道谢之后，立马和程九信进了白府。

待进到会客厅里，周玉因为是毫无功名之人，见到白郎中马上单腿跪地，高声说道：“草民周玉给白大人请安。”

程九信因和白郎中并不陌生，但也是拱手施礼。白郎中稍稍迟疑了一下，站起来对程九信说：“这位是？”

“白大人莫要怪罪属下，此人正是我前几日同您说过的做蚕丝的商人周玉，也是我的昔日同窗好友……”程九信连忙回答道。

“九信啊，九信，不是我说你，既然是同窗好友，直接领进来见我就是了，也怪你那日说得不是太明白，我一直以为你要带个陌生面孔来见我，哪成想你们是这等关系啊。以后啊，九信可不要和我这么客气，你我一个衙门里共事，私下来讲你我都是兄弟，明白不？”白郎中一边责怪着程九信，一边忙去扶起还在单腿跪着的周玉。

程九信听白郎中这么说，也连忙答道："卑职明白，以后一定，一定。"

周玉站起来，才敢抬起眼来仔细看了看白郎中，见白郎中面色虽然略显苍白，但根本就不像病了的样子，看来推说身体有恙只是托辞而已。白郎中嘴上说得非常热乎客套，但脸上并没有什么表情，可见这个人确实是个深沉人。

"白大人，夜晚冒昧来访，打扰大人歇息，周玉真是罪该万死。"周玉虽然是大户人家出身，又做了这么多年的东家，但见到白郎中此时的神情，心里面不免还是有些发怵。

"周东家说的这是哪里话？九信几日前和我提起了你，我没想到你和九信是这等亲近的关系。二来，这几天确实是公务繁忙，同乡、同窗、同年和朝廷上的王公大人们，往来路过南京的都要出面应酬一下，确实让人喘不过气来。"白郎中虽然还是没什么可亲的态度，但至少言辞上还算客气。

白郎中接着又自顾自地说："虽然去年已来了这织造衙门上任，却也是地陌人疏，各方面都需要熟悉了解一下。九信在这些方面帮了我不少忙。九信是个实诚人，我也把他当兄弟处，九信的朋友就是我的朋友。再追根溯源，你卖丝，我织绸，还都是一脉相承的行当，周东家要有什么困难不好和我说的，大可让九信传话过来，我能办的一定尽量给你去办。"

白郎中说的这些话，让程九信听得直糊涂，郎中大人这是怎么了，今天怎么对周玉说了这么多，还当着周玉的面，和自己称兄道弟起来了，难道仅仅是因为收了周玉的礼单子不好意思直接拒绝，在这里对他们敷衍了事？

“大人，您对周玉的垂爱之言，在下定当永记在心。在下今日来叨扰大人，确有一件事来请您的指示，大人，不知在下当讲不当讲？”周玉一直耐心地听着白郎中车轱辘绕圈子的话，看白郎中终于说到了正题，忙鼓足了十二分的勇气，又壮了壮胆子，欲将来意说出来。

“说吧，周东家。”白郎中这次倒是言简意赅。

周玉不再迟疑：“白大人，我听说朝廷派工部的刘大人和内务府的谭公公要来监督购买一批上等的七里丝。我想请白大人的主张，并恳请大人能为周某人从中斡旋。这事成与不成，周玉定当重谢，并永不忘大人的提携与恩典。”

“周东家，要说起这事来，可能真会让你失望了，这事我是一点儿忙也帮不上啊！”白郎中清了清嗓子继续说，“九信对这事也是颇有了解的，朝廷要是能信得过我织造衙门，何苦还要派两位大人来监督操办？两位大人既然是皇上派来的，那身上就兼着钦差的身份，我等是插不上手的，听钦差的意思跑跑腿，尽一份子力气，我能做到的也就是这些。还不光是这些，我虽为这江宁织造的主官，但毕竟是在两江的界面上，不说总督高大人，就单这巡抚、布政使、知府、都转盐运使、参政道、宣慰使这大大小小的品铁，哪个不在我这五品之上啊，哪个和我说句话，我都不好说什么。”白郎中的眉头紧蹙，手指轻轻地敲打着桌面，很是为难的一副样子。

“真是难啊，周东家你要理解！因为和九信都是好兄弟，所以说这些呢，都是我的肺腑之言，为的就是让你有个早做其他打算的准备，我这里不行，你再寻寻其他门路吧。还有，都是自家兄弟，不用这么客气。”说完，白郎中一只手从袖口里拿出了那张礼单，递还给了周玉。另一只手则举起了手中的茶碗，准备端茶送客。

周玉忙站起身来，把礼单又重新放在桌子上，用杯子轻轻压住：“大人，您今日这番教诲让我受益匪浅，已是万分感激了。这些小物件都是些不值钱的东西，略表寸心不成敬意，还望大人收下，否则真让在下不安啊！”

周玉听完了白郎中不软不硬的拒绝，一股极度失望之情又夹着十二分的懊恼从脚跟瞬间蹿到了天灵盖，好像已经到手了宝贝，还没等焐热，又忽然间失去了一样。但白郎中说得入情入理，任谁也挑不出半点儿毛病来，又仿佛给足了他和程九信的面子。周玉知道，无论自己的心情再怎么不好，此刻断然是不能挂在脸上的，哭丧个脸给谁看啊？还有这礼物单子呈上了，也把东西拉来了，就是白郎中怎么说不要，也没有再拉回去的道理的，即使打了水漂，也只能自认倒霉。

“那好吧，就当先存放在我这，哪天不忙了，我让九信通告你一声来我府上喝酒，连并把这些物件拉回去。”

周玉虽然知道这些都是白郎中的客套话，但也忙不迭地表示千恩万谢，和程九信告辞出来。出了白府，周玉把藏在袖口里的那六千两银票又往里面推了推，生怕掉了出来。那是准备着，如果白郎中当场同意了他的请求，再送给白郎中的。可惜这张银票此时没有派上用场。

“贤弟，事已至此，于事无补。走，咱喝酒去，咱哥俩儿今晚来个一醉方休。明天早起啊，我就先回去了。这边再有什么消息了，你再告诉我。”周玉虽然内心空落落的，但还是强打起精神来，尽量显得大方洒脱一些。

程九信这时候也不知道怎么安慰周玉，只好默默地跟在周玉的后面，向灯火阑珊之处走去。

第十三章　峰回路转

第二天早上，当周玉从蒙眬中醒来的时候已近巳时了。昨天晚上背负着郁闷的他喝得的确太多了，以至于最后和程九信二人到底喝了多少酒，他也记不清楚了。只记得自己骂了好几个人的娘和他们的八辈祖宗，至于骂谁了已经完全不记得了。现在回想起来，他感觉真是十分可笑和幼稚，人家的爹娘和祖宗没有招惹到自己，自己的叫嚣无非再一次佐证自己无能罢了。

满怀憧憬和期待，带着一腔热血和抱负而来，自以为比别人先行一步，而且自己的策略周全、万事俱备，可以轻易得到白郎中的暗中支持。这样一来，朝廷采购生丝的头筹就可以收入囊中了。但让周玉万万没有想到的是，只是短短的几天光景，自己的美梦就已碎了大半，完全不是预想的那样了。

还有白郎中所说的其他那些大大小小的当地官吏，特别是两江总督高晋，此人不但位高权重，而且他还是“德胜行”的东家高尚的本家堂哥。有着这层关系在，如果说高总督不在这件事情上明里暗里帮着自己的堂弟，打死谁，都不信。

还有就是杨梓传那边要是得了信儿的话，会不会也来找白郎中呢？是不是杨梓传已经捷足先登，先自己一步已和白郎中交接上了呢？或者，杨梓传找到了比白郎中或者高总督更厉害的人物呢？这都是些说不准的事。

无论是杨梓传抑或是高尚，这两人都非善类，想想自己才是真正的孤家寡人，无依无靠，想找一棵大树底下乘凉的想法，此刻已消失得无影无踪。

事情就是这样，想得太复杂，会让你望而却步，还未实施，先给自己摆满了问题和困难，那样永远是原地踏步，也让人轻易就萌生退意，错失好机会，以至追悔莫及。但把事情想得太简单了，同样也不可取！问题简单化，容易犯错误不说，一旦不能成功也让人心生懊恼，面对突如其来沉重的打击，更会让人失去很多好不容易积累起来的自信。

无数个想法在周玉的脑中不断闪现，伸了几个懒腰，身上却像散了架一般疼痛。勉勉强强地坐了起来，晃晃悠悠地下床起来洗漱。

此时，萧武已在外面忙活多时，外面的马车已经准备妥当了。萧武见周玉洗漱完毕，连忙进来说："东家，确定一会儿就走？"

"嗯，在这里等，看来也没什么意义了。再说，冰羽一个人在家料理事务，我也着实不放心。"言罢，周玉坐上了马车。

"啾啾。"萧武驾起马车，随着车轮缓缓地起动，马头朝南京城的南门驶去。

在车里周玉闭上了眼睛，他还想再小睡一会儿，事情没有办成，悬着的心也就落了下来，因此无论道路怎么崎岖颠簸，竟然也可以睡着了。

主仆二人刚走出没一会儿的光景，程九信就来到了周玉的这处宅子。听守宅人说周玉刚走没有多久，程九信忙策马扬鞭向着周玉走的方向追赶过去。

大概半个时辰，程九信终于追上了周玉的马车。萧武见程九信背后追来，急忙停下马车。

而周玉见到程九信这大汗淋漓、急三火四的样子，也是一惊：“贤弟，你这是怎么了？我今天走得急，也没来得及去你那里告辞。”

“周兄，咱不说客套话了，赶快调转马头随我回去。”程九信见已追到了周玉，也是长长地出了口气。

“什么？贤弟，莫不是白大人那里有了消息，他改变主意了，答应要帮我？”周玉跳下车，急促地说着。

见周玉下了车，程九信也跳下马来说：“周兄，别激动，这事还不好说。是这样，今天一大早，郎中大人就派人来到我的宅子，让我转告你，邀请咱们晚上去他府里赴宴。但其他的什么也没说。”

“好，好，这也是天大的好消息啊！可是……可是这白大人怎么一夜之间就、就改变主意了呢？”面对这突如其来令人匪夷所思的消息，周玉有些摸不着头绪，他急着要寻找个答案。

“周兄，不要着急，昨晚郎中大人不也说了哪日要请你喝酒的吗？有可能今日正好得空，或许也就只是喝喝酒而已，作为你送上礼物的回谢。现在不要多想，到了晚上自然就知晓是怎么回事了。”程九信这时候反倒比周玉冷静得多。

“也罢，那就等晚上再说吧。”不管怎么说，这是个好消息，让周玉又有了希望和盼头。于是，两个人分别重新上了马车，调转方向向南京城里走去。

整个白天二人就在喝茶闲聊中度过，好不容易挨到了晚上，按照约定的时间带着一头雾水来到了白府。精瘦守门看到二人如约而至，二话不说直接领着两人进了内室。

此时，白郎中的内室里已经摆上了丰富的酒食，桌上的烧酒正是周玉送的“大和烧坊”的老坛子白酒。白郎中居首位而坐，正在等着周玉和程九信入席。

“周东家，昨日说请你喝酒，我想啊，择日不如撞日，就定今日吧，时辰上定得仓促了些，还希望别见怪啊，哈哈……”说完，白郎中站起身来，拱了拱手算是见了礼。今天的白郎中神采奕奕，和昨日好像换了一个人似的。说起话来也少了官话的色彩，态度亲切，好像好朋友见面一样随意。

“白大人，在下听说您请喝酒，真是喜不自胜！能与您同桌而饮，更是感到无上的荣光，已是心如酒醉，岂敢见大人的怪啊！”周玉也连忙弯腰施礼，朗声说道。

“快就座，就座，九信你还愣着干什么，快请周东家就座。今天呢，这是在家里的宴食，薄酒素菜，不成敬意。但咱们哥仨儿今天谁也不许客套，不带官称，只论兄弟！”白郎中一边说着，一边举起了酒杯。

啊？哥仨儿？论兄弟？这是什么风把白郎中吹成这样？和自己

论兄弟也就算了，竟然把周玉也拉进了这称兄道弟的队伍里来，这真是破天荒的事！难道这酒还没喝呢，白郎中就已经是醉了不成？程九信心里不免敲起了鼓，满满的疑惑。

听到白郎中今天要和自己兄弟相称，周玉自是喜不自禁，这是自己求之不得的好事，说明自己和白郎中的关系又进了一步，至少自己在白郎中心里留下了好印象，否则，白郎中也不会把他一个做生丝的草民商人当兄弟对待的，但他心里同样也有些丈二和尚摸不着头脑，不免有一些疑惑。

“白大人，不，不，白兄，好，好，既然您这么说，就别怪兄弟无礼了。我今天真就要向您攀攀富贵，称呼您一声‘白兄’了。”周玉一看白郎中并无半点儿虚伪的脸色，忙趁热打铁把这难得的感情接了下来。

“好，好，两位兄弟，干！”说话之间，白郎中一饮而尽。

“干。”“干。”周玉和程九信二人也立即“咕咚咚”利索干脆地把满杯的酒喝了下去。“大和烧坊”酒的度数很高，一杯下去，一条热线从嗓子眼儿立马钻进了周玉的肠胃里。

酒过三巡，大家谈着各自的家乡风土人情、出身经历，已无半点儿客套生分，欢愉的氛围逐渐热烈起来。

“我啊，打心眼里羡慕着你们这些做生意的东家，特别是像兄弟你这样的大贾世家。没有科考的十年寒窗之苦，没有吏治上的考核标绩，没有丢了顶子断了性命的仕宦之忧，轻轻松松从父辈继承下来家业，关起门来就是一家之主，开起门来就是掌柜东家，里里外外钱财用度都是自作主张，好似神仙啊。我看，就是有时候神仙也和你们比不了啊！哪像我们，赚不了多少俸禄，还要整天提心吊胆担心犯了什么过错。也就是在这个院子里，几十年前的曹家被抄家就是我的前车之鉴，警钟长鸣犹在耳畔啊！”白郎中不无羡慕地对着周玉说。

“白兄，哪里话啊！虽说我们做东家的家里家外都能自作主张，但一旦几次主张不好，几年光景下来，一败涂地、倾家荡产也是大有人在的。历朝历代这‘士农工商’身份排序，商人总归是不入上流的。白兄虽吃了十年寒窗之苦，但今日已是人上之人，位极人臣，这哪是我们这做商人的能比得起的！话说回来，又有多少人吃了几个十年寒窗苦，却最终榜上无名落魄终身的啊！”周玉虽然喝了酒，和白郎中称兄道弟说得熟络，但心里还是保持着十二分的清醒，下定主张一定要褒扬，恭敬、谨慎、诚挚，一样都不能缺，绝不能有丝毫的造次，引起白郎中的反感定是功亏一篑。

白郎中听了周玉至真至诚的话，自然是十分地受用，脸上泛起的红光更加润亮：“兄、兄弟啊，你知道我为什么今天要、要请你喝酒吗？”就在这三人还在推杯换盏之际，白郎中突然冒出了这么句话，但说话已不是十分连贯，显然已有了七分的醉意。

周玉连忙说：“兄弟拙愚，还请白兄明示。”周玉一脸懵懂，他急切地想知道答案，只是白郎中不说，他也不好直问。其实心里早就在想如何引出个话头来解开存在心中的疑惑，可现在白郎中却要自报家门了，这真是让周玉暗自窃喜。

“我、我今天是要好好感谢你的，谢谢你啦，兄、兄弟。”说完，白郎中站了起来，竟然双手抱拳给周玉深施了一礼。

“这怎么能使得？郎中大人，郎中大人，你这不是要了我的命吗？你我往日不曾有过交集，对于大人不曾有过任何惠顾，即便昨日的点滴，也是周玉仰慕大人久矣的小小见面心意之礼，我周玉何德何能敢受大人如此之礼啊！”

看到白郎中起身给自己施礼称谢，周玉吓得连忙也站了起来，也不再敢称呼“白兄”了，而是立马称呼白郎中的官职以显示彼此的上下尊卑。

第十四章　洋画救命

“兄、兄弟，快坐下。就是你、你昨日送我的心意之礼救了我的命啊！”说话之间，白郎中用手压了压周玉的肩膀，自己也坐了下来，然后，又自顾自地拿起酒杯自干了一杯。

“救了您？白大人，这是从何谈起啊？昨日我送您的无非就是些土特产、食用保健之物，并没什么其他可拿得出手的奇珍东西啊。这，这救了您的命的说法，您真是言重了，这是从何谈起啊？”周玉此时听得是一头雾水，百思不得其解，这话既是在问白大人，又好似在自言自语问自己。

“说、说来话长啊，不怕两位兄弟笑话，我今年四十有六啦，因少年时身受惊疾所致，到了成年娶妻之后，从来没有享、享受过男女鱼水之欢是个什么滋味不说，膝下更是无一男半女来续我白家的香火，这些年每每想起此事，便如鲠在喉。我真是、真是愧、愧对列祖列宗啊……”说着，白郎中竟然哽咽了起来，几行浑浊的眼泪顺着脸颊而下。

“这二十几年来，看我外表健康好人模样，其实在、在内心里，我活得和一个废人一般，好似行尸走肉，更唯恐掩疾不及，被他人知晓徒加耻笑。心有余而、而力不足的这种感觉，兄、兄弟你们是不可能知晓到底是个什么痛苦滋味的，那真是让人生不如死，恨不得一死了之的！”白郎中说起自己的不堪过往，如泣如诉、痛不欲生，让人不禁感同身受。周玉和程九信二人不知不觉间，感觉到饭桌上的气氛顿时凝重起来，亦是倍感白郎中着实可怜，话题很是沉重。

“可白大人，这、这和我……”周玉虽然现在是听明白了这些年白郎中心中所恨之事，也间接印证了那日在酒楼中道听途说来的言语并非空穴来风。但这和他到底有什么关系呢？怎么还上升到能救命这个高度了呢？

“兄弟啊，你、你不是送了我那本洋画册吗？这些年我拜了多少所谓的神仙良医，吃、吃了多少难以下、下咽的药丸子，结果都是一无所获。我、我以为这一辈子也就是那么回事了，心灰意冷，心里也就打算放弃了。哪、哪成想就是这一大本子画册，能、能救了我的命啊！哈哈。”白郎中突然间由刚才的悲戚之色转而欢喜无比，精神变得无比兴奋和激动起来。

白郎中这一爽朗开心的笑声，把周玉和程九信二人暗暗地吓了一跳。白郎中这悲喜之间转换得太快，两个人一时之间都还没有在脑子里反应过来，但也都只能强压住内心的好奇，不能让白郎中看出有什么不对劲的地方。

洋画册？

周玉脑海中快速回想着白郎中和他说的这个物件的来龙去脉。

这洋画册在他来之前周冰羽确实和他提起过，按照周冰羽的描述，他认为此物乃伤风败俗之物，不能作为礼物登上大雅之堂。但他已经告诉周冰羽等这货物到了就立马销毁，以免引起祸端。难道周冰羽没有将这物件私下里销毁，又给他拉来了？可他让萧武等一帮伙计给他誊写的礼单子上，没写有这本洋画册啊？可这物件又怎么堂而皇之地到了白郎中的手上呢？这物件又怎么能有这么大作用，按照白郎中夸张的说法，是救了白郎中的命，它怎么能治好白郎中多年难以启齿的顽疾呢？白郎中越说，周玉越是糊涂，一连串的问题不时地闪现在脑子里。但他知道，此时，关于此事必须镇定自若，看着白郎中说话的意思再说，不能轻易表态。既然白郎中对他已充满感激之情，那对他也就没有加害之意，必须顺着白郎中的想法走下去。

“白兄，当时我还担心您怪我粗鲁冒昧呢，哈哈。这真是我们之间早已天定的缘分，这幅画册我是托人从广州那带回来的，这一路上颇费了一番周折，今天到了白兄手上有了用处，也算没白折腾。”周玉不敢多说关于洋画册的事，因为他也没见过那到底是怎么一个模样的洋画册。

“是啊，兄弟，你送来你是知道的，这物件和、和常人一般长短，用麻布包裹着平平整整，下人们最初以、以为是垫车底之物呢，他、他们并没有太在意。说来也巧，你们走、走了之后，正好我看见下人抬着这物件要去做床铺，我、我看他们两人抬着还有些吃力的模样，我想应该不是垫板，是不是兄、兄弟送给我的非常之物，不好在单子上写明啊，我就让他们抬进了我、我的卧室。屏去左右后，我、我一层层打开那麻布，一股幽香扑面而来直入心脾，哪成想是一大册子如此巨幅的洋画啊，画得那叫一个逼、逼真啊，真是不可想象。周贤弟你、你应该了解那上面的画儿，七色的油彩那个艳丽不说，还层层叠叠的凹凸有致，那画上的女人眼睛有蓝有绿，那肤色好像是麦子刚脱去了外壳一般，那底下怎么还是红色的啊，咱天朝人不都是黑色的吗？说来惭愧，哈哈，我翻到第五页就已经欲罢不能了，这是多少年从来都没、没有的事啊！哈哈，不怕两位兄弟笑话，当时我就在那、那上面销魂了一次，真是舒服至极，宛若重生了一般！今天早上起来，忍、忍不住又往下看了看，没成想又是如昨晚的情致。兄、兄弟啊，你说我是不是得好好地感谢你，就算是散尽家财，这五品的江宁织造郎中不做了，此生享此美妙人道之事，我、我也就心满意足了！”

直到此时，周玉算是彻彻底底地了解了事情的来龙去脉，也解开了自己心中的诸多疑惑。要不是那日在酒楼里听到那些醉汉说的话，还真理解不了白郎中这些年因不举之事遭受的诸多痛苦和烦恼。白郎中说的这些肺腑之言，如果不是他从多年的多番痛楚之中，突然间有了苦尽甘来、不吐不快的心情，旁人定是万万听不到的。或许白郎中此时的心情，真如拨云见日一般畅快，甚至比他那时金榜题名、洞房花烛更是激动吧。

“白兄，看来你我兄弟真是前世修得的缘分，心有灵犀啊！哈哈，白兄这事，我不敢邀功，但确实可喜可贺，来，来，我敬白兄一杯！”周玉和白郎中的酒杯重重地碰了一下，一饮而尽。他哪成想一个自己认为伤风败俗的物件，在关键时刻能给他带来峰回路转的局面啊！这世上的事怎么就这么巧呢？难道是天意？从内心里周玉竟然有些佩服儿子周冰羽的眼光了。

周玉无比地兴奋，脸色也变得红润起来。可是一个问题也在心里打转转儿，这帮忙的事，白郎中可还是只字未提！自己又找不到合适的机会说出口，哎，管他呢，白郎中高兴就是好的开始，慢慢来吧。

一旁的程九信一直没有多说话，他已听得目瞪口呆了。周玉在酒楼里听到的关于白郎中的故事，周玉并没有讲给他听过，他更不知道和亲王五爷给白郎中戴绿帽子这回事，这发生在白郎中身上离奇的故事，也让他感觉有些耸人听闻。这也是他第一次从白郎中的嘴里，真切地听到了白郎中内心的苦楚，白郎中今天在程九信的眼里，好像是换了一个人似的，要他觉得白郎中既陌生又十分真实可爱。莫名地，程九信竟然对白郎中产生了亲近感和好感。

“白兄，我有个提议，一会儿您换上便服，去秦淮河畔逛逛如何？”周玉乘势而上对白郎中说。

“好啊，哈哈，哈哈……”白郎中愉快地答应了周玉的请求。

每个人喝完酒之后想做的事情都不一样，特别是你有求于人家的，有生意往来上的客户，你就会碰到形形色色的人。有的人只要你把他给喝到位就行，你不用管他其他的事，随便他是想去睡觉还是坐在那里发傻，这样的人喜欢安静，受到别人的打扰他会不高兴；有一些人喝完酒爱哭，有的爱笑，你不让他大哭一场，大笑一场，那会憋坏他，如果你也能陪着一起来哭笑，那样的效果最佳；还有人酒后爱唱、爱跳、爱洗澡，一边唱着歌跳着舞或去洗个热水澡，才让自己得到喝酒最大的快乐；还有的酒后狂躁，非要闹出点动静或乱子来，不是当众骂人就是找人打架，不管胜负结果，总之是要把刚喝进去的酒以出汗的形式发泄出来，才肯罢休，这也许就是人们常说的酒后无德之人；还有这最后要说的，就是有特殊嗜好的人，那就是去青楼狎妓找女人，你要是不明白他的这个心思，直接送他到家去，最后的结果就是：你这个客是白请了一场，银子是白花了不说，人家还不感激你，还得说你不明白事理，死脑筋。有了这样的印象之后，这样两人的关系也就没法再深入地交往下去了。

话说，三个人收拾妥当，白郎中自己独坐一顶，周玉和程九信两人合乘一顶四人抬的绿呢子小轿，一前一后出了白府，径直往秦淮河方向走去。

走到半路的时候，程九信在轿子里悄悄地对周玉说："周兄，我就不去了，我在此下了。"

"别啊，咱们一起去多热闹。再说这黑灯瞎火的，你怎么回去？"周玉连忙拽住程九信的衣袖挽留道。

"我看白郎中刚才喝得是有点儿多，这出来让凉风一吹，有可能就清醒了不少。一会儿到了秦淮河边上的那种地方，我和白郎中是上下属的关系，有我在，白郎中该感觉不自在了。他放不开、不尽兴，咱得不偿失！你不用担心我，我一会儿走着回去就是了。"程九信对周玉解释道。

"还是贤弟想得周到，不愧是在官场上混久了的人，我明白了。你自己回去多注意些！"周玉非常感激程九信的提醒。

第十五章　晴天霹雳

虽然昨夜睡得很晚，但天还没亮周玉就醒了。他躺在床上仔细回想着昨日和白郎中喝酒以及酒后去秦淮河船舫上，听曲儿狎妓的整个过程。他生怕自己酒后哪一个环节上，万一出现了问题，或出了狂言和丑态，担心白郎中酒醒之后，对自己有不好的想法和看法，那真的让人追悔莫及了。

这是周玉多年养成的习惯，只要是事关生意的酒，他喝完的第二天早上，前一晚的整个过程，必须在脑海里重新走上一遍。令人赞叹的是，无论周玉当时喝了多少酒，每个细节他都能回想起来，甚至彼此之间说的每句话，对方当时是个什么样的表情、态度，都会一一呈现出来，历历在目。有时候他也不想这样，这样会要他身心疲惫，休息不好，还会让他偶尔懊悔不迭，但没有办法，他就像患上了强迫症一样的，必须要去做这件事。

一册让常人看来颇为淫秽的西洋女画，竟然治好了白郎中多年身体上的顽疾，和救了他的性命一样，现在周玉回想起来都觉得不可思议。就是这么一个普通物件，白郎中视其为千金不换的奇珍异宝，就能让一个堂堂的五品江宁织造放下无比高傲的身段，俯首与他周玉无话不谈、称兄道弟，就是到现在，周玉还没认为这事儿是真实发生在自己身上的。

周玉琢磨半天，好似明白了一个道理：每个人身上都有这样那样的弱点或缺陷，每个人又都在小心翼翼地藏着、掖着。并且这些脆弱而敏感的地方，很难被别人发现，也从来不想被别人发现，不管对方是出于真心还是假意，是有意还是无意，是聪明还是愚笨。可他的这些不为人知的秘密一旦被你发现了，他就会选择远离你，并且会怀着莫名的不满和愤恨，因为只有这样，才能让他尴尬、狼狈的内心平静下来，让自己有安全感，虽然明明知道这是在自欺欺人。就像一些人稍稍发达了，就会马上和过去的一些朋友、兄弟划清了界限，为什么？因为那些人最清楚他那些过往的不堪和一些令人不齿的经历，哪怕只是一些芝麻绿豆大点儿的事，他也会毫不留情地和那些人一刀两断以绝后患。许多曾经的好兄弟就是这么分开的，那就是其中的一个人飞黄腾达了，他的一些过往被别人熟悉和了解，这成了他的心病。但有一种例外，就是一个久病的人，为了得到神医的指点，能给开出药到病除的方子，这时候就不得不对神医敞开胸怀，将自己的病症全盘托出，不敢将隐情私瞒半分。因为这关乎他的身家性命，他知道必须对神医说实话，神医才会给出他一个最佳的治疗方案。而周玉在白郎中眼里，就是治了他这多年顽疾，救了他性命的那个神医。他昨晚说的那些肺腑之言，或许就是对周玉给他的治疗结果的反馈吧。在这个世界上，无论王侯将相，还是贩夫走卒，每一个人都有各自的利益诉求，或想青史留名，或想柴米油盐。大的利益成王败寇，小的利益鸡毛蒜皮，但人们都不约而同地去趋利避害，尽量让自己的利益最大化，所有这些都是人的本能。

“东家，您起床了？安徽的王掌柜昨晚后半夜到的，在西厢房里一直没合眼地等您。我问他有什么事情他也没有说，但感觉他特别着急的样子。”听见周玉起床的声音，萧武立即就进来禀报。

还没等萧武说完，王掌柜已经从后面跟了进来，见到周玉，“扑通”一声跪在地上：“东家，大事不好了，咱家柜上出大事了。”王掌柜话还没说完，熬得通红的眼睛已是老泪横流。

周玉连忙走上前去，把王掌柜搀扶起来，惊愕地说：“王掌柜，到底发生了什么事，让你这样惊慌失措？快，喝口茶水，慢慢说。”

“东家，咱家被骗了，被骗得好苦啊！足足两千包上等的湖丝，一眨眼的工夫就没了！”王掌柜沙哑的声音好像是哽咽着从喉咙里挤出来的一样，但周玉听了如同惊天霹雳一般，有些吓傻了。

“王掌柜你说什么？你说什么？谁被骗了？是在你安徽的柜上被骗了？什么样的人骗的？怎么会出现这样的事？”周玉恨不得把他心中所有的疑问，一股脑儿地都说出来，虽然他也知道此时最需要的是保持冷静，去听事情的来龙去脉，可他还是忍不住，这个事情实在是太大了，都有可能要了他的命。

“东家，是这样的，前些日子在我的柜上，来了个姓华名春娇的女子，要买一大批上等的七里丝。我信不过她，也做不了这个主张，但又不想失去这么大个买卖，就领她去见了少东家……”王掌柜此时倒稍稍平静了些，他忙将这件事的原委一五一十地讲给了周玉听。

“那后来呢？那女子把货拉到了安徽之后，又发生了什么事？”周玉急切地追问。

“路上走走停停，货拉到了安徽之后，已是将近子夜时分了。先前已经说好了车板子上交货付款的，但是那女子十分热情，说大家一路劳顿，先吃饭休息一下再说。人家的好意我和伙计们也不好拒绝。她把我们领到了一个离她染坊较远，但档次很高的酒楼吃饭，伙计们确实也是累了饿了，就都喝了一些酒，又狼吞虎咽地吃了饭食。哪成想大家吃完喝完，都躺在那里不省人事了。醒来的时候，发现我们都横七竖八地躺在了酒楼的外面，身上还感觉是轻飘飘的，没有半点儿力气。”王掌柜在努力地回忆着那晚的可怕经过。周玉和萧武两人听得也是脸上不约而同地都淌下了冷汗。

“那后来又怎样？”

“后来我带着两个身体还算健壮的伙计，连忙去那女子染坊那边看货物。东家，等我们到那儿的时候，什么都没有了，只剩下十几匹骡马被拴在了树上，车和车上的丝都没了！我又马上进到那个染坊里盘问打听，人家说根本没这么个姓华的东家，更没有这么个姓华的女东家。我问他们，那怎么看起来你们那么熟悉呢？他们说这个女子前个把月来，说要加工织染一批蚕丝，几番来回，价格也没有谈拢。终于前些日子谈妥了，她说拉来，哪成想昨天晚上忽然变卦了，来了一大拨子人带来了新的骡马换上车，没打招呼就又把蚕丝拉走了，至于拉到哪里他们也不知道。我这才如梦方醒，看来是真的被骗了。人家知道了被骗的事，还告诉我，之所以骗咱的人家换了骡马，怕老马识途，暴露了他们的踪迹。东家，我真是老了不中用啊，给你惹了这么个天大的祸端，我真该死啊……”王掌柜是一个老实本分的人，说到此处，已是战战兢兢，鼻涕一把泪一把的，又不敢放开声哭。

“好了，王掌柜，此时不是你讨罪过的时候，再说都是逆子自作的主张，你只是不应该货物到了地方那么不小心，轻易就上了人家的当，不管不顾地就离开了货物。可是，这之后你去没去上衙门告官？”周玉尽量压制着内心的焦躁和火气继续问。

“我去了，可当地的县丞说这事他们管不了，事体太大人手不够，让我去上一级的府衙去找。我就去知府那里找，但知府说这事隶属县丞绥靖一方，地方上出现的事应该还是去找县丞。我又折返回去找县丞，县丞耐不过我的苦苦哀求，将案子暂时接了下来，告诉我回去听信儿，但说了不知道什么时日这案子能破得了，短则半年，长则三五年都是正常的事，也有可能一辈子也破不了这案子。办完这事，我派伙计赶快回家知会少东家，我打探得东家的消息，就连忙赶到您这，请您的主意来了。还有，我私下听人说，这事当地的县丞事先是得了好处的，否则大半夜的城门怎么就能轻易破例给开了呢？东家，你说这事怎么办啊？”

“王掌柜，看来这些贼人是经过周密的策划之后才对我周家下手的啊！你现下去休息吧，有事我再叫你。”周玉听到这里，反而更冷静了下来。他隐约感觉到儿子和王掌柜陷入了一个天大的阴谋之中，这背后就是冲他周玉来的，是冲他整个周家来的！这不是几个简简单单的江湖骗子临时起意所为。可他周家到底是得罪谁了呢？这是要多大的仇恨，至于这么精心筹划，做出这么大的响动？这明显着是要他倾家荡产啊！

萧武一直在旁边听着，他见周玉在房间里来回快速地绕着圈子，脸上愁云密布，苦不堪言的神色：“东家，听您这意思，是有歹人暗中作祟。既然官府不为我们做主，我们也只有自己想办法了。”

“是啊，看来这些歹人能力不小啊，他们能打通官府做事就一定是有来头的。我们能想出什么好办法来啊？”周玉的脚步并没有停下来，无可奈何地应付着萧武的话。

“东家，这件事让我试试吧，我即刻动身行走一趟，或许能有个眉目。”萧武很平淡地说，让人看不出和平时有什么差别。

“你？武儿啊，这不是开玩笑的时候，这怎么能行啊？我知道你武艺高强，但贼人已躲了起来，你纵有十八般武艺、满身子力气也使不上啊。这事你不用开解我，我再想想办法。”

“东家，我还是走一趟，我也只是试试，成不成再说。”萧武还是坚持着。

“武儿啊，我知道你对我一直忠心耿耿，鞍前马后没少出力，但这事你帮不上忙。”

“但您知道我为什么来到周家的吗？”萧武问。

“我怎么能不知道，你不是摊上了人命官司躲到我这来的吗？我知道你要感谢我好心收留了你，急着要报恩，但这事你是一点儿忙也帮不上，快别说了，让我静一静。”周玉话上已经显得不耐烦了，挥了挥手，示意让萧武退下。

周玉这次来南京，要办的事情刚刚有了些眉目，就出了这么天大的事情。要知道这两千包蚕丝价值将近六十多万两的银子，这个被骗去的数字，纵使周玉有家财万贯，也是万万承担不了的，这六十万两银子如果找不回来，周玉不死也得扒层皮。损失无法弥补不说，这朝廷的评议还参不参加？参加，手里已经没有朝廷要采购的生丝库存了，一个月里到哪里再能凑得上朝廷要采购的五千包七里丝？即使有五千包丝等着你去买，自己还哪能凑得出那么多的银两呢？一旦朝廷的评议下来，自家的生丝还被取上了头筹，到时候按期交不上货，这全家老小的性命可就堪忧了啊！但如果此时放弃不参加评议，也真的可惜了，事情千辛万苦做到了这步田地。人，该求的都求了，银子，该花的也都花了……着实不甘心啊！

第十六章　分道扬镳

在杨家的客厅里，高尚兴冲冲地来拜访杨梓传。

“杨叔，告诉您个好消息，咱们的大事已成了！”高尚难掩激动之情，进了门就和杨梓传说。

“贤侄，这事还是不要声张为好，毕竟这不是能拿到台面上来说的事，传得沸沸扬扬大家不好做人不说，这主谋的罪也是不小的，大家都脱不了这其中的干系。”杨梓传淡淡地说。虽然他内心里也是十分高兴，不单就此削弱了周玉的力量，还报了周家羞辱之仇，但他还是想提醒高尚，这不是什么光彩的事，不值得炫耀，还是少说或不说为好。

“杨叔，这事天知地知，你知我知，咱俩不说，谁还能知道呢？小侄办事您还不放心吗？这次的事，您是帷幄运筹在千里之外，我这是做得天衣无缝，滴水不漏。我就说嘛，咱叔侄两人要是一起联手，这两江之间的丝业，根本就没有咱们的对手。”高尚说得十分得意，毫不隐晦地在杨梓传面前邀着功劳，也是在显示他这个未来女婿的能力。

“呵呵，你说得没错，但一旦周家知晓了事情的原委，这个仇恨往后就结大了。这事啊，我们暂且就先忘了它吧，就当什么事情也没有发生过，以免节外生枝。”杨梓传看着高尚这个样子，实在是不放心。想多嘱咐几句，但又不想继续顺着这个话题谈下去，说起话来也是不冷不热。

看着杨梓传并没有自己预想中的那般热情，甚至连句夸奖的话都没有，高尚顿时兴致锐减，感到索然无味。

“杨叔，我本家哥哥那边已经答应我了，他这几天就亲自去白郎中的府上走一趟，顺便把咱这事就和白郎中说了。我家哥哥也说了，这对于他来讲是小菜一碟，办起来几乎也是十拿九稳的事情。您就说，江宁织造的白郎中他再怎么样，可是和我家哥哥比起来，毕竟只是一个五品的芝麻官，现在的织造郎中早已不是康熙爷时曹家的那般风光劲儿了。再说，这江宁织造毕竟是在我哥哥两江总督管辖的地面上混，于情于理他也得给我哥一个情面。杨叔，我和本家哥哥也说了，等事成之后啊，我送他一些银两作为他平时私下的用度，免得总是捉襟见肘，总是去找我家嫂子要。”

“贤侄，你本家哥哥高大人肯为我们疏通是好事。可高大人毕竟贵为两江总督，管理着几省军民政务，是朝廷堂堂的一品大员、封疆大吏，事务繁杂不说，有可能他说过这么一次之后，转身就把这事给忘在脑后了。再说高大人还有个身阶面子的考虑，这事要是白大人那稍有拂意，恐高大人也不好再说什么，毕竟织造是给朝廷办事，再不济，能坐上织造郎中位子的人，都是皇上或皇上身边人的亲信。我说啊，这事你就不要麻烦高大人了。”

“杨叔，这事您就放心吧，我和哥哥说了，等事成之后啊，我给他八万两银子。不谈本家兄弟情分，就是看在这八万两银子上，我不信他还能袖手旁观，不给我们出力？”看见杨梓传这么一口一口地叫着自己本家哥哥“高大人”，高尚心里是无比地痛快。内心暗道，我高家位高权重，门第辉煌，岂是你杨家能比得了的？这事没有我高家，你一个杨家怎能成了什么大事？高尚心里这么想着，不免话语之间又神气活现起来。

“八万两？”杨梓传惊讶地脱口而出，“这也太多了吧，贤侄，你怎么不和我商量一下就答应了呢？这八万两可不是小数，弄不好，我们八万两赚都赚不回来。你这样轻易地就承诺出去，让我们以后如何兑现？再说，我早已在京城那边找好了人，就是京里那些个大人物，皇上身边的人儿，也不用拿出这么多银子的！”

杨梓传听了高尚说的话，再也沉不住气了。在他看来，高尚不但狂妄自大，而且还带着那么一股对他要敲诈勒索的味道。如果再拿出那八万两的银子，还谈什么事成之后我六你四去分成，这八万两银子一拿出去，两家再按比例分一分，这当中哪还有什么利可图啊！高尚你想这么玩我，你还是嫩了点儿。我杨梓传这大半辈子还从来没有做过别人的棋子，被人玩弄于掌股之中任人摆布过呢。

“那你找的那些个大人物，得需要多少个银两打点呢？难道是一文也不用花？”高尚听见杨梓传这么不待见自己和本家哥哥，又忽感一阵扫兴，他揶揄着杨梓传说。

“他们这只需要六万两银子就可以了。比起你答应高大人那里足足少了两万两。我找的这几个人不用在皇上面前说，就是他们私下和工部、内务府的打声招呼，哪个也不得不买他们账的。所以说，我的这个关系比高大人去找白郎中还要更直接，力度还要更大一些的。”杨梓传说话也不再客气，直接把自己的意思说明白了给高尚听。但他说的六万两银子，还是比他答应给陆通的数多说了一万。既然高尚想敲他一笔竹杠，为何他就不能小小地敲高尚一点儿呢！

“杨叔，我本家哥哥那里，既然已经答应了，就断然没有再去降价码的道理，以后再有请托的事我也不好意思再去找人家。按照您说的意思，就是我找我哥哥出面，好像是也没什么意义的事，也起不到什么作用似的。既然咱话说到这份上，不如这样，杨叔，这事我们从长计议，各走各的门路吧。”高尚听到杨梓传这样说自己的本家哥哥，差一点儿就恼羞成怒了。但两人的辈分毕竟在这摆着呢，他还是强压住怒火，委婉中带着些许强硬地表达了不再合作的态度。

“贤侄，既然你这么说，我也不好说什么，那就按你的意思办吧。只是那周家的生丝还在你的库里。你知道，这事成了之后，我们是给了那帮人十万两银子的，我们各自出了五万两，是不是那生丝也得各劈开一半分了？不分也行，按货款折算，各分一半银子回来也是可以的。”杨梓传一肚子恼火无处发泄，但还是不紧不慢地说出了这骗来的蚕丝如何分配的问题。

“杨叔，这事您清楚，是我主动找您商量的不假，但这计划、行事可都是小侄派人来做的，官府那边我也是拿捏着本家哥哥的意思打点的。我的意思呢，把您拿出的那五万两银子给您退回来，这事咱们也就算平了。”

“高尚，你这么说不对吧，这事没有我，就按你原先的实力，怕你也不敢去那么做吧？我蹚了这么一池子浑水，惹了一身腥臊，让我一无所获？这事你做得未免过分了点儿吧？”杨梓传说话间，已放下了脸子，面部微露狰狞之色。

“这样吧，杨叔，我看您今天情绪也并不是太好，这事咱们改天再商量吧，我先告辞了。”说完，高尚自顾自地扬长而去。

高尚走后，杨梓传立刻将楚秋叫进了屋里。

“爹，您叫我？”楚秋进来问。

“是啊，楚秋，你坐。你去京城里和陆通那边沟通得怎么样了？”

“陆通那边已经和他姑妈庆贵妃说了，庆贵妃已经把这事情应了下来，叫身边人和内务府的谭公公知会了，谭公公也是满口答应，一定要照着贵妃的意思办。”

“好，有消息了随时来汇报我。再有，还是要密切注意一下周家和高家最近的动静。”

“爹，我听说周家最近接了个两千包的大买卖，但听说被骗了，具体怎么个详情还没打听明白。还有，周家拉了几大车的礼物送到了南京，但无非就是些酒坛子什么的，没什么太值钱的物件。我看这些消息都无关紧要，也就没及时和您说。至于高家，高尚一直和您很谈得来，近期他也是和咱家走动得频繁，您要注意他的动静做什么？”楚秋不解地问。

“噢，噢，是这样，嗯，啊……”杨梓传听楚秋这么问，竟有十二分的尴尬，清了清嗓子说，“周家被骗了那么多生丝，这也为我们提了个醒，咱家也要多注意着点儿。但周家呢也是自作孽不可活，活该，不值得同情。纯如说的那些物件，无非就是周玉去南京找人请托送礼用的，看来你分析得是对的，周玉确实是去了南京。可谁又能看得上他的那些不值钱的盆盆罐罐呢？再说，现在周家没了那两千包丝，和咱们再竞争起来，已经占了下风，他家已经不足为虑喽！但刚才高尚来，我听出高家大有要另起炉灶的意思，有了不准备和我们合作的动向，这件事我们不得不防啊。还有高家尚欠我们三十万生丝的货款，我们还得朝他要呢。”

“爹，什么时候高家欠我们这么多钱了？这事我一点儿也不知晓啊！”楚秋疑惑地问。

“噢，这个事是我前些日子自作主张的，和你没有干系，自然也就没有和你说。只是你要多留心注意他的动向，别让这小子打赖就可以了。这事最终还是要我来和他谈。”杨梓传叮嘱了楚秋一番，接着说，“你告诉绎如一声，我有可能随时去南京，我要带着她去，让她做好准备。”

“好的。”楚秋答应着。听着杨梓传如是说，楚秋的内心虽然有些失落，但一瞬间也就过去了。因为他知道，在这个家，至少杨梓传没有把他当作家里人。杨梓传好像什么事情都让他插手去办，但事情最核心的地方，杨梓传还不让他去碰，总是将他剥离在事情的外缘。他发现，杨梓传很多事情都瞒着他，他不知道的秘密还很多。或许他在杨梓传的眼里，永远还是那个当初被抱养的小男孩。只是那个小男孩现今已经变成了大男人，其他的身份都不曾有过改变。

杨梓传让楚秋告诉绎如准备去南京的事情，令楚秋有些不解。

父亲带着一个还未出阁的闺女去招揽生意，还是闻所未闻的事；或许只是带她出去玩一玩，见见世面，还是父亲出门不放心把绎如放在他的身边，把他们兄妹隔离开呢？楚秋也想不出个所以然来，索性也就不想了。

第十七章　门神挡路

“秋哥，你上哪里去？”绎如看见楚秋若有所思地过来，马上喊了一声。

“噢，我正要去找你。是这样，爹让我告诉你，他这几天随时要去南京，让你也准备好，他要带你去。”

“带我去南京做什么？秋哥，你去吗？你去，我就去，你不去，我也不去。”近一段日子，自从绎如知道了父亲将她许配了高尚，就天天黏在楚秋的身边，生怕哪一天就被强行拉走，将她强嫁给高家，再也见不着她的秋哥哥了似的。绎如知道自己的姐姐曾和楚秋互有情愫的往事，但姐姐毕竟已经嫁作他人妇，时间过去了那么久，她现在追求着楚秋，没有情感上的压力。并且她也看到了发生在姐姐身上的不幸，下定决心绝不走姐姐的老路。

但楚秋还是只把她当一个亲生妹妹去看待，在他眼里，绎如就像一个永远也长不大的孩子，需要有人疼爱。尤其是近些日子，楚秋看得出来绎如对他的想法，但他不想让绎如的念想继续下去，所以一直在尽量躲着绛如。

“我去不了，爹另有交代我的事情要去办。爹既然要带你去，你就早做好准备，以免措手不及。”楚秋没有丝毫感情地说道。

“哼，我就不去，看他能把我怎么着。秋哥，我要和你在家里照顾柜上的事情。”听到此番话，绛如耍起了她那执拗小姐的脾气来。

“我可是把爹的话带到了，你要是不去啊，得亲自和爹说去。”楚秋说完转身要走。

“我就不去和他说。”绛如一本正经说道，说着一把又拉住楚秋，“秋哥，你等等，我有话要和你说。”

“什么事？说吧。”楚秋停住了脚步。

“我要嫁给你！”短短的五个字，绛如说得非常干净利落，没有一点儿羞涩，带着突然间的成熟和镇定。

“啊？嫁给我？”虽然楚秋早已感知到绛如有这样的想法，但真真切切听到从绛如嘴里说出来，楚秋还是吃了一惊。

看着坚定的绛如，楚秋无奈地摇了摇头说：“绛如，这是不可能的事。你知道我的心里面有谁，你不用问，我也不用说。这个人我还是放不下，或许是一辈子也放不下了。我听爹话里话外的意思，他和高家近些日子闹得很僵，我想，有可能也会影响到你和高尚的婚事，说不定爹会给你另择一家更好的人家。绛如，你还年轻，感情上的事情，有可能你还没有想明白。我永远是你的好秋哥，我会永远保护你。但你刚才说的这些话以后不要再说了，爹娘听了也会不高兴的。”

“秋哥，你干吗对我就这么无情？姐姐已经嫁出去好几年了，你还是忘不了她？我不知道我比姐姐差在哪里，你为什么要离开这个家？难道是我爹要撵你走吗？和高家要是解除婚约，你应该为我高兴才对，你是不是怕爹不同意我们定亲？”

楚秋没有再回答绎如的问题，而是陷入了沉默。

“秋哥，在这儿，你就给我一个痛快话，这个事你到底是同意还是不同意？”绎如看楚秋不作声，心里很难过，无奈之下算是给楚秋下了最后一个通牒。

“那我也告诉你一声，你断了这个念想吧，不可能！”楚秋知道，此时他必须快刀斩乱麻，必须正面回答，免得事情越来越糟。

“好，我知道了，你和爹一样，对我都这么心狠！”绎如恨恨地说。

望着绎如远去的背影，楚秋在原地怔立着，不知所措。

这都是些什么事情啊？

在楚秋三岁的时候，亲生父母抱着他从安徽逃荒到了此地，但终因无力抚养，无奈之下将他遗弃在杨家的门前。杨梓传看着机灵可爱的小楚秋心生喜爱，再加上自己结婚几年还没有孩子，于是就收留了他，认他为养子。收养了小楚秋后，楚秋便跟随了杨梓传的姓，但名字却没有变，也算是杨梓传有人情味的一面。杨氏夫妇对小楚秋很是疼爱，当作亲生儿子一样对待。

一晃四年过去，杨梓传和夫人陈氏陆续有了纯如、绎如。因此，杨氏夫妇渐渐地就把关心和呵护都放在了两个女儿身上。对楚秋的关爱虽不及以前，但也不能说刻薄，别人家孩子有的，楚秋也没少什么。加之楚秋是十分乖巧懂事的孩子，对杨梓传十分孝顺，这样下来父子之间相处得还算和谐融洽。

眼看着两个女儿慢慢长大，杨梓传没有刻意隐瞒楚秋的身世，把关于楚秋的事情都告诉了纯如和绎如。后来的事情竟不像杨梓传所想的那样简单，慢慢地，杨梓传发现，本来亲密无间的兄妹，好像在交往上却发生了一些变化，先是纯如对楚秋产生了好感，两人之间的一些亲昵超出了正常兄妹间的情感。等纯如嫁给周家后，他又发现小女儿绎如对楚秋也有了暧昧。绎如时常追在楚秋的身后嘘寒问暖，有事没事都会往楚秋的身边凑，要知道绎如从小被整个杨府上下娇惯，她很少主动对别人这样关心的。虽然楚秋不为所动，对绎如没有什么非分的想法和举动，但这些变化杨梓传都看在眼里，他是不能听之任之让它继续发展下去的。

虽然杨梓传知道，楚秋和两个女儿没有任何血缘关系，即使绎如嫁给楚秋也不会有违人伦。楚秋办事头脑冷静、行事利落，是他一个得力的助手，但未来让一个逃荒人的儿子娶自己的女儿，然后来继承杨家这么一大笔家业，他从心底还是有些接受不了，所以杨梓传渐渐地对楚秋产生了防备之心，不想让楚秋知道一些生意上的重大事情，至少大家都没有知晓之前楚秋也是不知道的。因为，在杨梓传看来，年轻人做事不好说，因此他要时刻留意着楚秋和绎如两个人私下不要做出什么出格的事情来，如果冲动之下生米煮成了熟饭，那到时候说什么都晚了。

迈不过去心里这道坎的当然还有楚秋。他和纯如两个人年纪相仿，几乎是两小无猜青梅竹马长大的。到了青春懵懂时，两人都知道了彼此没有血缘关系，更加真心喜欢对方，但楚秋时刻提醒着自己，他的出身配不上纯如。最终纯如被杨梓传强行嫁给了周冰羽，带着无奈的伤痛和遗憾，他将这段爱恋之情深埋在心间，并时不时地痛楚一下。虽然他也喜欢绎如，但这种喜欢只限于兄妹之间的亲情，从来没有转移到男女之间那种彼此爱慕之情上，即便是这种哥哥对妹妹的喜欢，在杨梓传看来也是不可容忍的事情了。

三天后，绎如没有再和杨梓传争辩什么，好像什么事情也没有发生一样，很自然地随着杨梓传去了南京。

到了南京后，杨梓传找了一家客栈将绎如安顿好后，自己就急匆匆来到了驿馆，他要求见的是驿馆里刚刚住下的两位贵客。

驿馆的门边上站着两位戈什哈在把着门，据说，这是两江总督高晋专门临时派过来盘查进出驿馆人员的，为的是保护两位办差人的人身安全。因为这里住的可是朝廷派出的工部三品官员刘大人和内务府来的从四品太监谭公公。虽说两位品轶不是十分高，但两位办的都是皇差，有着钦差的身份在里头，这一住下来可不是一天两天的事，住上两三个月的情况也有可能。万一在他两江总督的眼皮子底下出个什么差错，朝廷不怪罪，自己脸面上也说不过去。

杨梓传走上前去拱手施礼，恭敬地说道："这位军爷，我想求见谭公公，劳烦您通禀一声。"。

"你哪位？从哪里来？"其中一个戈什哈问。

"我姓杨名梓传，从湖州府而来。"杨梓传答道。

两个戈什哈咬耳朵窃窃私语一番之后，其中一个人说："不行啊，谭公公有命，地方官吏及其他闲杂人等一概不见。你回去吧。"

"这，这，我找谭公公有要事相商，还请行个方便。"杨梓传听说不让见，内心有些着急。

"我说你这个人怎么回事，听不懂人话是不？我看你是敬酒不吃吃罚酒，非得我赶你走不成？”两个戈什哈见杨梓传不识相，举起了手中的家伙。

杨梓传见两位戈什哈发了火，连忙从怀里掏出二十两文银，分别塞到两位当兵的的手里：“两位军爷息怒，我确实找谭公公有急事，还是请两位军爷通禀一声，谭公公一定会见我的。”

两个戈什哈掂量着手里的银子，互相对视了一下，又都轻轻地摇了摇头，不甘心地把银子齐齐地又塞还给了杨梓传，不过口气还是舒缓了许多：“我说这位杨哥，你还是回去吧。不是我们兄弟不通情理，实在是上面有命，不敢违抗啊！”

杨梓传听了，也是无可奈何，看来确实是谭公公、刘大人下了命令不让外人进去，否则，怎么这银子到了这地方就不好使了呢！但他稍微思索一下，终究还是将银子又塞了回去，然后转身走了。

见杨梓传走出有五十步开外的距离，其中一个戈什哈从怀里拿出一张画像，对另外一位说：“高大帅交代的要严防死守的就是这个人，名字对得上，相貌也对得上。唉，算这个哥们儿倒霉吧，这白花花的银子他没派上用场！”

“他娘的，这个人和高大人有什么过节，看这个人顶天也就是个富家老爷之类的人物，咱们高大人至于和这样的一个人一般见识吗？”

“不知道啊，管他呢，谁知道他们这些大人们一天在想什么，我只关心晚上怎么把这银子花出去，嘿嘿。”

第十八章　锋芒初露

杨梓传刚到南京，出门办事就吃了闭门羹，心里感觉很窝囊，回到了客栈里，自然也是闷闷不乐。他思来想去也没有想明白，为什么谭公公要弄两个戈什哈放在门口当门神，难道谭公公真的是不想见人吗？这要是一直见不着，沟通不了，这前前后后的努力不是都打了水漂了吗？

南京，绎如第一次来到了这个陌生的大城市，可她也没有想要去哪里逛逛的想法，一整天都是独自一人躲在屋里不出来，别人也不知道她在想什么。

虽然看似若无其事地随着父亲来到了南京，可是绎如满肚子委屈和苦恼无处诉说。其实，别看绎如年纪不大，又叛逆、大胆、嫉恶如仇、灵活而善变，外表也常给人以一个任性无理的大小姐的形象，但她也是心思很重的人，什么事情一旦入了她的心，就很难再有所改变。就如刚才还在甜甜地叫楚秋一口一个“秋哥”，可楚秋刚拒绝完她之后，她就会对楚秋立马生出恨意来。

杨梓传吃了闭门羹后，百思不得其解，于是他踱步来到绎如的房间。想看看女儿，顺带看看女儿有没有什么好主意。

绎如见父亲进来，起身给杨梓传倒了一杯茶。见到杨梓传的脸色不是很好，关切地问道："爹，怎么了，没见到谭公公？"

"唉，别提了，被硬生生地挡在了门外，说是人家不想见任何人。爹年龄大了，不中用了。"杨梓传垂头丧气地叹了一口气，没有半点儿精神。

"怎么，您没见着人？"虽然在自己与高尚的婚事上，绎如对杨梓传颇有意见，对近两年他对楚秋的态度变化也颇为不满。但此时看到杨梓传唉声叹气的样子，竟也生出丝丝心疼之感，毕竟父亲从小到大一直都很疼爱自己。看到杨梓传两鬓之间的白色，加之沧桑的容颜，绎如突然感觉父亲的确是老了。

"是啊，驿馆的门口站着两个戈什哈，说是谭公公有命令不见任何人，连通禀一声都不行，我使了银子也不好使啊。"杨梓传无奈地对绎如说到。

"这里面是不是有什么蹊跷呢？"绎如一脸认真而自信地问。

"蹊跷？这能有什么蹊跷呢？"杨梓传疑惑地看着女儿问。

"爹，您听我说，按理说这驿馆不同于官府衙门，它无非也就是朝廷开的一个大客店，开门迎的客虽说不是咱普通百姓，但也不能因为住了朝廷来的两个人，就不让任何人进去。再说，连通禀谭公公一声都不行，爹即使用上了银子也都行不通，哪也没有这样的道理，那定然是有蹊跷在这里面了。"绎如煞有介事地用手在指点着什么，然后自说自话地在帮父亲分析着这件事。虽然平时不太参与家里生意的事情，但她冰雪聪明，对什么事自有独到的见解。

杨梓传听完绎如说的话，竟然有些目瞪口呆。他怎么也没想到，这番话是从小女儿的嘴里说出来的。在他眼里，女儿还是个不谙世事的小女孩，但绎如这番话确实分析得合情合理，如拨云见日一般，怎么能不叫他惊讶呢！

“那按女儿的意思，我们该怎么办？”父亲急急地问道。

“我想，谭公公既然已经得到了上面打的招呼，必然在内心里是知道有你这么个人的，说不定，他现在还在急着找你呢！只是这门路被旁人给堵塞了，你进不去，他出不来，为的就是不让你们碰着面。”绎如继续分析说。

“好女儿，没错，你说得有道理。我刚才还是迷惑，分明是两头都已经交代完了的事，谭公公他怎么说变就变了呢？看来确实是有人从中作祟啊！”杨梓传听了女儿分析的，一副恍然大悟的样子。

“这样吧，爹，我们也不用瞎想了，你今晚好好休息一下再说。咱爷俩儿明天一早再去瞧瞧，事情自然会见分晓。当然，你先前去过了，这次暂时先不能露面，我先上前去看看情形，到时候再随机应变，相时而动，一定会有办法的。”绎如宽慰着杨梓传，胸有成竹地说。

“我的好女儿，没看出我女儿小小年纪，就有了小诸葛的老谋深算，为父都有些佩服你了！好，好，我听你的，咱就这么办。”杨梓传舒展了紧锁的眉头，不知不觉间脸上已现了笑容。

第二天吃过早饭，父女二人到了离驿馆有一段距离的地方，杨梓传寻了一个隐蔽处藏了起来，探出头来朝驿馆的大门处偷瞧。

守门的还是昨日的那两个戈什哈，耀武扬威地分立在驿馆大门的两侧。不一会儿的光景，杨梓传就看见有人陆陆续续地从驿馆的门口出来，要进驿馆里的人，那两个当兵的也只是稍加询问，或直接把人放进去，或小跑进去通禀，然后再折转回来，照样放行。

看到眼前的情形，杨梓传暗暗佩服女儿的判断，看来这里面确实是有蹊跷啊！“绎如，现在我们该怎么办？”杨梓传觉得这件事必须征询绎如的意见了。

“爹，别着急。这样，你不是有京城陆大人给你在谭公公面前的引荐书信吗？你待在这里，我拿去送给谭公公，谭公公见了信，必然要问到你，我再出来找你，你看见我出来招手，你就赶快往驿馆的大门走，别耽搁。”绎如非常镇定地说。

杨梓传不知道是激动得，还是让女儿说出的想法给惊得，连声说了几个“好、好、好、好”。

绎如拿着杨梓传给的信，闪身出来，不慌不忙地走向了驿馆的门口。“两位军爷，奴家要请见谭公公。”绎如娇滴滴小声小气地说着。

“有什么事情啊？”其中的一个戈什哈阴阳怪气地问着。

“是这样的，我这里有一封谭家的家书要当面呈给谭公公的，还劳烦两位军爷通禀一声。”绎如面不改色地应承着。

两个戈什哈面面相觑，暗道这谭公公还没到两天，家书就撵着人似的送来了？而送信的还是一个半大不小的女儿家，也真是让人奇怪。二人虽然生疑，但也不敢怠慢，其中一位马上转身进去通禀了。

不一会儿的工夫，那个人就折返了回来，挥手示意让绎如进去。绎如也不怠慢，闪身就进了驿馆，刚走到半路，就看见一个与她父亲年龄不相上下、太监模样的人走了出来，矮胖的身材，圆圆的脸，走起路来，脸上的肉也是一跳一跳的。

绎如断定来人一定是谭公公了，马上小跑过去，蹲下身子，道了声：“公公，万福金安。”

谭公公一愣，说是有人送家书来，但来的这姑娘他却不认识，“你是来给我送家书的人？”谭公公问。

绎如脸一红，说：“公公恕罪，我不是给您送家书的，是给您送来京城的陆大人让家父转交给您的一封信的。”

“呵呵，既然让你家父转交，为什么你父亲不来？你为什么还谎说是要给我送家书的呢？”谭公公被绎如说的话逗乐了，态度也是十分亲善。

“是这样的，公公，我父亲昨日就来了，但是把门的不让进，小女子才不得不出此下策。说是给您送家书，也是为了掩人耳目，以免说出是陆大人给您的书信，被外人听到，传出去让外人产生联想，添油加醋，节外生枝。”绎如见谭公公和蔼可亲，也不再紧张什么，把自己想说的和盘托出。

“想不到你小小年纪做事这么周详。好，你在这等一等，容我看完信，再作主张。”谭公公拆开了信，看了个大概，然后问道，“你父亲现在在哪里？”

“就在门外的不远处候着呢。”绎如回答说。

“去和把门的说一声，就说是我让你父亲进来的。谅他们不敢再加阻拦。”

“多谢公公！”绎如高兴地说，然后转身就往外走。到了门口，赶紧挥手让父亲过来。

杨梓传见女儿招呼自己，也连忙小跑了过来。待父亲走到近前，绎如在杨梓传耳朵边悄悄地说了一声“事成了”。杨梓传强压住内心的兴奋劲儿，轻轻地点了点头。

两个戈什哈见绎如挥手把杨梓传招呼了出来，都是丈二和尚摸不着头脑，“你不是给谭公公送家书的吗？怎么，怎么你们是一伙的？”一个戈什哈有些生气地问道。

不等杨梓传说话，绎如不慌不忙地说：“两位军爷，这位才是谭公公真真儿的老家人，谭公公让我马上出来请他进去呢，不信，你去问大人去。”

两个戈什哈有点儿蒙，站在他们面前的这个人明明就是昨日刚来过的，自称是从湖州来要求见谭公公的人，他也是高大人帐下带兵的王提督给他们的画像里要严防死守的人，今天怎么就忽然摇身一变成了谭公公的家人了呢？面前这人说的明显是和昨天来人的自我介绍有很大的出入，可以断定，面前的这个女子明显是在跟他们撒谎！

可谭公公此时让他们父女二人进去，他们也不敢阻拦。他们更不敢说是高大人不让杨梓传进的，这要是传到谭公公耳朵里，还不知道要惹出什么麻烦来呢，他们可担待不起。他们昨日的托辞说是谭公公拒不见客的，这也是王提督亲口嘱咐过务必要这么说的，这时候再不让杨梓传进去，面对进进出出的人流也的确说不过去。但如果杨梓传进了，高大人、王提督那里怪罪下来怎么交差啊？两个戈什哈心里暗自叫苦，左右为难，但两人也是一时间没有别的办法，相互之间耳语了一番，只能让杨梓传父女二人进去了。

第十九章　太监作父

待得杨梓传和绛如进了驿馆里面的上房，见到期待已久的谭公公，杨梓传忙疾步上前给谭公公施礼。谭公公态度上还算是客气，并没有为难二人，让二人坐了下来说话。

未等杨梓传父女说话，谭公公却是首先开了腔："杨东家的事情，在我临离京城之前，庆贵妃娘娘就多有吩咐了。十五爷嘉亲王[①]打小儿啊，就是被庆贵妃一手抚养大的，庆贵妃那可是宫里人人都尊重的主子，她交代我的事，我就是头拱着地也要去办的。"

杨梓传听到此处，忙起身离座，又一次对谭公公道谢。

谭公公坐在那里，用手势往下压了压，示意杨梓传坐下，他的话还没有说完。"可是啊，主子永远也不知道，也不会体恤咱们这帮子奴才们做事的不容易的。有些事只能是自己'哑巴吃黄连——有苦不能说'啊！主子给奴才交代的事，奴才只有自己想办法尽心

① 爱新觉罗·颙琰，嘉亲王即后来的嘉庆皇帝。——作者注

尽力去办，哪敢回一句嘴啊？就比如这回朝廷派我来监管购买蚕丝一事吧，这里哪能就是我一个人说了算啊？这里还有工部的刘大人在一旁子看着呢，这也是明摆着要做主的人，还有这里的织造白郎中，毕竟人家是正儿八经在这里具体组织实施的，他的意见也是谁也不可不听的。往远了说，还有朝里的那些专门找茬、挑刺的都察院的御史大人们，一个不留神被他们弹劾上去，把我捅到乾隆主子爷的耳朵眼儿里，说不定我这条老命说没也就没了，更有可能让我死无葬身之地啊！说句实在子话，这活太难干了！”谭公公就像是竹筒倒豆子般地大吐了一番苦水，听得杨梓传身上一阵发紧、发冷。

“谭公公，这事真是让您为难了，让我心里很是不安，但还是烦请您在合适的时候为‘兴昌隆’周旋一下。您是皇上身边的近面儿人，近水楼台，尽得天恩雨露，就是这些王公大臣们平常也没有您这个待遇不是？这件事到时候您表明个态度，拿出个立场来，谅他们那帮人也不敢小觑您的意思，您说是不是？即使您坐在那里不说话，他们在明里也不敢太胡作非为了。您要是抓到了他们一丝小辫子，到时候在万岁爷面前，或随便在哪个主子娘娘面前小小地奏他们一本，他们也是吃不消的。”杨梓传下定决心必须让谭公公帮这个忙，把自己的心里话也都说了出来。

杨梓传知道，到了这个时候，再去找其他关系已经来不及了。再说这事，京城那边的陆通是已经打了包票的，事成之后给他五万两银子，自己也是没有含糊地答应了。还有，他明白，虽然现在表面上他是在求谭公公办事，但是，要不是庆贵妃在这中间交代了谭公公来办这件事，陆通又有亲笔书信让他捎给谭公公，此时谭公公又怎么能把他杨梓传瞧上眼呢！他要让谭公公明白一点，这不是你谭公公和我杨梓传个人之间的事，我不可能这么轻易地就被你谭公公三言两语给打发走，如果你不给我办事，我尽可以把你也抖搂出去，看你回京里怎么给庆贵妃交差，又怎么和陆通去解释。但此时杨梓传也知道，他和谭公公说话还要尽量含蓄、委婉，不能伤着谭公公，只要不让谭公公找到不帮自己的理由，谭公公就什么办法也没有。

“杨东家，我给你在这里面周旋是一定的了，否则，我回了京城，也没法和贵妃娘娘交差。我现在只是说，在这件事情上我不敢托大就能保准儿帮你把这事顺顺利利地办成了。怎么说也是主子娘娘眼窝子里瞧得上我这个奴才，才捎话让我来办这事的，我不敢不尽力。主子娘娘的侄子陆通虽然现在只是个章京，但年轻有才、风华正茂，前途自然不可限量，说不上过了几年就当了哪个衙门的主事，我不也是得努力巴结着吗？”谭公公好像听出了杨梓传话里话外的意思，随即对杨梓传表明了自己的基本态度。

接着谭公公又说：“但这事，杨东家，说实话确实是担着身家性命之忧，里面有极大的风险的。你可知道咱万岁爷真要是较起真儿来，比起大行皇帝雍正爷还要狠啊，甚至有过之而无不及！在这宫里，我这还是好的，万岁爷还给留了个本家谭姓，你没听说过这宫里的太监都让改姓‘王’了吗？为的就是让王公大臣们分不清谁是谁，他们这些人想私底下托我们办起事情自然就难办多了。顺治十二年，顺治爷在乾清宫门前铸立铁牌，那牌子上写得分明啊，‘但有犯法干政、窃权纳贿、嘱托内外衙门、交结满汉官员、越分擅奏外事、上言官吏贤劣者，即行凌迟处死，定不姑贷’。我每次走到那里看到这牌子，都是两腿发颤，心突突的啊，都是告诫自己千万别犯了什么过错。宫里的太监本来满员的数量应该是三千三百名，但哪有好人家把孩子往这里面送啊？实际上的人数也就是定额的十之七八，一天的活计能累死个人。我们落下个半残之躯不说，就是这生活也好清苦啊，我就是好容易混到今天这个份上，月银也不过是九钱六分。这要是老了，不中用了，不能服侍主子爷了，无儿无女的，还不知道落到哪步田地呢？”谭公公说完这些，已是满脸凄凉之色。

杨梓传听着谭公公唠唠叨叨地大吐着心中的苦水，心里也很不落忍。他能听出来，这是谭公公的肺腑之言，也是多年积压的苦水，好不容易出了宫，见到了有个说话的人不吐不快，压抑得久了自然是得往外倒一倒。当然这也极有可能是谭公公当着他的面在要人情，说白了就是在看他杨梓传的态度，向他杨梓传在要银两。杨梓传听得出来，这陆通事先并没有将这五万两银子承诺分给谭公公一厘一文，否则谭公公也不可能第一次就和他说这么多，并且还说得这般苦楚不堪。他有点儿恨陆通实在是太贪了，但转念一想这也是人之常情，谁能把要到手的银子，随随便便就再许给下一家呢？说不定这还是他能获得谭公公倾力相助的好机会呢。

杨梓传拿定了主意，连忙站起身来，走到谭公公面前说：“公公，真是让您费心了，我这有一些银两孝敬您，这是五千两的银票，不成敬意！等这事情落了地，我再想其他法子孝敬您。”说完，杨梓传顺势将银票塞进了谭公公的袖子里面。他心想，陆通那大处都答应了，这里再给谭公公少许，也没什么大不了的。再说事成之后，这钱得在答应给陆通的那五万两银子里出，给谁都是给，目前谁能替他办事，使起银子来就不能拖泥带水。

“五千两？这怎么使得？不行，不行！”谭公公想到了杨梓传应该给他有所表示，只是这个数目超出了他的意料，所以显得有些惊讶。他也知道，必须推脱一下做做样子，但奈何不了杨梓传的力气大，谭公公如打太极拳似的推让了几下，最终还是好像被杨梓传强迫一样，勉强地收下了。

一番推脱之后，杨梓传重新坐到座位上，对谭公公说：“在下刚才听公公提到了晚年的顾虑，我也是感同身受啊。若您不嫌弃，我将这小女绎如给您做个干女儿，不知谭公公意下如何？”

“啊？”谭公公还没有从刚才大额的银两上回过神来，杨梓传突然又送给了他一个这么称心如意的干女儿，一连的好事，把谭公公彻底震惊了，连忙站起身来说：“得绎如为女，求之不得，求之不得啊！”

到了此时，绎如才明白杨梓传带她来南京的目的——竟然是给一个老太监做干女儿，而且竟没有和自己商议过。亏自己还心疼父亲，极力想对策帮助他渡难关。而且给一名太监做干女儿，这样的事太难听了，如果传出去，自己都抬不起头。为了生意，亲生父亲竟然能将自己推出去，简直无所不用其极，太过分了。

绎如越想越生气，脸涨得红红的。但她是一个聪明而理智的人，她知道，这时候无论如何也要帮父亲这个忙，只能是委曲求全，现在不是耍性子的时候，不能让父亲和谭公公都下不来台面。

见谭公公如此兴奋，杨梓传急忙拉过绎如，强按着绎如说：“绎如，快，快，跪下，叫干爹。”或许是有些兴奋过了头儿，力气大了一些，弄得绎如不自然地发出了“哎呦”一声。可即使这样，杨梓传依旧没有放手的意思，绎如没有办法，只好顺势跪在地上，从牙口缝里挤出了一声“干爹”，眼泪却不知不觉地流了下来。

“这孩子，没见过什么大世面，没出息，谭公公莫怪！”看到绎如的表现，杨梓传自我打趣地说，给绎如和自己打着圆场。

谭公公显然没有注意到绎如满心的不情愿，连忙满怀欣喜地把绎如扶了起来，左瞧瞧，右看看，嘴里含笑着说：“好啊，好啊，瞧我这闺女多俊啊，人不但长得俊俏，还那么聪明伶俐，以后啊，咱们就是一家人了，一家人了，快坐吧，坐下说话。”

“杨兄弟，这次采购蚕丝之事，既然是一家人了，当然就是咱家里的事，我一定鼎力相助，拼了我这条老命也要和他们争个长短来。你回去好好准备准备，这里边有什么事要注意的，你等我的信儿。等这事完了之后啊，正好我在北京的恭监胡同有一处宅子，我带着干女儿到京城里住上一段时间。还有工部刘大人那里你也要去走动走动，毕竟人熟为宝，这个事我以庆贵妃的名义给你引荐，谅他也不敢拂了贵妃的面子。”

“多谢公公，多谢公公！”杨梓传忙不迭地应着。

第二十章　骑虎难下

话说此时的周玉，已经急得如热锅上的蚂蚁。为了上等的两千包蚕丝，连日来走了所有能走的官府衙门，可惜一点儿线索和眉目都没有。就是衙门里几个平时看似要好的朋友，好像也在有意无意地躲着他，怕和这件事上有什么纠葛似的。他派出去四处打探的人，回禀的答案都是一样的，就是没有任何线索。这到底是哪里来的江洋大盗呢，既熟悉自家的情况，又有这么大的能量，做了事能来去自如，逍遥法外，连官府也奈何不了。

周玉隐隐约约能感觉得到，这件事里面一定有官府的影子在暗处活动，否则，不至于一点儿头绪都没有。但到底事情是怎么个情形，他绞尽脑汁也想不出个所以然来，几天下来，已是眼窝深陷，清瘦了许多。

“周兄，你这是怎么了？一副愁眉苦脸的样子。”正当周玉暗自郁闷的时候，白郎中走了进来。

自从上次周玉和白郎中喝完酒之后，不久周玉就在南京的繁华闹市里高价购了一处宅子送给了白郎中，还特意以每年八百两银子的价钱包养了一个多才多艺的美人供白郎中消遣。白郎中甚是感激不说，从内心里把周玉当成了可以推心置腹的知心人。他也知道了周玉在南京的住处，因此有事没事地就会过来找周玉一起喝酒谈天。

“哎呦，白兄啊，有失远迎，恕罪，恕罪！快快请坐。”周玉强打起精神，连忙躬身施礼。

“兄弟不必客气，今天我是来给你送好消息的。工部的刘大人、内务府的谭公公昨日到了我的织造衙门，他们还专门请来了两江总督高晋高大人，我们几人就朝廷采购蚕丝评议一事定下了章程。”

“具体是个什么样的章程呢？”周玉急切地问了一嘴。

“周兄别急，听我细细道来。经过几位督办此事的大人们的协商，最终是这样定的，三日之后，将以两江总督衙门和我织造衙门的名义联合发布一个公告，大概意思就是要将此次朝廷采购生丝一事昭告天下，希望从业者踊跃参加评议。不过，这里面有一点我得提醒兄弟尽早做好准备，那就是每家参与者在参加评议前需先缴纳十万两银子作为保证金，为的就是避免出现不良商家来浑水摸鱼，还有让一些实力较弱却自不量力的店家能够望而生畏主动退出评议。等商户报了名、缴纳了保证的银两后进行初评，初评取综合评比前五名，之后再进行复评，在此五名中拔得头筹者为最终供应生丝商家。缴纳的保证金，等着商家履行了协议交了货，连同货款一起给付。其他所有不中者的保证金银两，在评出胜者后三日给予退还。”白郎中将他们研究的方案和盘托出，是为了让周玉提前做好准备工作。

“这十万两银子的保证金，可不是一个小数目啊！”周玉喃喃自语，他本想把自家被骗的事情说给白郎中听，但立马便打消了这个念头，事情已经做到了这个份上，断不能在白大人面前露怯。虽然目前自己是处于骑虎难下之势，也只能硬着头皮往下骑。

“白兄，你放心吧，一来十万两银子的保证金我是拿得出的，二来和朝廷办事也没什么好担心的。”周玉硬着头皮对白大人说。

“那就好。还有，按照朝廷派来的谭公公和高大人的意思，那就是即使取得了初评的前五名，在复评之前，也要派得力的人手到这五家的大库里去查看现有的库存，对商家的库存要求至少也得超过朝廷要购买的半数以上，也就是要两千五百包上下的数量。这样做的原因就是避免商家到时候拔得了头筹之后，却不能按照评议的要求，一个月之内将这批采购的生丝交货。他们的建议，我也是颇为赞同的，因为你们商家一旦是交不上货，我这织造也织染不出来绸缎，到时候影响了交货期，砸了朝廷的脸面，那可是大罪了，弄不好你们商家的性命，连带着我这性命都要搭在里面，这可不是开玩笑的事情。贤弟你可要掂量一下自己的身板，千万不可勉强为之。”白郎中颇为担心地对周玉说出了第二个问题。

听到白郎中说到了他们事先要先查库存的这个问题，周玉心里咯噔了一下，这正是他最担心和目前最闹心的问题。自己现在的库里，哪还有什么上品的七里丝了，就是有，也是区区的不足千儿八百包，和朝廷要求的差得远着呢！何况，这被骗去的生丝一旦找不回来，自己也没有那么多的银两再去采购剩下的那近四千包生丝，前前后后思想，即便自己拔得了头筹，但在一个月内却也不能供上朝廷要求的货源。白郎中和他说的都是实话，一旦到时候真的不能按时交上，自己回天无力，该如何是好？

“白兄，你放心吧，库存是有的，只是，只是和你们要求的还差了些。不过没事，这不是离着最后的评议还有些日子嘛，近些天凑足了应该是没什么问题的。”周玉索性一不做二不休全部应承了下来，总归是没有到最后，还不知道是个什么结果呢，即使到时候补不上库存，参加不了最后的评议，朝廷也拿他没什么办法。只是有可能让眼前的白郎中空忙了一场，但此时的周玉那也管不了那么多了。

“还有就是，昨日晚上高大人请了我们三位去他府上吃酒，说是给两位钦差接风。酒过三巡过后，高大人话里话外的意思透露出，他有个堂弟也是做生丝生意的，也想参加这个采办生丝的评议。虽然没有和我们直接说，但话里话外的意思无不表现出要我们三个从中调度，一定要给他堂弟弄个头筹，他高家要在这件事情上有番作为，一副要为朝廷分忧的样子。你也知道，在酒桌上，我们几人自然不能扫了总督大人的面子和兴致，都是连称一定尽力帮忙。但我能看得出来，谭公公明显是阳奉阴违的，刘大人的话我感觉也是言不由衷，看得出来大家各自都揣着自己的心眼。”白郎中继续说道。

周玉听到这里，深深地吸了口凉气。看来高尚果然是走了他堂哥这条路线了。此时他才知道，原来的想法确实是有些简单甚至可笑了，看来大家都早已知道了朝廷要采购生丝的事，不但知道了，还都如他一样，私下里早已各找了自己认为可行的门路。别人家且不说，就单说这高尚的靠山实在是太硬了，作为两江总督的本家哥哥高晋就是保证高尚畅通无阻的通行令牌。朝野中都传说高晋是一个不徇私情的清官，但现在看来那也只是不明事理的人吹捧，言过其实罢了。就拿眼下来说，这清廉的高大人还不是为了自己堂弟站擂台？！

“既然都是你们行业里的人，想必周兄一定是认识的，高大人的这个堂弟到底是怎么样的一个人？”白郎中问道。

“说到高尚这人，虽然年纪轻轻，但为人狡猾奸诈，也很毒辣。”虽然有些许言重，但周玉对高尚的评价也算是公正。因为从内心来讲，周玉不想让白郎中对高尚留下什么好的印象，所以小声地答道。

“听周兄这么一说，看来我们要对此人多加防范才是。刘大人是我之前在工部的顶头上司，虽说和我表面上有同事之谊，但毕竟中间隔着尊卑。此人很是圆滑，不会轻易表露心迹，我们只能见机行事。”白郎中并不知道，周玉在刚才回答他的问题时动了那么一点儿个人的小心思，又自顾自地叮嘱了一句。

“下一步我该怎么做，请白大人明示。”周玉说。

“把评议的保证金提前准备好，这是其一。其二就是把价钱私下合计好，这个到时候有可能就是一口价，没有回旋的余地，你报价高了，谁也不好替你说话。其三，谭公公和刘大人那里你都要去意思意思，混上个脸熟，到关键时刻有可能替你说上那么几句好话。至少千万是不能得罪他们的，因为咱们也得罪不起。至于高大人那里，你就不要有任何动作了，有他本家兄弟在，你送金山银山也没有用。最后，你还要留意其他的商家对手，伺机而动，不知道会不会有人闹出动静来，这一切都不好说。我们只有提前做好准备才是万全之策。还有，这最重要的事情，就是一旦事成了，朝廷只给你一个月的准备时间，货物要得急，你自己心里要有数，耽误了朝廷的差事，那可真不是闹着玩的。”

白郎中来找周玉，显然是经过深思熟虑才来的，他说得这般利落，想得这般周到，和他多年的官场历练不无关系。官场是最磨人的地方，同样也是最锻炼人的地方。白郎中深谙官场上很少有真心的朋友，所以必须学会如何保护自己，同时还要有高人一筹的本领才能生存下去。只有如此，才能在官场如鱼得水、八面玲珑，但这样的人也实在是少之又少。

“白兄，谭公公和刘大人那里我怎么办呢？”周玉虽然一听到白郎中又提到了交货的问题头皮都发麻，但这是目前最为关键的问题。

“他们那里，你我出面都不合适。你要是去了，如果真是对方不开情面，或已有别人请托在先，有可能弄巧成拙，到时候直接弄你一个罪名，将你直接踢出局都是有可能的。我更不行，事成不成不说，有可能会被他们当作小辫子抓住，我也就没有翻身之日了。因此我想，还是让九信出面去吧，他只是个管织染的小吏，不惹眼，即便以后追究起来这事，量也不能把他怎么样，也不能把他折腾到什么田地去。今天的事情先到此为止，我还有其他公务在身，我先告辞了！”说完，白郎中转身离去。

“好，白大人，我听您的。您今天这番话可谓拨云见日，让我茅塞顿开，我就按您交代的去办，一会儿我就和九信去说。”周玉对白郎中的分析佩服至极，连忙应着送白郎中出了门。

白郎中走后，生丝的事情立马又涌上周玉的心头。急得周玉是手足无措，这可怎么办呢？如果自己真的这拔得了头筹，有可能大喜的日子就是自己大悲的日子，弄不好还可能落个身败名裂的田地。但事情已经走到了这个地步，也全然没有放弃的道理。白郎中那里虽说花了大量的银子，但即使这事不成，至少还是有个人情在，以后还有能赚回来的机会。不过眼下还有这刘大人和谭公公要去通融，通融不成，自然少了两支强有力的支撑，可一旦通融成了，又免不了大量的金银外撒，这可不是一笔小的开支。可话说回来，纵使人家收了你的银两而关键的时候却不给你任何的帮助，自己只能白白吃亏，因为送出去的银子是断然没有再要回来的道理的。

第二十一章　正大光明

两江总督，官衔全称为督办两江地方提督军务、粮饷、操江、统辖南河事务，是九位最高级的封疆大吏之一，总管江苏、安徽和江西三省的军民政务。

乾隆三十四年的两江总督正是高晋，满洲镶黄旗人，凉州总兵高述明的第四子，大学士高斌之侄，乾隆帝慧贤皇贵妃的堂兄弟。高氏家族本是八旗汉军旗的包衣奴才，雍正十三年诏令出包衣、抬旗，入满洲镶黄旗，自知县累官至文华殿大学士兼吏部尚书和漕运总督，为清乾隆时期的治河名臣，也是乾隆时期著名的五大督臣之一。

高晋已是六十二岁，虽然头发已经花白，但精神矍铄，头脑清晰，目光也是炯炯有神，透着精明强干的气息。

此时他坐在自家客厅里的太师椅上，一边翻阅着朝廷近日发来的邸报，一边在不紧不慢地和自己的堂兄弟高尚聊着天。

“老幺，你让我给你说的那些话，我可是当着他们三人的面都说了。我为官这么多年，还从没有为了谁家请托的事情，去向别人张开过这张嘴，这次为了你我也是拼了命，舍了这张老脸，出面给你应承了。不过，剩下的事情还得你自己努力去争取，‘打铁还得自身硬’的道理你应该明白的，我替你说上那么几句话，无非就是介绍你的大概情况，但最终是什么结果，我也说不准。”

“大哥，那您到底是怎么和他们说的啊？”高尚急切地问。

“你那点儿事还用怎么说，无非就是告诉他们你也是做生丝的，完全够资格参与这个朝廷的购丝评议，向他们表达了你想为朝廷的事情出一份力的信心和决心。”高晋不紧不慢地回答了高尚。

“大哥，你就，就只说这些？没别的了？你这就说完了？”高尚还是在急急地追问着面前这位位极人臣、乾隆皇帝面前的红人、自己的堂大哥。他不敢相信自己为了做成这笔生意，求了高晋这么多次，高晋就替他说了这么几句话。

“完了。我还能和他们说些什么？我身为两江总督，堂堂朝廷的从一品大员，请他们几个吃上一顿酒已是给了他们十分的面子，这当中还有个宫里的太监，这传出去让人好说不好听，要是传到皇上的耳朵里，还不知道主子爷会不会对我高晋有别的想法呢？就为了给你办这件事，我才勉为其难地和他们私下坐在了一起，这已经让我破例了！难道还要我再怎么求他们不成？再说，他们都不等我说什么，都异口同声答应要留意你的事情了，难道他们还能在我面前阳奉阴违，私下里再出幺蛾子不成？”高晋的本性是非常高傲的，但他也确实有高傲的资本。他对高尚说的这番话时，有些气愤，有些无可奈何。

“我的好大哥哎，您在官场这么多年，还不知道咱大清朝这些老油条吗？一个个老奸巨猾得都快成了人精了，哪一个不是人前一套背后一套，见人说人话见鬼唠鬼嗑？能敷衍了事，能得过且过，能大事化小、小事化了是他们的看家本事。当然，大哥您是除外啊，这里边不包括您。”高尚看着自己不小心把高晋也圈到了里边，连忙解释着说。

然后他接着道：“别看他们在你面前老实巴交的，当着你的面答应得好好的，不知道背地里和哪家早就合计好了对付咱家呢！大哥，这帮子人你要是不给他们来点儿硬的，不让他知道知道您的厉害，他们是不会老老实实听你话的。”高尚越说越激动起来，不知不觉间竟站了起来，咬牙切齿的神情透露出自己阴险狠毒的本性。

“有我在，我谅他们也不敢私底下做什么鸡鸣狗盗之事，你抓住他们什么把柄，来报我就是，让我来整治他们，我整治不了的，我自然会报给朝廷，报给皇上，他们难道还能反了天不成？老幺啊，不是大哥说你，你也不能把我们这个当官员的都一棒子打死，不是每个食朝廷俸禄的都像你说的那般不堪，你以后这样的想法得改一改，否则得要吃亏啊！”高晋耐心地开导着高尚。

“还说呢，大哥，前几天，我的老对头‘兴昌隆’的东家杨梓传，就去了驿馆找那个死太监去了，他找那个太监能有什么事？一定是托了哪门子关系，让那个谭公公为他这事帮忙的。”高尚怏怏不快地说。

“你听谁说的？”高晋问。

“看门的戈什哈向王提督禀告的。”高尚顺着大哥的问话脱口而出，但马上意识到说漏了嘴，连忙敷衍着大哥，“不是，不是，那个，我看见的，我看见的。”

“老幺啊，是不是你让王提督告诉他的属下看着你那个什么‘兴昌隆’东家的？是不是又和王提督说是我的意思？这话要是传出去，让我脸往哪儿放啊？我堂堂一个两江总督怎能做出那般无耻的事情来！咱们高家一大家子十几个兄弟，数你年龄最小，说句不好听的，也数你最混蛋，其他的兄弟都是有功名在身，而你呢，偏要做哪门子生意，做生意也罢，咱可得走正路啊！我身为朝廷重臣，食朝廷的俸禄，岂能为家里人赚些蝇头小利去做这样下作的事情？你一会儿下去，你马上去告诉王提督，让他把那两个把门的戈什哈给我换下来，不准再干这样的蠢事。”高晋听见高尚在私底下敢拿着他的名号去做那些下三滥的事情，非常生气。

“大，大哥，这次朝廷购买生丝评议一事，事关重大，小弟才不得已出此下策。远的不说，这事情成功与否直接关系着我们高家的门庭，您说，明年皇上六十大寿，后年老佛爷八十大寿，您在这里绥靖一方，给朝廷源源不断输送赋税钱粮，我把生丝供给朝廷，不单给皇上、太后的寿辰添彩儿，而且也为我堂姐慧贤皇贵妃脸上增光啊！高家几兄弟都为朝廷出力，传出去岂不是美谈？还有，我这次要是因为朝廷采购生丝这件事露了脸、出了风头，那就能得到朝廷的刮目相看。有了名望，先捐一个国子监的监生，然后再捐一个四品的知府，您说是不是光耀咱高家门庭的好事，您脸上也有光啊！但要是您不帮我，我这些话就当痴人说梦，白说了。人家得了便宜不说，还得笑话咱高家没人呢！为什么我没有去京城里找我的堂姐贵妃娘娘，我还不是怕影响了咱家在皇上眼里的声誉，我想这是咱家里的事儿，就发生在大哥你的眼皮子底下，你能不手掐把拿地帮我给它办了吗？哪成想……”高尚说得言辞恳切又十分激动，说到最后，竟然像个受了委屈的孩子，自顾自地“呜呜呜”地哭了起来。他知道，高晋最想本家兄弟个个都能出人头地、光宗耀祖了，他说的这番话高晋最爱听，也最容易打动高晋。

“得，得，多大个人了，还哭！”高晋挥了挥手，看到高尚在自己面前哭泣，心里竟有些不落忍，毕竟这个堂弟目前还没有做什么太出格的事，自己刚才对他的批评也确实过于严厉了些。高尚在他们高氏家族兄弟里面排行最小，和他相差了四十多岁，在他面前还只是个孩子，只是这个“孩子”确实是有些让人不省心。

“这事呢，我一定尽力给你撮合着，老幺，你放心，只要你的货质优价廉，就断没有不用你的道理。别人怎么去鸡飞狗跳你不用管，朝廷自有朝廷的法度，这采购生丝的评议也自有评议的规矩，任他们那些人怎么在狗洞子里去钻营，最后还得看他们有没有真本事！只是你不要再打着我的旗号去做一些作奸犯科的事，那样既污了我的一片良苦用心，也辱没了咱高家列祖列宗多年积累下来的好声誉，明白吗？”这番话，高晋说得慷慨激昂，也是再次对高尚的谆谆告诫。

“大哥，你放心吧，我都听明白了，我一定按照你的嘱咐去办！你还不了解我吗，我能做出啥坏你名声的事来？反正，我是不管您怎么说，只是我求你还是要在我这事情上多上心，看着那些王八蛋，不能让他们轻举妄动，也不能让他们迷惑了你的眼睛。”高尚此时真是鬼迷心窍了，不管高晋在这件事情如何不待见他，总之他是下定决心让高晋给自己出力，一举将这个事情办下来。

“你放心吧，谁能迷惑了你大哥我的眼睛？别看我岁数大了，但耳不聋、眼不花，为主子爷办差效力，还从没被主子爷嫌弃过呢，就你们这点儿事，还能糊弄了我不成？我量他们也不敢！还有，回头你去你嫂子那里，把你给她那三千两银子拿回去，我还不至于收你的银子过活，你送我那几瓶老酒我就收下了。记住我说的话，要是你做了错事，我也不能保全你！回去吧，好好准备着评议的事吧。”高晋继续说道。

“多谢大哥，多谢大哥。银子先放到嫂子那儿，改天我再去取，你放心吧，大哥，那我先走了啊。”高尚见高晋答应了自己，瞬间转忧为喜，但又怕高晋说别的难听的话，因此便想还是立马见好就收，溜之大吉吧。

临走时，高尚还不忘回头向高晋再嘱咐上一句：“大哥，你可得霸道点儿啊，别让他们真给咱家欺负了哇！记住咱家的商号叫‘德胜行’！”

第二十二章　漕帮风云

再说周玉这边，萧武这次没有听周玉的话，私下挑了一匹健壮的走骡，准备好足够的干粮和水，向苏州府昌门外方向疾驰而去。他去的不是别的地方，正是他阔别了多年的家。

到了家门口，门房里的一个精神矍铄的老者拦住了他："请问，你找谁？"

"厉叔，您不认识我啦？"萧武反问道。

"你是？你是？恕老朽老眼昏花，没有认得出来，还请明示。"老者捻着胡须，摇了摇头。

"我是萧武。"

"武儿，武儿，你真的是武儿吗？"老者摇晃着萧武的胳膊，激动地喊着。

"厉叔，是我，小时候常和你调皮捣蛋的武儿，这么多年没见了，您的身子骨还好吧？"

"好，好，好着呢！武儿啊，这么多年你跑哪儿去了？可把你爹和娘想坏了，快随我进来，快进来。”

家人闻声都赶到了厅堂来见萧武，不等萧武有什么反应，就把萧武围在中间，七嘴八舌地问长问短。

特别是萧母看到多年未见的儿子，哭得昏天黑地，紧紧地搂着萧武，生怕再松开手，儿子就会突然又不见了一样。

“逆子，还不快跪下！”坐在太师椅子上的萧父高声喊了一声，厅堂里立马变得鸦雀无声，胆子小一点儿的下人腿都哆嗦起来。

萧武跪了下来，身子直挺挺的，看着父亲。

“来人，家法伺候。”萧父又大喝了一声。萧母和厉叔等一班人等也都齐刷刷跪了下来：“老爷，儿子刚回来，还没来得及喘口气，你就先饶了他吧。这都多少年没见了，老爷，咱这事先放一放再说吧，我求你了老爷！”萧母抱着儿子，哭喊着对萧老爷说着。

“爷叔，小老大从芽儿时起离了堂，一晃也有月足年了没朝相了。小老大还没捏子攒呢，怎么着也让小老大安了根，再片子挖招子、挺子穿定盘子也不迟。我愿陪亲同参一起领脖子。”厉叔也苦苦地哀求着说。

厉叔说的都是漕帮帮内的黑话，外人也听不懂。大概意思就是说，师父，你儿子从小伙子时候就离开了家，这么多年没见面了，孩子刚回来，连口饭还没吃，怎么着也让孩子吃完饭再说，就是用小刀挖眼睛，匕首穿心也不迟啊，一会我愿意陪同师弟一起受您的刑罚。

厉叔虽然叫萧武的父亲为师父，其实厉叔比萧武父亲年龄还要大。但帮内等级森严，没有什么年龄大小之说，只有上下尊卑之别。但对于历叔，虽说名义上是萧父的徒弟，但在萧武的父亲眼里，那是和自己出生入死很多年的兄弟，历叔说出话来，自然在萧武父亲这里带有一份特别的分量。

“好吧，孽障，你听着，家法暂且饶过，待明日，你先去相阳爷叔那负荆请罪，还后再去朱寺庵接受帮内刑部的治罪。”萧父狠狠地对萧武说。

众人听萧父这么一说，萧母和历叔等一帮人连连称谢，大家心里面都长长地出了口气，至少萧武这顿皮肉之苦暂时是免过去了。

吃过晚饭，众人散去后，萧父来到了萧武的房门前，逡巡着，犹豫着。最终还是推开了房门进了儿子的房间。

萧武见父亲进来，再也控制不住自己的情绪，父子俩紧紧地抱在一起。萧武像一个受尽了委屈的孩子一样哇哇地大哭起来，萧父随之也老泪纵横。

“儿啊，这些年你都跑哪去了啊？一定受了很多苦吧？为父好想你！”父亲轻轻地推开了萧武，柔声地问。

“爹，自从我失手打死了相阳爷叔家的儿子，就跑到了湖州，在一周姓家安顿下来。周东家对我非常好，没受着苦。”

“哎，也怨爹当时太冲动，当时要不是听了消息后，说要杀了你，剐了你，也不至于把你吓得跑了这么多年。爹事后才知道，那件事根本不怨你，是你爷叔家小老大欺凌民女，你出手相救那民女，才失手打死了他。再说，当时你也不知道是你相阳爷叔家的儿子。”儿子毕竟不在自己身边多年了，在别人屋檐下生活这么久，日子能那么好过吗？萧父说起往事带着深深的自责和切肤的心疼。

“爹，这事，我不怨你，要怪只怪我当时年轻气盛，出手确实太重了。爷叔家的儿子做了坏事不假，但毕竟是一条人命。我明天就去杭州西门外去找相阳爷叔负荆请罪去。”

“爹明天陪你一起去，你相阳爷叔是明白人，这么多年过去了，他应该早已原谅了你，不会把你怎样的。要是他真的衔恨与你，你的小命早就没了。你还不知道我们漕帮由杭州至通州这段运河，共立帮头一百二十八帮半，七十二个半码头，粮船亦有九千九百九十九只半，帮众数以万计，想找你不是太容易了吗？我为什么当时不去找你，还不是因为毕竟是你把人家孩子打死了，如果你轻易回来了，我怎么向你爷叔交代？但现在不同了，毕竟这么多年过去了，你爷叔的气应该是早已经消去了大半。你相阳爷叔王降是你潘师爷的开山门弟子，我萧玉德是你师爷的关门弟子，大师哥对我一向很关照。大前年，也就是乾隆三十一年，你潘师爷于运粮时在凤林闸下仙逝，就是我和你相阳爷叔一同扶柩回杭州武林门外的。我师父属于‘德’字辈的，我属于‘文’字辈的，你属于‘成’字辈的，现在‘佛’字辈、‘法’字辈的都得管你叫‘爷叔’或‘师爷’了，待到‘仁’字辈的起来，管你都得叫‘师太’了，管我都得叫声‘太师太’了，岁月不饶人啊！”萧玉德感慨地说。

只是萧玉德不知道，在他去世以后若干年，他已经被漕帮也就是后来的青帮弟子们尊称为“萧祖”了。后来的青帮弟子为纪念这些祖师，就将他们这些漕帮的创立者和组织者统一尊称为“三老四少”。

三老分为前、后三老，前三老指的是金、罗、陆三祖，后三老为翁、钱、潘三祖。四少即为：朱、刘、黄、石，分别为翁祖讲道的朱寺庵、钱祖的刘寺庵、潘祖的黄寺庵、护法小爷的石寺庵。四庵代表分别为：翁祖弟子黄泉，钱祖弟子石士宝，潘祖弟子萧玉德，石寺庵因为“护法小爷”第五代“文”字辈弟子王培玉去世得早，没有徒弟传承，就由同是“文”字辈宿庆祥代表。

“对了武儿，你怎么忽然想起回来了呢？”萧父忽然想起来问道。

“爹，我的东家周玉是做生丝生意的，不过前几天东家出门在外办事，少东家在家主事，谁想到竟然被骗了几千包的生丝，这些生丝值近六十多万的银子。做出这么大的动静的，我想应该是咱们漕帮的弟子所为，小门小派做不出这么大的事情来。东家告了官，可官府上下推托，竟然都不管这事。周东家待我恩重如山，遇到这么大的事情，我不能见死不救啊，思来想去我只能求助您帮忙了。”萧武如实地把回来的原因告诉了父亲。

“没有这事，你还不回来，是不？”父亲嗔怪着问。

萧武挠了挠头皮，调皮地说：“那我也回来，我想爹娘了。”说完嘿嘿一笑。

“这事，帮内是有规矩的，待我见到你相阳爷叔商量之后再说吧。”萧玉德说。

第二天，萧氏父子和厉叔一同启程向杭州方向奔去。一路上衣食住行根本不用操心，漕帮里不管哪个门户下的徒子徒孙们都是当地消息最灵通的人，听说“文”字辈的大爷萧玉德过往，都闻风往来奔告，争相一睹其风采。但三人确实有事在身，萧玉德不想多耽搁时间，也不想过多打扰当地的堂口，谢过这些帮内的徒子徒孙的一番好意之后，稍作休息立马就动身继续赶路。但就是这样走走停停的，三人用了五天的光景才到了杭州。王降早已听说师弟来杭州找他，早已带领着帮内众多的兄弟，在西城门外等候多时了。

萧玉德远远就看见师兄王降在迎接他，立马告诉萧武和厉叔下马步行。待走到王降五十步开外的地方，萧玉德要萧武跪下。而自己也立刻跪下，大声说道："师兄，师弟带逆子来讨罪来了！"旁边的厉叔也是忙不迭地跪了下来。

王降本来看到师弟领来的一个人给他跪下，就很不解，再看到师弟也跟随跪了下来，他更是感到惊讶。连忙一路小跑，跑到萧玉德的跟前："师弟，你这是，这是做什么？他是谁？难道他是萧武？"

"正是逆子，今日特来向师兄请罪，请师兄重重治罪！"萧玉德连头都没敢抬起来。

王降仰天长叹一声，禁不住老泪纵横。自己的儿子如果活着，也和眼前跪着的萧武年纪一般大小。二十多年过去了，他时不时还能梦到儿子。无论自己儿子做了什么样的错事，到底都是自己身上掉的肉，那肉是每个父亲的心头肉。

"明新，快起来吧。"王降轻轻地说了一声，顺势把萧玉德扶了起来。明新是萧玉德的字。"来人！"王降指着萧武接着说，"将此人扇三个耳光，从后面踢他六脚。旁边的那个罚他跪上半个时辰。"

王降的话音未落，早已有两人走到萧武跟前，眨眼之间，噼里啪啦地就把萧武一顿狠打，下手都是极重的。但萧武一声都没有吭，只是低着头，身子直立立地跪在那儿。

听到师兄刚才那么说，萧玉德心中一顿狂喜，他知道，这说明师兄已经原谅了萧武。三个耳光、踢上六脚，暗含了帮内最残酷的刑罚“三刀六洞”，王降只是用这个简单的形式代表将萧武处罚过了，以后也不会再予追究了。至于让厉叔陪着受罚则是惩戒萧武的师兄约束师弟不严，跪上半个时辰已是法外开恩。

“萧武，起来吧，走，咱回家。”王降抬了抬手，轻声说道。

众人回到了王降的堂口，不大一会，一桌子丰盛的酒席就已经布置完毕了。席间，萧玉德将萧武的东家周玉的事情说给了师兄听。王降听后，微微点了点头，说：“现在还不知道是不是帮内兄弟所为，明日派帮内兵部的左右护法分别向浙江的二十一帮，船一千六百三十一只和安徽的十六帮，船一千二百四十六只，所有的‘文’字辈的同参、同山、平香们飞鸽传书，让他们调查此事的来龙去脉。三日之内定有消息回报。”

果然三日不到，从浙江的湖州头帮的“永官所码头”和安徽的宣州帮“宣帮官码头”分别传来消息，确实有帮内的人员参与了诈骗周家生丝的事情。漕帮兵部的左右护法已责成参与的人员速来杭州面见王降说明情况。

又过了三日，一男一女来到杭州西门外。二人刚下马，立马就被人带到了王降的堂口。屏去了其他人，正堂里只有王降和萧玉德两人在太师椅上正襟危坐。

两人见到王降和萧玉德之后，口称“师爷”，向王、萧两人捣头就拜，头碰在地上的方砖“砰砰”山响。王降一听，得知这两位都是“佛”字辈的徒孙，比自己的辈份足足小了两辈。王降并没有让他们起来，而是坐在太师椅上问话：“十大帮规可还记得？第一条是什么？”

“师爷，记得。‘不准欺师灭祖。’徒孙永记在心。”女的抢先答道。

“帮头？”王降问。

“湖州头。”“宣州。”男女两人分别回答道。

“哪庵？”

“刘寺庵。”

“香头多高？”

“七丈七。”

“香头多重？”

“七两七钱。”

“身背几炉香？”

“七炉。”

“头顶几炉？”

“六炉。”

“么姓？”

“小姓钱。”

“本姓钱？头顶钱？”

“本姓钱，头顶潘。”

一问一答之间，王降已将二人在帮内的出处弄得一清二楚。这是漕帮内的盘道条口，列为帮内的机密。王降这么逼问，也是让他们明白，此时此地的尊卑是何样的高低。问完这些后，王降严肃的神情变得平和了一些，继续问道：“湖州周家两千包生丝的事是你们做的？”

“回师爷的话，是我们做的。”两个人头都不敢抬一下，诺诺地回答。

“嗯，谁叫干的？是帮主主使还是私下接票？”

“私下接票。帮内有二十几个兄弟帮了忙。”两人头触地，已然不能再低下去了。

“既然不是帮内的行动，官府那里是如何通络的？”王降继续问道。

“买票人找的关系。”两人回答道。

第二十三章　夫人之道

话说程九信按照周玉的嘱托，拿了一万两的银票，分头去找谭公公和刘大人。

程九信知道自己替周玉去办这个事情，有些名不正言不顺。但也知道周玉身在南京，除了自己就没有别的熟人，况且周玉本人并不方便出面，因此自己只能硬着头皮把这件事接了下来。

身为至交，自然是应该两肋插刀的，何况只是送礼这么简单的小事。不过这对于程九信来说却是有些犯难，因为他从来没有做过这样的事情，在这方面一点儿经验都没有。

怀着忐忑的心情，程九信先是来到了工部派来的刘大人这里。当下说明了来意之后，刘大人是既没有高兴，也没有气恼，态度温和得像一杯常温的白开水。他既没说行也没说不行，总之银票是坚决没有收。只说了些无关痛痒的话，让程九信转告周玉，他的心意领了，而自己也一定会秉公办事的，让周玉放心。见到刘大人给了自己一个不大不小的软钉子，程九信也只能作罢，灰头土脸地从刘大人那里出来了。

而到了谭公公这边，还没说上几句话，听到程九信手里拿的银票是替周玉的“广客隆”来请托的，谭公公立马义正词严地将程九信痛斥了一顿。程九信天真地以为谭公公只是要做做样子而已，一再坚持着要谭公公收下，没想到这下子惹恼了谭公公，谭公公吵吵嚷嚷地大骂了起来，那骂声恨不得让整个驿馆的人都听得见，程九信只好狼狈不堪地从驿馆逃了出来。

一脸颓废的程九信回来后，将往来经过告诉了周玉。周玉对这个结果并不觉得惊奇，他知道是有人已经走到自己的前头了！

“周兄，你说现在该怎么办呢？”程九信问。

“谭公公既然这样正气凛然，想必是已经答应了哪一门子商家，死心塌地地要去替人家卖命了。这样的人，没必要再去触霉头，他爱怎么着就怎么着吧，我们总不能让所有人都替咱们办事。至于刘大人这里，我认为应该有争取的必要，或者说必须争取一下，因为这件事算来算去就只有四个人能主得了事。高大人一定会替‘德胜行’说话，那是人家自己的事。白郎中是咱们的人，如果不能再争取到那三个人中的一位，这个事情我们就没有没有百分之百的胜算。可是眼前来看，也只有刘大人那里可以再争取一下，高大人和谭公公根本就不可能和我们是一路人。可给刘大人银票，人家不接，这事也确实是难办！我们还能有什么办法能将刘大人拉到咱们这边来呢？”周玉分析着目前的局势，但对于如何打通刘大人这里的关系却十分挠头。

“要不咱再和白郎中商量商量这事？”程九信试探着问周玉。

“那天说要给刘大人、谭公公送银子的事就是他给提的醒儿，但他当时就把门给封上了，说他不方便出面。再找他商量，不是自讨没趣吗？”周玉说。

“周兄，我倒有个主意，不知当讲不当讲？”

“贤弟，现在是有病乱投医的时候，有什么当讲不当讲的，快说。”

“是这样，我听说白郎中的夫人前些日子来了，不知道是自己想来的还是白大人请来的，只知道白大人刚见到夫人来时，那个兴奋劲就甭提了。‘小别胜新婚’自然是让人理解，听他家下人们私底下传，两口子一晚上床榻之事就没怎么消停过。可不知道怎么回事，第二天早上起来，还没等白夫人吃上早饭，白大人就把白夫人撵出了府去。白夫人不知何故，昨晚一直好好的，怎么就招惹了白大人，她也不知道是什么来由，哭得那是昏天黑地的，可又不能就那么一走了之，只能寻了家客栈暂且住下了，等着白大人那边有什么动静了再作打算……”

程九信拿起了桌子上的茶杯，猛喝了两大口，继续说：“我又私下打听了一下，听说这事与五爷和亲王弘昼好像有那么一点儿关系，说这个、这个白夫人前几年和五爷有那么一腿，关系至今还没断。白大人被戴了绿帽，却只能‘哑巴吃黄连’，一直忍气吞声了这么多年，终于这次白夫人来了，寻了个由头爆发了。但我就是不明白，为什么两人前一天又是秧歌又是戏的，怎么第二天两人说翻脸就突然翻脸了呢？”

“报复！一个正常男人的报复。”周玉接了程九信的话茬。

听到这里，周玉立马就明白了这其中的关键，白郎中一定是在报复白夫人！白郎中很可能自从上次知道自己的身体在男女之事上已经可以了的时候，就开始预谋这件事了。他做这件事的目的无非就是要告诉白夫人，他行了，而且还很行。但是他还有更重要的事情告诉他的夫人，我行了，但不一定就给你用了！因为你在我不行的时候，你辜负了我。因为大多数男人被压抑得太久，一旦有了出头之日的时候，都或多或少会有这样一种心理，要去报答或是去报复一些人，和这些人快意恩仇，只有这样才会尝到出头之日的甜头，在其中获得成功的满足感。想到这里，周玉想起那次在酒楼里，听到那些食客传说白夫人与五爷和亲王的事，看来，世上的确是没有不透风的墙。

“贤弟，你说这件事和我们有什么关系？我们能做些什么文章吗？”周玉忽然知道自己想得实在是太多了，自己眼前的事还是一团糟，想那些没用的事干吗！连忙回过神来问程九信。

“周兄，我想，咱们能不能利用一下白夫人和五爷和亲王的关系，让五爷打通刘大人那里的命脉。”程九信自信地说着。

“白夫人怎么可能甘心为我们做这事呢？”周玉问。

“白夫人此时在南京无依无靠，连个立锥之地都没有，现在还住在客栈里。如果我们现在给她安排好衣食住行，无异于雪中送炭，这比锦上添花效果可要好得多了。五爷和亲王今年已经五十有七了，行将朽木，眼看着要进棺材里的人了，白夫人还能依靠他几年？再说本来两人之间就无名无分，一旦这五爷薨了，白夫人自己不得掂量掂量，她以后的日子怎么办？她还不是得眼巴巴盼着，再回到白家做她的白夫人。但就目前白大人待她的情形，白夫人也应该是能想到她日后的下场会是怎样个情形。如果我们此时不单以一个普通的朋友去探望她，还答应白夫人，日后去帮她调和她与白大人的关系，让他们能重归于好，我想白夫人一定会对我们感激涕零，甘心情愿为我们做事的。”

“哎呀，此计甚妙，行啊，兄弟，你都快成小诸葛了！”周玉激动地说。

“本来我从不关心官场、生意场上这些勾心斗角的事，只是一门子心思想把丝如何染好、织好，这些年来一直就是这么心无旁骛过来的。今天我这点儿歪心思，还不是和周兄这些时日学的嘛！”听了周玉的溢美之辞，程九信也是忍不住高兴地笑了起来。

“对了，周兄，咱先以白夫人的口吻，把她给和亲王的信写好了，以免到她那后措手不及忙中出错。”程九信今天的脑袋越发灵光了，确实让周玉不得不刮目相看。

“贤弟，事不宜迟，咱两个现在就写。稍后，你前面引路，我们准备好后就去白夫人那儿。”

周玉急急地写完了书信之后，拉着程九信的衣角就往外走。可是，周玉刚要迈出门槛，又有些迟疑了，程九信能想出这么个好办法来固然是令人激动的事，但被骗去的生丝的事却一点信儿也没有，这种撕心裂肺的事情瞬间涌上心头，东扯一下西扯一下的感觉，真是让人生不如死。再说，现在又牵扯上了远在京城的皇亲贵胄，是不是这事闹腾得越来越大，越来越不可收拾了呢？

程九信还不知道周玉被骗生丝这档子事，看见周玉写完了书信又退了回来，急忙说：“走吧，周兄，评议的日子越来越近了，这京城往返消息也需要些时日啊，再不去找，可真来不及了！”

“贤弟，你说要是白夫人写给和亲王这封信起不到作用怎么办？”周玉又把事情往深处想了想。

“周兄，我想和亲王一定会帮白夫人的。一来，这点儿事情，在和亲王那根本就不算个事，和亲王曾经干出的那些荒唐事，哪个不是骇人听闻的，他曾经好几次在自己的和亲王府给自己办丧礼，办冥寿，这要是别人这么做，那还了得，早都得被万岁爷法办了，可万岁爷就剩这么一个亲弟弟了，知道了和亲王做的这些有辱皇家威严的事，也只是一笑而过，连批评一句都舍不得。二来，白夫人在南京这边待得久了，和亲王不也是得有个念想。这白夫人主动去联系他，求他办点儿事，那和亲王不也是乐不得去办嘛。”

都说兔子急了能咬手，看来人在走投无路的时候，也会脑洞大开，把无限的想象都放开到没边没沿儿。大多数情况下，这样无非就是瞎想、意淫、非分之想，可有时候，真会起到柳暗花明的作用。这突发奇想的神来之笔，真有可能就起到了画龙点睛的作用呢！所以说，人还真不能束缚了自己的思想，失去老天赐予我们丰富的想象力，谁知道忽然间哪根弦儿稍微动了那么一下，就成了人物，成了事呢！程九信为了老朋友周玉，那么一个老实本分的人，也能想出这么个计策来，不就是个例子摆在了周玉面前吗？

第二十四章　偷梁换柱

日子过得很快，转眼间就到了七月。

朝廷采购生丝张榜的公告已经贴出了半个多月了。按照公告上写明的初次评议的时间，就在这七月初十。

这一天早上，有四五十号人聚集在织造衙门的大院子里，都在焦急地等待着初次评选结果。他们显然感觉这评议时间过长，都是一副不耐烦的样子，叽叽喳喳，大呼小叫，加上湿热闷燥的天气，这群人乱成了一锅粥。有几个没说话的，躲在院子里的大树下抽着烟袋，弄得一片乌烟瘴气，旁边有不喜烟味的，被呛得猛烈地咳嗽，自然是鼻涕一把泪一把，嘴里面不停地发着牢骚。

周玉在人群中望了一望，并没有发现杨梓传和高尚的身影。虽说商家是一大把，可真正有雄厚实力的就那么几家，大家心里都是十分清楚的。看来，杨梓传和高尚认为这初评过关是板上钉钉的事情了，要不怎么这么自信，连亲自来听一下初评的结果都不稀得来呢？

其实，杨梓传是派绎如来的，只是因为绎如年龄尚小，加之两家有几年没有走动，周玉并不认得绎如了。绎如则是听从父亲的劝告，没有主动去和周玉打招呼，所以周玉以为杨梓传没有派人来。

高尚则是派了个心腹到这里听一下结果就可以了，毕竟这只是初评，大头儿还在后边等着呢！

杨梓传和高尚都没有到现场的真实原因，也有一层是彼此都不想在这个场合里碰面，以免尴尬。看来，人要是做了亏心事，别说怕鬼敲门，就是连人都害怕见的。

“各位静一静，静一静，现在公布评议结果。”织造衙门的师爷站在高一点儿的地方高声喊着。

院子里这些做生丝生意的商家听见终于要宣布结果了，马上都不再吵嚷，个个都竖起了耳朵，生怕听错了结果，漏掉了自家的商号。

周玉抬眼望去，看见高总督、刘大人、谭公公、白郎中四位也从衙门里面鱼贯而出，不知什么时候，在衙门正堂的门口已经摆放好了四张太师椅，这四位也是按照职位尊卑坐到了各自的位置上。

因为周玉离得门口远一些，看不清楚每个人脸上都有什么表情，只是看见白郎中不时焦急地向两边张望，好像在找寻着什么人。

“依据诸位商家事先送来的生丝小样质量等级和各家自报的生丝总价由低到高的顺序，经四位大人的综合评定，一致认定下列五家，获得进入下一轮最终评议的资格。他们是……”

织造衙门的师爷或许是因为刚才高声喊了那几嗓子的缘故，“嗯嗯”地清了几声嗓子，继续喊道：“他们是‘万和’吕家、

'德胜行'高家、'银鹊'赵家、'兴昌隆'杨家和最后一位，最后一位是'宝胜行'李家！在座的四位大人，感谢诸位踊跃参与朝廷采购生丝评议一事，同时也殷切希望这入围的五家，回去好好准备下一轮的评议，在保证供货质量的前提下，从为朝廷出力分忧的大计着想，把价格再降下来，下一轮我们将本着……"

衙役后面说的话，周玉没有再听得进去，只觉得五雷轰顶，脑袋"嗡嗡"作响。他再三在心里确认，自己的耳朵里分明没有听到衙役喊出自己"广客隆"周家的名号来，这是怎么了？是我送的生丝小样不好？还是价格报得过高？还是白郎中没有出头替着说话？一个个问号重叠交叉着，出现在周玉的脑海里，如同此时站在院子里的人群一样，再次乱成了一锅粥。

周玉所在的人群里，获得再次评议资格的商家欢呼雀跃，庆祝自己旗开得胜。本次惨遭淘汰出局的商户则是怨声载道，有的嘟囔着在说着什么"不透明、不公平，下次再也不来了"，有的则在高声喊着"这里面一定有猫腻"等窝火的话，但无论怎样，最后都还是满怀失落的心情陆续离去了。

这样的场面从来都是几家欢喜几家愁，但按道理来说，竞争最终总得有最后的胜出者，也得有败选者，否则怎么能分得出胜负来呢？

周玉踉踉跄跄地走回到了住处，倒头窝在椅子里，全身无力，就像生了场大病一样。回想着这前前后后的两个月以来，天天为这事上下忙活，到头来却换来了这么个结果，这让他感到十分难受。

不为了这事，能一头扎在南京这么多天吗？如果他在家里，也不至于生丝被骗走两千包。还有一大堆心中的疑问，他现在是怎么解也解不开。但此时解开又能如何，初评没过关，现已是叫天不应、叫地不灵，大可以卷着铺盖卷走人了，这样的结果真是太出乎周玉的意料，对他的打击实在太大了，周玉欲哭无泪。

恍恍惚惚之间，周玉感觉厅里进来了两个人，睁眼一看，是白郎中和程九信两人走进了客厅里。周玉马上从椅子上挣扎着站了起来，准备向两位施礼，但却像脚驾着五彩云似的跌跌撞撞，怎么着也站立不稳了。没有办法，只好又重新坐了下来。

“周兄，知道你晓得评议结果后，心里会接受不了，过不了这个坎儿，白大人特地来看你来了。”程九信说。

“白兄，我没事。我只是昨夜偶感风寒，今日有些身体不适，呵呵，不碍事，不碍事。”周玉找了个理由，勉强振作起精神来，不自然地笑了两声。他不想让白郎中和程九信看出，他现在如此狼狈不堪。

“贤弟，你就不要刻意掩饰了，知道你心里不好受，所以我特地让九信陪我来看看你，顺便说说这里边到底是怎么回事。”白郎中说。

“是这样的，今天早上我们四个人到齐了，一同将你们五十几家密封的报价和生丝小样逐一打开。当时，九信作为评价生丝小样质量的判官也是在场的，九信应该知晓这个过程是没有任何问题的。你报的价格到现在和那五家比起来，能占上中间的水平，应该说报得相当不错，至少列为前五应该是没有问题的。只是你送的生丝小样……”

“小样怎么了？”周玉迫不及待地问。

“小样颜色发灰暗，丝子也粗，没有什么韧性，扒开里面看还有霉点。这样的丝别说是‘合罗’，就算是‘串五’‘肥光’等二蚕也算不上啊！周兄，当时我就想你是不是送错了样品呢？”程九信回答道。

“小样就在那摆在众人面前，这种情况下，我是怎么着也替你说不了话的。”白郎中说。

“不对啊，白大人，这丝样明明是我亲手放在牛皮纸里封好的，我也不能糊涂到这种地步，拿您说的这种小样送上去，我那不是自毁前程吗？我送的可是挑了又挑，选了又选的，可怎么你们看到的，却不是那么回事了呢？这里到底是怎么个情形呢？”周玉努力地向白郎中解释，也好像在努力的回忆之中自言自语。现在这件事情让他更加摸不着头绪了。

“白大人，我大胆猜测一下，是不是这里面哪个环节上被人动了手脚？”程九信说。

“照你这么说，这生丝小样是被别人给私下换了？不能吧，他们这几十家的报价和小样，自从前几日被送来，就被单独放在了我织造衙门特地收拾出来的一间房里，门口外面都是高大人派来的戈什哈日夜轮换把着门，就是个苍蝇也难飞得进去啊！”白郎中也感觉这事有点蹊跷，但他分析一下，蚕丝小样被偷换的事情发生也没什么可能性。

“白大人，能不能有人买通了戈什哈，戈什哈给偷梁换柱了呢？”程九信说。

周玉听着两人的对话，感觉事情确实很奇怪，但只是呆呆地听着，却也插不上什么话。

“那倒是有这种可能性，如果真有这样的事情发生，那戈什哈的胆子也太大了，这要是被查出来，这可是犯了死罪的！还有现在说来，那些戈什哈都已经撤出了织造衙门，说是生丝小样让他们给偷换了，我们手头现在没有任何证据，至少我们得有个人证吧？再说现在，就是想了解情况，也不知道上哪里去找他们了。没有证据，那就是没有影子的事，我们也不能找高大人、刘大人、谭公公他们去说啊！”白郎中无奈地回答了程九信。

“我还真认识那里面的一个人。那天我去衙门办事，路过存放小样的那间房子，看见门口把门的正是我的一个远房亲戚。我当时也没想什么，和他打了声招呼，也就走了。您看，我去找他看看？”经白郎中这么一提醒，程九信猛然间想起了这个人。

“太好了，只是，只是你这个亲戚能告诉你实话吗？还有这个时间也是非常地打紧，留给你的时间也只有几天的光景，需要尽快去办。实在是找不出来毛病，这件事情也只能是目前的这个结果了，没法子再改变。”白郎中听了程九信的话有些兴奋，可时间紧迫，需要程九信尽快去办。

“白兄，我想的是，即使找到了这个戈什哈，能找到些线索，对这个事也于事无补吧？想让这个事儿有翻盘的机会势比登天还难，毕竟大庭广众之下，我‘广客隆’榜上无名啊！还有，这背后的主谋是谁呢？有何怨何仇，至于如此害我？”周玉长长地叹了口气，这件事再加上联想起周冰羽被骗一事，他真是又气又恨。

“周兄，五爷那里的信儿今天晌午刚到，刘大人那里也接到了。我想他那里也不会有太多为难你的……”程九信忽然想起白郎中在这里，忙收住了口。

“周兄，如果此事查实，确有偷梁换柱之事，我一定去帮你据理力争。”白郎中一时之间没有在意程九信说的话，只是用拳头猛击了一下桌子，义愤填膺地说。

第二十五章　鱼死网破

绎如将自家在评议中过了初评的消息告诉了杨梓传，杨梓传听了当然是十分高兴。他认为他找到陆通，陆通再通过关系找到谭公公，是找对了人，谭公公在这里面确实是起到了作用的。

但他目前还有一桩事情要急着去办，因为这件事情已经纠缠他有一段时间了，他必须要得到个说法，否则让他寝食难安。

杨梓传暗里和同乡其他商户的东家打听，找到了高尚在南京的住所。既然高尚这一段时间总是在故意地躲着他，他还是主动出击，对高尚来个出其不意的拜访吧。

“杨叔来了，快请坐。您这是怎么找上来的？您看这事办的，我知道您这也在南京，还没来得及去看您呢，这让小侄很是难堪啊。”面对杨梓传的突然到来，高尚面带着冷冷的笑容请杨梓传落座。

“贤侄，我这是无事不登三宝殿啊，今天我来就是想问问那笔蚕丝之事，我们是不是应该有个结论了？”杨梓传直入话题，表明了这次来的目的。

“杨叔，上次我不是和您说了吗？我把您那五万两银子给您退回去，咱们之间不就一笔勾销了吗？怎么着您这是来要那五万两银子来了？别说，您还真来巧了，我前些天回了些货款，又给您从外面凑了凑，我把这五万两的银票给您随身带到南京来了。这几天也真是忙，还没来得及给您送过去呢，正好您今天来了，您就直接带回去吧。”说完，从袖子里抽出一张银票放到了杨梓传的面前。

“贤侄，这事，上次我们见面的时候，该说的、不该说的我都和你说了，我也不在这重复了。我的意思呢，我出的那五万银子是咱们共同办事的钱，我分文不取，但就是这蚕丝必须一人一半，明天我派伙计去你的大库里拉。”杨梓传对高尚的态度非常和蔼，但态度却很坚决，一副不容商量的口气。

“杨叔，不是我高尚怨您，您老应该明白‘到什么山唱什么歌’的道理！原先我们是要一起合作来参加这次朝廷采购蚕丝评议的，才有了后来我们商议抽了周家生丝的这档子事，但我们也仅仅是限于商议，后面具体的事都是我一人操作的，您在那里面并没有出什么力气。后来您这儿反悔了，不想和我合作了，不合作也就罢了，咱爷俩好聚好散，买卖不成仁义在，我也早说了，把您那五万两银子给您退回去，但您万没有再把这丝要分去一半的道理啊！杨叔，您说是不是这个道理？还有不瞒您说，这次要不是我在周家送的蚕丝小样动了手脚，恐怕您那儿，也不一定能进得去这下一轮的评议呢！”

“贤侄，不管怎么说，你将来都是我杨家的女婿，俗话说‘一个女婿半个儿’，我的，以后不就是你的？一家人在这里争长道短，我感觉我这老脸都没地方搁。贤侄，你看这样行不？这下一轮的评议可着你来，我不和你争。但这前提呢，你还是把我应分得的那一半生丝让我拉回去。”

杨梓传此时明白，这高尚就是个地痞无赖，就是想在这件事情明目张胆地“黑”了他。既然硬着来不行，他也只能暂时对高尚来个缓兵之计，来软的，对高尚晓之以情动之以理，先把那本属于他的一半生丝拉到自己的库房里再说。至于最后评议的时候他再怎样去做，只要生丝一到手，到时候就由不得高尚怎样了。至于高尚刚才说他动了周家生丝样品的手脚之事，他还没有心思去替周玉想这个问题，高尚也甭想趁着这个机会转移话题。

“嘿嘿，我说叔儿啊，您把话说到了一家人的份上，让侄子我非常地感动。但你的就是你的，我从来没奢望过去拿你一分一毫。可是既然说到了这‘姑爷’二字，我实在是有些不敢当了。我还不得不说一件事，我给您当‘姑爷’自然是求之不得的事，可是给那么一个宫里的老太监当‘干姑爷’真是让人接受不了啊！这要是传出去，真是让人抬不起头来！这几天我还琢磨呢，以后出门见了人，怎么和人家解释这事呢？知道内情的人明白，是您这个我未来的‘爹’，为了和我高尚争着卖蚕丝，又为我多认了一个‘干爹’。不明白的人，或许是以为我实在是缺爹养呢，为了这么绿豆点儿大小的生意，非要认个半残之躯的宫里太监当爹呢，您说是不是？这让我以后没法在世面上做人啊！”

杨梓传被高尚的一番嘲笑揶揄得满脸通红，恨得牙根直痒痒，再也无法掩饰内心的怒火，忽地站了起来，说：“高尚，我告诉你，你不要欺人太甚。这蚕丝我是要定了。”

“杨叔，看来今天我们这是要撕破脸皮了啊？您这大有要和我争个你长我短、鱼死网破的模样！可惜啊，您那八拜结交、一个头磕在地上的周玉东家，还不知道您在我这的所作所为啊！哈哈。也好，那我今天也就给您个准信儿，这五万两银子您爱要不要，我那库里的丝，你一丝一缕也拉不走，您就断了那个非分的念想吧！”此时的高尚亮出了自己的底牌，任凭杨梓传怎样，他是打定了主意，那骗来的蚕丝，别说是要让杨梓传分去一半，分毫他都不会相让的。

杨梓传听完高尚的话，气得已经说不出话来。看高尚的情形，让高尚主动吐出来那蚕丝，是万万不可能的事情了。他再在这里待下去，只能是引来高尚更多难听的话，无异于自取其辱。想到这里，猛地拍了一下桌子，说道：“咱们走着瞧！”然后怒气冲冲地就往外走，但走时还是不忘抓起了高尚放在桌子上的银票，塞进了自己的袖子里。

几日后，楚秋在家里面接到了杨梓传的来信。信里面，杨梓传只写了短短的两行字：“吾儿，亲带心腹，计划周详后，速速火烧高家的丝库。父命。”

虽然只有短短的二十几个字，楚秋却反反复复足足看了有半个时辰。

杨梓传要烧了高家的蚕丝大库？这让楚秋怎么也想不明白，这养父和高尚之间到底发生了什么事。杨梓传临走之前，还只是告诉他向高家要三十万两银子的货款钱。他去了高家几次，高家人都告诉高尚不在家，高家的管家和下人们又都说，压根不知道高家欠杨家这么大笔货款的这件事，每次他也都是带着失望无功而返。

此刻，养父却突然事先没有任何征兆地命令他去烧了高家的大库，信里还没有说明具体原因，真是令楚秋匪夷所思。养父和高尚两人间自上次甜蜜合作之事后，到底发生了多大的冲突，增添了多大的仇恨，以致让养父这么个深沉人，要他去放火烧库以发泄对高尚的愤恨?

水火无情，火烧当日穷，这些都是人人懂得的道理，养父这是要置高家倾家荡产的心态啊！单不说这高家的大库里有多少蚕丝，值多少银两，一旦这高家大库里的蚕丝着起大火来，那火势是凭谁也控制不了的。而且如果放火，一定得是在三更半夜，趁着库里的人熟睡的时候才能去，可想而知，库里的人有多少算多少，都得跟着这把火赴了黄泉。

别说找一个高家这样价值百万两银子的大库去放火，就是简简单单地找一个民房去放上一把火，被官府查出来也是死罪！世上还没有听说哪个父亲让儿子冒着被杀头的风险去替自己放火的。但楚秋想，养父从小将自己养大，这条命也算是养父给的。现在养父要用他这条命去做事，也是理所应当，他怎么能去推辞呢！养父这也算是给自己一个报恩的机会。别说放火，就是养父让他杀人，他也是要去的!

至于养父信里提到的让他带个“心腹人”当帮手，楚秋在心里想来想去，却是一个也没有。这些年在养父的眼皮子底下，如果楚秋和哪个伙计走得近了点儿，过上一段时间，就会受到养父若明若暗的提醒，甚至申斥。杨梓传的理由就是少东家不能和这些下人、外人打成一片，以免受到蛊惑吃亏。现在养父让他找自己的“心腹人”，这世上什么人都好找，就是这心腹人最难找。哪有一时半刻就能找到心腹人的？想来想去，楚秋决定还是自己一个人去单干，虽然少了帮手，但也是来去自如，了无牵挂。主意拿定了，楚秋轻轻地把养父写的书信，放在蜡烛上点燃，看着信纸在跳跃的火苗上化为了灰烬，楚秋的脸上也随之露出了一丝轻松的笑意。

楚秋准备好了一套夜行衣，两套火折子，和一卷子被牛油浸过的生丝。趁着越来越浓的夜色，朝着高家的大库的方向出发了。

高家丝库的位置，楚秋是知晓的，甚至可以说是轻车熟路。往常两家交好之时，彼此之间串换一下生丝借用，那是常有的事，自己手头暂时没有的生丝，还不想失去个客户，只能去同行那里先调剂一下，以后或者付货钱或者拿同等质量的生丝去还。但今天与往日不同，他是带着养父的命令，要让高家那一大库的生丝，神不知鬼不觉就灰飞烟灭的。

楚秋找了一匹平时养得膘肥体壮的快马，当作自己的坐骑，但也是疾驰了将近两个时辰，近子夜时分，才到了高家设在无锡的大库外围。他在外墙边找了一棵树拴好了马，换好了衣服，重新仔细检查了火折子和其他点火的物件是否齐全完好，确认无误后，楚秋一个“鹞子翻身”越过了高高的围墙，进了高家大库的院子里。

蹑手蹑脚地来到了库房的门口，将那卷油浸过的生丝，慢慢顺着门缝塞进去，然后小心地取出了火折子。火折子里面露出羸弱的点点泛红的火光，好像一不小心就要被风吹灭了一样。楚秋将火折子对着生丝的一头，然后对着火折子用力吹了一口气，但火折子并没有将那油丝点燃，只是将那生丝烧焦了一些。

正在楚秋准备再试一下的时候，突然间院子外传来一阵嘈杂的脚步声和说话声，院子里也同时响起了十几只看家狗的狂吠声。

楚秋连忙闪身躲在一旁黑暗的角落里，观察着动静。高家大库的院子里闯进来有三十几号人，一色青衣小褂，手里拿着长刀。

高家守库的十几个人闻声都跑了出来，可也立马被这阵势吓得有点发蒙。其中有个胆子大一点儿的汉子，身子往前挪了挪，问道："请问各位深夜闯入我们这'德胜行'的库房，不知有何贵干？"

第二十六章　唇枪舌剑

在江宁织造衙门里，一场唇枪舌战正在进行着，气氛也变得异常紧张。

“‘广客隆’的蚕丝小样，明明是我们四人共同见证启封的，八只眼睛在那盯着呢，那还错得了吗？”谭公公扯着公鸭嗓子在桌子旁边激动地嚷着。

“谭公公，你说得不假，那包裹着生丝小样的牛皮纸的确是封得死死的，但那牛皮纸上盖的‘广客隆’印信是真是假，你我包括高大人和刘大人却都是没有仔细核实过。万一这‘广客隆’装着生丝小样的牛皮纸口袋被人调了包，我们冤枉了一个好商家暂且不说，是不是我们诸位也辜负了皇上的重托，没有尽力将这事情办到最好呢？”白郎中慢条斯理地对着谭公公说。

“白大人，按你说的，那日多家的牛皮纸的生丝小样外封，是不是都有问题，是不是那些落选的商家，都应该如‘广客隆’这般找后账来算？如果那样，我们不是没事找事，找个鸡毛掸子自己要打自己的脸？再说，包括‘广客隆’的那些商家的牛皮纸袋子，都已经填进了你这织造衙门厨房里的灶坑里，这印章封印到底是真是假，自然也就早已无从考证。白大人现在说起这事来，未免让人有着扯淡的感觉。”谭公公眯着眼睛对着白郎中说。

“是啊，谭公公言之有理。评议这件事，事关朝廷的尊严和体面，是一件公平、公正而严肃的事，不可视为儿戏。怎么能简简单单地就凭借着个人的假想推论，就把已经公开的评议结果推翻了呢？如若其他商户也如这‘广客隆’的东家都来找我们，置朝廷的法度何在？又置我们这些朝廷命官的颜面何在？这可是个连锁反应，我们不得不三思而后行啊？就是这日后，皇上想起来问起这件事情的来由，我们也是很难说得清楚的。”两江总督高晋接着谭公公的话开了腔。

“高大人、谭公公，退一万步想，哪个商户能把这样下三烂的生丝小样送上来，让咱们评议呢？如果他真是那样做，我想那一定是这个‘广客隆’的东家脑子里进了水，才能干得出来这样的蠢事。这几缕蚕丝样品即便是上上品，又能值几个小钱，就是他‘广客隆’自家没有，他拿出几两银子上市面上买来不也就是了？谭公公，您说是不是？”白郎中对着面前的三位替“广客隆”辩解道。

“‘广客隆’的东家到底是怎么想的，我管不着，白大人你也管不着。咱们就是就事论事，他提供的生丝小样不合乎要求，就是不能用他的，没什么其他道理可讲。高大人说的话，我举双手赞成，我们是为主子爷办差来了，不是为哪一个商家平冤昭雪来的，评议这件事当初怎么定下的规则，我们就按那个规则去办，没毛病，就是主子爷日后问起来，我腰杆子也是硬实！”

谭公公见高晋为自己说话，说起话来更是趾高气扬了。他的心里有数，杨梓传曾不止一次和他说过，一定不要让这“广客隆”过了这评议的第一关，他当初还不知道怎么办好呢，哪成想这“广客隆”自己撞到了枪口上，明里明面地自动失去了最后一次评议的资格。现在，白郎中在替“广客隆”找后账，他是万万要阻拦的。

“高大人，刘大人，谭公公，恕卑职直言，这里面确实存在着蹊跷。否则，卑职也不敢轻易惊扰三位大人来说这件事。”白郎中依旧不紧不慢地说着。

“蹊跷？什么蹊跷？”谭公公忙不迭地问着。

“既然有蹊跷，白大人你就说来听听。”高晋也是十分好奇。

“这里面确实是有人将‘广客隆’周家送的小样调了包。”白郎中镇定地说。

“你可有证据？这事可不能瞎说。”谭公公说。

“这事我怎么敢瞎说，把王小二给我押进来。”说着，白郎中朝门口喊了一嗓子。

程九信和两个戈什哈押着王小二的膀子走了进来。“赶紧给各位大人跪下！”程九信重重地在那个人的耳边喊了一声。

“小的、小的给、给各位大人请、请安叩头了，请、请各位大人恕、恕罪。”王小二跪下后，吓得魂不附体，一个劲儿地用头碰着地面的青砖，发出嗡嗡的响声，说起话来也是结结巴巴。

“看着你像个当兵的模样，你叫什么？何罪之有？”高晋怒声喝道。

“小的叫王小二，在刘管带的营里当差。前几日，小的被差来看守织造衙门的库房……”王小二镇定了一下情绪，开始要讲清楚事情的经过。

“不要废话太多，你到底所犯何罪啊？”高大人打断了王小二的话，继续问道。

“那一天晚上，小的在来当值前，灌了些黄汤，正在迷迷糊糊犯困的时候，来了一个人，将一个牛皮纸信封模样的东西交给我，让我进库房将里面一模一样的东西换出来。我就问为什么，那人说是当初东西送错了，求我帮帮忙调换一下，他还给了我一百两银子。各位大人，我确实也没把这事当回事，小的当时确实是财迷心窍了，看着那银子的面上就送了个过水的人情，进去给他换了，哪成想，犯了这么大个罪啊！”王小二刚才回忆经过的时候，说话还算利落，可是到后来说到罪过的时候，不知是装的还是吓的，已经号啕大哭了起来。

“跑这里哭什么丧，罪过大小，不是你能定的。我问你，你可看清楚来人的面目了吗？后面还有没有别人主使你这么做？如实招来，或许本大人还可对你宽大处理。”高晋厉声说着。

“因为是晚上，加上灌了点黄汤，瞌睡虫上脑，小的确实没有看清。大人我说的可都是实话啊，没有半句谎言敢欺瞒，我还有七十多岁的老母需要我奉养，您可不能杀了我啊！”王小二又忍不住哭了起来。

“高大人刚才问你，你身后还有没有其他人主使你，你为什么不说？”谭公公接着问王小二。

“除了当晚那个人，没有其他人背后主使我这么干。小的说的句句属实，如若欺瞒大人半句，甘愿千刀万剐。”王小二说完，又忙不迭地磕起了头。

“来人，把他这个狗奴才给我押下去，带到死牢里给我严加拷问。另外，传我的话，刘管带管教属下不严，即刻将其革职查问。”高晋高喊了一声，门外他的亲兵听到了，立马跑进来将王小二拖了出去。程九信见王小二被移交到了高晋的手里，也只好随着织造衙门的两个戈什哈退了出去。他知道，看来王小二的性命堪忧啊！

“各位大人，这人犯也算人证在此，看来‘广客隆’的生丝小样被偷梁换柱是确有其事。那么这个最初的评议结果，也就对这个‘广客隆’确实不公平。我看这事情的确需要重新商酌一番，我们连商家提供的生丝样品都看管不好，这事情传扬出去，恐怕伤了朝廷的尊严，也寒了商户的心，当然也丢了各位大人的脸面，弄不好朝廷有可能还要怪罪下来，这‘玩忽职守’‘欺上瞒下’的大帽子一扣，谁也吃不消啊！”这是工部的刘大人这一晚上第一次说话，语气平和谦逊，但句句在理。

“刘大人，你想到没有，这‘广客隆’找来了个所谓的人证，我们就给改了结果，如若其他商户也再找来点什么证据，是不是我们还要改呢？这‘欺上’我们万万不敢，可这‘瞒下’满打满算还有十天的时间就到了最后的评议，我们是不是应该‘大事化小，小事化了’，这件事情就当没有发生过，顶天再有这样的事，我们多加注意也就是了。”谭公公明显将刚才的公鸭嗓子的音调调低了许多，但心里还是牢记着杨梓传和他说过的话，一定不要让这个“广客隆”过这第一关。

“这事想瞒是瞒不住了的，至少这‘广客隆’的商户一定是有所了解，才会撞这织造衙门的钟，找白大人来讨说法的。不给人家个明确说法，他改天去撞总督府高大人那里的，高大人怎么办？高大人那里不成，他去京城找衙门再撞钟，还怎么办？高大人，您说呢？”刘大人看似是在回答着谭公公的话，但实际上是在对着高晋说。

高晋听了也是频频点头，表示同意刘大人的说法。然后问道：“刘大人，那你有没有什么好章程，把这事能解决圆满？”

“我想能不能这样，把‘广客隆’拉进初次评议的名单里，就说是我们再次讨论了，五家还是不足以进入这下一轮的评议，要再多加上一家，变成六家。五家也好，六家也罢，能不能拔得这最后评议的头筹，终归还是要看自家的实力，最后才得分晓，对谁都是公平的，我想谁也不能再说什么。这样既安抚了‘广客隆’，也不至于外面的闲言碎语太多。我不知道列位大人还有没有别的高见，这件事本身就是我们商量着来办的。”刘大人说。

“这个，我看就按照刘大人的意思办吧。但要加上一条，不管这六家哪家，在参加我们那最后的评议之前，我们都要派人亲自查验一下这个商户储存蚕丝的库房。一来，我们不能只看这小样，万一送来的小样是上品，以后大批送来的是残次品怎么办？二来，我们是看看他这个商户有没有供应这批货物的能力，也怕哪个商户抱着侥幸的心理中了彩头之后，库里无货供不上织染，耽误了皇上和太后的好事，我们几个人都要吃不了兜着走。”高晋看刘大人说得有道理，特别是看问到自己的意见，也就表了态。他也把弟弟高尚私下告诉他，关于一定要验商户库房的这番话说了出来，他从心底认为检验库房确实有道理，也是十分有必要那么去做。

“我同意按照高大人、刘大人说的办。”白郎中在旁边也立即表明了态度。

谭公公看三人众口一词定下了章程，也不好再说什么，微微点了点头，勉强表示同意。但他还是坚持认为不能就这么便宜了“广客隆”，忙说道：“白大人，这要是日后‘广客隆’中不了彩头也就算了，如若真中了彩头，可真是会让外人产生无限联想的，让人好说不好听，要是今天这事真传到了主子爷耳朵里，主子爷真要盘问起这事中曲直来，我也是真不好答复主子爷的，不管怎样，今天这件事情既然已经就这么定了，还望各位大人共同起草个章程，我们都签上字画上押，日后，也好有个凭据。”

“谭公公，你放心，今天这会议是我负责召集的，出了什么事情，自有我白某人担着，不会连累你的。”白郎中对着谭公公说。

“话是这么说，但还是写在纸上让人信服。谁知道如果真的出了问题，还有没有人能扛得住呢？”谭公公眯起眼睛，不阴不阳地说。

第二十七章　凤凰远飞

自从初评之后，杨梓传明显感觉到刘大人对自己的态度冷淡了很多。到底是因为什么，杨梓传百思不得其解。有心去找谭公公问问到底发生了什么事情，但一想到既然谭公公已经给他引荐了刘大人，剩下的事情自然就是由自己来应酬。如果再去找谭公公，容易让谭公公怀疑自己的办事能力，从而瞧不起自己。

杨梓传想，如果刘大人那里真有什么变化，那也一定是自己这里出了问题，归根结底还是自己没有把事情干明白。但刘大人那里分明使了银子，并且他也欣然接受了，自己话里话外把庆贵妃给他帮忙的这道关系，故意点破给了刘大人听，按刘大人的机敏头脑，应该能听明白这里面的利害关系的，自己有贵妃在后面帮忙撑腰，你刘大人能不见风使舵来帮自己吗？

难道其他商户也找到了刘大人，把刘大人拉到了他们的那一边？杨梓传认为如果真是这样，这人一定是“广客隆”的周玉了，因为谭公公告诉他，在白郎中召集的会议上，刘大人是替周玉说了话的，虽然很含蓄，但是毕竟起了一定的作用。但刘大人应该明白，他杨梓传的这层关系是从庆贵妃来的啊，虽然只是通过陆通的私下运作，但至少从表面上，让别人看来他杨梓传就是庆贵妃的人。难道周玉找到了比庆贵妃还高深的关系？宫里除了贵妃，比贵妃等级还高的，也就剩下皇贵妃和皇后了，再有就是皇上和太后老佛爷，但整个大清朝的子民有几个人能走得了这些人的门路？那得是祖上积多大的德，能让这些高高在上、掌握这世上生杀予夺大权的人物替你张嘴说话呢？自己能通过陆通找到庆贵妃，已经是很不容易的事情了，杨梓传还为此暗自骄傲了好一阵子。

还有，如果周玉真是有这样通天的本事，那朝廷何必还搞这么个评议做什么，直接指定“广客隆”不也就直接了事了吗？这些金枝玉叶、皇亲贵胄们哪能把周玉放在眼里，哪就能把周玉这么点儿个屁事当作个事来呢？就算是给你上了心去办，那得拿出多大的血本去回报啊！比如自己，如果不是答应了陆通，事成之后给陆通五万两银子，陆通才不会那么卖力地在庆贵妃那里上下撺掇，如果不是侄子的请托，庆贵妃又怎么能轻易地就和一个奴才说了小话呢？而且这么多年来，他杨梓传还从来没有听说周玉在朝中或宫里有这么大能量的人物，能如此轻易地就将四品顶戴的刘大人给拉到自己的阵营里去。

再有就是谭公公，也让杨梓传十分头疼。要杨梓传没有想到的是，一个宫里的太监，酒量能这么大！几乎每天都是从中午一直喝到后半夜，往往杨梓传已经累得要吐血，腰像要折了似的，连坐都坐不稳了，但谭公公还是一副意兴阑珊、意犹未尽的样子。并且谭公公说话的公鸭嗓儿，又带着些娘娘腔，杨梓传每次听着都是一种煎熬，让他有一种如坐针毡的感觉。但偏偏谭公公把宫里所知道的陈芝麻烂谷子的事，故作神秘地说起来就没完没了，奈何杨梓传也只能是有一搭没一搭地应承着，还得装作十分好奇和感兴趣的样子。他现在哪有什么心情去听宫里那些和他八竿子打不着的八卦传说，他现在着急的是要把这评议的事情搞定。

自从认了这门干亲戚之后，谭公公三天两头就要来找杨梓传喝酒，还点名要杨梓传一定带着干女儿绎如来陪着喝。本来绎如是从来不喝酒的，但谭公公每次都是要逼着绎如少喝一点儿，说是女孩子家喝一点儿酒能活血，对身体是有好处的。父亲这样讨好谭公公，绎如心中虽有不满，但还是给足了父亲面子，强忍着喝下两杯难以下咽的辣酒，但内心的苦楚只有自己知道。

慢慢地，杨梓传发现，谭公公每次喝得半醉时，总是色迷迷从上到下地去打量绎如。有时候，竟然还起身去拉绎如的手，看似自然不自然地去拍拍绎如的背或用手揉搓一下她的头发。这些动作看似是父女之间亲昵的举动，但毕竟谭公公和绎如之间没有任何血缘关系。虽然谭公公是个净了身的太监，但毕竟男女授受不亲。加之，绎如还是一个没有出阁的黄花闺女，从哪方面想，谭公公这样的举动都有些不妥。每次遇到这样的情况，绎如都尽量躲避，甚至马上找个借口跑出去，在室外待着不再进屋来陪他们喝酒。如是几次，回来后绎如都是一肚子委屈，自己躲在客栈的房间里伤心地痛哭。任凭杨梓传在外面怎么叫，也不理会杨梓传。

如果有那么一两天绎如不去陪酒，杨梓传发现谭公公的脸上便立马就会现出不悦之色，酒也喝得少了，话也不怎么说了，一副十分失落的样子。虽然谭公公是不说话了，杨梓传的耳根子也清静了不少，但毕竟不是那么一回事，他千辛万苦就是为了讨好谭公公，谭公公不高兴自己接下来的事情就不好办！如此讨好谭公公还不是为了要谭公公在评议里面为自己说好话，他现在唯一能依靠的也就是谭公公了，如果半途而废，真的就是前功尽弃了。

就在昨天晚上，任凭杨梓传怎么劝说，绎如死活都不去作陪了。杨梓传竟有些生气，这最后的评议马上就到了，如此关键的时刻怎么能得罪谭公公呢？这孩子也真是太不懂事了，再坚持几天不就有出头之日了嘛！

看到绎如如此“不懂事”，杨梓传多日来压抑在心中的烦躁瞬间转化成了怒火，竟抬手打了一向视为掌上明珠的女儿一个耳光，盛怒之下，下手也颇重。从小到大，自己还是第一次打绎如。但此时的杨梓传眼里已经没有自己疼爱的女儿了，如果自己的火气不往外撒，恐怕自己就会被压抑死。一瞬间，高尚、周玉、谭公公、刘大人还有与他对立或者他认为和他对立的人都在脑间一一闪现。愤恨的怒火都撒在了绎如身上，随后竟看也不看绎如便转身离去。

回到自己的房间后，杨梓传竟然感觉清静了很多。冷静下来之后，才发现自己做得太过分了，对小女儿充满了愧疚之情，绎如是自己的亲生女儿，而且还只是一个十几岁的孩子。况且初到南京那几天，自己见不到谭公公，还是女儿帮的忙，出的那么好的计策，自己才得以和谭公公说上话；要绎如认谭公公做干爹，虽然绎如一百个不愿意，但还是应承了下来；再有最近的这些天，绎如一直和他陪着谭公公喝酒，吃不好睡不好不说，身边连个贴身丫头照顾都没有，眼前连个说话的人也没有，和没娘的孩子没什么两样。

“绎如，开门。”

第二天一早，杨梓传就来到了女儿的房间，敲打着房门。杨梓传想给女儿道个歉，顺便再劝解一番。

房间里面没有动静。

“绎如，爹来看你了，昨晚是爹不对，爹来给你道个歉。爹不应该打你。”杨梓传继续说道。

房间里面依旧没有动静。

“还生爹气呢？爹这么大岁数了，这么低三下四地四处求人，图什么？还不是等我没了，让你和你娘还能过上衣食无忧的生活，我才能安心地把眼睛闭上。再有，我还不是想把咱杨家祖传的产业做强做大吗？不想这祖业在我的手里败落了……”杨梓传想劝说女儿，说到伤心处，自己竟动情起来，忍不住呜咽起来。

可是房间里面还是没有一点儿动静。

突然，杨梓传忽然有了一种不祥的预感，难道这孩子被打了之后，心里想不开，莫不是有个三长两短的了？想到这里，杨梓传拼全力一脚将门踹开，一边呼唤着女儿的名字，一边急切地寻找着绎如的身影，但房间里面空无一人。只见房间里的桌子上的一角，放着一张被盛满水的杯子压着的纸条。杨梓传连忙拿起来，仔细地看了起来。纸条上没有多少字，只是短短的几句话：

爹，我走了。你打我，我并不怪你。经过这些天，看到您也很不容易，我不想给您再增加负担，我要去一个谁也找不到的地方，我也要做出一番事业，让天下人知晓我杨绎如到底是一个什么样的女子。爹，放心吧，我不会做什么傻事的，我不是那样自轻自贱的人，真有再见之时，定让爹娘刮目相看！女儿：绎如。

看完女儿留给自己的字条后，杨梓传颓然地坐在了地上，两眼无神望着房顶，一句话也说不出来。昨天的夜里到底发生了什么？黑灯瞎火的，女儿能去哪里，自己又能到哪里去找她呢？外面并不是什么太平世界，这一个女孩子家，万一有个三长两短的可怎么办啊？所有能令一个父亲担心害怕的问题都塞进了杨梓传的心头。猛然间，他又清醒了许多，马上站起身来朝外面狂奔而去。

“绎如，绎如！”杨梓传大声地边跑着边呼喊着。不知什么时候，天上已阴云密布，豆子大的雨滴，带着呼啸声从空中跌落下来。这雨下得太急了，声音大得吓人，逐渐地淹没了杨梓传的呼喊声和他在那泥泞道路上踉踉跄跄的背影。

第二十八章　步步紧逼

听闻“广客隆”又重新被拉进了最终评议的名单里，高尚丈二和尚摸不着头脑，继而又急得如热锅上的蚂蚁团团转。偷换生丝小样一事，自己做得可谓天衣无缝，可周玉竟能轻易地就把自己精心策划的事情给化解了，这周玉到底有何等本事？看来自己把周玉想得太简单了。万幸的是，在这个事件中，自己隐藏得很好，办事的人都是自己的心腹，而自己则是在幕后指挥，想找到他是背后主使的证据是很难的。

即便此时上面真的追查起来，但想要王小二把自己供出来也不是一件容易的事情。只是令高尚百思不得其解的是，自己的手下给了王小二足够的银两，并且一再叮嘱他事后一定要待在家里不要随便外出走动。这个周玉在南京可谓是人生地不熟，他又是怎么找到王小二的呢？而且这个王小二竟然还冒着被杀头的风险，心甘情愿地去自首。难道是周玉在王小二身上使了比自己多了几倍的银子？还是周玉用了什么法术，把王小二给感召了呢？能在这么短的时间内就找到王小二，而且还能要王小二不顾自己的身家性命，心甘情愿地去自首，听起来简直让人不可理解。看来这周玉不仅神通广大，而且背后还有大靠山啊！高尚越想越害怕，这真是应了那句话“不做亏心事，不怕鬼敲门”。

想到这些，高尚觉得自己还是应该去高晋那里探探口风。还有，在这最后的评议阶段里，他必须再给高晋打打气，不能让高晋在这最后的紧要关头退缩。高尚偏激地认为，高晋在最后评议的当场，就应当机立断，甚至霸道地做出选择自家“德胜行”的决定。只要高晋不拖泥带水、优柔寡断，再加上自己库存丰盈，在这个最终评议里拔得头筹应该是没有问题的。想到这些，高尚连忙赶去高晋的总督府里。

“你来得正好，我正要派人去找你。”高晋先开了口。

听到高晋这么说，高尚惊了一身冷汗，难道大哥已经知道了什么。高尚连忙小心翼翼地问道：“大哥，您找我有什么事吗？”

“你了解蚕丝行当里的人物，我就是想背后咨询咨询你，你说哪个商户胆子敢这么大，竟然敢买通我总督府的戈什哈，把‘广客隆’周家存放在织造衙门库房里的生丝小样，神不知鬼不觉地就给偷梁换柱了！此人真是猖狂至极，也算是丧心病狂，为了一己私利，敢冒天下之大不韪，做出如此下作之事来。他也太不把官府衙门放在眼里了，他也太不把我高晋放在眼里了！”高晋气愤地说。

“大哥，您还不知道这世面上的事吗，就是这么回事。俗话说‘人为财死，鸟为食亡’，大家都在使出浑身解数，拼了命似的为了这朝廷的评议往前冲，还能管什么仁义道德、朝廷法度啊。大哥，你也知道，这一旦拔得了评议头筹，就能给自己带来天大的好处，您说，出了这样的事，不就是很容易理解了吗？”高尚听着高晋的意思，看来还没有查清是谁主使的，心情也就稍稍平静下来了。

“老幺，是不是你背后主使的？”忽然间，高晋话锋一转，用目光威逼着高尚问。

“我说大哥，你可不能冤枉好人啊！这几十户人家参加评议，要说有嫌疑，大家都有嫌疑，大哥怎么着就能想到我身上呢？我是那样的人吗？我干不出这种下三烂的事情来，用您以往教训我的话说，那就是天良泯灭，辱没了祖宗的名声，您说是不是？再说，我也没这个必要去那么做，我的实力大家有目共睹，要银子有银子，要生丝有生丝，我怕和谁比啊？大哥，这黑锅，您千万别往我身上扣！这件事啊，您一定要严加追查，查出真正的结果，自然也就还了我一个公道！”高尚听高晋这么一问，刚刚平复的心情又提到了嗓子眼，继而马上装出满腹委屈的样子，义正词严地表白了一番。

“和你没有干系就好啊！那我也就放心了。可惜的是，因为那个戈什哈王小二一直没有供出是谁主使他干的，大牢里的衙役用刑过急，硬生生地把他给打死在了牢里，到现在这件事也算是死无对证了。或许这王小二真是如他所说，确实是为了一百两银子，又灌了太多黄汤，根本就没有看清来人是谁。否则他怎么能过了那么多次大刑，还是供不出背后的主谋来呢！”

“大哥，看来这案子日后也就真成了有头无尾的悬案了。哎，大哥，您看这竞争激烈吧？到了关键时刻，这些人是什么法子都使得出来的，三头六臂、十八般武艺，谁有能耐谁使。这最后的评议也马上就到日子了，大哥你可得要帮我，要不咱高家一定得吃亏啊。”

“老幺，你价格公道，质量上乘，自然就是你的。回去仔细准备着，还是那句话，不要想什么歪门邪道，给自己惹出什么麻烦来。”

“大哥，这眼前的事就是明摆着的，‘广客隆’周家要不是找了白大人的门路，任凭周家怎么去织造衙门撞钟，白大人能理他那个茬儿吗？我就不信，平白无故，白大人就会为了一个不认不识的商家，又是召集你们开会，又是为周家出头说话！周家能在已经在落榜的情况下，找了个所谓的证人王小二，凭着说他偷换了生丝小样，这就又重新获得了评议的资格。要我说这王小二是周家和白大人共同找的一个替死鬼也不一定呢。”

高尚拿起茶杯，抿了一口，继续说道：“还有，我听说，不知道‘广客隆’从哪里找的关系，这工部的刘大人也有偏向周家的意思，这里面也有他的影子。‘兴昌隆’杨家也是找了那个太监谭公公的，把自己的宝贝女儿心甘情愿拱手让给谭公公，做了谭公公的干闺女。这两家的情况都是我从外面大概了解的，这就是他们的背后所为，看来这不知道的事情还不知道有多少多呢！大哥，这里面的水是相当深的，你可得也替兄弟去蹚上一蹚啊！”

“这里面真如你刚才说的，有这么多的龌龊事？”高晋有些惊愕地问。

“是啊，大哥。所以我说，您要是不压一压他们嚣张的气焰，其他大人们更会变本加厉、肆无忌惮地袒护各自门路里的商家，也更不把你瞧在眼窝子里。明着尊敬你，暗里还得算计你，嘲笑你！最终，我们高家就是在这评议里去当个陪跑的，白白忙活一场不说，还徒被其他人耻笑，说我们高家没人，好欺负。”

“朝廷有朝廷的法度，评议有评议的规则，我看他们这些人，能折腾出个什么样子来！放心吧，要是真让我抓住他们有什么不轨的行为来，我一定立马报给皇上，将他们一个个法办。”高晋恨恨地说。

“大哥，我说的意思是啊，家家都是找了人，作为自家代表，您也得替自家出头说话。您啊，也得在那关键时刻替咱家的‘德胜行’据理力争。”此时的高尚真是狗急跳墙一般，恨不得把话完全挑明了，要高晋直接定下这头筹的事情。

“老幺，据你先前所说，这几家入了围的商户里，你的存货是最充足的，只有你才有能力在一个月之内能凑得上这五千包上等的‘七里丝’是不是？”

“您说得一点没错儿。大哥，你以为我这么多年，白白在这生意场里厮混呀？要说这实力，我比他们哪个都强！咱家无锡的大库里，近三千包上等的七里丝就现货摆在那呢！您私底下问问，谁家有咱家这么多？”高尚听高晋问起这个事来，那真是骄傲啊！要知道，这可是他花了小本钱就天外飞来的一笔神财。

“好，那就好！如果真如你所说，库存这么充足的话，再加上把价格压低下来，那我就一定不会避嫌，去替你做这个主！明后天，我就会派人分头去你们这几家大库里，去看你们的库存，这也是上次我们几个在会议上早定下来的章程。老幺，你就放心吧，这事大哥一定替你做主！你也别听那些闲言碎语，污了自己耳朵，把自己的事准备好比什么都强。”

高晋听了高尚的话，也很替自家兄弟高兴和自豪。毕竟是自家兄弟这些年有了长进，也算是事业有所成就。家里的兄弟们，都齐刷刷地把日子过好，哪个当大哥的能不为之高兴呢？

高尚听了高晋的话，也就放下心来，辞了高晋，走出了两江总督府。他刚刚走出来没有多远，迎面就碰上了风风火火赶来的家里人。

“东家，老家那边有人来送信了，说家里出大事了。”

“人呢？”高尚急切地问。

“我先跑来找您来了，他在家里候着您呢。”

“说出了什么事没有？他为什么不和你一起来？”

“我看他星夜兼程赶来的，累得像要快吐了血，就没让他来，让他稍微歇息一下。所以至于出了什么事情，还没有来得及问他。”

“你倒挺会体谅人啊！拿着我的钱粮过活，就是累死都是应该的。你还愣着干什么，赶快走啊。”高尚气急败坏地说。

高尚一脚门里一脚门外刚到了客栈，就看见院子里的一个汉子晃晃荡荡地从藤椅上起了身，踉踉跄跄地走到了高尚的身边。

第二十九章　盗亦有道

“东家，大事不好了！我们的蚕丝大库被人给抢了。”来人几乎声嘶力竭地喊了出来。

“啊？什么人干的？”高尚惊愕地问。

“具体是什么人目前还不知道。”来人又稍微思索了一下说，“来人当中有两个好像脸熟，一男一女，好像，好像就是上次，往咱们库里送丝的那两个人。夜太黑，影影绰绰的，根本看不清他们的真面目。”

“养了你们一群废物，那蚕丝就生生平白无故让人给抢走了？你们是干什么吃的？抢了多少包？”高尚几乎变得咆哮着问。

“东家，您还不知道，对方来了有四五十号人之多，说这生丝本来就是他们的，只是暂时存放在我们这里几天的。刚开始他们还是挺讲道理的，说是让您出面和他们谈，我告诉他们东家不在家里，需要些时日才能回来，让他们等两天。可他们当中有人说，是您在耍花招，故意不见他们。之后，他们就开始动手抢了，我们是拦也拦不住，打也打不过。对了，东家，我想起来了，好像那两个人自称姓钱，是漕帮的人。我刚来时，他们抢走了有一千包丝，然后放下话说，过两天还要再拉走一千包，还让我们传话给您，让您立马回去和他们见个面，否则别怪他们不客气。”

“姓钱？漕帮？”听完这几个字，高尚知道这事是谁干的了。可漕帮不是这么不讲江湖道义的啊！再说他和钱氏兄妹是认识的，否则也不会找来他们帮自己做事，怎么忽然间和自己说翻脸就翻脸了呢？

高尚也自认为在漕帮帮助他骗取周家的蚕丝这件事情上，他对钱氏兄妹，或者说是漕帮，既没有差了钱，也是没差了事。说得更直白些，他高尚也不敢和漕帮差了事。

因为结识了漕帮里一些“佛”字辈的人，在私底下碰见泼皮无赖逢人便说自己是漕帮的人，高尚虽然没有在漕帮里投过帖子，开过香堂，拜过码头上的“老头子”，却借此做了很多狐假虎威的事情。他在漕帮里既没有名分，也没有辈分，只能算是一个“空子”，但他毕竟和钱氏兄妹认识这么多年，平时称兄道弟，自认为也算是帮里的半个成员。“黑吃黑”这种事情，高尚认为还不至于发生在自己身上。但钱氏兄妹这么做又为了什么呢？高尚心里思来想去也弄不明白。

“你看见他们把蚕丝拉往什么地方去了吗？”高尚十分懊恼地问。

“他们有人看着我们，不让我们随意走动，我也只是远远地望了望，货车大概往嘉兴的方向去了。”来人回答道。

“下去吧，明天随我回老家。”高尚没好气地说。

一夜无话，第二天天还没亮，高尚就焦急地出发了。经过一路的奔波，满心焦躁、风尘仆仆地赶回到无锡自己那装满蚕丝的库房。

待他走到自家库房的大门口，就看见门口处多了几个陌生的面孔，一看就不是自家的伙计。这些人一色的青衣黑裤、干净利落的打扮，虽然个个都是很严肃的神情，却也不是十分嚣张跋扈。高尚明白，看来自家的库房已经被别人看管起来了，没有这些人的同意，别说是蚕丝想往外用车拉，就是自家伙计都得征得人家同意才可以进出！

“德胜行”的伙计们看见高尚回来了，立马都精神起来，毕竟有了主心骨了。大家慌忙都凑到院子里来，聚拢到了高尚的身边，有的虚头巴脑地对自家东家嘘寒问暖，有的则小声嘟囔着告诉高尚些什么悄悄话。

“呦，高东家回来啦？”这娇滴滴的话语如果被周冰羽听到，一定再熟悉不过了。的确，此人正是华春娇，不过此时她不叫华春娇，而是叫钱春娇。但不管叫什么，不得不说，钱春娇笑起来那百媚千娇的俊俏模样，和那悦耳动听的话音，总是让男人为之心驰神往想入非非。

“娇姐，我刚回来。”高尚一拱手答道，继而说道，“娇姐，到底发生了什么事情，您能给个合理的解释吗？我的这些伙计已经被您带来的人都给吓蒙了，跟我学说得也不是十分明白，还请娇姐明示在下。”高尚疲惫不堪的脸上勉强挤出了几丝笑容。虽然内心是百般地不满和不解，但他知道钱春娇这些人他是得罪不起的，此时自己需要镇定下心神了解这事情的来龙去脉。

“高东家恕罪，娇姐这几日的作为多有得罪。我家哥哥特命我在此等候高东家归来，给您赔罪。”钱春娇笑盈盈地说着，然后微微低下身子，轻轻地给高尚鞠了一躬，算是表达了对高尚的歉意。

“娇姐，小弟不知道有什么地方没做好，让大哥和姐姐这般恼怒，夜里亲自带着这帮兄弟们，来到小弟这破烂不堪的地方。小弟不是不开事的人，您事先过个话，我定没有不俯首远迎的道理，小弟我也一定在府里好好设宴款待大家。可现在，这都成什么事了？在这种不是谈话的地方招待贵客，传出去，真是让人家笑话啊！”高尚说得恭恭敬敬，却带着非常不满的情绪，他这是在质问钱春娇：为什么事先连个气儿都不出，招呼都不打一下，就平白无故地给他的蚕丝大库端了老窝儿。

钱春娇听出了高尚话里话外柔里带刚的质问，扑哧一笑：“呵呵，高东家这是生姐姐我鲁莽行事的气了。但姐姐我这也是迫不得已啊！”

“迫不得已？还有什么人，什么事情，能让娇姐如此为难的，难道这世面上还有娇姐摆不平的事情吗？”高尚揶揄着钱春娇问道。

“高东家，实不相瞒，周家的人找到了我们漕帮里两个最顶尖的人物，也就是我和哥哥的两位师爷。他们其中一个是我的王师爷，一个是我的萧师爷。这两个人物说来你大概也是知道的，至少在江湖上混个一年半载的，一定都听说过。我们漕帮为翁、钱、潘三位祖师爷所创，奉乾隆爷的钦命，招徒一千三百二十六名，带粮船一千九百九十只半，给朝廷效力运粮。但创立不久，翁、钱二位祖师爷先后仙逝。潘祖师爷手握乾隆爷御赐的‘鱼龙杖’，独自撑起全帮事务并设立家庙，凡入帮者，不论何姓，一旦入帮，均为潘家子孙。而周家请出的我的这两位师爷，正是潘祖师爷最得意的两个徒弟，一个是祖师爷的开山弟子，一个是祖师爷的关门弟子。这两位帮内最德高望重的‘文’字辈的两位师爷，别说是让他们这两位一起亲自过问周家生丝的这件事，就是单单站出来一个，跺一跺脚，我们做徒孙辈的哪个不心惊胆战，哪里又敢违抗他老人家的半分命令呢？高东家，我这么说，你就能理解我们兄妹的难处了吧？”

“娇姐，你说的这些我以前略有耳闻。可是，听您这么一说，难道这事就这么完了不成？”高尚心里暗暗吃惊周家的能量又极不服气地说。

“高东家，帮里有帮里的规矩，帮外有帮外的原则。按理说，也只能是这样了。但两位师爷也不是不讲道理的人。师爷们是这样吩咐我们的，把周家的丝要如数送回去，但不要告诉周家这当中的事情曲直。也就是说，只管给周家找回被骗走的蚕丝，但不能告诉周家这事是你高东家指使我们干的。当然，既然已经替他们找回了蚕丝，也就不许周家再问这其中的蹊跷，也不能以后再拿此事去告官做文章。周家再拿出五千两银子，给下边的这些伙计们作为运输劳务、打尖住店的费用。先前我们收你的那十万两银子的办事钱，和你预支给周家的三成货款也是如数退还给你，高东家，你并没有什么实际上的损失。以后，此事我们一笔勾销，互不提及。”钱春娇将师爷交代如何处理这件事情的具体内容，如实地告诉了高尚。

“这事情你们漕帮是不是处理得有点儿太过分了？银子我出了，一个子也没少给，坏人我做了，到头来我这却是‘竹篮打水一场空’，什么好处也没捞着不说，还惹了一身腥臊，谁能说我是一点儿损失也没有呢！”高尚拉下了黑脸，恨恨地说。

“高东家，看来你是在怪罪姐姐了。也罢，也只能怪姐姐在我们帮里的辈分低微，没有做主的能力。但也只能这样，我就是不听从两位师爷的调遣，我也得无条件服从帮里给我下的命令，谁能和白花花的银子过不去呢？您说，是不是？”钱春娇看高尚是在明里暗里地责怪自己，索性也就把事情挑明了。

“春娇姐，让我一无所获也罢，但你们漕帮这般行事，是不是有些欺人太甚了呢？你们这分明是在欺负我高家没人啊！”高尚突然扬起头，斜眯起眼睛，看着钱春娇，嘴里咬着碎牙，狠狠地说。

“高东家，我知道你心里为这事肯定是一百个不舒服，不情愿，也不会服气。我也知道你高家也不是等闲之辈，高东家的本家堂哥就贵为两江总督，算是咱们这地界的土皇帝。但你也要知道，我们漕帮也不是好惹的，我们两位师爷手下的徒子徒孙，在从杭州至通州这段运河上就数以万计，帮头一百二十八帮半，七十二个半码头，要说地界比咱本家哥哥管得都宽。咱们生意人家都是在明处，可我们都是在暗处，谁的脑门子上面也没刻上‘漕帮’二字，高东家你这外面也有不少的分号，来往取货、送货、金钱来往，在江湖上行走是难免的事，一旦你这要有个大事小情，有个三长两短的情形发生，也不是你本家哥哥都能帮衬得了的，你说是不？到时候，还是少不了要和我们漕帮的一些人打交道，或者说需要得到我们的人在后面帮忙出力去解决。如果高东家因为这件事，和我们漕帮闹生分了，有些事情怕是真的不好办，特别是惹恼了我的两位师爷，到时候就是我们兄妹有心想帮高东家，怕也是有心无力，帮不上半分的。”钱春娇淡淡地说着这里面的利害关系，就像和自家的兄弟在唠家常。但说话的口气却是不容置疑，不经意间，流露出江湖人惯用的威逼利诱的手段。

高尚听完钱春娇说的话，没有作声。他知道钱春娇这是在威胁他，但她说得确实是合情合理，他也相信钱春娇说的都是实话，漕帮他是惹不起的，漕帮的人什么都能干得出来的。漕帮人多势众不说，帮众分布范围也极广，个人行踪不定，帮中鱼龙混杂，常人根本无法分辨和戒备他们。再加上漕帮组织严密、帮众团结并多遵守帮规，按帮内指令行事，从外人看来牢不可破，就是朝廷有时候也是拿他们没什么办法，何况自己一个生意人呢。有时候朝廷破不了那些人命关天的大案、要案，都得私下请漕帮来帮忙侦破，可想而知，漕帮的能量能有多大了吧！

“还有，高东家我还要告诉你，这件事真算是你我有福气。”钱春娇看高尚不出声响了，知道她的话已经起了作用。

“福气？娇姐，你不要再拿我逗闷子了，就现在这情况，我还能有什么福气可言？”高尚哭丧着问。

“说来，也是我来得早，也来得巧，那日要是我再晚来了半步，你这大库怕早已经化为灰烬，没有了现在的模样。你说这是不是咱俩的福气呢？如果你这大库化成了灰烬，不说你怎样，我给周家拿不回去蚕丝，我也没法和帮里说清楚的。”钱春娇瞧着高尚，一脸认真地说。

“啊？你说什么？”高尚惊诧地脱口而出。

“那晚，有人要一把火烧了你的大库！我来的时候，就在你库门口，发现引火的油捻子都已经放好了，就只差一点火星儿的事，就能让你这大库瞬间灰飞烟灭了。只是此时恰好我们的人到了，把那人给冲撞跑了，你这大库才最终得以幸免。不信，你问问你自家人去，是不是我说的这个情形？”钱春娇冷笑着对高尚说。

高尚听后突感一阵眩晕，身背后冒出了一层冰凉的汗珠，自己到底是得罪了什么人，动了如此的杀机？这么做分明是要将他高尚赶尽杀绝啊！卑劣的人从来不认为自己做的错事是错的，而是总是将责任推到别人身上，高尚就是这样的人。

第三十章 患难夫妻

就在得知自家的上品“合罗”七里丝被钱春娇骗走的当天，初次当掌柜的周冰羽就倒下了。那可是价值六十多万两银子的上等好货，被人如行云流水一般骗去，而自己还沉醉于别人的温柔美梦之中，还自信地以为自己做了多么值得称赞的生意。本想父亲回来之后得到赞赏，却不想自己的疏忽和自信很可能就葬送了自家的祖业！换作是谁，也承受不了这突如其来的打击。

连续几天周冰羽都高烧惊厥，水米不进，在病榻上说着让人听不懂又不着边际的胡话。他时而怒目圆睁，面目可怖；时而哈哈傻笑，忘乎所以。并且手脚也总是不老实，手舞足蹈，一副要将乾坤颠倒了的样子。每逢有人来探望，他总要挣扎起来打人，说来人是骗他的那个人，吓得侍候他的下人们也都离得远远的，不敢靠近他。

母亲姜氏看到儿子这般癫疯的状况，看在眼里，悲在心上，每天以泪洗面，心里害怕得要死。姜氏派人请来当地最有名的郎中给儿子瞧病，郎中先是向周家人详细地了解了周冰羽这些天里经历了哪些事情，又几次仔细地诊了周冰羽的脉象，最后得出了周冰羽是“急火攻心，肝气犯胃”的诊断，需要进行“疏肝理气，和胃降逆”。随即开了祖传的药方子，要周家人快去买来草药给周冰羽煎服喝下。

按照郎中的祖传药方，周冰羽已经服用了三天，病情非但没有好转，反而越来越重，最后竟陷入了深度的昏迷之中。母亲姜氏连续几天操劳，悲痛之余终于再也坚持不住，也倒在了床上。

此时周玉尚在南京准备着朝廷采购蚕丝的最后评议，根本分不出身回来。偌大个周家宅子，上上下下、老老少少都在眼巴巴盯着大少奶奶纯如，这个时候周家只剩下纯如一个能当家主事的人了。其实，周冰羽生病的这些天，纯如一直在忙前忙后，不得消停。婆婆姜氏病倒之后，照顾母子两个人的重担，就都落在了纯如的肩上。

纯如知道被强迫嫁给周家的原因之后，她对婆婆姜氏的看法是十分矛盾的。纯如曾经想，如果不是姜氏大白天放浪形骸地在耳房里洗澡，父亲也不可能酒后失德地去偷窥，也就不会发生父亲将她强嫁与周家的事情。但仔细想想，她知道这只能算是自己的强词夺理，姜氏在自己家里洗澡没碍着谁的事，这事真怨不得姜氏；另一方面，姜氏何尝不是受害者呢？因为自己婆娘的身子被别的男人看了个仔细，这些年来公爹周玉也是对姜氏百般冷落，姜氏也是常年郁郁寡欢，脸上见不到半点儿欢颜。

面对病榻上的周冰羽，望着这个自己没有倾注过半点儿爱意的丈夫，纯如同样是五味杂陈。眼前这个面容枯槁，好似一个即将要死去的男人，纯如看着有些内疚，其中也夹杂着对周冰羽的些许可怜。就如纯如的母亲陈氏对女儿的评价：纯如是一个天生善良、热心肠的人，她看不了别人受苦遭罪。

纯如嫁给周家实属迫不得已。她不单在精神上排斥周冰羽，在肉体上同样排斥着周冰羽，自己从未感受到夫妻之爱的片刻欢愉和幸福。可是反过来想想，周冰羽又何尝不是和她同样的感受呢？新婚之时，周冰羽也曾对纯如充满了一个男人对新婚妻子的柔情蜜意和关爱体贴，但纯如的漠然、麻木、冷若冰霜，最终让他失去了所有的热情。周冰羽感到的只是彻骨寒意，这让他失去了一个男人在女人面前应有的自信。一个正常的血气方刚的男人，天天面对一个冷漠的、像结了一层薄冰似的女人，怎么能不因为自尊心受到创伤而心中充满怨恨呢？连自己的女人都瞧不上自己，这是让一个男人感觉最失败的地方，甚至视为他一辈子的奇耻大辱。在纯如身上，周冰羽没有尝到颠鸾倒凤、琴瑟相和的美妙，在纯如面前周冰羽得不到理解，纯如不在乎他的倾诉和心声。多年以来，好似他不存在一般，这种孤寂的痛苦是致命的。若是有一个关爱他、体贴他、崇拜他的妻子，周冰羽也不至于受那个“华春娇”的魅惑而被骗得这么惨！

周冰羽此时就虚弱地躺在纯如的面前，脆弱得不堪一击。他是自己的丈夫，这是无法改变的事实。无论从前自己怎么怨他，怎么恨他，他都是一个要和自己走完下半生，最终还要埋进同一个坟墓里的男人。

纯如又想起了楚秋，她与楚秋青梅竹马。但是造物弄人，空留满腹的遗憾和惆怅。三年来，楚秋就像一个影子，时不时地出现在她的眼前，让她心烦意乱。但她现在知道，那终究是一个看得见却摸不到的影子。

而病榻上的周冰羽，却是实实在在地给了她一个所谓“家”的男人。虽然这个家对于自己来说不温馨，也不幸福，但却让她有了一种足够的安全感和归属感。看着此时的周冰羽，纯如感到了一个人在病痛折磨、在被谎言欺骗之后是多么的脆弱和无力。人的生命就如一根紧绷着的线绳，稍不留神就有可能弄断。

“水，水，渴啊，我渴……”这是在周冰羽陷入昏迷的五天以来，发出的第一声微弱的沙哑的呼喊声。周冰羽因为呼喊而将干裂的嘴唇撕开一道道口子，暗红色的血从里面渗了出来，纯如立即用湿棉花给他涂抹了一下嘴唇。

“少奶奶，少东家醒了，少东家醒了，他要水喝了……”

“快，快去，拿一点儿温水，再拿一个汤匙来。”纯如从恍惚中回到了现实，有些激动地吩咐着丫鬟。

纯如亲自拿着汤匙，喂给了周冰羽一小口水后，周冰羽的眼睛也随之微微地睁开了，恍恍惚惚之间，嘴里喏喏地说：“纯，纯如，是，是你吗？”

他的嘴唇蠕动着，好像用尽了全身的力气叫了纯如的名字。然后伸出一只手紧紧地抓住了纯如的胳膊，生怕纯如挣脱开，眼角也忍不住流下了一行污浊的泪水。

“再喂我一口水。”周冰羽近乎乞求地对着纯如说。

“别动，好好躺着。你已经昏迷五天了，刚醒过来，还不能多喝水，得慢慢来。”纯如淡淡地说，却多了几许温柔，仿佛对待一个久病了的孩子。

“就喂我一小口，纯如，我想喝你喂给我的水。”周冰羽也如一个孩子在向母亲撒娇一般。

纯如执拗不过周冰羽，又轻轻地喂了他一小汤匙，周冰羽仿佛喝了一口有生以来最香甜的糖水，他不停地用舌头贪婪地舔舐着嘴唇，生怕落在外边一滴。

“虽然你醒了，但大病初愈，还得在床上好好将养着身子骨。”纯如见周冰羽如此虚弱，第一次在心里对周冰羽产生了心疼的感觉。

周冰羽听话地轻轻点了点头，脸侧向一边，小声地呜咽起来，像一个受了很久委屈的人。忽而又含糊不清地说：“丝，咱家的丝……”

“放心吧，都找回来了，等你能走动了，我带你去大库里看。”纯如哄着周冰羽说。

周冰羽听后，脸上泛起了红晕，高兴地点了点头。再之后，又沉沉地睡去了，他实在是太虚弱了。

见周冰羽睡着了，纯如起身去照顾婆婆姜氏，她也要把周冰羽醒过来的好消息告诉她。

这些天里里外外辛苦地操持着这个家，虽然感觉力不从心，一天下来身心疲惫，但下人们已经从纯如的脸上明显能看到大少奶奶昔日少有的快乐和满足。看着纯如这样细心地照顾自己和自己的儿子，辛苦地操持家务和柜上的生意，婆婆姜氏也突然间开始另眼看待纯如了，仿佛刚刚认识这个已经入门了三年的儿媳，从心里开始真正地接纳了这个儿媳。

经过七八日精心的治疗和休养，加之纯如的体贴照顾，周冰羽如沐春风，心情大好，身体也逐渐硬朗了起来。

他不顾郎中和纯如要他静养的嘱咐，把下人哄骗开，然后自己下了床，悄悄溜进了马厩里。这十几天一直躺在床上，着实让他受不了，筋骨好像散了架一样。最重要的是，他的心里还是惦记着要去大库，他要亲眼去看看纯如告诉他已找回来的那些被骗去的蚕丝，这样他才能安心。

“少奶奶，见了您的来信，我就去都察院找了关系，但是得到的回答都是这地方上的事务，他们不好直接插手，只能是督促一下尽快办理。但他们也说了，地方衙门上有的是由头来搪塞，什么时候能破得了这案子也是未知的事情。”

“看来这事情确实是难办。马掌柜，辛苦你了。这刚到家就得让你马上返回去，京城的分号离了你，我不放心。再有，你还是要去都察院那里经常走动走动，探听探听消息，该使银子的地方，咱也不能省着，你做主就行了。”周冰羽听出是纯如在说话。

“少奶奶，这些我都记下了，一定照办，您放心好了。东家那里知道消息了吗？少东家身子骨还好吧？”

“安徽的王掌柜已经去给东家报信去了，少东家还在将养着身子，这件事暂时还在瞒着他……”

听到这里，周冰羽已经听明白了，纯如一直在骗着他，被骗去的蚕丝并没有找回来。

“我好，好着呢！太好了！想不到这里里外外一家人合起伙来骗我！”周冰羽再也听不下去，一边看似回答着马掌柜的问话，一边怒不可遏地从马厩里跑出来。哪成想一个不留神，周冰羽的脚绊到了马的缰绳，随之头重重地磕在了石头做的槽枥上。

纯如和马掌柜循声过来，看见周冰羽已经躺在了地上昏死过去，地上还有一大摊血。纯如连忙呼喊家人将周冰羽抬进了内室，又连忙差人去找来了郎中。郎中仔细地诊了脉象，又掰开周冰羽的嘴看了看，面露为难之色，低沉地说道："体质本虚弱，外伤中枢，附加内火攻心，恐日后要落下个癫狂的毛病了。"

"啊？！有这么严重吗？怎么会这样啊？大夫，您是不是再仔细瞧瞧？不能这样啊？！"纯如不敢相信郎中的话，反反复复地问着。

时间对每一个人都是公平和公正的，可是，有时候时间的交错，却改变了许多事情的结局和人生命运的走向。

周冰羽或许永远也不会知道，就在他这次跌倒再次陷入昏死之后的第三天，那被骗去的两千包上等的"七里丝"，又原封未动地回到了他周家的嘉兴大库里。

第三十一章　各显神通

萧武督办了在嘉兴大库钱春娇返还那两千包生丝的整个交接过程，他仔细地清点了生丝的数量和查验了生丝的品相。办完这些事情之后，他并没有回杭州和自己的父母告别，而是快马加鞭地回到南京给周玉报信，他知道东家一定是正在为此事忧虑发愁，况且朝廷最终评议的日子也是马上就要到了，不能误了老东家的大事。

此时周玉、杨梓传、高尚，三人的日子都不好过。

周玉一边应付着这评议的事，还在忧心着被骗去的蚕丝，加之听说儿子因为被骗之事大病不起，更是感到撕心裂肺地心疼。

唯一让周玉感到满意的，是刘大人那里轻而易举地就被他给拿下了，拉到了自己的阵营中，而且是用最小的成本，干成了最大的一笔人情买卖。而事情的经过，无非就是通过白夫人给和亲王弘昼写了一封信，和亲王又给刘大人写了一封信这么简单。周玉知道白夫人给和亲王写了什么内容，因为那是他拟好之后，白夫人只是照着他写的重抄了一遍。但至于和亲王给刘大人写了什么，那就不得而知了。

总归这两封信，无论是白夫人对和亲王，还是和亲王对刘大人，还是刘大人对周玉，转了一圈之后，都真真儿地起了作用，这不能不让周玉又惊又喜。其实周玉也知道，看似薄薄的几页信纸，单这里面，不知道包涵了多少人情世故！这几天来，通过周玉和程九信的不断撺掇，不断地给白郎中吹风，白夫人也如愿以偿地重新回到了白郎中的身边，也成就了一段夫妻破镜重圆的人间佳话。

再说杨梓传，虽然他通过了评议的初评，但是和高尚因为蚕丝分配的事情闹得不可开交，甚至已成水火不容之势。两家之间姻亲这层关系，也是再无从谈起了。他想把谭公公牢牢地掌握在自己手心里，却不想把女儿绎如逼走了，不知去向。他一边忙着准备着最后的评议，一边派人四处去找女儿，忙得焦头烂额。

而高尚呢，他仿佛做了黄粱梦一般，好端端到手的鸭子，好不容易放进了自家锅里煮熟了，可又突然间被人拔了灶台，那鸭子也没头没脑地飞了。他和哥哥高晋夸下库存充盈的海口不知道怎么去兑现不说，到时候即使真中了这评议的彩头，没有了从周家骗来的那两千包蚕丝做底，去哪里凑那么多钱，给朝廷先垫上成本，去采购那么大数额的上等蚕丝呢！所以这些天来，高尚比谁都郁闷焦躁，想起烦心事的时候，从不喝酒的他，也借酒消愁起来了。

萧武回到南京，就连忙找到周玉，他想把好消息第一时间告诉东家。

“萧武，你这些天跑哪儿去了，连个人影子也看不见？你知不知道我这上上下下的多少事情需要打理？怎么你这岁数越来越大，还越来越不懂事了呢？”

周玉看见萧武灰头土脸地回到南京的家里来，气不打一处来，没等萧武说话，劈头盖脸就是一顿责备。

“东家，咱家被骗去的丝找回来了。”萧武气喘吁吁地告诉周玉。

“什么？你说什么？丝找回来了？现在在哪？武儿，快告诉我！”周玉好似如梦方醒一般，呼吸也很是急促，用双手扳着萧武的肩头急切地问。

“还放在咱家嘉兴的库房里，东家，放心吧，我仔细清点和查验过了，这批生丝确实是咱家的，一点儿都不差。”说到这里，萧武疲惫的身形稍显轻松了些，说话也变得平静了许多。他本身就是一个深沉人，平时说话不多。

“武儿啊，快告诉我，这到底是怎么回事？你是怎么找回来的？快和我说说！”周玉听到蚕丝毫发无损地找了回来，兴奋得恨不得跳上八丈高。他知道自己错怪了萧武，也很是过意不去。但他此时是真想马上知道这件事的来龙去脉啊！

“东家，这件事，我也是托人找了关系才办成的。中间人不让我说，我也是当人家的面向老天起过誓的，此间来由绝不外传。东家，你就不要问了，生丝既然毫发无损地找回来，我们也就不要再追究什么了。”萧武一脸认真的样子。

“臭小子，和我卖起关子来了？哈哈，好，不说就不说，快下去洗洗涮涮，我让厨子在灶房上做点你平日里爱吃的，你再尽兴地喝上它二两，好好睡上它一大觉！”周玉对自己的这个车把式萧武充满了感激，他从来没有想过，就是眼前这个看似憨憨的汉子，解除了自己的心腹大患不说，还让自己及家人起死回生。

“还有，东家，有件事情因为时间紧急，我私下做了主张，还望你不要怪我。”萧武忽然间想起了什么似的，连忙说。

“你说吧！你跟着我这么多年了，这次还立了这么大的功劳，什么私下主张不主张的，尽管说来就是。”周玉满面笑容地对萧武说。

“我答应了给人家五千两银子作为车马用度，和那些兄弟们吃喝拉撒的费用。”萧武搔搔头皮，十分不好意思地对周玉说。

“应该的，应该的，这算个什么事啊！你放心吧，我这就写信告诉纯如，让她去账房里支取给人家。别说五千两银子，就是一万两也是使得的。”周玉知道，只要这被骗去的生丝找回来了，他就不再怕什么了。“地利”有了，“人和”也不缺，只需等待“天时”的到来了。

周玉的现货库存自不必说，自从那两千包蚕丝有惊无险地找回来之后，怎么算，都是这几家之中最多的。此时冷静下来的周玉清楚地知道，自家的蚕丝被骗，应该是和这次评议有一定的关系，对方的目的就是让他手脚两头不能相顾，这样不但大大削减了他的实力，甚或要自己倾家荡产。显而易见的是，如果在这次评议中，自己达不到最终评议资格的审查要求，自然而然会知难而退，之前所有的一切都是竹篮打水一场空。

话说高尚这边，高尚一向都是为人精明而且事不落空的行事风格。从周家骗来的蚕丝被钱春娇拉走之后，他的大库里已经变得空空荡荡。诡计多端的高尚连忙私下派出伙计四处求购一些劣质便宜的棉花，打成上等生丝的模样。然后又吩咐人把这些装满棉花的包裹，或放在那些蚕丝包裹的下面，压得死死的，常人很难搬动半分；或放在一般人很难企及的高处，任凭你踮起脚，蹿上几个高也是看不到里面的虚实。还有那一般人注意不到的犄角旮旯，那些就更过分了，因为那里面，一点儿蚕丝也没有，里面放的全都是棉花。

高尚的想法就是走一步算一步，先把眼前的问题解决了再说。再说，到时候真中得了彩头，再和高晋去解释，哀求得到高晋的帮助。一旦生米煮成了熟饭，高晋就是为了朝廷的颜面和高氏家族的名声，也不可能看他的笑话，对他见死不救。

而杨梓传这边，自从绎如出走之后，杨梓传瞬间苍老了许多，在南京真正地成了孤家寡人，连个说心里话、帮忙出谋划策的人也没有了。对于绎如的出走，还只能和谭公公谎称她生病了，身子不舒服，暂时被家人接回了湖州的老家。他需要短时间内先把谭公公稳住，等过了评议这件事情再作打算。摆在他面前的还有另外一个问题，就是谭公公私下告诉他，高晋已经派人去各家查看库存的事。他也曾经恨过楚秋办事不力，没一把火将从周玉处骗来的存放在高尚那里的生丝烧得干净，他杨梓传既然得不到，高尚也别想得到。而当他得知周玉把被骗走的生丝不声不响地找回来的时候，他又动过再让楚秋去周家大库放上一把火的念头。奈何家人来报，楚秋自从那夜去高家大库之后，就再也没有回过家，也没有人再见到他这个人，已经无人知晓楚秋的下落了。

虽然心中充满了很多的不解，但杨梓传现在已经顾不上再寻找楚秋的事情了，绎如不是同样也不知道去向了吗！财迷心窍的杨梓传自私地认为，当务之急，是要让自己的库存立马地充盈起来，虽然他当前的库存也不少，但要和周玉比还是少了许多。痛定思痛，杨梓传仔细分析了当下的形势，除了杨、周、高他们三家之外，其他三家还没有能力和他们竞争。既然与高尚合作失败，何不与那三家合作呢，这样实力岂不变得更壮大了吗！

可是转念想想和高尚合作失败得出的教训，杨梓传又改变了想法。他不能与那三家合作，而是要分头去找那三家谈判，晓以利害，让他们知难而退，继而再拿出一些银两以示宽慰拉拢，让他们私下帮助自己成事。最简单的就是把三家现有的库存都拉到杨家的库里，权当都是杨家的库存。想到就做，被逼上梁山的杨梓传已经容不得自己再多想，立马就动身去找另外的三家去商谈。

可能是天无绝人之路，凭借着杨梓传的三寸不烂之舌，另外三家竟然都相继同意了杨梓传的建议。“识时务者为俊杰”，自己家的实力确实不济，能得到一份银两，也没让自己在朝廷的评议中前前后后白忙活一场，何乐而不为呢！

就这样，杨、周、高三家各显神通，都顺利地过了查验现货库存这一关。而另外三家也都是私下窃喜，没中上彩头也能得到银两，真是发了一笔意外之财。

几日后，两江总督高晋派出去盘查各家商户库存的人都陆续返了回来，在织造衙门，当着各位大人的面都一一做了详细的汇报。除了周家、杨家、高家之外，其他商户人家几乎没有什么“七里丝”上品的“合罗”库存。也就是说，其他商家根本不具备这次朝廷采购生丝评议里要求的，在一个月里供上五千包上等“七里丝”

的实力。

高总督、白郎中、刘大人、谭公公四位位高权重的人物，在对比明显的情况下，一致做了决定，既然其他商家不具备条件，那么最后的评议就只能这三家有资格参加，其他不符合条件的商家直接淘汰出局。当然，此事并没有张榜说明得那么详细，只是以织造衙门的名义拟了个公函，盖上了衙门的大印，差人给被淘汰的各家送了去，算是告知了一声。

目前，在这场即将开始的最终评议的博弈中，这个圈子里的每一个人，似乎对于自己的努力都很是满意，竟有一副皆大欢喜的样子。

第三十二章　各为其主

恼人的知了整整叫了一整个夏天之后，终于停歇下来了。带着一丝凉意的秋风，夹杂着桂花的香气扑面而来。南京的秋天是美丽而又短暂的，鸡鸣寺的钟声、玄武湖的泛舟、燕子矶的波涛、莫愁湖的晚天、栖霞山的红叶、明故宫的残垣，都给南京秋天的景致增添了独特的韵味，要人沉醉其中，流连忘返。

借用明朝诗人高启的诗《登金陵雨花台望大江》，可见“六朝古都”南京之雄浑气势。

大江来从万山中，山势尽与江流东。
钟山如龙独西上，欲破巨浪乘长风。
江山相雄不相让，形胜争夸天下壮。
秦皇空此瘗黄金，佳气葱葱至今王。
我怀郁塞何由开，酒酣走上城南台。
坐觉苍茫万古意，远自荒烟落日之中来！
石头城下涛声怒，武骑千群谁敢渡。

黄旗入洛竟何祥，铁锁横江未为固。

前三国，后六朝，草生宫阙何萧萧！

英雄乘时务割据，几度战血流寒潮。

我生幸逢圣人起南国，祸乱初平事休息。

从今四海永为家，不用长江限南北。

夜空里，圆圆的月亮在薄薄的云彩中穿行，带着些许斑驳色彩的浮云，遮挡不住那一泻千里的皎洁月光，透过斑驳的树影，笼罩在那低矮的民房上，铺满在波光粼粼的河面上，也照亮了江宁织造衙门里每一个角落。

织造衙门的正堂，是白郎中平时办公处理政务的地方。今天晚上被临时当作了这次朝廷蚕丝采购最终评议的会场。会场里只有高总督、刘大人、谭公公和白郎中四个人，连个端茶倒水的下人都没有。每一个人都正襟危坐，脸上的表情都是十分严肃，一个个像庙里泥塑的菩萨一般。

“皇恩在上，仰仗皇上千里之外的运筹帷幄，依靠太后老佛爷的齐天洪福庇护，外加在座各位大人充分、积极的谋划，朝廷这次采购生丝的评议得以顺利进行。今天我们就要在这入围的三家商户里，选出最得力的一家，为朝廷分忧，为皇上尽忠。各位大人今天一定畅所欲言，上要对得起皇上的殷殷重托，下要对得起商户对我们的信任，中间一定得对得起我们的良心！”

白郎中的品轶虽然比高总督和刘大人都低，但现在是在织造衙门里，他是主人，这个开场白自然是由他来说。还有这次评议事关购买蚕丝织染、刺绣锦缎，这是他织造衙门郎中分内的事情。从哪方面来说，白郎中首先开这个口都是最合适的。

“白郎中说得没错，我们食着朝廷的俸禄，理应尽忠竭力来报答皇上，我等效犬马之劳微不足道，但却关乎朝廷和皇上的脸面，也可以为国库节省开支。所以，既然已经有了三家入围，就证明他们现货库存、后续供货周期和这个付款条件都没有任何问题。那剩下的事情也就是只有最后一项了——价格，说起这最后一项也简单，就是谁家的便宜用谁的！这个我想在座各位大人应该是没有什么异议的吧？”

两江总督高晋的年龄在这些人当中是最大的，官职也是最高的，说起话来，自然带着三分的威严和霸气。

厅里又短时间内陷入了寂静之中。这三个装着三家报价的牛皮纸袋子摆在几个人面前，上面都用火漆封得死死的，谁也不知道里面的报价是怎么个情形。高大人说得没错，既然大家所有的条件都具备，那就是都站在了同一个起跑线上，最终衡量胜负的标准当然就是价格了。价格上谁最低谁胜出，这天经地义的道理，就是拿到天王老子那里去评判，别人也挑不出什么毛病来。

可是大家真都站在同一条水平线上吗？只是表面上看来是这样的。高尚的那些生丝库存，大多数都是用棉花包滥竽充数的。杨梓传的也无非将其他已被淘汰的三家库存先笼络到自家来，让自己暂时充当大个子而已。三家当中，只有周玉的生丝库存是真实可靠的，可是这又有什么用呢？现实是，现在大家都被列在同一个水平的队伍里，由外人来判断各家实力，就是不分伯仲。

还有价格高低，看似很简单的问题，无非就是你在蚕农那里收来多少钱，加上你在卖出过程中所产生的一切费用，例如车马运输、仓储、房租、缴税、人员、借贷利息等，最后加上你想赚的利润，这就形成了最终应该报出的价格。其实想想，大家所处的环境和面对的条件不一样，每一年的蚕丝价格会有波动不说，就是每一家的诸如房租等开销成本也是高低不同，所以，即使是同一品质的生丝，大家的价格算起来也都是有很大差别的。

最重要的还有一点，即便是上述的成本和利润情况全部相同的话，大家报的价格最终还是会不一样，那就是这里面还有个拿不上台面的交易成本。这交易成本说来也简单，比如周玉在南京送给白郎中的房子、小妾，还有那些自称不值几个钱的见面礼，以及经常巧立名目请吃的各种酒席和秦淮河上的娱乐消遣，哪一样不需要银子呢！如果最终成了事，那答谢的费用更不用说了，如果事先约定好的，那是一个子儿也万万不能少的。如果事先没有约定数目，也得让对方感觉满意为止。

周玉的情况是这样，杨梓传的情况也是这样。谭公公这已经不必说了，单单答应给京城里的陆通就足足五万两银子，就是以后执行起这评议的合同来，也还要经常在袖口子里掖着面额大小不一的银票，时常要见机行事，奉送给入库验收、查勘、结算等的负责人，虽然有些都是小钱，但积少成多，细算起来都是一笔惊人的数字。这些都得事先准备出来，打进这一缕缕细如发丝的蚕丝里面。

相对周、杨两家，这次高尚的交易成本就少了许多，只找了本家大哥一个人，事情成与不成，只要意思一下就够了。因此在这上面的费用，不必考虑太多。

“高大人言之有理，这也是我们先前早已定下的章程。当着大家的面，现在把各家的报价打开来看，这结果自然也就出来了。”

谭公公一边说着，一边把牛皮纸袋子抓到自己手上，然后站起来捧着这些袋子一一拿到各位大人的面前过目，目的就是让大家看清袋子是封好的，没人动过手脚。

大家都微微点了点头，示意赞成谭公公的提议，也确认纸袋子没有问题，可以拆解上面的封条了。

谭公公用事先准备好的小刀片去了封条，抽出了里面的纸张一一摆放在桌面上。厅里面出奇地寂静，只是每个人嘴里吐出的急促呼吸声，好像要把那蜡烛上的火苗吹灭一般。

“谭公公，就由你来当众宣布给大家听吧！”高晋说。其他两位大人也是随声附和。

“好吧，那我不才，就当这唱价人了。”谭公公自认这是大家在抬举他，感觉在这些大人面前还是很有面子的。

“‘兴昌隆’杨家报价为白银一百五十五万两。”

谭公公高声读完杨家的报价后，眼睛快速地扫视了一下在座的各位。大家哪有心思看他的这副德行，只想他快点念出下一家的报价。

“‘广客隆’周家为白银一百五十万两、两……”

念到周家这个报价时，谭公公忍不住有些结巴，已经有些干瘪的喉结，也不经意间上下蠕动了一下。

白郎中却是有些稍稍释然的样子，稍微挪动了一下身子，靠在椅背上。

“‘德胜行’高家，‘德胜行’高家，报价为白银，这是，这是……”谭公公念到高家的报价时，显得异常紧张起来，甚至有些不敢往下念了。

虽然公私分明，但这也毕竟关系到自己堂弟的事务，高总督听说要念到本家的价格显得极为热切和关注，可因为这一段时间有些上火，稍稍有一些耳背的缘故，所以伸长了脖子去听。可偏偏这时候谭公公的舌头却不是十分好用了。

“‘德胜行’高家报价为、为白银一百三十万两。”

谭公公终于念出了高尚的报价。念完之后，脸上已是现出惨白的颜色，渗出了细微的汗珠。高总督和白郎中各自的身体也都稍稍为之一震，但也都立即恢复了平静。

“那这么看来是‘德胜行’拔得头筹喽？”白郎中问。

高总督见是自己家的兄弟报的价格最低，自是非常高兴，但这种兴奋的情绪不能挂在脸上，毕竟自己参与了这评议，而评议对象里还有自家的兄弟，让人有所忌讳。可转念一想，又怕什么呢？身正不怕影子歪，自己行事磊落光明，“德胜行”符合评议规矩，量其他人也嚼不出什么舌根来！所以，听见白郎中发问，高总督暂时没有回声，他在等别人表过了态，承认了这结果之后再说。

“这‘德胜行’的价格未免低得有些太出奇了吧？”

这是工部来的刘大人今晚上说的第一句话，但也没有浪费太多口舌，说得简单明了。

“怎么？刘大人是认为这‘德胜行’的报价有什么问题吗？”

高总督看刘大人提出了质疑，不免有些生气。看来兄弟高尚说得对，有些人确实是被别家买通了。这秃子头上的虱子明摆着的事，价格低就是头筹，价格高就要出局。难道价格上低了，还在你们嘴里能说出毛病了吗？

“且听听刘大人的想法。”谭公公认为这也是一个好时机。如果刘大人能说出“德胜行”的报价真有问题的话，便能把高家挤兑下去，这“兴昌隆”杨家或许还有扳回局面的机会。毕竟杨家的报价和周家的不相上下，没差出多少来。如果再能找出点由头来把周家再淘汰出局，杨家就可以借势反败为胜，一切都是顺理成章的事。

其实，何止谭公公想听刘大人继续说下去，白郎中更是如此。

第三十三章　水落石出

刘大人站起来朝高总督一拱手，说道："卑职确实感觉'德胜行'这价格，低得有些离谱！我在工部多年，对这蚕丝的价格还是有一定了解的。现在上等的'合罗'，市面上的官价一包是三百两银子。而按照'德胜行'报的价格算计下来，却只有区区的二百六十两银子。要知道这中间差的四十两银子，可以是四十个老百姓一年的开销，普通当兵的一个月军饷最高也不超过一两。就是这当朝一品军机大臣纪晓岚纪大人一年的俸禄，不过一百八十两银子外加一百八十斛米。高大人您和纪大人的俸禄，应该是没差到哪里去的，您说这四十两银子是一个小数目吗？"

"当然不是，你接着说下去。"高总督面无表情地说。

"五包蚕丝的差价钱，就可以差出一个当朝一品大员一年的俸银来，这实在是有些说不过去的价码。那么，价格这么低的蚕丝能是这'七里丝'的上品'合罗'吗？蚕丝这物件怕潮湿怕虫蛀，是不能长时间在库里保存的。况且近几年，蚕丝的价格一直不算稳定，特别是今年打开春儿起，价格还一路走了高。各位大人，我怕这么低价格的蚕丝，一旦送来，怕不是朝廷要我们采购的上品吧？”刘大人继续稳稳地说道。

“刘大人说得有道理啊！价格低固然对朝廷是好事，可是一旦商家用低价中得这评议，然后以次充好，送来下品，我这织造是承担不了这个责任的，也是承担不起的。如果再出了什么其他问题，更逃不了这其中的干系的。‘德胜行’的报价这么低，我确实有些担心啊！”白郎中见缝插针地说上了一嘴，也暗里表明了自己的态度。

“呵呵，乍听起两位大人说得都有些道理，可那毕竟是你们的臆断。难道价格低，就一定是品级不够，就一定是劣质品吗？我看也不尽然吧！难道这世上就不存在既物美又价廉的物件了不成？我承认一分钱一分货是有些道理，但‘德胜行’的东家，也就是我的堂弟弟高尚，也和我表白过，他宁肯不赚钱，甚至赔上一点儿，也要为朝廷挣脸面，为皇上效忠，难道这也错了吗？我在此说话，天地良心，不是因为他是我的家里人，我就给他扯这个口袋，而是我们不能在这里只靠猜想，就白白浪费了朝廷二十万两白花花的银子！还有，诸位，我们说话必须要从公心，我们要对朝廷和皇上担起责任来，更不可为了给哪一家谋上私利，徇私枉法，好端端朝廷给的饭碗不捧着，生生要自毁前程！我说这些没有别的意思，只是不能在这里有任何偏私，把大家都当成傻子来糊弄，大家都好自为之！”

两江总督高晋的这番话说得很长，无非表达了两点意见：第一，不能因为价格低就说蚕丝质量不好，何况自家堂弟说赔着也可以卖；第二，他听见刘大人和白郎中关于价格的问题，在他面前一唱一和，他有意要敲打他们，不要在他高晋面前搞事。这也是他听从高尚的劝告和建议，才更加注意这一点的，现在看来，高晋认为很有必要这么做。

“呵呵。”刘大人一声冷笑，接着高总督的话题说，“高大人既然也是承认有‘一分钱一分货’的道理，我想大人也应该明白这既‘物美’又‘价廉’的东西，世上也是不存在的，因为它们之间本身就是矛盾的，就如磁石的同极相对，任凭你怎么使上力气，也不能把它们糅合在一起，只要你撒开手，谁的还是谁的，掺和不到一处去。想来，这蚕丝也是这个道理，高大人也说了，足足差了二十万两银子，让谁也想不通，就说高大人的自家堂弟想有报国忠圣之心，但这数目未免也是太大点儿了吧！商人重利在商言商的道理也是值得推崇的，没了利的积累，谈何发展？难道大人堂弟为了表达自己的一片忠心，连以后自家的日子怎么过都不想了？如果他这个价格，供给朝廷百八十包蚕丝，我信！毕竟算起来也没有多少银两。但要供给朝廷五千包蚕丝，宁肯舍出自家二十万两银子，我绝对表示怀疑！”

刘大人看到高总督话里话外流露出对自己的怀疑和不满，他不免要抛开官职大小之分，抹下脸来，要和高晋据理力争。自己是京官，不在你高总督的一亩三分地管辖之内。再说，还有钦差的身份，也不比两江总督的身份差到哪里去，虽说这身份是临时的，回了京城交了差就没了。但身份就是这样，只要还在这一时一刻，它就有它可发挥的作用。

“接着刘大人的话，我再补充两句，至于高大人所言之‘公心’二字，我想在座的各位都是有的，至少我白某人是不敢忘怀一时一刻啊！这为了帮哪一家商户去扯口袋是小事，就是揣上商户给的五七八千两银子，或攀上个什么亲戚关系走动，可一旦坏了事，什么也比不上这项上人头金贵啊！说起来，我们还不都是万岁爷的奴才，把事给皇上做得圆满了，才算是正路！”白郎中也是有着刘大人同样的心理，一是要把这话给高大人说明白了，你有公心，我也不是没有，顺便他连带着再敲打一下谭公公。

高总督听了刘大人、白郎中二人的话语，下意识地点了点头，似乎觉得他们说的都有些道理。刘大人和白郎中说的“便宜没好货”是一种可能性，自己说的“物美价廉”也是一种可能性，万一这个不让自己省心的堂弟做出了二人所说的那种可能性来，那可是惹出了天大的祸端。这可不是他高尚一个人就能承担得了的，有可能都得连带上高氏家族的一大家子人的性命前程，这可不是闹着玩的。

“皇上日理万机，不能总是关心着这评议的事。但是五爷和亲王，还是对这件事情十分挂怀的，毕竟关起门来，这是人自己家里面的大事，总是要为皇上和太后分忧的。前几日，我刚收到和亲王府送来的信件，王爷的意思呢，也是宁缺毋滥，一定要保证这批蚕丝的质量万无一失。否则把皇上和太后这千载难逢寿诞喜庆的事情搞砸了，谁也脱不了这其中的干系。说起来，我今天这番话，也是替着五爷说给各位听的，我只是个传话的，说深了，说浅了，大家日后找五爷去辩驳也就是了。”

直到现在刘大人才说出了自己的立场，搬出了当今圣上唯一一个还健在的亲弟弟——五爷和亲王弘昼。和亲王说话的分量自然不可同皇上相比，但在这大清朝上下，也是说一不二、一言九鼎的王爷，就是有时候，五爷胡闹起来，皇上也是任由他去，管不了他的。何况，此时刘大人说的这五爷是难得如此认真计较起来了呢，这更不得不让在座的所有人掂量起其中的分量来。

“高大人，我听明白了刘大人的意思，当然他所说的，也是五爷捎话给咱们的意思。我想这‘德胜行’虽然价格最低，但低得确实是太离谱，现在看来我们确实是有些不敢用。只是，只是这‘德胜行’的东家，是高大人您的家里人，这明放着您家里人的蚕丝不用，愣要推出去交给别的人家去做，我们于心不忍，也怕您对卑职们有想法啊！”白郎中想这其中的关系，不如直接爽快捅破这层窗户纸，看你高总督是如何态度。

“各位大人，我高晋今年已经六十二岁了，为官数十载，自认为从来都是公私分明的，还从来没有做过对朝廷、对皇上过格的事情，那些徇私枉法、大逆不道的事情，更是从来和我高晋一点儿也沾不上边儿！既然大家说得这么明白，我也没有再去争辩的道理。我听大家的意见，只要最终把这事情办得圆满，什么结果我都认。”高总督很是激动地说。确实，高总督在位多年虽不能居功自傲地说造福了一方百姓，但为官清廉，算是个两袖清风的人。

“那我看，既然这价格低得离谱的商家不用，那出价的最高家自然也是不能用，这中间的‘广客隆’这一家报得也是最为合理，就他家吧，不知各位大人意下如何？”刘大人抛砖引玉地提出了他的想法。

“我看行。”白郎中连忙接着刘大人的话茬说。

谭公公刚开始在大家对“德胜行”高家报价过低有想法的时

候，他还存有一丝侥幸心理，他认为他有机会为杨梓传可以再争取一下。但后来，高总督和刘、白二位之间唇枪舌剑，你来我往，好像当他没有存在一样，根本不给他说话的机会，自己只能是左瞅瞅，右看看，当一个看客。此时，他的内心是非常气恼的，这明显是没把他当回事，说白了，因为他只是个太监，这些人压根儿就没把他当人看过。他想好了，他回到京城，一定找个合适的机会，好好在皇上面前打一个小报告。高总督这里他不敢说什么，但对于刘大人和白郎中二人，在皇上面前他还是敢有些作为的。

可他把话听到后面，刘大人忽然间搬出了和亲王，才知道自己不能轻举妄动。他即使再搬弄出点什么是非来，也是于事无补了，很有可能还要搬起石头砸自己的脚。毕竟，在这当场，刘大人、白郎中二位一直在为周家说话，自己势单力薄，说起话来，也是受两面夹击，终是抵抗不过的。还有那令他最怕的和亲王，哪是他一个小小的太监能惹得起的？这要是让和亲王知道自己在外面借着钦差的身份，狐假虎威，替商家说话，一旦他回到京城里，和亲王不扒了他的皮才怪呢！

虽然这样想，但是谭公公还是有些不甘心，暗忖这出了织造衙门的大门如何与杨梓传交代啊？自己收了杨梓传的银两不说，还收了杨梓传的小女儿做了干闺女，这干吃饭不出力的名声怎么着也是不好听的，也会被杨梓传瞧不起的，杨梓传朝他要不要回那五千两银子暂且不说，恐怕他要领干闺女回京城，在恭监胡同住上一阵子的想法也是要破灭的。再有，就是回到了京城，又如何向庆贵妃交代呢？自己出宫之前，是答应了庆贵妃要给“兴昌隆”力争这个头筹的，难道，自己就这么灰头土脸地回去向庆贵妃交差？这以后不更不受主子待见了吗？

想到此处，谭公公又清了清嗓子，说：“各位大人，我看用不用再问一下‘兴昌隆’杨家，能不能再把价格降下来，毕竟他家和‘广客隆’周家的价格差得并不多！”

“谭公公，我看就不必了吧，那样我们就违背了最初定的原则了。这要是一家家儿地再都问起来，惹来的是非可不少啊！”白郎中说。

“那不对啊，刚才把报价最低的‘德胜行’排除出去，也是违背了我们最初定下的原则啊？怎么着，到了此时，就说惹来是非来了呢？”谭公公在努力地争辩着。

“谭公公，‘德胜行’的事情实属特殊，刚才已经都说明过了，我也不和你浪费口舌，我们也就不要在这上面纠缠了！我也是同意白大人的意见，你也就不要再节外生枝了！‘广客隆’的价格实在算得上是合理公道的话，我们就定‘广客隆’的吧，最后面的这句话不是我刘某人说的，这个也是五爷在信里交代我给各位说的。不信，咱两个回京城后，你可以当面去问五爷。”刘大人非常高傲地说道。

谭公公听完后，马上像霜打了的茄子一般——蔫头耷拉脑，无力地坐在自己的椅子上。要怪，只能怪自己没用，自己是人家的奴才，虽然自己也是庆贵妃的奴才，可和亲王的分量比庆贵妃的还是要大上很多倍的！皇上的嫔妃有的是，数不胜数，可胞弟和亲王在皇上眼里，整个大清国里却只有这么一个！

第三十四章　风雨飘摇

时光总是如细水长流一般，悄无声息地在我们的眼前流过。想抓住，它会从我们指缝间溜走；想阻拦，它会轻灵地穿过你的灵魂而去。

过去的波澜壮阔也好，未来的行云流水也罢，总归在当下，每一个人的生活就在这条时间的长河中，不知不觉地，慢慢地改变了最初的模样。

一转眼的光景，朝廷采购生丝的事情已经过去一年了。一年前发生的种种事，里面的主角们就如同做了一场梦，有人惊恐，有人喜悦，只是天亮了，梦醒了，每一个人又要面对新的一天了。

周玉在最后赢得了那次评议的头筹，虽然历经了千辛万苦，可结果毕竟是遂了他的心如了他的意。按照朝廷的要求，在评议之后的一个月里，他就把五千包上等的“七里丝”送到了江宁织造。他送去的上品“合罗”，此时应该早已经被做成了华丽的绸缎，穿在了那些达官显贵的身上，或者自感光鲜荣耀显耀乡里，或者自觉倜傥风流招摇过市。

但周玉的货款却始终没有拿到手里一文一厘。

和亲王弘昼在今年，也就是乾隆三十五年薨了，江宁织造的白郎中也失去了最有力的靠山。虽然和亲王这靠山对于白郎中讲是屈辱的，但这靠山却如泰山般结实。不管白郎中认不认这门关系，外人可都认为他是和亲王弘昼的人，只要和亲王在一天，就没有人敢觊觎他江宁织造郎中的位置。可和亲王刚一死，那织造郎中的职位就立马成了一块大肥肉，让每一个早已嗅到味道的人垂涎欲滴。这些人寻着各种由头来折腾白郎中，白郎中也经不起朝廷里几个御史言官的三番两次的弹劾，只好打起铺盖卷，和夫人回了京城，到工部再履他的旧职。

江宁织造新来的朱郎中，新官上任三把火，他正在差人没日没夜地整理江宁织造这几十年来积累下来的陈年旧账。他这样做的目的，一是要撇清和前任们的关系，特别是他们遗留下来的种种财务上的弊病，以免日后算在自己头上。二是他要了解学习前任郎中们的管理和经营手段。他来，不单是为了升官，升官也是为了发财的，他必须向前人学习这些诀窍，还要再将这些手段变化得更高明些，更让人看不懂，也捉摸不透才算真把式！还有，他还要看看在这以往的账目里，能不能抓住一些前任们在任时的小动作和小辫子，如果能抓在他手里一些，或许还会是笔非常合适的人情买卖！所以，他哪有什么时间来搭理周玉三番两次地来请求支付货款这件事呢？何况从织造衙门里往外支出款项，而自己却什么好处捞不到，这样的事情，朱郎中是一万个懒得去做的。

周玉在这一年的大部分时间里就这样奔波在家和江宁织造之

间。大多时候，他都是在要账的路上。但每次都是满怀希望而去，结果都是失落而归，几番下来弄得周玉筋疲力尽，苦不堪言。江宁织造每次给的说辞也是不一样的，不是库里的接收账目还没有弄明白，需要再次核实清楚，就是朝廷批复的银两还没有到位，还得等信儿再说。再有就是相关的账房总管出差去了，没有在织造，需要等人回来。总之，每次到了织造衙门，周玉得到的都是白眼和冷落，受尽了凌辱和责难，但每次过后，他只能是硬着头皮再去。到后来，织造连一个冠冕堂皇的理由都不愿意给了，就是给周玉撂下一句话：没钱！爱上哪告，上哪告去！

和衙门讲理能讲出道理来吗？周玉自然是心知肚明。他知道这个朱郎中，也不是拿出一星半点儿银子就可以应付得了的。可他现在再也拿不出大把的银子去买通朱郎中的关系。银子都在货款里，货款在江宁织造里呢。这次的生丝买卖，其实他并没有赚上多少银两，何况这么往来奔波已是花去了不少。最打紧的是，这一年里周玉因为缺少资金周转，他的本埠商号和外埠开的分号几乎陷入了停业的绝境。

周冰羽的病情时好时坏，发癫狂的时候，十个人也把持不住，正常的时候，又是一言不发、痴痴傻傻的样子，看得周玉实在心疼。他膝下就这么一个孩子，自己快五十岁的人了，未来的家业还得等着周冰羽继承。再说自己还没有抱上孙子，看着眼前周冰羽这样的情况，怕一时半会儿也不能如意了。

最让周玉感到宽慰的是儿媳纯如的变化。纯如一边细心地照料着周冰羽的生活，一边要努力地撑起风雨飘摇中的家庭以及商号里繁杂的生意。在这个过程中，周玉发现纯如既是一个善良淳厚和可托付之人，也是一个禀赋聪慧、善于经营决策的可造之材，这真是令他刮目相看。甚至从周玉的眼光看来，纯如运筹帷幄的能力、过人的胆识都在自己之上，比周冰羽强得多。他现在分身乏术，疲于为索款奔命，周冰羽痴呆蔫傻自理都难，周玉只有把重担压在纯如身上了。

“纯如，正好我这几日在家，快过年了，你回娘家去看看你爹娘。你妹妹绎如暂时还没有什么消息吧？我听说楚秋也还没有下落，这马上天下团圆的时候，就只剩下他们老两口，确实是让人感觉孤单冷清。”周玉对纯如说。

纯如正在柜上忙着，她听公爹和自己说话，忙答道：“爹，冰羽现在这情况，我走不开。别人谁也看管不了他，放到别人手里，我也着实不放心。娘家那里，我会挑个合适光景再去的。我听说他们身子骨还都硬朗，不用我操什么心，谢谢爹还替我想着他们。”

“噢，那就好，那就好。纯如，爹想和你说个事……”周玉欲言又止，显得有些尴尬。

“爹，你说。”

周玉又是犹豫了一下，然后非常真诚地说道：“纯如，这些年，周家亏欠你太多了，我代表周家给你赔个礼，道个歉。”

纯如停下了手中的活计，笑呵呵地说：“爹，你这话见外了。我都早已把自己当成了周家人，您怎么还把我当外人呢？我也曾是耍过性子的，何况也没有把我怎么样啊？我这不是挺好的嘛！”

“嗯，”周玉满意地点了点头，接着说道，“你能理解和包容就好，那我也就放心了。只是此时正是我们周家内外交困的时候，冰羽此时不顶事，我又顾不上家里边，你更要多担待一些了。”

“爹，我这里也正有些想法要和您说说。”

“但说无妨。”周玉坐下来，端起茶碗喝了一口茶水。

“我们与江宁织造这笔生意虽然表面看着光鲜诱人，但私下的苦楚只有我们自己知晓。当初都是讲好的事，可到了时候不兑现，我们和哪一个衙门都讲不起这个道理。有些官员我们刚刚疏通好关系，不知哪一天就没了人影，再来的又是陌生面孔，再去巴结，费时费力不说，又要耗费一大笔银两，可换来的可能还是一再推诿搪塞，最后我们只能是‘哑巴吃黄连——有苦无处诉’，讲理无法讲，告官无处告，这么硬挺着，还不如与那些诚信客商做些平常生意来得踏实。我的意思是，以后我们和公家的生意少做，最好是不做。”

“是啊，你说得有一定道理，这个生意确实是不好做，可有什么办法呢，做生意不可能不和官府打交道，他们毕竟是大客户，虽然货款回来得很慢，可是款项终归不会成了死账，总有一天能要回来的。况且当时咱家争取这笔生意也是为了讨个好名声，为的是引起江宁织造对咱家的注意和重视。”周玉听儿媳对他做的这笔买卖提出了质疑，虽然他内心里也是十分清楚，到目前为止，这笔买卖还没有给他带来任何好处，恰恰相反，还将整个周家置于不测险境，可他还是想为自己争辩几句。毕竟，他不想在初出茅庐的儿媳面前轻易承认自己在经营上有什么过失。

纯如倒是没有和公爹周玉继续争论下去的想法：“爹，我没有怨您的意思。咱做生意的人没有不图个‘顺’字的，也没有不图个‘利’字的，只是这个结果确实是有些不尽如人意。其实，今天我要和您说说咱‘广客隆’以后怎么生存和发展的想法。”

“好，你说。”周玉心里暗暗吃惊，但面上很是平淡，这正是他最关心的问题。

“首先，我们家几十年经营下来，积弊定是有的，对外埠行号的把控上又是鞭长莫及，分号的掌柜伙计熟稔其中的漏洞加以利用，总号这里根本就发现不了。这其中掌柜怠于号务，与伙计蛇鼠一窝、沆瀣一气、谋取不义之财最为恶劣。我的想法是要把咱家外埠分号的生意做个仔细评估，做到心中有数，这分号该留的要留，该裁撤的要裁撤，不能只见银子出去，不见银子进来。各个号子里人员也是这样，一定要分他个三六九等，做得好的，奖；做得不好的，立马让他走人。这样我们就能做到‘节流’。”

“有道理。其次怎么讲？”周玉努力压抑内心的激动，鼓励纯如说。

“其次，我认为我们应该集中力量往广州那边发展，现在朝廷只设了广州一个地方能与外国人通商，走出去和洋人做生意，利润丰厚且不说，回款也是好的，不至于像现在这般情景，因他人拖欠受连累。可是我们现在的广州分号几乎没什么作为，为什么？一是我们从前对这里重视不够，无论规模还是资金都弱小，当然也就不具有竞争力……”

周玉摆了摆手：“纯如，可能你还不知道，虽然朝廷只允许广州一口通商，但并不是人人都能与那洋商做生意，必须是要公行的人才行，只有他们才能有资格与外国人做生意，我们广州分号有些生意就是做给他们的。”

纯如淡淡一笑：“爹，我接下来就要说这个，既然公行有如此特殊权力，我们就要加入这个公行直接与洋商做生意，而不是只为公行商人做嫁衣裳，只谋求那点蝇头小利。刚才说到‘节流’，这就算是‘开源’。前几日我听一个从广州回来的商人讲，说今年朝廷有裁撤公行另立名头之意，我认为这对于咱家来讲绝对是一个千载难逢的好机会。”

“真是好主意！”周玉忍不住赞叹道，“真若是如你所说这般情景，我们家能入公行与那洋商做成船的生意，那真可谓是开天辟地的一件大好事啊。”

“但咱家的实力不够。”说到这个，纯如显得有些落寞，“我听说公行商人个个都是堆金积玉、富可敌国的富商巨贾，并且不单有钱，其在当地的势力也是根深蒂固，十分庞大。我认为，别说咱家眼前这个情景，就是一年前没做江宁织造这笔生意之时实力也是不足以与之为伍的。”

周玉听了好似头上猛然被泼了一瓢凉水，刚才那份激动之情瞬间烟消云散，他无奈地说道：“那看来这事也只是纸上谈兵，画饼充饥，并不可行了？”

“也不一定。”纯如平静地说。

周玉听了又是一愣：“那还有什么办法？”

“以一当十，我们做不到，但若是以十当一，那实力自然就够了。现在我们江浙无论是做生丝的，还是做丝绸的商人，若是单打独斗都不足以与公行里的那些商人竞争、抗衡，去硬碰硬，无异于以卵击石，自取其辱。但若是我们江浙商人抱起团来取暖，将力量集中起来，力气往一处使，实力上不说超过公行商人，至少与他们旗鼓相当。”这次纯如拿起茶碗喝了一大口。

“抱团取暖？怎么个抱团取暖法？”周玉奇怪地问。这千百年来生意都是各做各的，偶尔有个合作也只是暂时的，这人齐马不齐地要去广州和公行商人分一杯羹喝，也不现实啊！

纯如一字一顿地说："成立江浙丝绸商会。"

世上的事都是说来容易做来难，就如纯如所言的江浙丝绸商会能是那么容易就成立起来的吗？

请看本书下册《墨染苍穹》。

大清丝商

【第一部】·下

墨染苍穹

城君◎著

新世界出版社
NEW WORLD PRESS

故事梗概

纯如做了周家“广客隆”的掌门人，初露峥嵘。先是当面揭穿盛京分号掌柜周璞以权谋私，又制定周家发展大计；智逼江宁织造偿还生丝款；为治冰羽重疾，与春娇义结金兰，春娇与萧武成婚后受纯如指派远赴广州。纯如筹建“江浙丝绸商会”，父亲杨梓传与丈夫周冰羽争抢商会会长一职，坐山观虎斗的高尚先是指使周璞陷害周玉坐牢，后又牵扯纯如、周冰羽、杨梓传进牢。纯如被人从牢里救出后，为救周家父子及自己的父亲远赴京城见和珅，路上与楚秋偶然相见，却怎么也没想到自己的秋哥哥也能骗她……

第三十五章　初掌门户

周玉与儿媳纯如上次谈话的两个月后，周家“广客隆”分布在各地分号的十几个掌柜回到了周宅。他们只是收到东家周玉召集回来的通知，但并不知道具体要商议什么事情。都以为就是个普通的年终总结会议，毕竟还有二十几天就要过年了。

人刚刚到齐，会议还没正式开始，周玉就抛出了一条足以让在座所有人感到万分惊诧的消息，他宣布从此刻起，纯如为“广客隆”的新东家！

待周玉宣布完这个决定之后，掌柜们就纷纷在下面交头接耳起来，有的对周玉的行为感到不理解，有的对“广客隆”的前途感到担忧，有的对纯如的能力和经验表示怀疑。总之室内充满了所有人的质疑声。

要知道周玉还不到知天命的年龄，正是可以干一番大事业的黄金年龄，为什么忽然间就要隐退了呢？让大家更加匪夷所思的是，这纯如也就二十岁上下的年纪，在这些掌柜的眼里还属于不更事的孩子，更何况纯如还是一个大门不出二门不迈的少奶奶，一个平时养尊处优惯了的弱女子，没有阅历经验，怎么能支撑得起来周家这偌大的家业来呢？

“各位掌柜，我知道各位听到了这个消息心里一定有很多的疑问，因为这事关乎我们‘广客隆’未来的生存与发展，也关系到各位在‘广客隆’未来的前途和命运，说来这都很正常！但今天我不是来和大家专门解释这个问题的，既然我现在已是‘广客隆’的新掌门人，那么现在我要说几件事情：首先要说的，就是在座掌柜之中如有在自己经营的分号中以权谋私的人，做了不该做的事、伸了不该伸的手的，请会后主动找到我说明情况，过期不候！此时不说，若是等我点名，那就不是此时这般态度了。”纯如一边说，一边看，因为大多数掌柜她都不熟悉，要仔细辨认一下，做到心里有数。

“大少奶奶，你这是不是有点儿太傲气了？这也太不把我们这些外埠的掌柜当回事了！这大冷的天，我们风尘仆仆地刚从外地赶回来，不嘘寒问暖也就罢了，怎么着，刚当上掌门就要新官上任三把火，烧了我们不成？”说话的是从盛京回来的周璞，他是周玉本家出了五服[1]的兄弟，但算起辈分来，纯如还要管周璞叫一声叔叔。

“是啊，是啊，这大少奶奶是不是有点儿太不近人情了！”

“对啊，我们怎么着你了，刚上来就这么对待我们。”

“比老东家差远了，还是不成熟啊！”

① 也写作“五福”，指五代人的关系，从自己往上算是父亲、祖父、曾祖、高祖。出了五服，指的是两人的关系不是从一个高祖而来的了。——作者注

其他人也随声在下面小声地附和，会场的气氛随之紧张起来。

周玉在那里听着，如坐针毡，看来，大家是不服纯如啊！也难怪周璞他们发牢骚有想法，纯如当场就要和众掌柜兴师问罪，确实是任谁也接受不了。周玉不免替儿媳担心起来，这些掌柜们都是见多识广的人精啊，人不但油滑，嘴上的功夫也都是个个了得，咬着你说话的缺漏那是绝对不会松口的，除非你心服口服赔礼道歉为止，真到了那个份儿上，你也会在众人面前颜面扫地，威信也就随之荡然无存了，何况纯如还不曾在他们这里有过威信呢！周玉在那里想着，但他此时的身份又不方便站起来说什么，只能耐着性子继续听下去。

“大家说说，我们这些人哪有什么外人？我就不说了，从辈分上来讲，你还应该叫我一声‘叔父’才对，今天在这厅堂里的其他人，也都是跟着老东家打拼一辈子的周家老人了。老东家每年等我们回来了，都要客客气气地好酒好菜招待一番，带着对我们一分的尊重和感谢，才开始这个年终的会议。即使这会议的当头儿，也都要先让我们这些掌柜的说上一说，然后才和我们商议具体事情。怎么着，纯如，我们这刚刚坐下，你这就要颁布对我们这些掌柜制裁的什么法令了？哈哈，做东家也是要有做东家的礼节规矩的，可你今天的表现，让我看来，你还是什么都不懂啊！”周璞看自己得到了大家的支持和呼应，得意扬扬，忘乎所以，也越发得理不饶人起来。

“周掌柜，我想，打今儿起，从现在开始，你对我的称呼就应该开始改了，你应该管我叫一声‘东家’才对！”

纯如两眼盯着周璞，继续说道：“按理说，我确实应该管你叫声‘叔叔’才对，可现在，我们是在‘广客隆’的账房里谈生意上的大事，在商言商，亲兄弟也要明算账的道理，我觉得你也应该是懂的。至于如何对掌柜们客气、尊重，我想这个还轮不到周掌柜你来教我，你更应该关心的是我们‘广客隆’这一年的收成才对！人浮于事、假公济私能给‘广客隆’带来发展吗？虚与委蛇、巧言令色能给各位带来更多的银两报酬吗？这些道理，我想周掌柜也应该明白的。既然话说到这了，那我就先不说了，周掌柜，你就来报一报今年的收支账目吧。”

周璞被纯如说得脸红一阵白一阵，很是狼狈的样子。他此时感觉到为众人出这个风头有些早了，也怨自己太小瞧了眼前这位少奶奶，纯如原来是这么一个厉害的茬子！自己怎么平时并没有听说她有什么特别的本事呢！

但东家问收成，掌柜是必须回答的，周璞硬着头皮说：“今年我们盛京分号呢，成本加上开支四万五千两，年底入了账房四万两，外面尚有欠账八千两，今年总共纯收成有三千两银子。”周璞对于这最后一项纯利润，自我感觉还是相当满意的，银子多少不说，算来至少都是赚了的，没有给‘广客隆’造成亏空，已经很不错了！

“周掌柜，看来你对这收入很是满意啊？”纯如淡淡地问。

“那是！你要知道盛京这地方，属于关外，一年里有六个月是冬天，天寒地冻，吐口唾沫都冻成冰儿，这丝绸不好卖，我们这生丝也就更难往出卖了！我们分号还算是好的，多少人家一年算下来没赚到钱不说，还蚀了不少本钱呢！”周璞认为这个理由非常充分。言外之意怎么着，给你赚三千两银子你还不满意，你还想要多少？

“不对吧？周掌柜，我听说你一家老小上上下下二十几口人吃喝拉撒的自家费用，都拿到你的柜上去核销，这一年算下来可不是一笔小数目啊！说来这也就算了，毕竟你在外面拖家带口不容易，吃了，用了，都在你自家人身上，我也不想和你过多计较这些。可是你从‘万和’吕家的号子里拿那些便宜的残次货当咱家的上等‘合罗’去卖是怎么个章程呢？”

纯如慢悠悠又意味深长地接着对着周璞说：“还有，你把盛京里咱家的一些老客户介绍给‘银雀’赵家这件事情，是不是你也应该当众说说也好让大家听个明白？”

此时的周璞已经坐不住了，腾地站了起来：“杨纯如，你不要信口雌黄，血口喷人！你说这些可有证据？如若没有证据，你就是陷害于我！”周璞激动地喊着，脖子上和脑门上的两股青筋暴跳，好像两股洪流被什么隔离开了，要冲破过去，一定要汇合到一处似的。

周玉在旁边听着，心里是七上八下，嚼不出一个滋味来，自己一直非常信任这个本家兄弟，这么多年来对他多有照顾和施惠，周璞怎么能做得出这样的事情来？周璞这么做了，还有没有别的掌柜也这么做了？这要是按这个算下来的话，周家一年得额外损失多少银两？想想都不寒而栗！可是纯如是怎么掌握这些情况的呢？如果没有证据，只是一时意气用事，纯如是如何也下不了今天这个台面的。

“呵呵，周掌柜，既然我说了，当然就是有证据的。你是忘了，还是本不知道，你在盛京包养的那个小妾，也就是叫小娥的那个丫头，乃是我娘家那头的一个远亲。每次你不便出头露面的时候，都是把事情交代好了让她去办，也曾许诺她一些大话。她也不曾想到，这些事她替你做成了之后，你只是给了她几钱碎银两，就把她打发走了。因为这些事，你们吵闹，她和你闹掰之后离你而去，而后通过我的娘家找到了我，告诉了我所有的实情。周掌柜，你还有什么话可说的吗？”纯如就像哄孩子讲个小故事、小笑话那么平静，还是慢条斯理地说着。

“哈哈，单凭你讲个旁人不曾听到的故事，就能把众位掌柜和我糊弄过去吗？说不定，你私下买通了她就为了来诬陷我。我是那么容易就遭你践踏的人吗？”周璞硬生生地干笑了一声，扬起脖子毫不示弱地说。

“人证是有的，物证当然也是有的。你每次怕小娥办不明白，除了亲自口授机要之外，还要另外写一些东西在纸上以免小娥遗忘。小娥把这些纸张一个不差地都保留了下来，现在就在我的手上，想看看吗？另外，是不是也应该让各位掌柜互相传阅一下？我想，各位对周掌柜那娟秀的小楷笔迹都是认得的！”纯如改了平和的颜色，严肃地说。

周璞知道，自己所有认为天机的事情都已经在纯如这里败露了，如果再让纯如拿出来那些白纸黑字，无非就是让他在众人面前更加丢人现眼。怪只怪自己考虑不周详，让小娥钻了空子，最终让她作践了自己。但现在说什么也于事无补，与其在这里受罪，不如赶快离开这是非之地。

“好，好，你卸磨杀驴，倒打一耙，我说不过你。大哥，你是不是也是像纯如这样想我的，既然连你都不替我说一句公道话，我走还不成吗？从今天起，你走你们的阳关道，我走我的独木桥，我不在你们的‘广客隆’干了还不成吗？我辞职！”周璞气急败坏地说。

“璞叔，既然你说不稀得干了，我也不勉强留你，没有了主顾关系，咱还算是亲属，买卖不成仁义在，咱怎么着也要把话说明白再走吧！前几年的事且不算了，你得把你今年不该赚的银子给我的账房退回来。我也不是得理不饶人的人，三万两，限你三天之内必须拿回来！”

“三万两？哪有那么多？你是要把人往死里逼吗？再说，那么多银子，我三天之内怎么能给你凑得上？”周璞也暗自惊讶，纯如怎么把自己的账算得这么明白，分毫不差。

“璞叔，看来你是认下这件事情来了。既然承认了，我也不为难你，但我说的这个数，一钱银子也不能少，我宽限你五日内交齐，过期不候，否则，咱衙门里说理去！”纯如蔑视着周璞，从牙缝挤出了这几句话，不容质疑和反驳。

“好，好，算你狠！”周璞知道自己不能在这里再瞎折腾下去了，这老脸已经是丢尽了，这里已经不容自己再待下去片刻，赶快起座，夺路而逃。

“各位掌柜，还有谁有什么话想说的吗？”纯如目视周璞出门而去，转过身来，环视了一下四周。

“没有，没有，没有……”大家刚刚从疾风骤雨中回过神来，都赶忙摇头说。

“你们没有，我还有话要说。”纯如清了清嗓子，转而盯着京城分号的马掌柜说：“马掌柜，你认为你当京城分号的掌柜，还合适吗？刚才的周掌柜吃里爬外很是让人痛心疾首啊！”

“东家，我不合适，不合适，我这就和您辞职！”

马掌柜已经领略了纯如的厉害，哪敢再纠缠半分。马掌柜清楚，纯如定是知道他私下结交杨梓传，给杨梓传暗地里传递很多小道消息的事情。还有当初周冰羽被骗后，地方衙门不予立案，纯如让他去都察院找关系，他根本就没有去。

“那就好。既然你如此爽快，我也就不再深究了。但我要大家都听明白了，我是‘兴昌隆’杨家的女儿不假，可现在我更是咱‘广客隆’的东家，周家才是我的家。从今天起，谁也不能做这‘吃着碗里惦记着锅里’的事情，辜负了‘广客隆’，小心也辜负了自己的前程！”纯如高声说道。

“是，东家。”大家站起身来，低下头齐声答道。

“马掌柜虽然做了一些错事，但尚在可原谅范畴之内。你就回到本埠来做这账房的主事吧，毕竟你是周家的老人，这么多年在京城里，也是见得了一些世面的人，不能埋没了你的才学。”

“多谢东家大人大量，谢谢了，谢谢了！”马掌柜说完，羞愧难当，也是感激涕零，当下泪流满面。

“好，过往不究，这些事情，我们今天暂且不再去提了，还是那句话，‘有则改之，无则加勉’。下面，我宣布，从今日起，你们每个人的每年薪银，增加一百两，到了明年年底，干得好的，再额外赏一百两！”纯如大声地说。

各位掌柜激动得鼓起了掌，这消息太振奋人心了。

“好，各位掌柜坐下来吧，我们现在开始议事！”

第三十六章　迫不得已

在这次会议上，“广客隆”的新掌门人纯如和各位掌柜们定下了未来发展的章程：置买自家桑田，分由蚕农根植养护，回收蚕茧；在本埠建立自己的染坊、织房、刺绣工房，分工合作，独立核算；原有的十几家生丝分号，只留下广州分号、京城分号和湖州本埠商号，形成南、北、中一条线。其他现有蚕丝分号分别都加上“绸缎”生意，另外在店内另辟出成衣房；将广州公行的情况打探清楚，摸清洋人的经商套路。归纳起来，纯如给周家定下来的未来发展方向就是从茧到衣，从产到销，不同地域不同配置差别化对待，市场重点由内地向广州沿海发展。

目标和理想，听起来总是那么美好和丰满的，让人热血沸腾，可在去实现的过程中，打击和挫折总是不经意间突然就会出现在眼前。当你一直盯着前方奔跑的时候，各样的绊脚石其实早已在那里拦着去路，有些人能躲得过去，备感幸运；有些人望而生畏，半途而废；有些人跌得头破血流，爬起来，还能继续往前走；有的人伤得太重，也就死在了那里！

如果说人一天三餐一顿不吃就饿得慌，这个道理大家都是懂的，那么周家现在面临最大的问题就是，要做上一大桌子丰盛佳肴，菜谱都写好了，可到头来却“巧妇难为无米之炊”。画起来的饼总是难以充饥的，纯如设立的“广客隆”的发展方向和目标再怎样宏大华丽，可实际上做起来都是需要银子的，没有银子，什么都是空谈。

向织造衙门催要所欠的生丝货款成了目前周家所有人的一块心病，这心病一日不除，全家老少都不得安生。周玉确实后悔了，后悔当初他不听九信的劝谏，执意拼死拼活地要争取那个朝廷评议的头筹，闹得现在算下来，丁点儿利润也没有，本钱还没有拿回来，有宏图而无银子做保障。再这样耗下去，周家最终只能落个破产的境地了。

“爹，我有事找你商量。”纯如不知什么时候走进了客厅里。

“什么事，说吧。”周玉从痛苦的胡思乱想中反应过来，故作轻松地舒展了一下眉头，慈祥地对纯如说。

“就是这关于朝廷欠款的事儿。这样久拖不决，怕是咱这年关都不好过。这一过年，伙计们要支薪水，领赏钱，本埠和外埠分号非要用一大笔银子不可的。还有咱家今年在外面有赊欠的往来账务，也怕是要上门来催债的。等过了年，真要是把咱们筹划的那些项目都上了马，那花起银子来不得和流水似的啊！”纯如十分忧虑地说。

“纯如，我也是为这个事情殚精竭虑，夜不能寐啊！可你也知道，就目前这个情形，我们是一点儿法子也没有。特别是要到了过年的这个时候，这些官员们要来往京城送礼上贡、找门路、走关系，根本就不在衙门里待着。这个时辰去要账，更会给朱郎中那伙子人不给钱的由头，即使去了，一定也是会给咱们推到年后再说的。再说，这个时候去，这上上下下的能不表示表示吗？空手而去，那定然也是空手而归，可咱家是一点儿银子都拿不出来了，难啊！”

周玉听到纯如来和他说的还是钱的事，不由得心生厌烦，更加郁闷起来，可和儿媳妇也没有什么发作的理由，就是有，也只能憋回去。但他还是耐着性子和纯如解释着，他能有什么法子呢？该想的，他都已经想过了，有法子，他早都不在这里发傻充愣了。

“爹，我倒有个主意，不知道可行不，想听一下您的意见。”纯如有些为难地说。

“快说，只要是有主意就行了，谁还管它好坏，现在咱们是让朱织造逼得走投无路了，迫不得已的情况下，只要能要回这银子来，让我杀人放火我也去，死马也得把它医治活了！”

周玉听到纯如是带着主意来找他商量的，一时间又来了精神，他知道纯如确实不是一般的人物。

“常言道‘祸福相依’，或许这过年的节骨眼上，就是我们向江宁织造讨债的最佳时机。”纯如很是胸有成竹地说。

“你说此时就是讨债的最佳时机？我听得不是太明白，你快说来，我听听。”周玉被纯如说得有些糊涂，听得十分着急，连忙催促道。

“爹，我想明天把我们欠人家钱的那些蚕农们，外加我们准备买桑田的那些地主们，都主动召集起来，和他们说明一下咱家现在面临的困境和难题，求得他们的帮忙……”

“和他们说顶什么用？再说，咱之前是遮着掩着这码子事，还怕有纰漏呢，瞒他们还瞒不过来，现在你却说要主动和他们坦白了说，这无异于引火烧身啊！说不定他们知道了现在咱家落入了这般境地，对咱家没了指望，弄不好他们真要是红了眼，合起伙来，先抢了咱家，然后再四散瓜分了，到时候那烂摊子我们就难以收拾了。”

周玉听完纯如的主意，连连摇头，他认为纯如至少这个问题没有考虑周全，甚至有些幼稚和莽撞。

“爹，我的意思呢，是告诉他们江宁织造欠我们的钱，并且还不是一个小数目，要他们帮助我们去要。银子要回来了，我们不单付欠他们的本钱，还一并把他们利息也给算上。再有，他们出工，也每日给他们算工钱，这里里外外的钱，只要他们帮我们把货款要回来了，咱把银子拿到手的当日，一个子儿都不差，都给他们。”纯如努力地在解释着。

周玉越听越糊涂，自己这个经过多少大风大浪的人况且要不回来这银子，这些小家子门户怎么可能帮你要得回来！

纯如继续说：“我们选出他们当中几个平时有些泼赖又有几分心计的人当领头的，带领着这些人去南京的织造衙门口，拉起大长绢子做的条幅，那条幅上就写‘织造衙门欠钱不还，老百姓没法过年’等字样，让衙门里的和过往衙门口的人都看见。再有一些人在衙门口作寻死上吊的模样，其他人站脚助威，帮着摇旗呐喊。正好年关将近，谁家不想过个好年？这个年我们不好过，我想他朱郎中一定是想过个消停年吧！我们正好趁着这个机会，逼着织造衙门和朱郎中还我们的银子。”

“好啊！确实是好计、妙计！我怎么就没往这上面想呢！”周玉看着眼前站着的纯如，仿佛看到了诸葛再生一般。可他转念一想，还是有些顾虑地说："可是，如果我们这样做了，朱织造还不支付货款，我们还该怎么办呢？"

"我们这样做，已经算是给足他面子，在他织造衙门前闹一闹，也算咱们仁义，给他来个'先礼'了。如果朱郎中不为所动的话，我们马上再派另外一拨人去街头敲锣打鼓游走，散发和绢布上写同样字的传单给南京当地的老百姓看，然后再去两江总督衙门撞钟。我们知道两江总督高大人是个为民做主的好官，在他的地界闹出这么大的动静，他不可能对这件事不理会的，说不好他还要把这件事奏给皇上，官逼民反，到时候，让朱郎中吃不了兜着走。再说，皇上刚过完这六十大寿，明年太后老佛爷要过八十大寿，这朝廷粉饰天下太平、百姓安居乐业、给皇上歌功颂德还忙不过来呢，在这大过年的当口，朱郎中的织造衙门闹上这出，传出去说朝廷欠百姓的钱不还，不是给朝廷捅娄子，给万岁爷和老佛爷上眼药呢吗？"纯如一口气把自己的想法和盘托出。

"纯如啊，爹服你了。此计真是深谋远虑，详细周到，目前看来是万无一失啊！太好了，实在是太好了，我们的货款终于有希望要回来了，哈哈！"周玉高兴得大笑了起来。

"爹，还有，我们这么做，无非就是想要回我们的货款，我们可不能真闹出什么人命官司来，那样我们可真就没法收场了。再有织造衙门也是有兵丁把守的，他们也不能坐视不管，必然得出来阻拦我们。我们这些人毕竟是些平头百姓、乌合之众，没有什么规矩可言，有可能人家衙门的衙役往前冲上一冲，咱的人就有可能被冲散了，或吓破了胆子，逃之夭夭。如果这样的话，我们也还是达不到预期的效果和目的的。"纯如还是有些顾虑地说。

“那我们又能怎么办？”周玉现在的思路完全顺着纯如说话的意思，没有自己的一点儿主见了。

“爹，我们这回还得麻烦萧武了。我听说他有漕帮的背景，让他请动漕帮为我们帮忙，漕帮的人穿成普通百姓的衣服，混在我们的人群里，一是可以助威，二是可以挡兵，三是可以维持秩序。这样整个事情做下来，就应该没什么大问题了。”

萧武有漕帮的背景？听到纯如这么说，周玉差不多明白为什么当初萧武一出面，就给他找回来了被骗去的蚕丝。看来，人不可貌相啊，萧武一个平时看似老老实实的人，怎么看也不像是入了漕帮的弟子！

其实，周玉本人是不想和帮会有什么交往的，自己是本本分分的生意人，与这些江湖人和帮派的人来往，总是让他有些说不出的不安和担心。可按照纯如的全盘计划，不搭上漕帮的关系，还真可能成不了事。也罢，自己已经被织造衙门逼到了这个份上，死的心都有的人，还考虑那么多干吗？只要能顺顺利利地要回货款，就是让他周玉上刀山、下火海，他也是连眼睛都不带眨一下的。

纯如看公爹听到自己说到要请漕帮来帮忙，有些犹豫的模样，接着又说：“爹，这件事你不用担心，我和萧武去说，你放心吧！再说，我还有其他事情要交代他去办。”

周玉听后点了点头，长长地舒了一口气，如释重负。他对着纯如说：“冰羽这几天情况怎么样了？”

纯如回答道：“略有好转，只是还是时有癫狂的毛病。我想，这是他心中憋闷的那口恶气，一直都还没有被释放出来的缘故吧，我让萧武再去办的，也正是为了冰羽这件事！”

第三十七章　市井闲言

“东家，您找我？”萧武进得会客厅里对着纯如说。

“是啊，武哥。来，来，坐下说话。”纯如非常热情地对萧武说。

萧武在周家已经生活很多年了，因为人老实厚道、朴实能干，和周家上下相处得都十分和谐，有着不是亲人胜似亲人的感情。加之萧武曾单枪匹马将被骗去的生丝找回，让周家免于遭受灭顶之灾，周家人更是对他念着一份感恩之情。萧武比周冰羽和纯如的年龄要大上十岁，所以纯如管萧武叫“武哥”，显得格外亲切。

萧武小心地拣了个椅子边儿坐了下来。他虽然和纯如比较熟络，但纯如毕竟是周家的大少奶奶，又兼着是自己东家的双重身份，即使纯如态度如何温柔可亲，他自己是不能坏了这上下尊卑的规矩的。

“武哥，我今天找你来，是想再请你帮咱家一个忙。”纯如笑盈盈地说。

“说吧，东家，都是自家的事，什么帮不帮的，您只管吩咐就是了。”萧武非常实诚地说。

“那就好，武哥。我就直说了，我想请你走一趟漕帮，让他们派弟兄去南京帮咱们家去讨要那批供给朝廷的生丝货款。”

“漕帮？东家，我怎么能请得动漕帮呢？我也不是他们的人啊！”萧武故作惊讶地说。但他是实在人，说不了谎话，在他有些慌乱的神色之间，纯如已猜出了个大概。

“武哥，你就不用瞒我了，我已经都派人打探明白了你的过往。咱家那回的生丝，你不就是靠着漕帮的关系给找回来的吗？呵呵，怎么着，武哥，这次这个忙，你是不想帮啊？”纯如装作掌握了萧武所有情况，继续试探着说。

“东家，我的事你都知道了？”萧武不好意思地反问纯如，整个人也变成了一副手足无措的样子。

纯如抿嘴一笑说：“是啊！我早都知道了，只是不想这么早惊动你而已。如此说来，武哥还是不想帮我呢？还是这就算是你已经答应我了呢？”

“好吧，东家，我这就去办。其实我不想让东家知道我的身份，也是怕你们心里对我有什么想法，既然现在东家知道了我有漕帮弟子的身份，还不嫌弃我，我是带着十二分的感激的，哪有东家说请帮忙的道理，就是肝脑涂地，也是在所不惜的。今年夏天的时候，我父亲派人来给我送了信鸽，告诉我有急事的时候就给他飞鸽传书，这要比人骑在马上跑得快多了！”萧武憨厚，很爽快地答应了纯如的请求，然后起身离座就要出门去办。

“武哥，且慢。我还有件打紧的事情，正好也要你在这信里说明白，只是这件事情和请漕帮帮忙要那货款无关。”

“东家，你说。”萧武一愣。

“我要你在信里让漕帮把骗去我们生丝的那个叫春娇的女弟子交送到咱家里来。”纯如正色地说道。

她看着萧武面露为难之色，就连忙接着说道：“武哥，我知道这件事情让你办起来会很为难，不符合你们的帮规家法不说，也不符合人情常理，但这件事却是非武哥才能办不可，别人是做不到这一步的！这件事情也是关系到能否救冰羽命的大事，妹妹也是实不可解，才出此下策的。”

“让此人来是为了救少东家的命？”萧武带着惊愕的表情看着纯如问。他其实知道，不应该再称呼冰羽为“少东家”了，那到底应该是怎么个称呼，他一时间也想不出个贴切的词来。

萧武刚开始听纯如说要漕帮把春娇交出来，他想不明白，那事情已经过去一年多了，难道纯如还对春娇怀恨在心，还要整治春娇不成？萧武感觉十分纳闷，自己不曾说过此事，纯如又是如何知道春娇这个人的呢？可是，让漕帮往外面甘心情愿地交出自己的弟子来，这事情可是极为难办的。要知道，漕帮内部虽然对弟子管束得十分严苛，可对帮外人，那是十分护犊子的，帮外人想动自己帮内弟子分毫，那都是会被视为对漕帮整个帮众的挑战和威胁，何况还是要主动交给外人呢！这是有损漕帮体面的事，也会让弟子们寒心，两者都不是小事。

“是啊！”纯如长叹一声，然后她接着说道，“安徽的王掌柜和我描述了那件事的一个大概。冰羽就是被骗得太惨了，太苦了，才落到今天这步田地。俗话说‘爱愈深，恨愈切’就是这个道理。

他满腔热血，到头来换来的却是无情、冷血的欺骗，结结实实地被骗去了那么多财物，就这样的身心打击，换到谁头上，不弄个半死也得扒层皮的。这件事情也怪我，要是那天在马厩里能注意到他，不让他听到我和马掌柜的谈话，也不会让他受到第二次打击，以致病情出现反复。”

纯如说完，泪水簌簌地沿着脸颊落了下来，打湿了衣襟，样子很伤心，也很懊悔。

萧武看到眼前纯如这般伤心，也深受感动。他知道，从前纯如和冰羽形同陌路，是有名无实的夫妻，冰羽对纯如的刻薄冷酷，周家上下也都是知晓的。可自从冰羽病倒之后，纯如却对冰羽这般知冷知热、照料周全，大家也都是看在眼里，心里都是十分佩服纯如的善良和大度的。

“东家，你就吩咐吧！如果真如您所说，漕帮把春娇交给咱家，就能治好少东家的病，我一定会好好在信里央求父亲的。”

萧武下定了最后的决心来帮助纯如。虽说让漕帮交人困难重重，但他相信父亲是明理之人，如果知道这么做是为了救一个人的命，父亲一定会帮他的，他也相信父亲是有这个能力将此事处理好的。

“武哥，你不要担心我们对春娇这个人会做什么出格的事，我是这么想的，‘解铃还须系铃人’，冰羽是过不了心里这道坎，一定要亲眼看到那个骗他的人重新回到了他的眼前，他才会从疯傻中真正清醒过来，才能真正相信那些生丝确实是找回来了。如果再让他狠狠地揍上那人两巴掌，发泄发泄他内心里积满的抑郁和邪火，说不定这病也就好了。这病如果好了，也就算是真正地救了他的命，也救了咱周家上下老小几十口人的命！”

纯如好像在对萧武解释着这么做的原因，也好像是在自言自语，再次印证一下自己的想法是否合理可行。因为她这么做，只是她这么认为可以的，并没有什么先例和依据，最后能是个什么结果，她也不敢说。

“明白了，东家。我这就去办。”萧武起身回答，然后转身就跑出了门外。

纯如站起身来，走到了窗前。

窗外的小雨已经下了一天一夜，还是没有停下来的样子，慢慢地飘洒着。树叶蔫蔫的，泛着绿中带黄的暗调，没有一点儿活力和生机，可也还是努力地抓住枝杈，在风雨中痛苦地飘零。不知这寒风是从东南还是西北方向刮来的，空气中透着一种钻心窝的阴冷，让纯如禁不住打了个寒战，她忙不迭地将两臂交叉放在胸前，这样她会感觉稍微暖和一些。

自己的妹妹绎如去了哪里？是否还活在人世之中？如果还活着，她年龄那么小，一个人怎么生存得下去？苦命的楚秋又能去了哪里呢？是死是活也还是不知道，他又为了什么不辞而别呢？自己的娘家也有近一年的光景没有回去了，这两个人都杳无音信，想来自己父母的日子也不好过，有那两个人显不出热闹来，可没了那两个人一定会觉得冷清的。这些时日，她一直在忙着，根本没有工夫静下心来想他们，可是现在想起来了，心中不免隐隐作痛。

纯如顺手在门旁边拾起了一柄油纸伞，踱出了房门，她要出去走走，透透气，呼吸一下新鲜的空气。虽然很冷，冷风却让她清醒了许多，也多了几分轻松。

她漫无目的地走在巷道里，无所顾忌，信马由缰。她喜欢这自由自在的感觉，此时她可以不去关注任何人，别人也不认识她。天地之间，活着，就是美好的！

一群戴着旧毡帽、穿着破棉袄的人蹲在一家店铺的屋檐下躲着雨，也在高声地攀谈着，虽然每个人看起来都冻得有些瑟瑟发抖，但都兴致很高、谈兴很浓的样子。

一个留着山羊胡子的老头，往灰墙上磕了磕烟袋锅儿，从怀里小心翼翼地掏出了装满烟叶的口袋，往烟袋锅儿里装满了烟，点着了，深深吸了一口，整个人也好像从中感受到了莫大的温暖，眉宇间也舒展了许多。

“我小时候，也就是雍正朝那时候，大米一升只要七文[①]，上等的湖鱼一斤二十文，六十个鸭蛋一钱五分，猪肉每斤三十文，牛肉也只有四十五文，桃子一斤八文，菜油三十五文，盐一斤八文，酱醋一斤二十文，你们说说那时候多便宜，你们再看看现在这物价几乎都快翻了两番，还让咱这老百姓怎么活？”老头边抽着烟袋边如数家珍地说着，好像对从前的生活时光充满了无限的留恋之情。

“你小时候物价那么便宜，你就过得好了？”一个年轻一点儿的汉子揶揄着老头说。

“也没有，日子过得也是紧紧巴巴的，我说的那些好吃的，也都得等到大年三十晚上才能勉强吃上一顿。”老头听后有些尴尬，讪讪地答道。

“还不是嘛，老皇历了，该翻篇了。现在可是咱乾隆爷的天

① 一两银子等于一千文。——作者注

下，国富民强、千秋鼎盛的时候，这物价能不跟着‘噌噌’地往上蹿高吗？”汉子继续手舞足蹈地高声说。

“怎么着，这物价涨了，你还高兴了怎么着？你就说说你，一年到头就那三身穷酸衣裳，冬天这是一身儿，夏天是一身儿，春秋是一身儿。要是你这一身衣裳，一年换那么一套新的也行啊，我私下没事给你数了数，你这三身衣裳足足穿了十年，一身儿也没有换过，就那上面生的虱子都是和你儿子同岁的。”

“哈哈。”旁边的人都哄堂大笑起来。

“‘朱门酒肉臭，路有冻死骨。’不管这物价怎么涨，人家大户人家照样吃香的喝辣的，过着锦衣玉食的日子。就像咱这地界里的杨家、高家、周家，哪个不是过得神仙一样的日子。”一个秀才模样的人带着羡慕的表情说着。

“你还不知道吧，杨家、高家暂且不说，就是你说的那周家都快破产了，说不定哪天啊，他们家人都得流落到街头，喝西北风去，那日子还不如咱们呢！”

“听说周家换了东家，还是个娘们儿，听说还很年轻漂亮呢！”

“你说个娘们儿当家，能行吗？俗话说‘败家娘们儿’‘败家娘们儿’，就这么让人干叨咕着，都得把她家给叨咕破产了，我看啊，这周家要‘败’的日子没有几天喽！”

“那才好呢！我还没娶媳妇，要是他家真败落了，我就用我攒的那二两银子把那娘们儿买过来，咱也享受享受大家闺秀细皮嫩肉的滋味。”那个看似秀才的人一边说一边忙不停地吞咽了几口口水。

“还大家闺秀呢！娘们儿，你懂不？你啊是读书读多了，变得痴傻了。我看啊，你家隔壁的那个老寡妇能嫁给你就不错了！”

“还有啊，我听说，他家那爷们儿都痴傻一年多了，你说也真是苦了这小娘子了，白白地守了这么长时间的活寡，也不知道她啊，想是不想？”

“她想了能怎么办？你能去帮着她解决解决啊？就你这身穷酸衣服，还不把那小娘们儿恶心死啊？”

“哈哈。”人群中又爆发出了一阵狂笑声。

第三十八章　义结金兰

三天后，萧武带领着钱春娇走进了周宅，纯如早已得到了消息，在会客厅里等候二人多时了。萧武为纯如和钱春娇互相做了介绍，两人算是初次认识了，寒暄之后，分宾主落了座。

纯如仔细地端瞧了钱春娇几眼，心中已大概明白了周冰羽能被钱春娇轻而易举地就骗去那么多生丝的原因。

钱春娇不单只是有妩媚俏丽的姿容和凹凸有致的完美身段，就在那一颦一笑之时、顾盼流离之间，又多了那么一份流连在她周身的成熟风韵和气息，浑身上下让你找不到半分的矫揉造作之处。说起话来，也婉转悦耳，柔美动听，缓急之间，说话的分寸拿捏得恰到好处。

这样的女人，不单男人看上一眼，心里就会不自觉地感觉到舒服和受用，就是女人瞧起她来，也会是感到十分顺眼和亲近。钱春娇的天生丽质之中，自然就带着那十二分的夺人心魄的气场，靠近她，人人都会被她吸引了去。纯如知道，钱春娇即便不使用任何手段，只是在那人群中走上一走，男人也都会被迷住，并甘愿拜倒在其石榴裙下，何况骗周冰羽这件事，还是人家事前已精心谋划过了呢！

“纯如东家，过往的事情我想您也是知道了大概情形的，春娇在这里给您赔礼了！”钱春娇一脸不好意思地说。

纯如看着钱春娇入了神，甚至心里都有了些醋意，但听到钱春娇站起身来和她赔礼道歉，也忙说道：“娇姐姐，你说哪里去了？我可不是专门让你来道歉的，你可是我今天请来的贵客。武哥，你说是不是？”纯如也是连忙站起来，走到钱春娇的面前说。

“那是，那是。是我们东家特意让我请你来的。”萧武在旁边连忙附和着说。

“娇姐姐，我看你应该是年长我几岁，我就管你叫姐姐了。以后呢，咱就姐妹相称吧，不知姐姐意下如何？看你第一眼，我就打心眼里欢喜，就是不知娇姐姐肯不肯赏脸认下我这个妹妹？”纯如很是真诚地说。

“能让我认下纯如东家这个妹妹，不知道是我几辈子修得的造化呢，哪是什么赏不赏脸的事，我是求之不得啊！”

钱春娇见纯如有如此请求，又是如此认真的态度，连忙应承了下来，只是大出自己的意料之外。纯如的葫芦里到底卖的什么药？我骗了你们周家那么多生丝，差一点儿就倾家荡产，虽说最后给你们家退了回来，可也听说害得你们周家的少东家到现在还是痴呆、癫痫。临来之时，师爷萧玉德并没有和她交代什么，自己也不好多问，她也只是认为周家风平浪静了，忽然想起了这码子事再找自己算后账，来给周冰羽报仇。自己也是做好了给周家赔罪说小话，甚至挨上一顿拳脚的最坏打算。可眼前的光景，却是纯如主动来和她攀亲戚，要认她做姐姐，任凭钱春娇是怎样一个经过风浪的人，一时间也被纯如的作为闹糊涂了。但能认下纯如当妹妹也是钱春娇十分情愿的事，这样就可以将那不堪过往“化干戈为玉帛”，况且刚一见面的时候，钱春娇也是对纯如这个大方漂亮、温柔善良的女子有了非常多的好感。

“好，既然娇姐姐认下了我这个妹妹，我看择日不如撞日，此时我们姐妹就地义结金兰如何？武哥，去让下面人备好香案。”纯如没有等钱春娇的回答，而是直接吩咐萧武去办。

“好啊！呵呵，妹妹真是爽快之人，我也十分期盼呢！”钱春娇对这件事情也显示出十分热切和期待的神情。

萧武看着眼前纯如和钱春娇两人的感情骤然升温，他真是有些看不明白，也听不明白了。刚才两人还都是陌生人，彼此间说着生硬的客套话，可这一转眼的工夫，就要亲亲热热地结拜成干姐妹了。这怎么和小孩的脸一样，说哭就哭，想笑就笑，这女人们的情绪变化也太快了点吧！但他听到纯如的吩咐，也是忙不迭地跑出厅外备置去了。

“姐姐，你我既然已是情同手足的姐妹，我这当妹妹的就直言不讳了。冰羽自那件事情过后，一病不起，时常胡言乱语，落下了癫疯痴傻的病根。我想，他就是还在那个幻境当中没有解脱出来，如果他真是能从那混浆浆的梦里醒过来，怕落下的毛病也就能好了。所以，我把你请来就是这个缘故，‘解铃还须系铃人’的道理，姐姐应该是明白的。”

纯如虽然马上就和钱春娇结拜为姐妹了，但毕竟初次见面，还有一些生分和隔阂不是一时之间就都能化解掉的，所以她还是尽量把钱春娇骗周冰羽的事情弱化，不能说得太直白，以免大家听起来都感觉尴尬，只是以“那件事情”一带而过。

“妹妹，哎，过往真是不堪回首，这事情怪我。姐姐我做了错事，悔之晚矣，如果真如你所说，还有偿还弥补的机会，我是求之不得的，一定照妹妹的意思去办！照妹妹的吩咐做就是了。”钱春娇再次说起这件事情来，还是带着满脸的愧疚。

“听了姐姐之言，妹妹真是感激不尽！妹妹在这里，先行替周家上下老小谢过了！”说完，纯如在钱春娇面前弯腰屈膝，双手叠加放在膝盖上，给钱春娇深施了一礼。

“妹妹不要如此客气，都是自家人了，不必多礼。何况此事还是因我而起呢！”

“因为此时冰羽尚在病中，意识不是十分清楚，怕是一会儿姐姐进去见冰羽，他会突然间冲动起来，姐姐免不了要被他恐怖的举动吓到，还有可能要吃些皮肉之苦，想到此处，我也是感到十分不落忍！”纯如有些为难地说。

她这么说也是要钱春娇做好一定的心理准备，以免对治愈周冰羽的毛病起不到最好的效果。

“妹妹，你放心吧。我受到一点儿惊吓，受一点儿皮肉之苦算得了什么？如果此举真能将他的毛病治好，我也算是在心里赎了自己的罪过，从此也就从这件事情上解脱开了！”钱春娇坦然地答道。

“东家，一切都准备好了！你们是不是现在就举行仪式？”萧武进来说。

纯如和钱春娇两人一前一后走出了会客厅，来到摆在外面院子里的香案前，两人齐刷刷地跪了下来。

“苍天在上，今日春娇、纯如在此结拜为异姓姐妹。诗歌伐木，足征求友之殷；易卜断金，早见相交之笃……爱莲芝谊，籍定兰交，执牛耳之同盟，效雁门而有序，以后定当有福同享，有难同当！”

誓言过后，两人起身，相拥喜极而泣。旁边的丫鬟婆子们看得也十分感动，都掩起衣袖的一角偷偷地拭泪。

两人肩并着肩，十指相扣走向冰羽卧房的方向。此时，冰羽的卧房里正传来含混不清的叫骂声、“乒乒乓乓”打砸物件和敲击墙壁的声音，纯如知道，此时周冰羽正在犯着病。

“姐姐，我就不进去了。虽然是为了给他治好毛病，你自己也要多加小心，切不可被他伤得太重，如果真到了那个份儿上，我同样会替姐姐伤心和不安的。”纯如牵着钱春娇的衣袖，非常柔情地说。

“你放心吧，妹妹，你不要担心我，我没事的。”说完，钱春娇拉开冰羽的房门，闪身进去，又将房门重重地关上了。

钱春娇眼前的周冰羽得益于纯如和周家上下人的贴心照顾，穿衣打扮还算是干净利落，只是发髻散乱，衣服扣子也是掉了几颗。但钱春娇发现，周冰羽的面容明显变老了许多，苍白枯槁的脸上早已失去了昔日那飘逸的神采。因为发着愤怒，仿佛脸也扭曲变了形状，露着狰狞的样子，让人看了不寒而栗。

看见有人进来，周冰羽迅速地一脚踏在椅子上，另外一只脚踩在床沿儿上，在那里悬空地蹲坐了下来。屋里面有些昏暗，周冰羽的样子瞧上去就如同一只即将被夺去王位的老猴王，看上去既暴躁而又无力。

此时的钱春娇也是百感交集，往日情景忍不住涌上心头。她想起与周冰羽初次酒楼见面，两人对坐隔空饮酒的情景，周冰羽是何等的风华正茂，意气风发！她又想起那日酒后与周冰羽的一夜温情缠绵，虽然明知只是逢场作戏，但毕竟两人有过肌肤之亲，露水情缘。此时，看着眼前周冰羽这般凄惨光景，钱春娇也是忍不住垂下泪来，害得周冰羽有如此下场，她也深感懊悔。

“快给我滚出去！快滚！”

周冰羽眯缝着那魔怔怔的眼睛，对着来人高喊了一声。

“少东家，我是春娇。”钱春娇边说着，边向周冰羽走来。

“你是谁？”

周冰羽慢慢睁大了那有些红肿的眼睛，他刚才实在是闹得有些累了，此时说起话来就如同一个烂醉如泥的酒鬼一样。

“我是华春娇。”钱春娇继续答道。

“你是，你是，华春娇！”待钱春娇走到周冰羽的近前来，周冰羽突然间好似在迷迷茫茫里受到了鬼怪惊吓一般，忽地站起身来，捡起身边的椅子，使足了力气就朝钱春娇打来，嘴里还在恶狠狠地连连喊着，“我可找到你了，你骗得我好苦啊！你快还我的丝来！”

钱春娇并没有闪躲，椅子结结实实地砸在了她的身上，钱春娇忍不住发出了一声痛苦的喊叫。但周冰羽并没有就此罢手，继而又抓住钱春娇的头发撞向了坚硬的墙壁。瞬间，一股鲜血带着一丝热气，淋淋漓漓地从钱春娇的头上沿着白色的墙壁，流向了冰冷的地面。

看到钱春娇流了血，周冰羽好像从噩梦中惊醒了一般，他慌忙撒开了抓着钱春娇头发的手，钱春娇也顺势颓然地栽倒在了地上，好像一丝气息也没有了。

“我杀人了，我杀人了，我杀了她，我杀了华春娇！”

周冰羽一边惊慌失措地呼喊着，一边慌不择路地向门口奔去，待他跑到门口时，正和闻声闯入的纯如撞了个满怀。

“纯如，纯如，我把骗咱家丝的华春娇给杀了！怎么办？怎么办？”周冰羽抱住纯如，摇晃着纯如的身子，一副惊恐的样子。

“冰羽，冰羽，你这是好了吗？你这是好了吗？”纯如兴奋地一边摇晃着周冰羽的身体，一边高声地问着周冰羽。

“我怎么了？我没怎么啊！我就是突然在这房间里碰到了这个骗咱家的人，失手打死了她。其他的我什么也记不起来了！我该怎么办？纯如，我杀了人，摊了人命官司，我得去见父亲去让他给我想想办法。”

周冰羽感觉纯如对他提出的问题莫名其妙，他现在只知道自己失手杀死了仇人，其他什么事情他都不记得了！他现在很清楚这事情后果的严重性，他急着要去找父亲去商量。

纯如这时候也才如梦方醒一般，连忙跑到钱春娇身边，蹲下身来，把钱春娇的上半身抬起来放在自己的怀里，带着哭腔呼喊着“姐姐”“姐姐”。

“你管她叫‘姐姐’，这是怎么一回事？”周冰羽现在也稍稍平静了下来，一边问着纯如，一边折返回来帮着纯如来救钱春娇。

“现在不是和你解释的时候，快帮我把她抬到床上去。”纯如着急地说。

“没事，我，我没事。”躺在地上的钱春娇渐渐苏醒过来，嘴里喃喃地说着。她的脸上浮现出了一丝笑意，虽然脸色惨白，可是那凄凄的笑容依然宛如初绽的玫瑰花蕾那般动人！

第三十九章　患得患失

周冰羽恢复了清醒的神智，他仿佛觉得自己做了一场春秋大梦，只是这个梦又长又臭，惊悚恐怖，自己心里明白这不是真实的存在，他也总是不由自主地想挣扎出来，但瞬间又会被一股巨大无比的力量重新拉回到那梦境中，而自己所做的一切努力，到了最后都成了徒劳和枉然。

在梦里，他总是好像浑浑噩噩站在那千仞高的悬崖峭壁边沿儿，一不留神就会滑落下去，而脚下面就是深不可测、黑漆漆的万丈深渊。他只能孤独无助地站在那里，连一根野草都没的抓，只能赤手空拳任凭自己在耳边呼啸而过的狂风里摇摆不定。

他唯有在那梦里不停地声嘶力竭地呼喊哭叫，不停地挥舞着拳头，才能把这样的恐惧与邪恶阻挡在自己身体之外，才能让自己放松下来，有了片刻的安全感。

此时，他真正地醒来了，他又真正地回到了这个本属于自己的世界。他不敢再回想他刚刚逃离的那个世界，那里欺骗、谎言和背叛四处横行，到处都充满了灰暗的色调，冰冷刺骨的暗流，无助绝望的叫声，惊悚鬼魅、发着绿光的影子，来回游荡的无数双张合不定的眼睛。

此刻，周冰羽最想和纯如待在一起，他要给纯如一个真实的拥抱，就那么紧紧地抱着，搂在怀里，片刻也不想分开。他想把纯如的脸捧在自己的手心里，仔细地去端详纯如那张美丽而温柔的脸庞，在那让人感觉到惬意的脸庞上，隐藏着纯如对他这一年多来所有的柔情和蜜意。他也想用手指轻轻地抚弄纯如那乌黑的披肩秀发，在那温暖而令人安静的丝滑之间，他仿佛也会将自己的柔情透过这缕缕的长发渗透到纯如的身体里。他更想亲吻纯如那两片薄薄的、红润而微微翘起的嘴唇儿，他要把对纯如的所有感激，在彼此的纠缠中，裹挟着他周冰羽独有的味道，进入纯如的肺腑里。

他要把这五年来，认为自己对纯如的亏欠一股脑儿地都弥补过来！此时，他内心里不单有对纯如的愧疚和感激，还有对纯如满满的依赖和爱恋，要等着和她倾诉。他认为，这就是他和纯如新生活的开端，他今生要好好爱她！

可现在，还不是他能做到这些的时候。钱春娇被他打得遍体鳞伤，卧在床上动弹不得，因为流了好多血，她的身体很虚弱，不是一时半会儿就能恢复元气的。好在周冰羽对钱春娇的毒打，并没有伤及她的脸，没有毁了钱春娇那副俏丽的容貌，那张俏脸只是此时多了几分憔悴，让人忍不住去对她生出十二分的怜爱来。纯如日夜照顾着钱春娇，唯恐丫鬟婆子伺候起这个姐姐弄出什么差错。

周冰羽已经知道了纯如和钱春娇结拜为姐妹的这件事，纯如这么做，一定有纯如的道理，但至于是什么道理，周冰羽一时之间还是想不明白。难道纯如和钱春娇结拜为姐妹，就是单纯地想让钱春娇治好他的这个毛病？如果纯如的目的如此简单，也大可不必要动这么大的操办，既然已经有能力将钱春娇传唤到自家来，也就完全可以按照她自己的意思要求钱春娇如何去做的。再说，纯如也一定是十分清楚钱春娇骗自己的过往，为什么纯如对钱春娇不但既往不咎，也不吃醋嫉恨，反其道而行，做了异姓姐妹了呢？

周冰羽自然而然地又想到了钱春娇，钱春娇骗了他，骗得他失了正常的心智，但最后，也是钱春娇救了他，让他从那噩梦中回到了现实。他是应该继续恨她，还是此时也应该对钱春娇带着些许的感激之情？他也没找到一个合适的答案，或者说一个充分的理由来说服自己。

无论如何，是钱春娇给了他有生以来第一次刻骨铭心的一夜春宵，那样的床笫之欢，即使现在回想起来那画面，也是让他沉浸其中，难以自拔，那是分明已入了他骨髓里的记忆。人常说的“牡丹花下死，做鬼也风流”或许是有些道理的，是钱春娇让他感受到了真正做男人的美好体验，让他尝到了什么是完美女人的滋味。当然，也让他过了一年多人不人、鬼不鬼的生活，这天堂、地狱、人间的生活经历，都是同一个女人给他带来的。

而就在昨日，又是钱春娇不惜自己的生命，强忍着他的一顿毒打，将他从那不堪的生活里给自己拉了出来。大爱过，也大恨过，然后又救了他，难道冥冥之中，老天就安排了这样一个女人，走进他的生活里，来故意捉弄他的？他扪心自问，他现在对钱春娇是一种什么样的感情多一些？思来想去，或许他给自己的答案是他对钱春娇的留恋多一些，这出自于他的内心的需求和渴望，或者说也出自于他作为男人的本能占有欲望。他到底留恋钱春娇什么？是钱春娇的妩媚笑容、高贵的气质，是她那悦耳动听的声音、走路婀娜摇曳的样子，还是钱春娇那丰满诱人、让人欲罢不能的身体？

其实，周冰羽也说不清楚。

周冰羽只是清楚地知道，他和钱春娇之间，不可能再发生什么了，因为纯如和钱春娇结拜了姐妹，纯如已经给他和钱春娇之间挖了一道看不见摸不着却再也无法逾越的沟壑，无论钱春娇如何想，总归纯如实际上已先行了一步，断了自己还存在的一些无法言说的念想。周冰羽想到了此处，突然间他感觉自己有些想明白了，难道这才是纯如和钱春娇结拜为姐妹的真实原因，就是为了自己醒来不留下什么后患？如果纯如真是如此想法，她的心机也真是够深的了。

想到这里，他不免对纯如的好感又少了许多。既然你如此体贴照顾我，又想出如此绝妙的办法将我唤醒，那为何不让我醒来后，再让我享受更多一点的人生乐趣呢？你明明知道我想要什么，你偏偏又要断送了我什么，天知道你安的是什么心！

周冰羽就是这样一个充满矛盾的人，一个命题刚刚被他证明成立，有可能下一时刻，又被他自己推倒重来。他也总是在衡量着别人如何，却很少反省自己有没有过失。

父亲周玉知道周冰羽已经完全醒了过来，当然是非常高兴，他得了个空闲的时候，来到了周冰羽的房间。对周冰羽说："为父明天就要组织人马去南京要咱家的货款，你在家好好地将养身子，等我回来，咱爷俩儿找个时间好好地谈上一谈。"

"父亲，我也和你去一同去吧。"周冰羽说。

“不用，你去也起不到什么作用。旅途颠簸，你刚好起来，就在家待着吧。”

“爹，我听说你把‘东家’的位置让给了纯如去坐，您怎么打算的？”

“这个，这个有些复杂，等我得空的时候，再和你解释这件事情。”

“她怎么能做得了‘东家’呢？女流之辈且不说，就是只凭着‘人好’‘善良’这些也是不够格做东家的，她没有这个能力和经验，爹，这个东家还得由你来做，不能让她来胡闹。”

“理是这么个理，但也是没有办法的事，好多事情，你刚醒来，你还不了解。何况纯如的能力是不容小觑的，只是少了些经验和阅历罢了。”

“虽说她是咱周家的媳妇儿，但她也是‘兴昌隆’东家杨梓传的女儿，我们还是得有一些防备才好。”

“儿子，你前一阵子不顶事，我又忙着奔波要货款，想来，也只有纯如能将咱这个家支撑起来，所以当时也就那么决定了。纯如在你得病的这段时间里，一直仔细地照顾你，你得对人家有感激之情，再有，我通过和纯如的几次谈话，也能了解到她是一个非常有想法、有魄力的人，她做这个东家是没有什么问题的。”

“爹……”

“不要再说了，有什么话等我从南京回来再说。有时间你也去和纯如聊聊，毕竟你们是夫妻，有些事情沟通起来也方便得多。”

周玉说完，走出了周冰羽的房间。他还要去做去南京讨债的最后的一些准备。

周冰羽听出了父亲模棱两可的话外音，他确实应该去看看纯如，两个人还没有在一起说上几句话呢。他问了一个丫鬟，知道纯如还在钱春娇的房间里。他走到钱春娇的房间外面，让丫鬟进里面将纯如叫了出来。他现在不想和钱春娇碰面，那样会让他感觉很尴尬，或许，他看见了钱春娇憔悴的样子，也会很心疼。

纯如从房间里面走了出来，急忙说道："你怎么来了？你应该再好好静养一下的。"

"我怎么就不能来？我来是想找你谈谈。"周冰羽面无表情地说。

"娇姐姐伤得这么重，我这一边要照顾她，还要照顾前面柜上的生意，哪有什么时间啊？你再等两天，等我忙完了这阵子。"

"春娇她又不是要死了，你怎么就忙得脱不开身似的照顾她？"

"你小点儿声行不？好了，不和你说了，我进去了。"纯如说完，转身要回钱春娇的房间。

"那我去大佛寺找释通住持，去寺里住上几天，我不回来，你不要去找我。"周冰羽气哼哼地对着纯如的背影说。

纯如并没有停下来去理会他，而好像是并没有听见他说了什么，自顾自地进了屋里。

第四十章　生旦末丑

第二天一大清早，周玉和萧武带着百十号的讨债人马浩浩荡荡地奔赴南京去了。这是纯如给周玉出的主意，虽说这个主意听起来并不是什么绝佳的妙计，但周玉被逼得走投无路，只能试上一试。他知道成败也就在此一举，如果不能成功，往后再去江宁织造衙门要起钱来，只能是难上加难了！

到了南京之后，按照事先的安排，周玉先是隐藏在织造衙门附近的一个角落里，并没有露面。而这百十号的人在漕帮十几个弟子的带领下，将织造衙门的大门团团围住，这些人个个穿得都是衣衫褴褛、破旧不堪，脸上菜色十足，都是一副病快快的样子，佝偻着背的人、上了岁数拄着拐杖的人和缺胳膊少腿的人也不在少数。还有一些人扮作路边的看客，在那里指指点点、比比画画，痛斥织造衙门欠老百姓的钱不还，主官朱郎中为官不为民做主的种种作为。路过织造衙门的本地人也忍不住被这架势吸引得停住了脚步，站在稍微远一些的地方看热闹，瞧瞧到底发生了什么事情。一时之间，织造衙门前人声鼎沸，摩拳擦掌，叫骂声不绝于耳，乱成了一锅粥。

几个嗓门大的人，把双手围成一个喇叭筒状扯着脖子喊：

“织造衙门不讲信用，欠账这么久了，就是把银子放在库里生了锈，也不拿出来还钱。”

“朱织造贪污公款，自己吃香的喝辣的，却是不想让老百姓过去这个年，你没安好心。”

“老百姓有饭吃不上，有病看不起，织造衙门逼着百姓卖儿又卖女。”

“再这么下去，眼看着就要逼死人命了。”

……

还有几个老妇人，被十几个壮小伙托举着，勉强地爬上了衙门大门旁边的那几棵歪脖树，在那树上挂好了三尺白绫，准备上吊自杀。有些人家带来的孩子，也不知所以地被眼前的情景吓得哇哇大哭了起来。

这么多人在织造衙门口大呼小叫，早已经把织造的主官朱郎中给惊动了，他连忙派出衙役出去打探到底是出了什么事情。衙役回来向他禀告，说是一群老百姓围住了衙门的大门，口口声声在嚷着朝衙门和朱大人讨债。

朱郎中听不明白这百姓和他来讨债是什么意思，他织造衙门也是从来不和百姓打交道的，何来欠他们的钱呢？他忙带着衙役赶到了大门口，挤着门缝往外面偷瞧，一看这么多人里三层外三层地把衙门口围得水泄不通，朱郎中看到这个场景，知道他不能贸然出去，这外面的这群人明显带着要吃了人的架势，他连忙往后退了十来米，才命令十几个拿着水火棍的衙役冲出门去把外面的人群驱散。

衙役们平时吃饱了没事，养尊处优惯了，此时看见主子就在眼前亲自上阵指挥，正是自己露脸出风头的好时机，于是十几个衙役抖擞起威风来，猛然间地打开了大门，抡起棍子就往最靠近门口的几个人身上打。

他们以为一群手无寸铁的老百姓无非就是来虚张声势咋呼一下而已，没头没脑地往他们脑袋上抡上几棍子，这些人也就会哭爹喊娘，抱头鼠窜，最后作鸟兽散了。可令他们惊讶的是，几棍子打下去，这些人连半点儿反应没有，没有一点儿惊恐之色，也没有发出哀号声，这人群就如一个大铁桶一般纹丝未动，桶里的人更是井然有序，阵脚丝毫不乱，只是对织造衙门的喊话声更大了，大有一浪高过一浪的架势。

十几个衙役从没有见过这个阵势，都现出了目瞪口呆的神色，也许是刚才出的力气过多，有些累了，一时间都停下手来，不知如何是好。

一个有些毛楞的衙役看几棍子下去并没有取得预想的效果，肚子里也是满满的怒气，他再次抡圆了膀子，使出了吃奶的力气朝人群中一个看似身材瘦弱的人砸去。他想，他这一棍子下去，对方不死也得落下了终身残疾，否则，他们这些人今天也真是在朱大人面前丢人现眼了，日后还怎么能在大人面前显能吹牛？他要借此机会，挽回他们这些做衙役们的颜面。

只听“咔嚓”的一声，水火棍断成了两截，自己的臂膀也被震得酸麻，随后他手中的那半截棍子也不由自主地“哐啷”一声落到了地上。再看眼前那个瘦小被他打的人，站在那还是纹丝不动，只是用手扯了扯身上的衣服，好像在告诉那个毛楞的衙役，把他的衣服弄皱了！

十几个衙役到现在才回过神来，心里明白对方哪是平常的百姓啊，分明都是武林里的高手。只是人家没有还手，看不出是哪门哪派的而已，当然，就是还手了，自己也是看不出来的。可好在对方没有出手，否则，此刻他们这群人怕都是早没了这条小命。其中有几个胆子小的衙役都吓得尿了裤子，他们知道今天是碰到了硬茬儿了，一时间这些衙役醒悟过来，提拉着棍子就往衙门里面跑，任凭朱郎中怎么叫喊，一个衙役也没有想着把织造衙门大门再次关上的。

朱郎中看衙役们败下阵来，怕这群人立时就会冲进衙门里来闹事，法不责众，那样的后果可是不堪设想，所以他也是慌忙地往衙门里跑，呼哧带喘，甚为狼狈的样子。可跑了几十步，朱郎中感觉不太对劲，他明显感觉到门外的那群人并没有冲进衙门里来追赶他们。他定了定心神，收住了脚步，转过身来，再看那群人还是该干什么还干什么，吵吵嚷嚷、骂骂咧咧的声音还是一如从前，只是站在歪脖树上寻死上吊的那几个老婆子都已经做好了最后的准备，扯着绳索就要挂在自己脖子上了。

这群人到底是什么来头？“广客隆”东家特意雇人来要账的？看着像，又不像。不像的是，这人群之中真是有穷苦百姓模样，怕真是因为他们、周家和织造衙门的三角债务过不了年关，没了法子，自发结伴来朝他讨债来的；你说像，还真有几分像的道理，这群人冲不散、打不烂，明显有着事先组织起来的痕迹，这不像是普通百姓的作为。

这些人真要是能冲进这衙门里来也就好了，他早已经派人从后门骑在马上等着，只等他下令，那人就去两江总督高大人那里去搬救兵。一旦这些人冲击进衙门里，那就可以给他们治个“叛乱暴动，武力对抗朝廷”的大罪，先给他们关进大牢里待上几天再说，也容自己查一查这群人的背景和主谋。可这些人偏偏还是站在那衙门口，没有要冲闯进来的意思，就是高大人派的人马来了，也是没有什么办法，人家只是在你衙门外面吵嚷，并没有犯什么罪，寻不着什么由头来抓人，何况还都是一些手无寸铁的穷苦百姓，再说，有可能还会让高晋大人引起误会，一纸奏折将这令人尴尬的事给捅到朝廷里去，无论自己对错，在自己衙门口发生的事，都不好辩解什么。

要说这衙门不怕平常百姓，当然也不怕无赖地痞，就怕他们闹起事儿来，动静越来越大，知法，还会用法，你挑不出由头来整治他们，这样下去就很难办。这在衙门口大吵大嚷的实在是让人不好看，看样子，还不是一时一刻就会主动散去的，自己来这江宁织造上任有一年多的光景，就在自己的衙门口发生这样的事情，实在是很难堪。况且，无论那要寻死上吊的老妇人是真是假，万一一个不留神，真挂在那歪脖树上死了，那可真是不好和朝廷交代的，这马上就要过年，官府逼死了人命那还了得，乾隆爷不但会拔了他这头上来之不易的顶戴花翎，还得实实在在地在他身上扒一层皮才能罢休。

朱郎中想到这里，胆子不由得也壮了一些，知道这些人不会拿他的性命怎么样。他甩了甩马蹄袖子，掸了掸身上的尘土，又正了正头上的官帽，尽量迈着四平八稳的步子来到了衙门口，和门外的这群人说话。但他只是站在衙门的大门里，没有往门外迈出半步。

“大家，静一静，静一静，我是这织造衙门的主事，我姓朱。你们有什么事情尽管和我说清楚，你们这么做，这是要闹哪门子邪风？你们当中有没有领头出幺蛾子的人，出来和本大人讲话！”朱郎中尽量在做出官家的做派，打着官腔，他决不能做出给朝廷丢脸面的事情。

那十几个衙役看那群人没有对朱郎中怎么样，朱郎中也好像是个没事人似的，很是镇定的样子，也都小跑折返回来，拄着水火棍，围拢在朱郎中的身后，一声也不吭，就像是和门外看热闹的人一样，都竖起了半个耳朵在听，样子十分滑稽可笑。

“朱大人，莫怪我们生事，实在是生活清苦难以为继，特别是这年关将近，我们老百姓眼看着这年关都过不去，家里老人孩子没食吃，有病的婆子没钱治，有死了人的连口棺材都没钱买，朱大人，我们真是没有了活路才来找您的。”一个青年汉子从人群中闪了出来对着朱郎中说。

“你们没钱，我也没什么法子可帮你们！再说，我也不欠你们的钱，你们这是不是走错了大门口？我织造衙门从来不和百姓打交道。”朱郎中义正词严地说。

“朱大人，衙门不欠我们钱不假，可我们把茧和丝都卖给了‘广客隆’的周家是真。周家又把生丝卖给了你织造衙门，兜这么一圈，你们织造衙门的丝最终还是从我们这买来的。这眼看着周家没钱还我们，快破了产，我们只能来找你讨要。”青年汉子不卑不亢地答道。

“你们这是强词夺理！”朱郎中高声喝到。

接着，朱郎中半是解释半是威胁地对那汉子说：“这是哪门子道理？冤有头债有主，你们管周家要钱天经地义，朝我织造衙门讨要是一点儿也没有道理！快都散了吧！”

“看来朱大人是不管我们老百姓的死活了！那也好，我们也就没什么其他的活路了，只好就在你这衙门口外边支起棚子和锅来，在这里陪着朱大人一起过年了！郑老四，你和几个兄弟去这南京的街头敲锣打鼓发一发咱那单子，让南京的父老乡亲给咱评评理。马老五，你再带着几个兄弟去总督衙门撞冤情钟，请高大人来这里给咱们评评理做个主。”青年汉子吩咐道。

被称作郑老四和马老五的两个人听见了吩咐，马上从人群中走了出来，分别呼唤二十几号人就要分头行动。那几个站在歪脖树上的老婆子，听到汉子说完，也立马哭天喊地、顿足捶胸起来，把那三尺绫子重新挽了一个圈套在自己脖子上，跃跃欲试，就差那最后一跳，做了冤死鬼。

朱郎中看到眼前这般情况，知道今天要是不遂了这些人的心愿，是解决不了问题了，这班人马是明显着想把事态不断扩大的样子，这样下去，对自己越来越是不利，也逼得自己越来越被动。

“还是告诉你们那一句话，我和你们谈不着银子的事。要谈，我也是和‘广客隆’的东家谈，可他今天不在这，我也是没办法。你们暂且散去，等年后，我派人将他找来，和他谈完之后，自然会有结果通知大家，都散了吧，散了吧！”

朱郎中想尽快息事宁人，平息了这件事情，再说那周家的货款他确实也应该给了，朝廷早已经把那批专款专用的银两拨了下来，放在织造衙门的账房里都快长绿毛了，只是周玉他太不懂事，一毛不想拔的样子，放款的事也就让他一直压了下来。但他现在绝不能在这群老百姓面前认怂跌份儿，传出去让人耻笑自己不说，也失了朝廷的体面尊严，他要找个合适的台阶让自己慢慢下来再说。

“朱大人，您别忙着说找不到‘广客隆’的东家，前十几日，我们怕他逃债跑了，就早已经将他给看管了起来，现在我们就派人把他押来，你们当面锣对面鼓地把账算清楚，我们也好听个明白。”那个青年汉子显然是有备而来，胸有成竹，朗声说道。

朱郎中心下暗自叫苦，看来今天他想躲也躲不过去了。

第四十一章　春娇闪婚

周玉终于在腊月二十三这天拿到了货款，但并不是应给付的全部货款一百五十万两，织造衙门这次只给他拨付了一百万两，余下的五十万两银子，朱郎中答应等过了年再说。虽说没有将全部货款一次性地给拿回来，但这也足够周玉兴奋不已了，毕竟燃眉之急可解了。

当着朱郎中的面，周玉对这些“绑架”他的人也是说尽了好话，表示对他们很理解，杀人偿命、欠债还钱，那是天经地义的事，何况大家并没有过多为难自己。等他拿到织造衙门给的银两，他一定一个子儿也不会少给的，将欠大家的银两连本带利一并还上。

但周玉又对这些人为难朱郎中这件事情上“言辞痛斥”了一番，认为“冤有头债有主”，本应该找自己的事，偏偏来织造衙门闹，大家这么做，真是辜负了朱郎中的一片仁厚爱民之心，但此事都因他欠众人的银两而起，他也代表这些人对朱郎中做了深刻的反省和道歉。

周玉本人则是对朱郎中对自己的支持和照顾表示千恩万谢，定将这份感激之情铭记在心，此事后一定再次登门致歉并表达感谢等，向朱郎中表达清楚。

朱郎中则是表达了对众人围堵织造衙门的事情很是愤怒，对他们因为不懂朝廷的法度和办事规矩，在衙门口胡闹及“非法绑架拘禁”周玉的违法行为痛心疾首，提出了严厉的批评和训诫。同时也对这帮百姓的无知和生活清苦表示很是同情，表示对此事也不再深究，但他也要求众人要理解朝廷和织造衙门的难处，再也不能做出这般莽撞的事情来。还有，他对周玉因为一直没有拿到货款陷入窘境，处于水深火热之中也是表示感同身受，好在朝廷的拨款刚刚到了八十万两，再加上织造衙门里又给凑上了一些，这一百万两银子暂且拿回去，他让周玉再咬牙坚持上一阵子，等过了年也就能将余下的货款给他结清了。

终归没有白来这一遭，一场好戏也没有白忙活，这一次终于将那次朝廷评议的货款拿回了大半，也第一次见到评议供货后的“回头钱”，一年多了，想来，真是不容易啊！但不管怎么说，能拿到银两就是天大的喜事，周玉和这百十号人高高兴兴地离开了南京，回家过年去了。

过大年的情结深入每一个普通老百姓的心，家人在一起团团圆圆、热热闹闹暂且不说，就是那一年到头用那好容易攒下的一点银两，扯上几尺花布给老婆孩子做一件新衣裳，称上它三两五花肉，在大年三十晚上给自己做上一顿香喷喷的下酒菜，也是很令人向往和期待的。王侯将相人家，更不必说，张灯结彩，锦衣玉食，花团锦簇，莺歌燕舞，门庭里达官贵人、少爷小姐，互相往来，奔走道贺，更是一番热闹喜人的景象。

周家虽然不是什么达官显贵，却是富甲一方的大户人家，因此别人家过年该有的东西自家一件都不缺，一件也不少。特别是周冰羽的癫疯毛病已经痊愈，织造衙门欠的货款也要回来了大半，准备堵门要债的人也早都没了踪影，周宅上下老小都是一副欢天喜地的样子，大车小筐地往回置办年货，准备迎接又一个新年的到来。

有时候，快乐就是这么简单，家人老小健康平安，手里稍有余钱过活，外头上再没有债主上门讨债，这样惬意舒心的日子就是好日子。

话说钱春娇的身体在纯如的贴心照料和护理之下也恢复得差不多了，看到大年将近，不好意思继续在周家待下去。腊月二十八这天，钱春娇一大早上起来就开始梳妆打扮了一番，然后准备和纯如告别。

恰好，纯如此时也来看望钱春娇。两姐妹通过这些时日朝夕相处，已是十分熟络，说起话来更显得亲切随便，早已成为无话不谈的闺蜜。

“妹妹，我正好要去找你，我身体已经恢复得差不多了，这也到了过年的时候，我也该走了。”钱春娇拉着纯如的手说。

“姐姐，你要走我也不留你。可是你走之前，我得和你说个大事情！”纯如作着十分神秘的样子。

“大事情？什么大事情？你且说说。”钱春娇“咯咯”地笑了起来。

“我要给你做媒！”纯如把小嘴儿凑近钱春娇的耳边说。

“妹妹，你可别逗了。我一个人来去自如都习惯了，给我作哪门子媒啊！”钱春娇听完既感觉惊讶，也感觉十分好笑。

“姐姐，你别着急把门儿关上啊！容我把话说完，你知道我要把你介绍给谁吗？”纯如站直了身子，一脸认真地说。

“谁啊？他是何方神圣？”钱春娇也被纯如故意卖的关子给勾引出兴趣来了。

“武哥！”

“哪个五哥？难不成你说的是萧武？哈哈，不成，不成！”钱春娇听后一边说笑着，一边直摇头。

“怎么啦？难道武哥配不上你？武哥是多么好的人啊！相貌堂堂，一表人才，人还老实忠厚，况且你们两个年纪相当，个头儿啊，长相啊，也都合适！”纯如看着钱春娇拒绝得这般直截了当，心下很是着急。

“妹妹，你不知道，我和萧武差的不是这些，差的是辈分的高低，差的是身份的尊卑。你要知道，也就是你我姐妹私下里闲聊时候，我敢直呼他的大名儿，可在我们漕帮里，我应该管他尊重地叫一声‘师叔’才对。”

“姐姐你说的这个辈分的事我理解了，那你说的那个身份尊卑又到底是怎么个情形？”纯如不解地问。

“我们的师爷，也就是萧武的父亲萧玉德，他乃是我们漕帮黄寺庵的帮主，师爷百年之后，这帮主之位定是萧武来继承担当的，单我们一个黄寺庵就统辖着接近四千人马船粮，帮主有着至高无上的权力和地位，说是一个土皇帝也差不到哪里去！就他日后这身份地位，我怎么能高攀得起呢！”钱春娇说起漕帮，说起师爷萧玉德来那是非常自豪，可她也对日后和萧武身份上的巨大差距而感到有些担忧。

“哈哈，我以为娇姐担心什么呢？原来就是这么个小小不言的事啊！不碍事，不碍事，武哥在周家生活这么多年了，我还是十分了解他的，他不是你说的那种看重名利地位之人。我这就把武哥叫来，今天我就捅破了这层窗户纸，让你们两个当面聊聊。”纯如说完，转身就要往外走。

钱春娇连忙拉住纯如，说：“妹妹，你总在这深宅里还不知道外面是怎样的情形，不要看男人平时如何如何，可当这男人啊一旦得了势，有了权，有了银子那天就变坏了，我这么多年行走江湖，这些事情见得多了。”说完这句话后，钱春娇不经意想起了和周冰羽那不堪的经历，忍不住脸红了起来。

对于周冰羽被钱春娇被骗的事纯如至今也只是知道个大概，她也曾臆想过他们两个怎样怎样了，可她不想和过去纠缠不休，纯如是明白人，总是和过去的一些人一些事过不去，就是和自己过不去，何必呢？谎言没有必要去揭穿，有时候，真相不也是一样，没有必要去刨根问底，免得揭开了那已经结了痂的伤疤，又要去为之止血疗伤，何苦那么为难自己呢！

“姐姐，你说完了吧？说完了，我就给你打个保票，如果武哥以后做了什么对不起你的事，你尽管来找我，行吧？看我怎么收拾他！”纯如很干脆地把这件事揽到了自己身上，然后转身离去。

钱春娇看着眼前的情形也没什么办法，只能由着纯如去了，何况她对萧武也是充满了好感的，只是碍于情面自己没法主动去讲罢了。今天纯如说媒正好也合了自己的心意，自己毕竟已经是快三十岁的人了，总这么一直漂泊着，终究不是长久之计，她也想早有个归宿。

不一会的工夫，萧武被纯如生拉硬扯了进来。他红头涨脸，一副难为情的样子，行动上也是欲进还退，十分扭捏的做派。看来，纯如刚才是和他说了什么。

“武哥，快说，你喜欢我娇姐姐不？”纯如正色地问萧武。

“呵呵。”萧武用手搔着头皮，只是笑，不说话。

“真是费劲，我就直白了说，你娶我姐姐当老婆行不？”纯如不知何时变得如此泼辣了，或许是当了东家主持这里里外外的事务，让别人给逼得变了脾气。

“东家，我能不回答吗？呵呵。”萧武还是有话说不出口。

“哎呀，武哥，你真是急死人了。好，那我再问你一遍，你娶我姐姐当老婆行不？行，你就点个头，不行，你就摇个头，这样总归是行了吧？”纯如干着急没有办法。

钱春娇在对面也羞得低下了头。

萧武听完纯如这么说，连忙点头表示同意这门婚事。点完头之后，也是十分不好意思地站在原地跺着脚。

“好啦，好啦，这门子婚事就算定下来了。我可告诉你武哥，以后要是我听到了你欺负我姐姐的什么风声，我可不能饶了你！我现在就去后厨吩咐今晚要多摆上几桌，就算给你们办喜事了！”

“啊？不是，不是，东家，这，这也太快了点儿吧？”萧武听得有点蒙，连忙要制止纯如。钱春娇也是大感意外，忙不迭地去拉住纯如。

“快什么快啊！不是我说你们两个，都多大岁数的人了？还不抓紧点！”姐姐、武哥，这事妹妹我今天就做主了，就这么定了，你两个再聊聊，我忙去了。

是夜，周宅里张灯结彩、灯火通明，萧武和钱春娇两人美滋滋地入了洞房。

可这场丰盛的婚宴上却少了两个周家最重量级的人物，一个是周玉，一个是周冰羽。周玉对纯如和春娇结拜为姐妹就是有很大意见的，他不想和漕帮有什么实质性的来往。纯如给出的主意，让钱春娇来给周冰羽治病和让漕帮弟子帮忙要货款，那都是迫不得已而为之的事。他想这两件事办完了，人情一走，也就那么回事了。

可眼前，纯如竟然撮合了萧武和钱春娇成了亲，周玉心里是十分不乐意，萧武不管怎么说，外人看来都是周家的人，周家的人和漕帮的人成了婚，那不明摆着告诉人家，周家和漕帮有了姻亲的关系了吗？这本分人家做生意，就忌讳和这个道上的、和那个道上的江湖人混谈在一起，别人日后谁还敢和你做生意呢？再说，日后这漕帮的人总是在周家大门口人来人往的，不单是闹腾别扭那么简单，弄不好还会生出许多无故的祸端来。

周玉认为纯如在这些事情上办得有些唐突，考虑得欠周到，但碍于纯如已经把事情定了下来，况且纯如现在是周家的主事人，周玉也不好去说什么，索性，周玉就称了病，没有从自己的房里出来。

纯如知道周冰羽大病初愈，身子骨需要静养一阵子，也要恢复一下精气神，并没有派人去大佛寺接周冰羽回来。另一方面，纯如也怕周冰羽在这场合感觉尴尬。

第四十二章　清净之地

“少东家，你这日后有什么打算吗？”释通住持问道。

“还能有什么打算呢？周家上下的事务，‘广客隆’的生意，父亲全权交给了纯如去打理，我这也真是没什么事情可做，现在只能算是闲人一个。”周冰羽长叹一声，显得很是寂寥。

“科考功名的事情上还有没有什么想法？”释通继续问道。

“这个念想我是断了。这么多年一路赶考，一路名落孙山下来，心里早对这事儿没了盼望。我天生就不是这上面的虫儿，强求也没什么意思。”周冰羽无可奈何地答道。

周冰羽也真是感到奇怪，释通和尚今天这是怎么了，什么问题让他心里添堵，释通和尚越是要问什么。

“我听说少东家和少奶奶纯如已经和好了？”释通还是有些不知趣地问周冰羽。

算来释通和尚和周家的交往已经有十几年了，周家也是大佛寺里虔诚的香客，平日里时不时地就要接济寺院日常的斋食用品，逢寺院需要修修补补或佛家的一些盛事的时候，香火钱更是不少往寺院里送，所以释通和尚和周冰羽非常熟悉，也非常了解周家的一些情况。

周冰羽听到释通问到了这个问题，并没有马上回答，而是站起身来，凭栏望向远方。远方晴空时候可见的青山绿水和那漫山遍野的苍松翠柏，此时，在云雾缭绕之中，都已经看不清楚本来的模样了。往山下望去，只能看见三三两两的香客，拿着大包小箩的香火之物，都低着头，弓着背，像蝼蚁搬家一般，吃力地爬在山的半腰间。

这大佛寺悠悠的钟声，这千年古刹的宁静与安详，这日夜不熄的高烛香火，都让他感觉自己整个人的身心都得到了完全的放松，他感觉自己在这里仿佛得到了重生一般。

这里没有受尽寒窗十年之苦而又屡试不第的痛苦与郁闷，没有市井闹市之中尘嚣泛起的纷纷扰扰，没有那生意场上每一天都要上演的尔虞我诈、险象环生的故事，没有儿女情长里那磕磕绊绊、让人痛彻心扉的不幸和磨难，这里也没有父亲望子成龙心切的唏嘘慨叹和喋喋不休。

总之，这里就是宁静，宁静得让周冰羽真真切切地感受到了自己的存在。在那浩如烟海的人群中，一转身还能找到自己刚才的位置，甚至在那位置上，还能看到自己的影子立在那里，让他从此不再感觉到自己的渺小和卑微。他在内心里告诉自己，大佛寺就是人们常常描述和挂在嘴边的“极乐世界”。

“你是不是还没有想好怎么回答我这个问题？”释通看着周冰羽愣神，一副若有所思的样子，心里已是明白了几分。

“我们应该是和好了。”周冰羽模棱两可地答道。

“我看未必吧，少东家和少奶奶的感情就如一个死树上的枝丫，看似开了春儿冒了绿，却再经不起任何的风吹雨打了。看那池里的浮萍，看似枝繁叶茂，却也最终免不了随波逐流，暗自飘零的命运。”

接着，释通又看似解释他刚才所言：“人们嘴里经常叨念的‘和好’后面一般都会加上‘如初’二字，才是一个让人感觉最终‘圆满’的词汇，让人继续品味下去，才会是一个令人欢天喜地的结局！可少东家和少奶奶压根儿就不曾有过‘好’的开始，当然，也就根本就不存在‘如初’的这个结果，这没有因果，当然你们之间，至少现在也就谈不上是‘圆满’的了！”

“是啊，我们两人没有感情基础，和没有打地基就想建百尺高楼是一个道理。”周冰羽有些黯然神伤地说道。

“少东家说得对啊，我听说你在昏死之时，少奶奶她无微不至地照顾你，你一定是事后知道了非常感动吧？可她那是在履行一个她做周家少奶奶的义务，当然了也不能否认她也有些许的仁爱之心。之后她又在你疯癫的一年多里寻医问药，又想出奇招治好了你的毛病，是不是你也是对她感激涕零？那我告诉你，她同样是在怜悯你。可这些都和你们之间的爱情半文钱关系都没有，是搭不上边儿的！”

这个释通住持也不知道曾经都经历了什么，最终出家到大佛寺做了和尚，也不知道他佛经佛法研习的境界如何，可是他分析起这夫妻间的感情问题来，却头头是道。

“可她在我周家四面楚歌之时，挺身而出做了东家，将我周家上下老小的生活安排得井井有条，也把生意上繁重的担子独自背在了肩上，从这两点上，我还是很感激纯如的。”周冰羽听了释通的话后，心情变得更加沉重。但他也在努力地说服自己，他要找出纯如让他感动的地方，来反驳释通和尚。

“那是她在心里面还认可这个家，她认为她还是周家的一个家庭成员而已，和你们之间的感情还是没有什么关系。再说了，周家这么大个家业，别说当东家，就是让当个管家，还不是人人都争着抢着去干的。”释通继续说道。

“住持，你真是这么想的？”周冰羽有些疑惑地问释通。

“本来出家人是不应再问红尘之事的，奈何我和周家、少东家结交深厚，有些话我还是不得不说的。周老东家当时是实在脱不开身，不得已才让少奶奶做这个东家的，如果少奶奶真是识相的人，或是看淡名利之人，此时应该把这‘东家’的位置再让出来给周老东家或是让给你来坐。少东家，你看出她有这方面的想法吗？没有！任凭周家老少两个大男人在那里干闲着没事干，可她还不是握着你们周家的大权干得热火朝天，说句不该说的话，这样的女人爱财爱权，逮着机会就不撒嘴，少东家还是多加留意才好，以免日后周家偌大的家财都落入外人的荷包。”

“住持，你说的是有些道理，可按照我对纯如的了解，她还不是你所说的那样的人，也不会干出那样龌龊的事情来。”

“那少东家我问你，你大病初愈就来到了大佛寺，按理说你此时应该是在家里和少奶奶卿卿我我的时候，我想少东家一定是心里有了不畅快，到我这里寻清静来了。可你在寺里已经待上有六七日的光景了，她不亲自来看看你也就算了，就是连派个人问问你的情况都没有，这说明她心里根本没有你，或者说你不在家，总是在寺庙里待着，才遂了她的心愿呢！你看，这马上过年了，还是连点儿动静也没有，这哪是少奶奶应该做出来的事情？我不是挑拨你们夫妻间的关系，事实就在这面前摆着呢，少东家能想得通，我这做外人的是想不通。”

“说不定她这几日只是太忙了的缘故，顾不上来看我。”正因为释通是外人，所以周冰羽也在尽力地掩饰着自己的情绪，以免让外人看笑话，也看低了自己，他在替纯如说话，也在努力地说服自己。

“不，少东家，少奶奶她有时间，我今早听寺里前几日下山化缘的小沙弥回来对我说，少奶奶在你们家刚刚还热热闹闹地办了场婚宴，据说是她把她的结拜姐妹和你父亲的车夫撮合成了一对，那两人在你家成亲拜堂，入了洞房。真是可笑，把外人都置办得这么齐齐整整的，这能说她没有时间吗？”

“真有这等事？”周冰羽急急地问道，说话间，脸上已变了颜色。

“那是自然，我还能和你说谎吗？少奶奶她确实做得太过分了，家里面办这么大个事，她应该派人把你接回去，至少也应该派人来和你知会一声才对，这么不明不白地就将你排除在外，你可真成了周家可有可无的人。她当家做主没几日的光景，要是这时日长了，怕是周家的其他人都可能忘记有你少东家这么个人了。这很危险啊，这明显着就是少奶奶故意在孤立你，故意将你往边儿挤对，就为了长期霸占这‘东家’的位置，指不定还有没有其他的阴谋呢，这也是说不准的事。”

“她做得也太过分了！”周冰羽咬牙切齿地说道。

“是啊，这明摆着就没有把你当少东家看，这么乱了规矩的事都能做得出来，怕是以后还不知要闹出什么乱子来呢！要我说啊，少东家，你今天在这再住一晚上，明天你也就赶快回去吧，把少奶奶的‘东家’位置要回来，削了她的权，弱了她的势，她自然而然也就消停下来了，这世间啊‘唯小人与女子难养也’，干什么事，还是趁早了好啊，免得夜长梦多，徒留后患！”

其实，说起纯如在自家给钱春娇和萧武办婚礼的事，周冰羽比释通还有更加复杂的心情，只是这话对谁也是没法说出口。纯如不单和钱春娇拜了姐妹，还将钱春娇立即给嫁了出去！可偏偏纯如将春娇嫁的又是自家的一个车夫，就萧武这样的人，他怎么能配得上钱春娇呢！纯如在暗地里，也趁着自己不在的时候，把事情真是都做绝了！看来释通和尚说的是一点儿错也没有啊！纯如野心勃勃，心机深重，看来真是把她看错了！

“我就在你这大佛寺住下了，我要出家当和尚！”周冰羽有些赌气地说。

“啊？这可使不得，使不得，你赶快回家做你的少东家去，我这庙里可放不下你，再说，我也没法和周老东家交代，你可别让我为难！”释通非常惊讶地说，也非常痛快地拒绝了周冰羽。

释通没想到自己磨破了嘴皮子来挑拨周冰羽和纯如的关系，到头来换来的却是周冰羽这么个决定。

释通在心里暗骂着，周冰羽啊，你真是个窝囊废，好好的东家你不做，你做什么和尚啊？我这里也不缺和尚，就是你做了和尚，也不能和别的小沙弥一样去挑水、清扫、煮饭，去干那些又脏又累的活计，更别说要风雨不误地出去化缘了，我要你做什么？难道只在我这里吃干饭？把你当佛爷供着？门儿都没有！

最重要的原因是，他已经答应了“德胜行”的东家高尚，一定将周冰羽和纯如的火气挑起来，让他们之间越生分越好，最好能让周家一纸休书将纯如扫地出门，那才好呢，在释通和尚看来，这个目的现在已经达到了。可是他还答应了高尚，他一定要劝说周冰羽把纯如的“东家”位置夺回来，让周冰羽做上“广客隆”的东家。因为高尚对纯如做“广客隆”的东家很是忌惮，他已经了解到纯如做东家这一阵子，周家发生了很大的变化，这说明纯如未来将是他很强的竞争对手。但如果能激怒周冰羽，让他将纯如撵下台去，自己做了东家，高尚就放心得多，因为他对周冰羽的想法和行事太了解了，他就是西蜀的“阿斗”又重新投胎到了大清的周家而已。

其实，释通不单是收了高尚的银两为他来办事这么简单，他也有自己的算盘，纯如做东家这一阵子，周家给寺庙捐的香火钱明显少了许多，他侧面一打听，听说纯如在对捐香火钱这事情上并不是太热心，她又要求周家上下“开源节流”，自然而然对释通的收入产生了很大的影响。而如果他能将周冰羽扶上这“广客隆”东家之位，他又能将那滚滚财源揣进自己的腰包了，因为，释通认为他拿捏起周冰羽来，易如反掌，只是说上几句好话而已。

周冰羽显然没有注意到释通这些瞬间的心理变化，更不知道释通和尚本也不是真正的修行之人，心里盘算得如此毒辣，他非常坚定地说：“我主意已经拿定了！”

释通看暂时也阻止不了周冰羽的这个想法，只能应承着说：“你暂且在我这里住着，剃不剃度出家，这么重要的事情，咱们必须从长计议。”

第四十三章　送君千里

钱春娇和萧武热热闹闹地成了婚的第二天，纯如将二人叫到一起。

“姐姐、武哥，妹妹有个事情想和你们商量一下。”纯如笑呵呵地说。

“妹妹，有什么事情尽管说吧。”钱春娇昨夜刚刚度过洞房花烛之夜，平日里就是面带桃花的妩媚女子，现在看上去显得更是娇艳动人了。

“我想请姐姐和武哥去广州，姐姐去那里做咱家广州分号的掌柜。广州那块宝地是我们未来要深耕之地，派别人去我也着实不放心，别人也没有姐姐这般能力。再有我让武哥与姐姐同行，一来你们刚过新婚之夜正是如胶似漆的时候，不能硬生生地把你们两人分开，二来到了广州人生地不熟的，武哥和你在一起在生活起居上也能互相有个照应，这样我也就更放心了。”纯如此时说话，一半是姐妹之间亲密热络的谈话口气，一半听起来也带着东家交代掌柜事务的口吻。

“妹妹，你就放心吧。你信得着姐姐，姐姐自然在这事上不能推辞。只是生意上的事情都不是说得准的事，把事情做好，当然是皆大欢喜，如果不遂人心愿，搞砸了，望妹妹也不要怪我。我和武哥定当用心竭力，尽量把事情往好了去办。”钱春娇对于纯如的信任和重托也是十分感动。

“你我姐妹之间能有什么怪不怪的，姐姐这么做，也是为了帮我，只要我们心往一处想，力往一处使，这也就足够了。你和武哥先前行，我把家里这边的事情料理妥当了，就去找你们。”

“东家，还有两天就要过年了，我领着春娇先回杭州老家拜望一下父母行不？也就耽搁几日的光景。”萧武问着纯如。

“武哥，这还用问吗？哈哈，天伦之乐人之常情，妹妹自然是懂得的，何况去广州千里迢迢，也不用在乎这几日的光阴。我都已经替姐姐准备好了给伯父伯母的见面礼物，就等着装车了。”纯如看着萧武憨憨的样子，也感觉十分可爱。

“谢谢妹妹想得如此细心体贴。我们这一别，再见面少说也得是一年半载之后了，你要多多保重身体。逢难处时候，要多想开点，多宽慰宽慰自己，不要只是将话窝在心里，让自己难受，人生没有什么过不去的坎儿。”

“姐姐也是一样，山高路远，一路上风餐露宿，不要亏待了自己的身子，该用银两的地方不要太仔细了。”

纯如接着又转过头来对萧武说：“武哥，你要替我照顾好我的姐姐，凡事上要多忍让，切不可在姐姐面前耍什么老爷脾气，再见面时，若姐姐说了你一个‘不’字，我会撵着你追后账的。”

“东家，这个你就放心，我不是那样的人。”萧武很是认真地答道。

“姐姐这里有一个锦囊，虽然不是什么值钱的物件，却是我们漕帮弟子在江湖上相认的信物。我把它留给你，你佩戴在身上，也算是姐姐一直在你身边了，万一在外行走有用得上的地方，也算是姐姐牵挂妹妹的一片心意。”钱春娇一边说着一边将腰间的锦囊解了下来，将它又重新挂在了纯如的身上。

“谢谢姐姐了，我一定将它时刻带在我的身边，不敢与它分开片刻，想姐姐的时候，我就把它放在手里看看，以解妹妹对姐姐的相思之苦。”纯如在姐妹即将分离之际，也是心如刀绞一般，她真的是有些舍不得钱春娇走，可又没什么办法，只能任由自己哽咽起来。

姐妹两人说完之后都已是泪眼婆娑，紧紧拥抱在了一起，也算是做最后的告别。这场景也让在场堂堂五尺的汉子萧武看得心里十分酸楚。

一时间，外面的车马已经准备妥当，纯如一直将钱春娇和萧武送到周宅的大门之外，又依依不舍地送出了城南门。

“妹妹，送君千里，终须一别，你不要再送了，快回去吧！”任凭钱春娇是多少年行走江湖练就了一副铁石心肠，也禁不住这姐妹间揉碎心肠的依依惜别之情。

“姐姐，武哥，你们一路多多保重！”

“妹妹，快回吧，你也多多保重！”

钱春娇和萧武所乘坐的马车向杭州的方向徐徐出发了。

纯如一直目送二人远去，直到已看不清了车马的影，纯如还在那里站立着，还不时地在招着手。这或许已经不再是纯如为了送别钱春娇和萧武了，她是在和钱春娇所要去的最终目的地广州在招手，也是在和周家及江浙丝绸商人未来要发展壮大的希望和理想在招手，即使那远处层峦叠嶂的青山和波涛汹涌的江河也阻挡不了纯如的梦想飞跃过去。

纯如回到家里，立马派人去大佛寺接周冰羽回来。她想和周冰羽一起回一趟娘家看看，还有一些事情她也要和周冰羽商量一下。

可回来的人报告给纯如说，周冰羽暂时不想回来，还要在大佛寺住上一阵子。纯如没有办法，只能准备和公爹周玉告假，一个人回去。

“爹，我想和你告个假，回娘家去看一眼，顺便找我父亲谈谈。”纯如说。

“纯如，不是爹怪你，你怎么轻易就和那曾骗了咱家的妇人做了姐妹？你要知道她是漕帮的人，这江湖上的人最是反复无常的小人，说翻脸就翻脸的。你还撮合她和萧武成了亲，这也是非常莽撞的，萧武是没有她那些手段的，日后可能会吃亏的。要说这些也都罢了，你怎么还把广州分号掌柜的那么重要的位置假手于她呢？她没有经营上的经验，有没有这方面的能力也尚未可知，这江湖人都是行走惯了的，让她在那里守着分号做好买卖也是很难说，再说广州与此地相隔将近一千五百里，我们鞭长莫及，钱春娇这样的人我们是无法掌控得了的。”

周玉见此时家里没了外人，一股脑儿地将自己的所有想法都倒了出来，憋在心里不把这些话说出来实在是难受。虽然周玉知道，他带着这样责怪的口气对纯如说，纯如有可能接受不了，但他也是真担心儿媳妇太年轻，容易被钱春娇这样的人蒙骗，将她带入歧途，那样将会给周家带来灭顶之灾的。

“爹，这些时日实在是太忙，我也没有时间事先和您商量这些事。钱春娇从前确实骗得咱周家很苦，但她也是受人之托成人之事，虽然那里面是有她的利益，但她本身和咱周家并没有半点儿仇恨。她是漕帮弟子不假，可爹您也知道，无论我们被骗的生丝能轻而易举地找回来，还是去南京织造衙门虚张声势把货款要回大半，这里面我们都是用了漕帮力量的。我们以后重点还要往广州那边发展，刚才你也说我们离广州隔着千山万水，说不定哪天我们还要用得着漕帮的，漕帮的力量不容小觑不说，多个朋友多条路总归是没有错的。漕帮之人，在江湖之上的名声，还是十分讲义气的，我和钱春娇结拜为姐妹，她就不会对我们有什么异心了，况且她又和萧武成了亲，和咱家的关系不是又近了一层？”

纯如清了清有些沙哑了的嗓子继续对周玉说道：“萧武对您忠心耿耿，他虽然是过于憨厚老实，可也不是蔫傻之人，钱春娇即使在广州那里有什么风吹草动的，也是瞒不过萧武的，只要您常和萧武联系着，钱春娇的行迹也就算在您老的眼皮底下了。我最看重的还是钱春娇的个人能力和素质，在这两方面她都有高人一筹之处，此时我们求才若渴，而她也正是我们急需的人，从多方面来讲，我认为是不会有什么问题的。等家里面安排妥当了，我也要去广州那边查看一下情形，到时候我们朝夕相处在一起，更不会有什么事情了。”纯如将她考虑这些事的前前后后和盘托出说给了周玉听。

“纯如，你说的这些道理我都能听明白，只是有时候计划没有变化快，人心隔肚皮，我们还是小心为好。那燎原的大火都是从那火星子儿来的，当初要是不招惹那火星子儿不就什么事都没有了？对钱春娇，对漕帮，我们还是不得不防啊！之所以当初我没有阻拦你做这些事情，只因现在你是咱周家的主事人，不想驳了你的想法和脸面，让外人小瞧了你，又平白看了笑话，那样我怕你日后做起事情来就不好办了。”周玉还是将自己不放心的态度传达给了纯如，也算是对纯如侧面地提出了口头警告。

“爹，你放心吧，我会时刻注意他们动向的，以后有事情，我会先找您商量之后再定夺的，这次实在是做得有些唐突和冒失。”纯如知道周玉不高兴，连忙对周玉做了一下检讨。

“好吧，这些事情都木已成舟，不说也就罢了。你也该回娘家去看看了，只是刚才你说要和你父亲商量一些事情，不知道要商量些什么？”

“爹，咱们先前商量要成立‘江浙丝绸商会’的事情应该开始抓紧办了，这件事久拖不决，我们就没有在广州做起大事的纲领来，即使我们自己有天大的本事，江浙丝绸商人如若不联合在一起，我们以后也很难在广州站稳脚跟。听闻广州的‘公行’马上要被朝廷裁撤掉，这正是给了我们江浙商人绝好的进军广州的机会，但前提还是我们要把这‘江浙丝绸商会’先建起来再说，否则都是空谈。这次我回娘家，想先和我父亲通一下气儿，听一听他的意见。再有，没有他的支持，我们这商会也很难成立，就是成立了，也少了一股很重要的力量。”纯如很认真地对周玉解释说。

“这个我支持。这么多年了，什么事情都过去了，至少在我这都不是什么事了，我们也曾是一个头磕在地上的兄弟，心平气和之后，自然也就什么疙瘩都解开了。你去帮我给你父亲带个好，就说我周玉家的大门随时向他敞开着。要是他也欢迎我的话，我也会去他那里登门喝茶的。”周玉非常真诚地对纯如说。

“爹，这个话我一定带到。但俗话说得好，‘冰冻三尺非一日之寒’，你们两位之间互生嫌隙也有些时日了，要说一时之间就能冰释前嫌，不是没有可能，但也不是很容易的事。这事儿上，您要有个心理准备。”

“那是自然。慢慢来吧，我还是有信心与你父亲重归于好的，毕竟有你在这里，我们也都算是一家人。”周玉慨叹一下，对纯如意味深长地说。

周玉忽然间想起来什么似的问：“冰羽不和你同去吗？”

“我派人去大佛寺接他回来，可派的人回来说冰羽还要在寺里再住上一阵子。我想他在那里想图个清静，也顺便将养一下身子，我也就没有强求他什么。”

“这孩子，想清静也没有必要非得跑进寺院里，过几天，等你从娘家回来，他要是还不回来，你就亲自跑一趟把他拉拽回来。这大病刚好，就跑到寺庙里，让人好说不好听。再说这么大人了，也该多为你分担分担。我这岁数的，早都抱上孙子了，你们也得抓点紧了！”

“是，爹，等我回来就去办冰羽的事。”纯如听周玉想要抱孙子的事，羞得满脸通红。

纯如继而转换话题道：“爹，咱家的染坊和织房过了年就要开工了，但咱家在这方面还没有一个懂行的人，我听说，程叔叔在朱织造帐下干得并不是太畅快，我想您何不把他请来咱家呢？”

“你说九信？嗯，不错的主意。我这就写信给他，让他抽空来谈一谈，顺便也让他看看咱这里具体是个什么情形。”

第四十四章　人生如梦

自从上次朝廷生丝评议之事败北，杨梓传回到家后深居简出，很长一段时间内都没有再出来抛头露面，这次的失败经历对他的打击实在是很大，当然损失也不小，甚至可以用“惨痛”和“完败”来形容。

他不单败给了周玉，也败给了自己。他感觉在这件事情上既丢了人现了眼，又白白用去了他大量平时节俭下来的银两，到头来都如一块小石子扔到了大海里，连个响声儿都没听见。夫人陈氏还会时不时作闹他一番，讨要她最喜欢的小女儿绎如，还朝他唠叨养子楚秋，莫名其妙地不辞而别，看来也是白白地帮人家给养了一场，大些的力气还没给杨家出人却没了踪影，让陈氏感觉吃了个大亏。

其实陈氏在杨梓传耳边喋喋不休，还有另外一个重要的原因，那就是杨梓传曾经在某一个夜晚，告诉她如果成了事，杨梓传花上些银子补个四品知府，她也就顺势做了知府夫人，然后就有很大的可能被御封为“诰命夫人”！现在的情况却是，杨梓传赔了女儿又折兵不说，也生生断了她对那“诰命夫人”朝思暮想的念头！

陈氏的作闹，让杨梓传心慌意乱，不得安生，可杨梓传又有什么办法呢？天不遂人愿，事情他该做的都做了，事情不该发生的也都发生了，总归最后的结果是“竹篮子打水一场空”罢了。

杨梓传也在最初回到家的几日里，面壁思过，自己深刻检讨了一番，他要总结一下这次评议失败的原因，在总结教训方面上，杨梓传是很认真的，也是很客观的，这是他多年养成的习惯，也是他不断在生意上取得进步对外秘而不宣的法宝。他认为之所以失败是败在以下几个方面：

首先，自己的实力不济，如果自己实力再强大一些，根本不需要扯上高尚合作一起对付周家。耽误了很多宝贵的准备时间不说，自己的精力也都集中在了那些鸡飞狗跳之事上。还有与高尚分道扬镳之后，彼此互相扯皮斗气，可最后还是落个鸡飞蛋打的结果。他当初想和高尚合作还有另外一方面原因，那就是他看重了高尚的靠山，两江总督高晋高大人，哪承想高大人如此廉洁自律，连对自己的堂弟也是公私分明，到了事情的节骨眼上，也是公事公办的。对于与高尚合谋骗周家蚕丝这件事，日后要是有人知晓了，他白白被人耻笑不说，就是这样猥琐的人品，谁还敢来与他做生意，在生意场上落个身败名裂的下场也是有可能的。现在再回想起来这件事，他既是感到后悔，也感到后怕。好在高尚也没有把事情抖搂出来的意思，毕竟这浑水里面，高尚比自己蹚得还要深，此时高尚也是在忙不迭地想把这件事情遮掩起来，一辈子也不想让它见了光。当然，如果高尚真是如此想法，杨梓传自然是会暗自庆幸的。

其次，后台不硬。他原以为找到了陆通，找到了庆贵妃，庆贵妃吩咐了谭公公，这种从宫里来的关系，自然是非比寻常，做起这件事情来，也就手到擒来。但看到最终的结果后，他知道自己想错了。后来他也从谭公公那里侧面打听和了解到周玉不单把白郎中笼络在自己身边，还不知走了哪门子关系，走到了五爷和亲王弘昼的门下，和亲王一纸书信就把刘大人调遣到周玉的队伍里。周玉这样的实力，自己和他比起来实在是差得太悬殊了。那工部的刘大人真是会见风使舵，也把宫里的事看得明白，一个年老色衰、失去皇上宠爱的老贵妃，怎么可能和乾隆爷的亲五弟和亲王弘昼的权势相提并论呢？明眼人一看，孰轻孰重也是一目了然，轻轻就可以掂量出来的。就还有谭公公这个太监的身份，杨梓传现在掂量起来，也太轻了些儿，也令人太尴尬了点儿。虽然谭公公是宫里派出来监督评议之事的，是皇上派来的人，有着钦差的身份，可高大人都没怎么把谭公公当人看。还有，那刘大人再搬出和亲王来，几句话的光景，就把谭公公吓得缩进了壳子里，不敢再有什么动作了。总之，自己是没有找到对路的人。

再次，自己过于自信，身边没个如诸葛一般足智多谋的人物来辅佐，导致自己做出的决策都是下策，这也是失败的主要原因。想到这个层面，他非常后悔，这是他自己造成的，因为这么多年来，他压根儿就没信任过身边的任何人，包括养子楚秋在内。他自己在一些重大事情上的看法和决定不对任何人说，更谈不上去听听别人意见，都是一个人坐在屋里那么一琢磨，就拍脑袋定下了主张，别人只要按照他的意思做就行了，可是这么做一旦有个百密一疏，就有可能最后弄个全盘皆输。

最后，要说再加上一条，就是周玉的命太好了，他杨梓传命中注定要有此一劫，败在谁手里都行，他都能接受，唯独偏偏败在了周玉的手上，这让他很窝火，也是非常接受不了的。几年来处心积虑地要报周玉当年的羞辱之仇，却在这最好的时机来临时，在最紧要的节骨眼上放了空炮，让他空留满腹的唏嘘和遗憾！后来，他听说周家的货款一直从织造衙门要不回来，这才让他感觉到一丝庆幸，也得到了一些心理上的安慰。

但是，杨梓传总结经验归总结经验，他不是那么轻易就认输的人，也不是被人打趴下了一次，就只会在那里喊痛，再不会起来的人，他认为自己从来都是拿得起放得下的。他认为眼前最重要的事情，就是要在短时间内，找到一个有着丰富阅历又足智多谋的人做自己的高参，当然此人除了应具备上述两个条件外，还有更重要的一条，那就是这个人一定是个不爱财之人。否则，自己还是要处处防备他，这样的人即使有天大的本事，自己也还是不会用的。

杨梓传将自己求贤若渴的消息私下放出风去，外面听说此事，有毛遂自荐的，有给他不断举荐和介绍的，他不停地接见这些人，忙得不亦乐乎。但到了最后，在这群人里扒拉来扒拉去，他却没有一个中意的，他的想法就是宁缺毋滥，一定要找一个诸葛、司马的人物，好在这江浙丝业，帮着自己开疆拓土，成就一方霸业。

这一天晌午，杨梓传正在院子里没事瞎转悠，舒展一下僵硬的筋骨。猛然间，他听见前门里传来看门张老头大声的呵斥声："快走，快走，你怎么这么多事！你也不看看我们杨宅是什么地方，这是你随便来生事的地方吗？再不走，我可要揍你了……"

杨梓传走到前门，他看到门前站着一个老者，一手拄着个打狗棍，一手拿着个碗，看着这个装扮，应该是个生活没有着落、流浪街头的叫花子。可是，虽然老者身上穿的衣衫破旧了些，补丁上打着补丁，但衣服却是纤尘不染，甚至连一点儿褶皱也是没有。脚上穿的千层底的布鞋虽然磨得剩了一层薄片，可整个鞋上连一小块泥巴都找不到。从头到脚看上去是干干净净，利利索索，与往常看到的乞讨之人邋遢脏污形象有着迥然的差别。一双小眼睛也是炯炯有神，放着神采，花白的胡须垂于胸前，慈眉善目，自带着一副仙风道骨的模样。

“老张，怎么回事？吵嚷什么？”杨梓传问。

“东家，他要讨口水喝。可我好心好意舀咱这门房缸里的水给他，他却不喝，非要喝刚从井里汲出来的，说是新鲜可口。东家，您说他是不是多事？我看这老头就是故意到咱家门口来生是非的！”被杨梓传喊作老张的人非常不屑也非常不满地对杨梓传说。

“这么多废话干吗！去，有这闲工夫，给他汲来也就是了，另外去账房领二两银子去接济接济他。”杨梓传今天心情不错，对面前的老者忽生一份莫名的好感，他吩咐完转身准备回到门里。

“这位东家，请留步！新汲来的水我是要喝的，因为我实在是太渴了！至于你要施舍与我的那二两银子就免了吧，我用不着。”那老者捋着胡须，淡淡地说。

“你是不是有些不识抬举了呢？”杨梓传听见老者这话，心里十分不乐意，重新转过身来，冷冷地回了老者这么一句。

“呵呵，识不识抬举这事，因人、因事、因时而论。达官显贵不识抬举，自然有人争着抢着去抬举，贫苦百姓，想让人抬举，却也是四下无人。被抬举太高了，可当哪天忽然落了地，不还得摔得鼻青脸肿，有的人一辈子也甭想再爬起来。像我这样的人现今儿不受人抬举，脚踏实地地过活，谁人又能有我的这份自在逍遥呢？”老头并不理睬杨梓传，自顾自硬硬地顶回了他这么一大堆话。

“难道那二两银子对你就一点儿用处没有？”杨梓传听到老者如此牛气，就想着继续作践他一下。

“银子自然是有用处的，放到谁的手里都是好东西。在我看来东家对我盛气凌人的态度，此时我要碗水来喝就可以了。”

“哈哈，难道我施舍给你，还要看你的脸色不成？”杨梓传感到又好气又好笑。

“这位东家，你可曾听说《论语》里有这样一段话：‘赐也！尔爱其羊，我爱其礼’[①]，我看你这般施舍我的模样，即使你那银子对我有千般用处，呵呵，我也不屑接的。”

杨梓传听出这个老者是个有才学之人，只是有些清高孤傲，还带着那么一点偏激，就接着呛着他说：“你这哪是什么不屑，你这分明就是太矫情！”

“东家这一点算是说对了，‘矫情’自然是有的，想当年，我曹家哪个不是‘矫情’之人呢？”

老者接过门房老张新汲来的一瓢水，先倒入自己的碗里一些，把碗涮了一涮然后倒掉，再往里倒水，喝了一大口，其余的又都倒掉了。

“曹家？你说的是哪个曹家？”杨梓传有些认真起来。

“东家听说过哪个曹家？我说的是曾在江宁织造做六十多年主

---

① 子贡提出要去掉每月初一日告祭祖庙用的活羊，孔子说，你爱惜那只羊，我却爱惜那种礼。——作者注

官的曹家。”老头扬起眉毛，颇有些自豪地说，但随即神情又黯然下来。

老者重重地打了一个“唉”声，接着继续说道：“我祖父曹寅小时候曾做过康熙爷的伴读，又担任御前一等侍卫，后来被康熙爷派来江宁织造做了郎中，之后我曹家六十余年是何等的门第辉煌？别说二两银子，就是二百两银子，我也曾左手进右手就随便赏给下人的。或许就是因为东家口中所说的‘矫情’二字吧，雍正五年曹家被抄了家，我祖母带着我们这些小辈迁回京城，靠朝廷发还的崇文门外少量房屋度日。我曹家虽然从此败落了，但从来都是没有改过也不曾想改过你口中所说的‘矫情’！不单我是‘矫情’之人，我有一个弟弟，曹霑，号雪芹，素性放达，与现在朝里的一些达官贵人也是结交广泛，却从来也不会受人施舍度日，只是埋头在京城西郊的一个茅草房里专心致志写他的《石头记》。想来，他也是非常‘矫情’之人。

“世上不明就里的人都说我们曹家是贪污挪用了织造上的公款，最后以‘巨额亏空’的大罪被抄了家，可是这又能怪谁呢？康熙爷六次南巡，四次住在了我们曹家，迎来送往和陪驾供养，得需要多少银两，能没有亏空吗？再有，康熙爷让我们曹家参与了东宫太子胤礽过多的事务，曹家也确实暗中资助过胤礽的嬷嬷爹凌普及胤礽的老师熊赐履巨额的银两，雍正皇帝登基之后又怎么能轻易放过我们曹家呢！”老者说起往事，还是有些愤愤不平。

“啊？梓传真是有眼不识泰山，对前辈多有得罪，请受晚生一拜！”杨梓传听说眼前的老者乃是大名鼎鼎的曹家直系后人，真是羞愧难当，立马弓下身来给老者深施一礼，口中忙不迭地为刚才的失礼而道歉。

杨梓传知道，曹家往日的门第辉煌与威风八面，哪是他区区一个杨家所能企及的。曹家虽然败落了很多年，但人的名，树的影，曹家乐善好施，曾经在灾荒年头里接济过许多穷苦百姓，况且从来不仗势欺人，所以，曹家的良好口碑，一直被人念念不忘，口口相传。

“我这门庭败落之人，哪敢当得起东家这一拜，往事对我而言，都是过眼云烟，今天也是东家挑起了这‘矫情’的话头来，否则，我也就不会说这么多了。好了，我这水也喝完了，也该走了。”老头说完，转身就要离去。

“不行，曹叔，你暂且留我这里住上几日，再走不迟！”杨梓传慌忙上前一步，抓住老者的衣袖极为诚恳地哀求道。杨梓传知道他口称“曹叔”的老者，见识过宦海沉浮，成败兴衰，也经历过荣华贫贱，世态炎凉，是真正阅历丰富之人，虽然曹叔看起来还是有些心高气傲，但他毕竟是大名鼎鼎的曹家后人，想来，也是理所当然的事情。

第四十五章　难弃前嫌

纯如回到了娘家探望父母。一年多没有回来，再回来时已感觉物是人非，虽然以前也曾有过这种感觉，但这次更加明显了。

楚秋和妹妹绎如在杨宅里都已没有了踪影，只有父亲杨梓传和母亲陈氏那耳鬓旁的白发又多了许多。那夏日里曾经碧波涟漪、枝繁叶茂的荷花池此刻也枯败萎靡，变得荒凉了许多。明天就要过大年了，前些年这时候的杨宅早该是红红火火、热热闹闹的样子了，可眼前，却有种说不出来的冷清和寂寥！

看见纯如回来了，杨梓传和陈氏当然是十分高兴，但一时间想起小女儿绎如来，不免又是一阵酸楚，可谓是喜忧参半，心情很是复杂。当然让杨梓传夫妇欣喜的是，他们发现女儿纯如发生了很大的变化，感觉变胖了不少，变得更加富态了，更加有豪门大户家少奶奶的模样了，原先尖尖的下颌都已经变得圆润了，脸上也不再带有往日回来时的那般忧郁神色，总是带着神采奕奕的笑容，说起话来也是柔声细语，不再像从前那样寡言少语了，好像从里到外换了个人似的。

“纯如，听说你现今当了婆家‘广客隆’的东家，可有这事？”杨梓传问纯如。

“周玉他不是七老八十的，怎么可能如此早早地把他苦心打拼的家业拱手交出来呢？况且就是交出来也是交到周冰羽手里才对，也不至于交到你一个儿媳妇手里啊！毕竟你对于周家人来说，是一个外人，周玉怎么可能放心将偌大的家业交给你打理呢？”母亲陈氏带着诸多的疑问十分关心地问女儿。

“爹，娘，前一阵子我们家发生了太多的变故，一言难尽啊，先是冰羽疯疯癫癫了一年多需要人照顾，之后又是公爹常往南京跑去要丝款，没有时间打理生意上的事儿，这才把我推上台面来的。”纯如笑呵呵地回答道。

“哼，莫不是周玉他又有了什么阴谋吧？私底下合计怕要是犯了事，拉你来垫这个背，替他背上一个黑锅！”杨梓传说。

“嗯，女儿，你爹说得对，如果周玉背地里在外面欠了巨款，亏空一时补不上，讨债的人日后上门来讨要，发邪火就得冲着你来，就是人家上衙门告了周家，因你是周家的当家人，那大牢饭也得你去吃。听为娘的，你可得小心点儿。”母亲陈氏十分担心女儿吃亏。

纯如看见父母对此事如此怀疑和谨慎的模样，呵呵笑着说：“你们多虑了，哪有你们想的那么多事儿，再说，我们周家也不欠外边钱，江宁织造给了一百万的银子，外面的账就都还上了。我们家公爹的为人，你们还不了解吗？他可不是欠债不还、别人要债就放横儿耍赖的人。”

“你别一口一个‘我们周家’，又是什么‘我们家公爹’的，你是我杨梓传的女儿，你知道不？怎么着，周玉让你当上几天东家，美得你就不知道姓什么了吗？这里面一定有阴谋，周家也一定是在利用你，凭什么周玉不是七老八十的时候就能把位子让给你？你就是说出一万个理由，说破了老天，我也不相信！还什么‘我们周家’的，你就是被周家给卖了，还替周家数钱呢！”

杨梓传听到女儿变得对周家有了如此感情，特别是背地里还对周玉亲切地“公爹”“公爹”叫着，让他在心里十分恼火。还有他听说周家的那丝款要回了大半，也让他心里极为不爽，周家要是一分钱都要不回来，被债主堵上了门讨债，杨梓传听着才畅快呢。

陈氏看杨梓传动了肝火，连忙打圆场道：“老爷，你看女儿好不容易回来一趟，咱不说这让人窝火的话了。既然周家一不欠债，二在外头没有得罪人，纯如当这个东家也就没什么坏处，女儿既然有了出息，我们这当父母的脸上不也有光彩？”

杨梓传听陈氏这么说，眼睛一瞪，说：“妇人之见，不管怎么说，周家还是在危难之时，才让纯如扛起这担子的，你干好了，人家自然说是周家的底子好，功劳算不到你的头上来，你干得不好，黑锅也自然是由纯如来背着，总归都是费力不讨好的事，最后纯如也会闹个里外不是人。今天我把话撂这儿，等他周家的难关一过，周玉还是要寻个由头，把纯如一脚踢开，自己接着干或者让冰羽来干，不信，咱走着瞧。”杨梓传说完，转身就要从客厅里走出去。

纯如见父母这般为自己考量，也是哭笑不得，不由得轻轻地摇了摇头。但她看见父亲要出去，连忙抓住杨梓传的衣襟说：“爹，我有事还没和您商量呢？”

“什么事？”

“爹，冰羽的父亲让我给您带好，说您什么时候方便，他要来拜访您呢。”纯如改变了对周玉的称呼，不再称“公爹”，她知道杨梓传听了会不舒服，那她下面的谈话也就不好进行下去了。

“哼，黄鼠狼给鸡拜年，我用他给我问什么好？我好不好都和他周玉没有半点儿关系！你就回去告诉他，免了！”杨梓传呛声地回答道。

“爹，你们之间的事情都过去那么久了，您还记挂在心上干吗？冤家宜解不宜结，再说你们还曾是磕头兄弟，又是亲家，从哪方面来讲，都应该把这事放下了，你们之间总是这样闹着别扭，让女儿夹在中间也不好过。”

“怎么着，你这次回来是看望我和你娘，还是当周玉的说客来了？这倒好了，当了东家，就忘了自己的亲爹娘，胳膊肘子就开始往外拐了？别‘好了伤疤忘了疼’，想想前两年，周家是如何对待咱家，又是如何对待你的？”杨梓传气哼哼地对纯如说。

“爹，‘人无完人，金无足赤’，自古就是这么个道理，人哪有不犯错的呢？再说，此一时彼一时，既然冰羽他爹现在有和您和好的想法，您何必这么固执呢？”纯如坚持劝着父亲。

“呵呵，好啊，你这是开始教训起你爹来了？想必是平时周玉没少给你洗脑子，看眼前这光景，别说，还真把你拉了帮入了伙，让你站在了我的对立面。朝廷购买一百多万两银子的蚕丝生意让他给抢去了，我的闺女也被他拉拢、哄骗和我作上对了，想必周玉也该给我杨梓传个甜枣尝尝了，可惜，我杨某人不稀罕！”杨梓传越说越生气，忍不住要跺起脚来。

“纯如啊，快别说了，看看把你父亲气成什么样子了，快让你父亲出去消消气再说。”陈氏看见父女两人越闹越僵，连忙过来阻止纯如继续说下去，又过去推杨梓传，让他出去转一转，她想通过自己的努力，缓和一下这一把火就能点着的尴尬气氛。

“爹，您还计前嫌，不能与他和好如初那就算了，我也不再强求这事了。只是我有件更重要的事情要和您商量，希望您能心平气和地坐下来听我说一说。”

纯如一看杨梓传这恼羞成怒的样子，知道杨梓传和公爹两人之间的事情怕不是一时半会儿就能解决得了的，冰冻三尺非一日之寒，欲速则不达，操之过急更不好。眼下，还是要把此行最最打紧的事情说出来才是。

“什么事？说吧！”纯如毕竟是自己的女儿，他自己明白，他发的火也应该是对周玉去发的，和女儿其实没有太大的关系，杨梓传又看着纯如一脸认真要和他谈话的样子，缓了缓心神，重新坐了下来。

“爹，我想要联合我们整个江浙丝绸商人组织成立一个‘江浙丝绸商会’，您看行不？我想听听您的意见。”

“什么？丝绸商会？我第一个反对！反正我是不会参加！”

“那说说您的想法。”

“千百年来，无论是丝还是绸，就是各干各的，谁有能耐谁使，就是有合作也是一事一议，等事情完了，算完账，两不相欠，拍拍屁股走人。你弄个商会算什么事？难道要把大家的米都放进一口锅里去吃‘大锅饭’不成？我才不会和你们胡搅在一起，周玉这么愿意去吃，他自己去吃，别拉上我！我告诉你纯如，这么做只能是便宜了那些小门小户商家，让他们有了浑水摸鱼的机会，这生意场上历来就是大鱼吃小鱼，小鱼吃虾米。可你现在的想法是，大鱼不吃小鱼，倒要养起小鱼来，这是哪门子道理？这让大鱼怎么活？”杨梓传刚才是和纯如生气，现在听纯如说的话，又令他十分惊愕。

“爹，我知道你们老一辈子人单打独斗惯了，如您所说，我们江浙丝绸商人确实一直以来也是这么个经商的传统。可是，我们要想继续做强做大，眼界就要放得长远些。远的不说，您就拿上次朝廷评议的事来说，您和周家、高家争来争去，即使最终周家拔得了头筹，其实算下来，谁家到最后都没有得到什么好处。折腾得两败俱伤，你们各自私底下找门路、托关系，花费的大量银两，最后也都是‘羊毛出在羊身上’，被打到了货款里，所以朝廷最终也没有得到任何实惠，还可能花了一些冤枉钱。这样想来，无论对个人，还是对朝廷，这样无序的恶意竞争，对谁来讲都是没有任何好处的！”

“看来你今天不单是做了周玉的说客，也是以‘广客隆’东家的身份来和我谈话的，是不是？也好，那我也当着你的面把话说明白，你们周家拿到了评议的头筹，货款又回来了大半，到头来，‘得着便宜卖着乖’，现在到我这来，说着这些无关痛痒的风凉话，你回去告诉周玉，那也只是他一时运气好而已，别人吃你们这套，我杨梓传不吃。我已经习惯了我这活法，你去找下一家谈吧！”杨梓传气急败坏地说。

“不瞒您说，我还真找了十几家私下摸了摸底细，他们都非常同意我的提议，纷纷表示赞同成立商会。爹，成立这个商会的目的，不单是要在内部约束各个商户的行为和协调彼此间的关系，还要对外统一思想，统一行动，例如我们明年年底就有可能要到广州去竞选裁撤‘公行’之后的丝绸领袖，您想想看，我们江浙商人，哪一个能单拿得出手，真正有实力单打独斗去获得那样一个位置？想来都是没有任何胜算的，就是咱家‘兴昌隆’也是一样，去和‘广州帮’‘福建帮’比拼，无异于以卵击石。他们盘踞那里多年，利润又那般丰厚，哪肯轻易拱手相让给别人？只有我们江浙商人精诚联合起来，才有实力去和他们拼上一拼的。”

“纯如，你今天就是说出了天女下凡来，我也没有兴趣参加。你回来又是当周玉的说客，又是与我理论生意，既然根本不是回来看望你爹娘的，那你此时也就赶快回你的周家吧，从此你走你的阳关道，我走我的独木桥！”

第四十六章　曹叔论道

纯如看父亲如此固执己见，又对自己下了逐客令，没有办法，对父母叮咛一番保重身体，又放下一些银两，起身告辞了。

母亲陈氏眼看着杨梓传说着说着对纯如翻了脸，心里也没有了什么主张。女儿好不容易回来一次，屁股还没有坐热，就被杨梓传赶出了家门，做母亲的心里也十分不是滋味。陈氏虽然心里憋屈，但也强留不得女儿，纯如毕竟已是周家的人，她要坚决站在自己丈夫这一边的。

待纯如走后，杨梓传来到了曹叔这里，看见了曹叔，就长长地叹了几口气，对曹叔抱怨道："这女儿看来就是白养啊，嫁出去就和婆家穿一条裤子，忘了爹娘不说，还要和她爹来讨价还价，威逼叫板，这要是个儿子能这样吗？至少不会这般白眼狼！"

曹叔自从被杨梓传请进家里，就一直在杨家住了下来。曹叔阅历丰富加之学识过人，颇受杨梓传的欣赏和尊重。这一年多来，杨梓传已然把曹叔看作了自己的知己、自己的智囊，什么事情他都要和曹叔商量一下，听取一下曹叔的意见。曹叔身上还有一个非常明显的优点最吸引杨梓传，曹叔这样见过大世面的人，不会把钱看得太重。这样视富贵如浮云，待金钱如粪土之人，最是让杨梓传安心和踏实，这让他放下了对曹叔的所有戒备之心，这样的交往氛围也让他感觉轻松畅快。

期间曹叔几番要走，杨梓传都是硬生生地给拦了下来。他知道曹叔是清高之人，让曹叔在他这里白吃白住，曹叔是待不下去的。后来，索性他和曹叔商量，聘请曹叔做了顾问，每年给曹叔一百两银子作为薪资，曹叔虽然百般推脱，也拗不过杨梓传三番两次诚恳地请求，只能勉强先答应了下来，但在心里对杨梓传自然也是存着一份感激之情。

曹叔看见杨梓传闷闷不乐的样子，连忙问："东家，有什么不开心的事情吗？是姑奶奶回来惹你生气了？"

杨梓传将他父女间所发生的争吵都说给了曹叔听，最后还不忘恨恨地加上一句："让我和周玉合作，比登天还难！"

曹叔听完杨梓传的讲述，用手捋了捋胡须，略一沉吟，然后说道："难道东家铁了心要不参与这'江浙丝绸商会'了？"

"我想这个对咱们'兴昌隆'没有什么好处，只会便宜了'广客隆'周家及那些小家子们。很明显周家要趁此机会，收买商户，笼络人心，通过这一表面文章，暗地里要做这地方上的领袖，我等岂能眼瞅着他坐大？更别提要在这件事情上给他添柴加油了！那些小家子们当然也会是一呼百应来巴结周家，一旦日后入了商会，他们就等于找到了个踏实的靠山和保护伞，免去了我等这般大商家的挤对与打击不说，就是日后瓜分起利益来，也自会得到额外的可怜和照顾，让他们多拿去一份，我何苦要和他们来掺和？”杨梓传带着有些恨恨然的样子说。

“东家，你说得确实没错，道理呢也是那么个道理，但东家你要想想，一旦这商会真让周家带头给琢磨成了，其他商户都加入了商会，而独独我们‘兴昌隆’没有参加，到那时我们可是被整个江浙丝商给孤立起来了。江浙的丝绸商人素来有‘四象、八牛、七十二金狗’之说，虽然我杨家是其中‘一象’，可到那时毕竟是势单力孤、孤掌难鸣啊！他们到时候统一行动对我们发难，我们‘兴昌隆’绝对是难以抵挡的！”曹叔有些担心地说。

“曹叔，那难道我就要白白地遂了周玉的心愿不成，日后被他牵着鼻子走了？真要是那么做的话，我是真不甘心啊！”

“东家，这也正是我要说的第二个问题，这个商会我们不但要去参加，而且还要积极去筹划奔走，尽量走到别人家前头去摇旗呐喊。”

“曹叔，你说得我有些糊涂，难道我们真要这么帮助周玉成就一番大事？”杨梓传很是奇怪地问。

“东家，你想想，这商会成立之时，必然要选出首屈一指的会长和几个日后参议大事的副会长，如果此时我们事前不积极带头倡议发起，不让外人看到我们‘兴昌隆’在这商会筹备之时所发挥的巨大作用，到了最后商会成立要论功行赏、论资排辈的时候，就不会有人想起咱家的作用来，没人念着你的好儿，自然分起好处来也就不会有咱家的什么份儿了，你说是不是？如果争取不到这商会领导的位置，我们就会失去在商会里和整个江浙丝绸商人面前的主导权和话语权，这些大权一旦旁落，对我‘兴昌隆’是万万一点儿好处也没有的。”

“是啊！曹叔，看来我还是眼界短小了些，我怎么就没有想明白这里面还有这么多深层次的利害关系呢？”杨梓传被曹叔说得茅塞顿开。

接着杨梓传又有些顾虑地说：“只是，只是这商会的来头毕竟是周家提出倡导而来的，我这么积极响应追随，传出去，恐被乡人耻笑啊！”

“自古就是‘识时务者为俊杰’，你和周玉私下的那些嫌隙，与这个事情比起来就显得微不足道了，我们现在面临的这件事是关系到未来‘兴昌隆’能否在这行业里发展壮大起来的大事，想做大事的人就要审时度势，不能固步自封，更不能被自己画的圈子禁锢住。再说，你上次朝廷评议败给周玉之事，其实那更不算什么丢脸的事，做大事，谁人敢说都是一路顺风顺水，畅通无阻呢？淮阴侯韩信不也是受过胯下之辱吗？所以东家大可不必将在众人前的颜面看得过于重要。”

曹叔清了清嗓子，继续说道：“再有这天下，不也是合久必分、分久必合的吗？何况我们此等做生意的百姓！生意场上本来就是没有永远的朋友，也没有永远的敌人的，东家，咱没有必要去和周玉较这个真儿。商人重利、求利、得利才是根本，其他的事情和利益比起来，都是芝麻绿豆的小事。所以，东家不必与周玉那般斤斤计较。与他计较，就是与自己过不去，就是与咱‘兴昌隆’的核心利益过不去，东家，你说是不是这个道理？”

曹叔的话娓娓道来，不带着半点儿说教的态度，却让人感觉到诚恳中带着不容质疑的态度，让杨梓传听起来，也感觉没有可辩驳的地方。

“曹叔，你说得非常有道理，在商会这件事情上我听你的。可是周家在此事上已经先行了我们一步棋，我们下一步棋该如何走呢？”杨梓传向曹叔讨教道。

“我想我们应该这么办，第一步，变被动为主动。既然纯如说周玉有和你和好的意思，你莫不如借坡下驴，现在马上就派人追上纯如，顺势告诉姑奶奶，你今天一时意气用事，被气昏了头脑，现在已经改变主意，你要和周玉和好，但有个条件，那就是周玉他一定要亲自来咱家登门拜访。日后，等周玉来的时候，咱家也是要大张旗鼓地来欢迎他，当然咱家到时候也要派家人四下放出风去。让外人看来，周玉此行的目的，一是在有些事情上来和你赔礼道歉了，再就是周玉在商会这件事情上，自己做不来，只能是来求你的主意来了，也是为了请你出山组织商会事务来的。”曹叔稳稳地说。

“那第二步呢？”杨梓传听曹叔说的这第一步棋很是满意，这不但可以成了事，还挽回了自己的颜面，可谓想得圆满、周到，所以也是急切地想听曹叔的第二步是如何打算的。

“第二步呢，东家你就要趁热打铁，在周玉面前应承下来了商会之事之后，你就要试探一下在这个商会里他到底是什么样的想法，特别是商会会长等人选问题，如果有机会，也应该将你想要当会长的想法说给他听，他是主动来的咱家，士气上就比咱们差了那么一大截儿，我想你要是先入为主，他也不会好意思再说什么的。

“至于第三步，周玉走后，我们就应该马上去游说各个商户了，这是在众人面前露脸建功的时候，但我们不挑那大商大贾，费时费神不说，他们有可能还处处防备着我们，得不偿失。再有最重要的是，一旦这商会成立，占绝大多数的是那些‘七十二金狗’们，如果把这些‘金狗’拉拢到我们门下，他们自然会替咱家说话，咬的也会是周家，到时候不出意外的话，人多势众，众口铄金，这商会的会长我们也就唾手可得了。”曹叔捻着胡须胸有成竹地说。

“还有没有第四步？”

杨梓传知道曹叔是足智多谋之人，但这一年来杨家并没有发生什么大事，他平日里和曹叔也只是坐而论道，大多时候都是闲聊。此时在商会这件事情上，杨梓传真正见识到了曹叔的老辣，他心下也很骄傲，为自己的慧眼识珠得意不已。

“要说这第四步，有是有的，只是怕东家不想走！”

“我就听你的，曹叔，你就说吧。”

“第四步，就是要你必须隐忍。如若得了这个商会的会长之位，东家你必须有宽容大度之心，对周家必须采取怀柔政策，不能将他家排除在商会之外，更不能借此打击报复，我们真是要借助商会众员来借鸡生蛋，壮大自己的实力，也要图日后广州‘公行’裁撤之后的大业，这确实是一件对我江浙丝绸商户的大好事情，这也是我支持你积极加入商会的一个重要原因。还有，就是如果东家你最终没有得到这个会长的位置，我想你当个副会长还是不成问题的。即使那样你同样要隐忍不发，不可意气用事，否则的话，我们同样会被商会孤立，就偏离了我们要参加组建这个商会的目的。我们要做的就是不轻举妄动，等待好的时机再出手把这个商会会长的位置给夺回来。东家，如果你能做到这些，大事可成矣！”

“曹叔真是太公重生于世，特地来帮助我梓传的。我一定谨遵曹叔的妙计。”杨梓传兴奋地说。

“还有，东家，我们还要加强我们自身的实力，实力不济，再有什么奇谋也是无法去实施的。如果我们只是靠吃老本，靠祖宗留下的饭碗讨饭吃，这碗总有一天是会破的。就如我们曹家繁盛时一个个锦衣玉食，这棵大树一旦败落了，小猢狲连果腹都难。”曹叔继续说道，神情有些黯然。

“是啊，曹叔，你说得对啊，我也怕有只能靠吃老本过活的那么一天！但你说，曹叔，咱们这做生丝的也再没有别的办法和出路啊？”杨梓传听了曹叔的话，心里也不是滋味。

“我听说周家要走从茧到衣、从产到销的一条龙产业，这样，他家的几个链条就牢牢地捆绑在一起，一荣俱荣，一损俱损，风险也是很大的，如果火烧连营起来，也会是溃不成军，甚至可能一败涂地。”

“那曹叔你认为我们还有什么别的走法吗？”杨梓传越是听曹叔说话，越是佩服，大户人家出来的人，阅历丰富见多识广不说，就是说起这经营思路，也是头头是道。

“我想咱们走一条横线。具体怎么走，东家你自己拿主意，我只是一个建议。”曹叔眯缝起的小眼睛，并没有看杨梓传，也不知道他心里在想什么。

“横线？曹叔，你能不能再给我说明白一些，比如呢？”

“比如，我们去广州买地盖房子，挑上繁华地段建客店，建临街商铺，建高档的房子，可以租出去，也可以自用。自雍正爷实行‘摊丁入亩’的土地政策以来，咱大清国的地价一直很便宜，雍正爷那时候上等的土地每亩买下来不过三两银子，经过了这几十年的光景，现在即使乾隆盛世，也不过只有二十多两银子而已，可广州的房价却上涨了将近五倍，如果我们拿一小部分用在丝绸上面的流动资金，买地置业，那取得的利润却不是丝绸所能比的。再用所得的利润来反哺丝绸，丝绸亦可以做大做强！”

“再比如呢？”杨梓传急切地说道。

“从洋人手里买来或用丝绸换来他们那些稀奇古怪的玩意儿，然后运到内地再转手高价卖出去，诸如此类，另辟蹊径，都是我们‘兴昌隆’的发财之道！”

第四十七章　笑里藏刀

纯如刚从杨宅里走出了有一炷香的光景，就被杨梓传派来的人追上，将杨梓传不但同意和周玉和好，而且同意支持建立商会的消息告诉了纯如。纯如听见父亲在短时间内就改变了自己的主意，既有些惊奇，又十分高兴，她真是乐于见到自己的父亲和公爹周玉能够和好如初的，如果周、杨两家江浙丝绸业的两只“象”联起手来，那商会建立成功的机会就会很大了。

纯如并没有回家，她要赶在大年之前，去见另一位重量级的人物，那就是同为江浙丝绸业“四象”之一的“德胜行”的东家高尚。

纯如径直来到了高宅的大门前，向门房报上了自己的名号，看门的人连忙小跑进去通禀东家。没有多长时间，看门的人颠颠地又小跑回来，后面还紧跟着一个疾步匆匆的人，此人正是高尚。

“不知纯如东家大驾光临，有失远迎，失敬失敬啊！”高尚满面堆笑，拱手相迎。

“高东家说得是哪里话，我这临时起意来到贵府叨扰，还望见谅。”纯如向高尚道了个万福，算是还礼。

两人见面客套了一番之后，高尚将纯如请进了自己高宅深院之中，进了装修十分考究的客厅，分宾主坐了下来。

高家的下人连忙将湖州的名茶“三魁雨芽”献了上来，然后不声不响退了出去，显得极为懂礼节，想必高家平时的家教也是一丝不苟的。

“纯如东家您今天光临寒舍，想必是有事情要来教诲于我吧？”高尚倒是爽快，说话开门见山，没有绕一点儿弯子。

“高东家说得是哪里话，要说‘教诲’，也是高东家对我‘教诲’才是。我今天来，是有一件重要的事情来请高东家主张的。”纯如从容答道。

“请讲，高某人洗耳恭听。”高尚一副很畅快的样子。

“高东家，我想将我们江浙丝绸商人都联合起来，组织个‘江浙丝绸商会’，不知您意下如何？”纯如试探着问道。

“那还用说吗？如果真能将这商会筹建起来，那对于我们江浙丝绸商人来讲可真是一件大事情，就是对咱这地方上，那也是利在当代功在千秋、利国利民的好事情啊！我高某人举双手赞成，举双手赞成！纯如东家，您鞍前马后有什么需要我出力的，我高尚定当你的马前卒，勇往直前，万死不辞，一定为咱这商会的成立出十分的力气，绝对不敢掖藏半分。有什么事情，你吩咐就是了！”高尚听到了这个消息，看上去非常兴奋，情绪也一时之间变得激昂了许多。

纯如刚才在父亲那里百般解释这商会建立的好处，当时都没有打动父亲，而眼前，自己只是试探性地说了那么一嘴，没想到高尚对商会的认可程度是如此之高，理解程度是如此之深，真是让纯如感到惊讶。高尚不但如此爽快地就明确表态支持成立商会，还自告奋勇地许诺积极配合自己接下来的各项工作，这又令纯如内心里非常感动。看来平日里，一些人对高尚的评价还是有失偏颇的。

想到这里，纯如连忙对高尚说道："高东家真是既明辨是非，又大仁大义，能得到高东家的一臂之力，更是让人感激不尽，纯如在这里先谢谢您了！"

"纯如东家，就别提这'谢谢'二字了！唉，要不是你妹妹绎如在南京不知何故出走，我或许早是你杨家的姑爷了，你我二人或许早为一家人了，只可惜啊，绎如没了踪影，也把这份缘分断了。唉，不说这些让人窝火的话了，我就再说说与你们周家的关系吧，我与周老东家虽然不常往来，但我对他的为人处事也是仰慕许久。纯如东家精明干练、运筹有方，冰羽呢，也是满腹诗书、人中龙凤，你们夫妻真是相得益彰，好生让人羡慕啊！我对你们周家一家人都是钦佩之至的。正好，此时有了商会这件事，也给我提供与周家加深情谊的机缘，我能不献绵薄之力、犬马之劳嘛！"高尚很真诚地对纯如表白了一番自己的心情，就是说到和绎如的事情上，也是忍不住显出很是落寞和惋惜的样子。

"是啊，我们之前生意上都是各做各的，少有来往，今后我们要在这一个商会里共事，不单我们两家会走动得越来越亲近，就是这江浙大大小小的五百六十多家商号日后在商会里也都会彼此熟悉起来。还有，我妹妹绎如当时年龄尚小，娇惯任性，还不是太懂事的时候就出了那么一码子事，这件事情也快过去一年了，还希望高东家多多谅解。”纯如说。

“绎如的事情就不说了，说起来总是让人伤感的。商会的这件事，我不知道其他人什么意见，总之，我是乐见其成的。对大家都有好处的事情，我高尚从来都会义不容辞地去做，并且要坚决做到底，并尽量将事情做好！不知道纯如东家下一步如何打算，还有我能替你去做些什么？”

“虽说商会之事是我们周家一家提议，但众人拾柴火焰高，必然是需要大家的捧场的，在成立之前也要多多听取大家的意见，计划也才可付诸实施。我一个妇道人家，能力有限不说，就是行动起来也不是十分方便，我看，能不能请高东家帮我跑跑其他人家，看看他们都是什么意见，咱们也好过了年开春的时候把这件事情尽快敲定下来。”

“确实，管理好周家这么大个家业，也真是辛苦纯如东家了，我知道冰羽的能力也是非常强，你也应该让冰羽多多帮你料理一下。至于你刚才所说，你就放心吧，我一定尽快按你的吩咐将这件事情做好，最晚正月十五就给你回信！”

“好，高东家，那咱们就一言为定，正月十五再见。我就不在这里多叨扰了，告辞！”纯如说完，就在起身之际，不小心将钱春娇给她的锦囊从腰际间露了出来，她慌忙将锦囊又塞了回去。

她察觉高尚瞥了一眼，好像还突然间现出了一丝惊奇之色，但纯如并没有太多在意，快步离开了高宅。

高尚一直把纯如送出了大门，才返身回会客厅。

“周掌柜，你刚才都听见了？”高尚问。

“听见了，东家，我都听见了！”周璞轻手轻脚地从会客厅后面的屏风走了出来，说起话来也是带着三分的谄媚。他自从被纯如赶出了周家，就自投于高尚的门下做事。

“周家想一家独大，还想拉大家下水替她摸鱼，呵呵，东家，可您是为别人做嫁衣裳的人吗？”周璞继续说道。

“我替周家摸鱼是可以的，而且这鱼我还会给周家摸条大个的尝尝，但嫁衣裳的事，你说得没错，我确实是不会去做的，那不是我高某人的脾气秉性！”高尚哼着鼻子说。

“东家的意思是？”周璞小心翼翼地问。

“我的意思是‘骑驴看唱本，我们走着瞧’，好戏都在后头，何必心急呢？哈哈！还有，周掌柜，你在周家的盛京分号经营多年，周家就没有什么把柄落到你的手里吗？”

“有倒是有一些的，但都是一些鸡毛蒜皮、鸡飞狗跳的小事，我不知道东家所说的‘把柄’到底能是多大，我说一个，看看东家您能否用得上？”

“你说说看。”

“我大哥，哟，也就是周玉当东家的那一阵子，巴结当地的达官显贵都是经过我手操办的，说起来这也都再正常不过了，在人家地界做生意，就得结交这样一些人来照应。可是其中有一个人至今想起来我都十分奇怪。”周璞好像在努力地回忆着。

“什么人？”

“这个人姓王，是负责整个盛京丝盐的分守道道员，要说这个所谓的‘分守道’，是乾隆爷登基之后才设的，按说只是介于‘省’和‘府’之间，是省的一个派出机构而已，‘道员’这官儿也只是说大不大、说小不小的一个职位。但又不可小看这‘道员’，他不但带着兵备衔，还替朝廷监管这些关系国计民生的专属行业，督察这些行业的赋税钱粮催缴、征收和向朝廷输送。周玉对王道员格外看重，不仅逢年过节命我去慰问探望，就是平常时候，也会让我有事没事就去热络走动的。”

“你认为这里面周家和这王道员有什么见不得人的事吗？”高尚追问道。

“每次我去，只是把礼物或银票送到，没说上几句话的工夫，也就走了，并不让人讨嫌。可一来二去走动时间长了，混得眼熟了，王道员有闲暇的时候，偶尔也留我在他那里坐上那么一小会儿。”

周璞抿了一小口茶水，继续说道：“有那么一回，王道员喝了些酒，又看见我送去了厚礼，有些兴奋得过了头，问我知不知道他和我们东家周玉是什么关系，我说我不知道啊，东家吩咐我什么，我只是照办而已。他说，他是周玉的财神爷。我就奇怪了，这是哪门子财神爷啊？王道员就继续和我解释道，他每年给‘广客隆’的盛京分号省了太多的税银，你说我能不是你们东家的财神爷吗？”

“那么，你盛京的分号确实是少交税银了吗？”高尚问。

“确实。每年大概少缴纳有六成左右，大概一成给了王道员，算下来能省下五成的银两，但这些都是我平时私下猜测出来的结果，实际上是多少我也并不清楚，因为上缴税银这里，当时都是‘广客隆’的东家一人亲手操办，银两也是从总号的账房里直接支取，分号的掌柜并不经手参与。我一直以为，周玉是和刘藩台刘大人结交，这笔税银才省下来的呢！哪知道，就这么个王道员有这么大的能量，这样算来，他为盛京分号每年省下来近八千两银子的税银，这十几年的光景下来，周家就向朝廷少缴了十万多两的银子！”

“周家就单单一个盛京的分号少缴税银吗？”高尚盯着周璞问。

“应该还不止这一个地方，我认为其他地方也是有的，只是没什么证据而已。”周璞说。

“你可曾留下周家结交王道员的什么证据没有？”高尚问。

“有的。每次我送财物时候，我都私下再誊写一份，以防到年底和总柜对账的时候忘了，对不上账，到时候自已说不清楚。”周璞说。

“那就好。一会儿你拿来，我看看。”

“东家不是要在这上面做周家的文章？”周璞有些急切地问。

“呵呵，这样的好文章，放在谁的手里，能不写上一写呢？”高尚冷笑了一声，颇为神秘地说道。

“东家，这可不好吧，‘广客隆’毕竟是我的老东家，我这一转身的工夫，就撕扯老东家的是非，这传出去让我没法做人啊！再说，周玉还是我们周姓族里的哥哥，虽然出了‘五服’已经不亲了，但毕竟还是一个老祖宗的枝叶，以后我也没法子再见他和其他族人了。”周璞看见高尚要动真格的，连忙表明他不想掺和这事。

“你有情，可惜周家无义啊！你怎么给他当驴作马，到头来还不是说一脚踢开，就直接将你赶了出来？来到我这，你说我高尚待你薄吗？周家一年给你一百两银子，我答应给你三百两银子，俗话说，‘养兵千日用兵一时’，虽然你来的时日短了些，可在这生意场上关起门来，我们早已经是一家人了。再说，此时，也是你应该朝纯如发发邪火的时候了！周掌柜，你不但得掺和这事，还得往深了搅和！”高尚皮笑肉不笑地对周璞说。

“东家，你说还要让我往那‘深里搅和’是什么意思？莫不是要我，要我……”周璞用颤抖的声音问。

“你不单要把那单子都拿出来作为物证，我还要你亲自到湖州知府衙门出庭做个人证，这样人证、物证都在，我们才好去告官举报，才有最大的胜算。你下去之后还得好好回忆每次你和王道员谈话的细节，免得到了衙门前言不搭后语，白白将一本好文章写成了太监书，有头无尾的，明白吗？去吧，好好准备着。”高尚看着瞠目结舌的周璞，不无得意地对他说。那紧绷着的脸皮里，隐藏着丝丝杀机。

“哈哈，放心吧，周掌柜，你的后半辈子就交给我了，好好跟我干，我保你衣食无忧！”高尚不忘又补充了一句。

第四十八章　沉疴猛药

纯如离开高尚的宅第之后，又马不停蹄地直奔大佛寺的方向而去。这明天眼瞅着就是大年三十了，可周冰羽还没有回家的意思，看来是非得她去请他，他才肯回家吗?

可周冰羽又为什么不愿意回家呢?纯如也想不明白。周冰羽在离家之时，相比较他得病的一年之前，纯如能感觉到周冰羽对自己的态度已有了很大的好转，她甚至从周冰羽的眼神之中，看出一个丈夫对妻子流露出的柔情来了，这在以前是从来没有过的事情。

纯如也有些后悔，毕竟周冰羽大病初愈，她应该对周冰羽更多一些关心，也应该多花些时间与他在一起聊聊，毕竟周冰羽刚刚恢复了神智，还是需要有人能坐下来静静倾听他的心声的，或者，还需要让更多人能更加关注他，帮他慢慢抚平心中那刚刚愈合不久的伤口。只是她那时候实在太忙了，她顾不上留意这些，看着周冰羽已经好了，也就没想那么多。再说周冰羽自己说要去大佛寺静养一段时间，想来那也是好事，毕竟佛家清静之地，既能舒心，又能养神，对周冰羽初愈的身心都是应该有好处的。

可现在想来，是不是自己想得有些过于简单了？否则，周冰羽怎么能像和自己赌气一般不回家呢？纯如一边赶着路，一边想着这个问题。

纯如来到了大佛寺的门口，正好迎头碰见了释通和尚。

释通看见了纯如，先是一愣，继而有些激动地说："阿弥陀佛，大少奶奶，您可来了！"

"释通住持，您何出此言？难道是冰羽出了什么事情吗？"纯如急急地问。

"倒是没有出什么别的事，大少奶奶，只是他，他，唉，他这几日一直嚷着和我说要剃度出家当和尚，这真是愁人啊，你也知道，你们周家就这么一根独苗，如果他真出了家，周老东家到时候怪罪于我，我怎么和老东家解释啊？再说，就说大少奶奶您这儿，我也是无法交代啊，您说是不是？我这正不知道如何是好的时候，瞧见您来了，我可是看见救星了！"释通很为难地说出了原因，说话间已是激动得满脸通红。

"他出来好好的呢，怎么会忽然间有了这个念想？"纯如好像是在问释通，又像在自言自语。

"我也不知道为什么，前几日我们聊天的时候还好好的，并没有看出什么异样来，他还一直在说等回了家，要好好体谅你做女人的不容易，他要把家里外头的担子都扛起来，把你们家'广客隆'的生意拓展壮大，像是要有一番作为的样子。前几日，下山化缘的小沙弥回来对我说你们家好像办了什么喜事，我告诉了他，他就突然间变得沉默，一副有些抑郁的样子。"

“他在哪里？我要和他谈谈。”听到释通这样说，纯如反而变得平静了许多。

“他现在就在西边的厢房里住。你们夫妻二人说话，我就不方便陪着了。只是少奶奶，我能看得出少东家并没有真心出家的想法，他只是一时冲动而已，因为他还惦记着‘广客隆’的事情，我看你要是遂了他的心愿，也就会和你回去了，您好好劝劝他！”释通用手一指西厢房，然后转身离去。

“好的，谢谢住持。”纯如说完径直向周冰羽的住处走去。

“纯如，你怎么来了？”周冰羽有些惊愕地问。

“我就不能来吗？我今天要是不来，明天再来的话，是不是你早就成了光头和尚了？”纯如面无表情地说。

“你见释通了？释通和你说了什么？”

“他倒没说什么，只是说你要出家，让我劝劝你。可我能劝你什么，诗书你比我读得多，大道理你比我懂得多，你非要出家当和尚，我怎么能劝得动你呢？但我得来问问你，到底你是怎么想的，到时候回家，等公爹问起来，我也好和公爹有个交代。”纯如此时说话的口气，好像站在她面前的周冰羽不是她的丈夫，只是面对一个准备要当和尚的男人，然后想给他的家人捎个话、报个信而已。

“呵呵，”周冰羽冷笑了一声，“出家还能有什么理由，自古以来，出家之人无非就是看破了红尘之事而已。有的人想放下屠刀立地成佛，有的人想放下欲念，清净余生。”

“你真的看破红尘，放下欲念了吗？难道得了一场大病，初愈之后就变得大彻大悟了？”纯如还是冷冷的态度，眼睛盯着周冰羽问。

“这还用说，我，我既然决定这么做了，当然就是都放下了。”周冰羽有些勉强地说。他从纯如的话语中，真的没有听出来纯如要阻拦他出家的意思，他曾多次在脑子里想象，纯如哭哭啼啼哀求他不要出家，然后将他生拉硬拽往家走等场景。可是没有，这让他很是失落，也很是懊恼。

“我看不是如你所说的那么简单吧？我想你至少还有三点没有放下。”纯如淡淡地说。

“哪三点？”周冰羽有些惊奇地问。

“第一点，你对自己，就不曾放下过。你屡试不第之后，曾犯了失心疯；你被骗去巨额生丝之后，得了狂躁症；此番醒来后，又冒出了心结病。你既自恃清高，又妄自菲薄，既偏激冒进，又自卑懦弱，你自问一下，你可曾放下过自己？第二点，对我，你还没有放下。之前，婚姻不幸是事实，但得承认，你我都有责任。但你此番醒来，你对我有感激体贴重生之情，我对你回心转意有白头夫君之意，按理说，正应该是你我感情趁热打铁、水乳交融的时候，可你偏偏在此刻，又像个不懂事的孩子一样在怀疑、犹豫和等待，所以你才来了大佛寺。第三点，你没有放下钱春娇……”

“我没有，你不要在这里瞎说！和她一点儿关系都没有。”周冰羽听到纯如说到钱春娇，急忙打断了纯如说话，矢口否认。

“你没有？你真的没有吗？钱春娇骗了你不假，你恨她也不假，可自从你与她认识之后，在你心里就不曾将她真正放下过。被骗去那么多生丝，不可否认，确实放在谁的身上都是一个千斤沉的担子，可真至于到了把你逼得疯傻的地步了吗？你是心疼被骗去的丝不假，可那也是你对钱春娇爱恨交织、念念不忘的表现。你那天醒过来后，你以为将钱春娇打死了，我从你的眼神里看出了惊恐，也看出了你的自责和悲伤来，这说明你还对钱春娇有着说不清道不明的一种特殊感情。还有，听说钱春娇和萧武成了婚，你是不是有些怅然若失？更有些恨我从中极力将他们撮合在一起呢？周冰羽，你且说说，你真的将钱春娇放下了吗？”

听纯如在逼问自己，周冰羽无地自容地低下头去，他不再想着去和纯如争辩些什么了。他今天没有想到，纯如会和他说这么多掏心窝子的话，虽然让他听起来不舒服，感觉刺耳，又好像在用针尖猛刺他脆弱的神经，让他感觉到万般痛楚，但他知道，纯如说的话句句都切中了要害，都是他明白又不想承认的事实，今天让纯如这么一说破，自己心里倒也是轻松了不少，至少不用在纯如面前再掩饰什么了。

还有纯如说到的钱春娇，知道自己被钱春娇骗了之后，他恨她无情，恨她无义，恨她利用了自己的感情，他想把她捉住乱刀剁掉，也想把她彻底忘掉，但他只要一回想起那夜与钱春娇共度春宵、百般缠绵的情景，这一切的想法就又都化成了泡影。当他得知钱春娇和萧武成了婚，一股无法压抑的郁闷，如一团乌烟瘴气缭绕在心间，让他无法透过气来，可这些却无法对任何人言说，只能让自己来慢慢消化。确实，他在和自己赌气，也在和纯如赌气，他要出家当和尚，他也要让纯如丢了脸面，让纯如的日子也不好过，让纯如在他的这件事情上自责、内疚和痛苦一辈子。

可他万万没有想到，纯如来了之后，对他是一个听之任之、不屑一顾的态度。他以为，纯如一定会是像他病中一样，小心谨慎地伺候他，有事没事地哄他，哀求他与她回家才对，可眼前，他想的都没有发生，反而，纯如将他的内心扒了个干干净净，又毫不留情地扔在了他的面前，很痛苦！但仔细琢磨一下，此时，倒也是有几分痛快！

“该说的我都已经说完了，出不出家，主意你自己拿，我不管。还有，‘广客隆’东家这个位置，是在你有病卧床、神志不清、公爹要货款首尾不能相顾之时，我应承了下来的，你要是稀罕这个位置，你回来去坐就是了，我没有任何意见。”

纯如见周冰羽没了声响，也不再像刚才那般咄咄逼人了，她把她想说的话都说出来，感觉舒服了许多。她知道，她不说这番话，周冰羽还会无理取闹下去，他们夫妻间还会重蹈前两年彼此冷漠无情的覆辙，所以她今天必须要狠下心来，毫不留情地揭穿他，打击他，沉疴下猛药，才能达到治病救人的目的。

说到“东家”这个位置，那就是周家的当家人。周冰羽这么多年一直被称为“少东家”，实际上只是一个尊称而已，并没有什么实际的意义。他也曾在父亲离开家时做了一段代理东家，很是风光了一阵子，可最后没承想被钱春娇骗得那么惨，他知道父亲会对他很失望，因为有了这个经历，他在众人面前也抬不起头来，感觉很丢面子，所以他也就断了这个念想。可现在听纯如主动说要把“东家”这个位置让给他，让他回去做东家，他一时间的希望和豪情又死灰复燃起来，他要证明给那些瞧不起他的人和嘲笑过他的人看看，他，周冰羽，并非无能之辈，痛定思痛，只要给他东山再起的机遇，他是会做出一番大事业来的！

“好吧，那我就回去试试。”周冰羽有些吞吐地对纯如说，算是答应了纯如让他做东家的想法。

但他又有些犹豫和担心，接着又说道：“就是不知道父亲会不会答应？”

“没事。爹那里我去和他说，我想应该是没有什么问题的。”纯如看着眼前自己的丈夫，感觉真的有些可怜和心疼。

“那好，咱现在就回家去吧！”周冰羽站起来，拉着纯如的手说。

两人开门出来，正好也碰见释通住持走了过来：“少东家，你这是……”

“啊，哦，夫人来接我，明天就要过年了，我得回去了。再说，夫人非要将‘东家’之位让给我，家里面也是有一大堆的事情等着我回去处理呢。”周冰羽听见释通问，面上有些讪讪地回答。

“太好了，真是太好了！还是大少奶奶有办法，能让少东家这么快就回心转意，真是可喜可贺啊！”释通听了周冰羽的话，激动之余，恨不得再蹦上它个八丈高，他终于圆满完成了高尚交给他的任务，他明天就可以去领那余下的银两了。

“住持，这些天我家夫君在这里多有打扰了，今天来得匆忙，没带什么值钱的物件，明天我派人来给咱寺里捐上一百两银子做香火钱，也算是我们的一点儿心意。”纯如对释通说。

“哎呀，却之不恭，却之不恭啊，哈哈，那老衲就先在这里谢谢大少奶奶的美意了！阿弥陀佛，您走好，走好！”释通双手合十，口念尊号，表示对纯如十二分的感激之情，心里更是乐开了花，大家都满意就是好啊！

第四十九章　欢喜冤家

高尚拿着周璞翻出的周玉给王道员那些财物的陈年旧账，就立马出门直奔湖州知府衙门。

衙门把门的戈什哈看是高尚来了，立马就地打了个千儿，脸上堆满了笑，口里也是忙说着："高东家来了！小的给高东家请安了。"

看来把门的这个人不但认识高尚，还很熟络。

高尚并未对他多加理睬，只是从怀里掏出二两碎银子丢给他，一边说："去，进里面通禀一声李大人，就说我有要事求见。"

高尚的这个情形，就像吩咐自家的下人一般，没用半点儿客气。要知道这可是知府衙门，平常百姓想要靠近一些，把门的戈什哈也要大声斥责，并赶快轰走的。

"小的谢谢高东家，您稍等片刻，我立刻进去通禀。"把门的戈什哈一溜小跑地奔了进去。

不一会儿的工夫，又见他跑了出来，呼哧带喘地说："高，高，高东家，李，李大人说有，有请您呐！”说完之后，手伏在大门旁的石狮子上面剧烈地咳嗽了起来。高尚并没有太在意他，昂首径直走进了知府衙门。

“哎哟，高老弟，是哪股东风把你吹来了？李某有失远迎，还望海涵啊！”湖州知府李靖在衙门正堂的门口正迎接着高尚呢，话语间带着十分的客气。

“李大人，恕罪啊，这马上过年了，还来叨扰您，实在是不好意思啊！我这来得匆忙，也没来得及给您准备什么年货，这个小小的表示不成敬意，就当提前给您拜个早年了！”高尚说完，从袖子里抽出一张五百两的银票，急忙塞进了李靖的袖子里。

“高老弟，什么大人不大人的，要说我这芝麻绿豆大点儿的官，和你本家大哥两江总督高大人比起来，算个屁啊！你这也真是太客气了，咱们哥们儿之间怎能计较这些礼节！好吧，这次我也就勉强收下了，下不为例，下次可不能有这事儿了，你这是不把我当哥们儿看待啊！”

“好的，好的，大人教诲，高尚谨记在心，下次咱们再说，再说！这次我来是有个重要的事情向大人您禀报的。”

高尚虽然听见李靖对自己如此热络，但也不敢太拿大造次，他知道这都是李靖的客气话，不能太当真。李靖再不济也是这地方上的父母官，县官不如现管，大事小情上，是这地界上说一不二的土皇帝，自己一定要摆好自己的身份地位。

“你看我光顾着和你说话了，快、快进来坐下，喝杯茶再说不迟。”李靖忙把高尚让进衙内，命人把茶水奉了上来。

“李大人，我听说‘广客隆’周家在外地所设的分号，这些年来可是偷逃了不少应该向朝廷缴纳的税银啊！我想偷逃税银之事，事关朝廷钱粮税赋，国之根本，也坏了您这地方上民风商道的政绩考核，我更怕周家因偷逃税银，有朝一日犯了事，到时候朝廷也让您担一个‘监管不力、失察失职’的罪过，将大人您牵连进去，连带着吃瓜落儿，那可真是冤枉死大人您了！所以我听见了这个事，知道事体重大，就赶快将此事汇报与您，来请您个主张。”高尚对李靖说。

“高老弟，‘广客隆’真有此事？你说这事可得有证据啊！空口无凭，诬陷商家，可是要吃官司的。”李靖换了刚才哥们儿间的热络聊天口气，忽然间打起了官腔。

“我当然有证据，大人，你看看这个。”说完，高尚将周璞记的礼账单子递给了李靖。

李靖接过那单子仔细地看了看，但却没看明白是怎么回事。他抬头问高尚：“这是怎么回事？”

“李大人，这是‘广客隆’的老东家周玉主使他盛京分号当时的掌柜周璞干的，这上面记录的都是这些年周玉行贿盛京分管丝盐的王道员的礼单，这就是证据。还有，周家是不是只在盛京一处这么干，也是说不准的事，毕竟周家在全国有十几家的分号，在这一处尝到了甜头，在其他地方上照搬照做也是完全可能的。”

“高老弟，就单凭这一个礼单子说明不了什么问题的，你我谁都可以在上面随便写，随便画，但这能说是周家给王道员送的吗？到时候，就是这事真拿到台面上来，周家不承认，王道员不承认，也没有什么法子。至于你说周家通过王道员在其他处的所作所为，就更难查实了。”

“李大人，那周家在其他地界上如何，咱就不管他了，可他家在盛京这里作奸犯科之事，我不单有此物证，还有人证！周家私底下的行贿人周璞此时就在我的柜上做事，他可以当庭指证周玉是背后的主谋，是东家周玉指使他这样做的。”高尚很是自信地说。

“好，有了人证，这事情可就好办得多了。可是这行贿的事，毕竟是通过周璞之手送出去的，即使‘广客隆’的东家到时候招供了，也免不了要将周璞一起兴师问罪，有可能还得将他投进死牢……”

“那也管不了那么多了，他们都是罪有应得之人！李大人，我想应该不止将这些人投进死牢那么简单吧？是不是还应该查没‘广客隆’周家的全部财产才对？”高尚面露杀机，狠狠地说道。

“那是自然。只是王道员那里不好办啊，据我所知，这个王道员的来头可真是不简单啊，他投在皇上跟前最炙手可热的人物和珅和大人的门下，已经心甘情愿做起了和大人的干儿子好几个年头了。我们想动他，可是难上加难啊，弄不好，这可会惹祸上身啊！”李靖有些忌惮地说。

“那王道员若是不到案，这不就死无对证了吗？周家若知道这种情况，还能招供吗？”高尚想不到王道员竟然有如此大的来头和背景，想到这事情有可能要前功尽弃，忍不住有些激动了起来。

“道理是这么个道理，但王道员那里能不牵扯上就不要去牵扯他，他那里弄不好就是‘吃不了要兜着走的’，没有必要去触那个霉头。到时候我会当堂就对周家的人动大刑，不怕他不招，放心吧，谁也吃不消我那衙役的水火棍，你看那水火棍外面是木头的，实际里面塞着铁条呢，一棍子下去就让人皮开肉绽，第二棍子下去，就是不死，也得落下个半身残废，目前为止，非得挨上第三棍子才能招的人，我还没见过呢！”李靖淡淡地说。

“那就好，那就好！还是李大人英明啊！”高尚忙不迭地对李靖说。

“还有，李大人，除了我刚才和您说的这件事情之外，我还要向您禀报周家做的另外一件大逆不道的大事情，这事一旦定下来，我看周家人也是要把牢底坐穿的！”

“你且说来听听。还有，高老弟，无论什么样的事情，也得等到年后再办了，现在是来不及了！”李靖有些为难的样子。

高尚连忙把他所了解的周家做的第二件事情，夸大其词、添油加醋地说了一番，高尚一边说，李靖一边频频点头，眉头也是紧蹙着，可以看得出来，李靖很是重视这件事，有可能高尚说的这件事也涉及到李靖的切身利益了！

李靖听高尚说完，从牙缝子里挤出一句话：“这胆子也是太大了吧，在我的地面上，他周家难道想反了天不成？看我年后如何和他们家算账！”

“来得及，来得及，咱们年后新账旧账一起和周家算，让他永世不得翻身！李大人，我看时候也不早了，那我就先行一步，也得回家准备准备过年的事情了！”

“好的，高老弟，走好，走好！”李靖送高尚走出衙门口。

纯如和周冰羽两个人从大佛寺回到了周宅。

纯如将周冰羽接回家来，看着两人和美恩爱的样子，尤其是周冰羽看上去也是满面春风，志得意满，周玉和家里上下自然都是十分欢喜。

纯如将回到娘家与父亲及高尚商量商会的情形简要和周玉讲了

一遍，也把父亲与他有和好之意捎带着说了，最后将自己要把“东家”这个位置让给周冰羽的想法也说给了周玉听。

周玉听说纯如要让位给周冰羽，略微思索了一下之后，说了一番周冰羽不适合做东家的种种理由，又夸奖了纯如天生就有当家理政的头脑和能力，人又踏实肯干等溢美之词，但到最后还是爽快地答应了纯如的请求，由周冰羽来坐这“广客隆”东家的位子。

周玉有自己的想法，他对纯如近一段时间结交钱春娇，和漕帮人走得过近是有些想法的。还有，纯如毕竟是个女人家，是周家的少奶奶，总是抛头露面也不是什么好事。既然纯如把发展的章程都已经详细地规划出来了，他和纯如再竭力地辅佐周冰羽，周冰羽当这个东家也就没什么后顾之忧了。还有比较关键的一点，周冰羽是他的儿子，这和儿媳还是有区别的。

第二天就是大年三十，不单周家各个分号的掌柜的都回到总号和周玉一起来过年，今年过年周家还多了一位贵客，那就是周玉的老朋友程九信也来了。因为等过了年，纯如早先定的“广客隆”发展方向和前景就要开始正式实施了，程九信是被周玉特地请来当这个丝绸织染和刺绣方面的总顾问的，他是这方面的行家也是专家。

酒席上，大家推杯换盏，也互相道着美好的祝福，小孩子们叽叽喳喳地围坐在一起吃着年糕糖。就在大家酒酣耳热之际，大家谁也没有发现，不知什么时候没有了纯如和周冰羽的身影。

其实两人是回到了卧房里。

卧房被厚厚的棉布窗帘遮挡得严严实实，从外面看不到里面的一丝光亮。也许是刚刚都喝了一些“女儿红”，纯如和周冰羽都显得有些燥热。

“东家，这大过年的，你不去前厅再陪大家喝两盅啊？”纯如含着笑，戏谑着周冰羽说。

“好一个‘东家’二字，我喜欢听。至于陪他们喝酒嘛，那就不去了，哪如陪着我的压寨夫人惬意啊！哈哈。”

周冰羽今晚也是带着十分的兴致，刚才在酒桌之上各位掌柜一声声“东家”叫着，实在是让他感觉既舒服又过瘾。此时站在他面前的纯如，含情脉脉之中又带着一分蜜意的挑逗，这对周冰羽来说，是破天荒的事情，他还没有细细地品过这个滋味。虽说夫妻已经四年多了，可在周冰羽看来，今天好像才是两人真正的洞房花烛之夜。

“那好吧，东家，你想如何让我为你压这个‘寨’呢？”纯如装作怯生生的样子问周冰羽，而绯红的脸蛋上，早已带着十足的妩媚之色。

纯如今天的表现完全出乎周冰羽的意料，纯如说完之后，自己也有些不好意思了，变得羞涩了起来，可她越是羞涩，越发显得楚楚动人。

“现在，我想让夫人给我生个‘少东家’如何？”周冰羽听纯如这样说，已变得有些意乱情迷起来。

“由着你……”纯如娇滴滴地说完，把滚烫的小脸紧紧地贴进周冰羽的怀里。

窗外的爆竹声开始震耳欲聋起来！

此时已近午夜时分，再过一小会儿，就是大清乾隆三十六年了，家家户户都在欢天喜地地迎接着新的一年到来！

第五十章　言不由衷

正月初五这天，周玉和周冰羽、纯如夫妇分乘两辆马车往杨梓传家的方向驶去。

纯如可谓是轻车熟路，周冰羽自接亲时来过一次，这是第二次登岳父家的门儿，他差不多把杨梓传家的大门朝哪个方向开都要忘记了，想来，天下像杨梓传和周冰羽这样紧张的翁婿关系也是很少见的。

对于周玉来说，却是别有一番滋味在心头，以往他和杨梓传两人交集密切的时候，不说隔三岔五就要走动一次，那也是超不过半个月就要去彼此家里见个面的，酒则同席，卧则同榻，哥儿俩真算是莫逆的交情。可自从杨梓传偷窥夫人姜氏洗澡之后，两人从那时断了交情算起，他已经有五年没登过杨梓传的家门了。

时光在眼前这么一晃儿就过去了，脚下的路还是那条路，可是往日的那份心情早已变成现如今的五味杂陈、不可捉摸。人也都已经改变了最初的模样，变得虚弱无力，也变得更容易缅怀过去。

时光也总是如此的薄情，一边催着人往前走，一边催着你渐渐老去；一边让你得到，又一边让你失去。最后，在生命的尽头，再让你合上双眼，将这个世界彻底忘记并抛在身后。

知道周玉要来，曹叔带领着杨家上下一干人早早在大门口等候了。

杨家门旁的大树上也挂上了一大长串红红的鞭炮，看见周玉一行人的车马走得越来越近，鞭炮被人用冒着青烟的香头引燃，顿时间，“噼噼啪啪”的声音响了起来，震耳欲聋。小孩子们都是用小手使劲地儿捂住了自己耳朵，大人们也是忙躲闪着，生怕从树上落下的鞭炮崩坏了自己过年刚缝制的新褂子。

有爱看热闹的人在那里问杨家的下人：“你们家这是来了什么贵客，至于这么隆重接待吗？”

“啊，是‘广客隆’的老东家和新东家特意来找我们东家商量个大事情，没有我们东家参与，咱这地界上什么大事也成不了！”

“你们还不知道吧，‘广客隆’的新东家是我们老爷的姑爷，这大过年的要上门拜访老丈人不说，就是他要办什么大事小情的，不也得来求他老丈人的主张啊？”

“要说论这实力，‘广客隆’的实力比我们家的‘兴昌隆’差得老远了，可我们东家不是那眼窝子浅的人，再加上这里面还有自家的女儿，才这么兴师动众出来迎接的。”

就在杨家的下人们正在向看热闹的外人鼓吹杨家如何比周家强大的时候，周玉等人已经下了车，这帮人看见了，也都立马闭了嘴，变得规矩了起来。

曹叔向前几步，笑呵呵地向周玉一拱手，说：“周老东家，一路辛苦了，我们东家等候多时了，里面请，里面请！”

周玉仔细地看了看面前的老者，自己不认识，但却是连忙向曹叔回了礼。之后，由曹叔在前面带路，周玉等一干人跟着进了杨宅。

其他看热闹的人也都散了，杨家的下人们也都各负其责，回到了自己应该回到的位置。一时间，刚才热热闹闹的场面也顷刻间变得冷清了下来。

母亲陈氏拉着女儿纯如走进了内宅，说母女间的悄悄话去了。

会客厅里只剩下杨梓传、曹叔、周玉、周冰羽四人。

杨梓传虽然看见周玉进来，可是并没有从椅子上面站起来，而是面无表情地一动未动。

“梓传兄弟，今天我来呢，一是给你拜个年，二是咱哥俩多年不见了，哥哥想找你叙叙旧。”周玉先开了口。

周冰羽也是向岳父行了参拜的大礼之后，站在父亲的身后。

“大哥，你这么多年待兄弟一直是不薄啊！梓传岂敢劳你大驾，屈尊寒舍，理应我去看你才对。”杨梓传不冷不热地说。

“兄弟，以往大哥有些事情做错了，这些年每每回忆起来也是很懊悔，可也都悔之晚矣，于事无补。今天来呢，就是为我当年的糊涂当面向你道个歉，恳请得到兄弟的原谅！你我都是一个头磕在地上的兄弟，虽然往日有一些嫌隙，可我们都老了，没有多少时光能用在怄气上了。现如今，纯如、冰羽两个孩子现在的小日子也比从前甜美了许多，让我这心里面也是得到了莫大的安慰，都好起来喽，我们做大人的也不能给孩子们拖后腿不是？哈哈！”

周玉自己干笑了一声，算是打破一下这尴尬的气氛。自己既然已经来了，就是为了和好来的，但看杨梓传对自己的冷漠态度，也就索性一股脑儿地把所有的责任都揽到了自己的头上，自己先把要和好的姿态做出来，也好让杨梓传有个台阶下。

曹叔坐在一旁，心里十分糊涂，他并不知道周玉和杨梓传过往的经历，更不知道两人为何闹生分了。他看此时的场景，他判断是周玉确实做了对不起杨梓传的事情，杨梓传才有这般的态度对待周玉的。可是本来两个大人之间的事情，怎么又扯到了两个孩子身上，曹叔听不明白，他只能继续陪坐在一旁，默不作声。

周冰羽当然知道杨梓传和父亲之间怎么回事，可是看见父亲对杨梓传那低三下四的样子，甚至把所有的错儿都认在了自己的身上，而杨梓传却仍然对父亲如此傲慢无礼、漠然置之，心里当然是十分不满和气愤。只是碍于临来之时父亲对他的谆谆告诫，无论父亲和杨梓传之间发生什么事情，只能听着、看着，绝不可以乱说话，更不能鲁莽行事。他也只能是干立在那里，脸绷得紧紧的，暗地里攥紧了拳头，一声不吭。

“兄弟，这里应该是没什么外人，话不说不透，这些年来，你心里有什么想法和委屈尽可以和我说，既然你还承认我这个大哥，我也来了，就是想和兄弟重修于好的。这么多年来，每每想起旧时你我兄弟韶华时光，我心里边真不是个滋味……”周玉带着十二分的诚恳态度，近乎哀求着杨梓传，当说到伤心处，也禁不住老泪纵横，双手捂面，呜咽了起来。

杨梓传看到此处，知道自己不能再托大了，否则自己和周玉都下不了今天这个台面。何况此时还有周冰羽在场，怎么说周冰羽都是自己的姑爷，这是人家第二次登自己的家门，让周玉当着周冰羽的面这么难堪，也实在是说不过去。再说从女儿现在的情形来看，她和周冰羽的关系也已经有了很大的改观，这也是他乐见的。还有，怎么着自己都是周冰羽的岳父，是长辈，当着小辈这般使小性子，传出去也恐被人耻笑。

“大哥，莫怪兄弟无礼，看着你我兄弟眼前的光景，我实在是有些不敢相信是真的，一时之间竟然失了礼数。真想不到此时我们兄弟之间，还能抛弃这几年来的前嫌和误解，还能在我的府上这样推心置腹地聊上一聊，想来真是天意弄人。大哥，那些事都已经过去了，是你对，还是我错，咱们都不提了，不提了！”杨梓传站起身来，一边说着走到周玉的近前，一边拉起了周玉的手。而后又对周冰羽说：“冰羽，站着做什么，快坐下，坐下吧。”

周冰羽看见杨梓传对父亲的态度突然间缓和了下来，也和自己说了话，自己也就顺势坐了下来。

曹叔虽然还是不明所以，但看见梓传和周玉两人都已经亲近起来，自然也把刚才紧张的心情放松了下来。

“好，咱都不提了，这岁月如白驹过隙，难以追回，我们也都老了，未来都是年轻人的天下了！看我不也把东家的位子让了出来，先是让给纯如来坐，纯如感觉有些吃不消，又让给了冰羽来坐，终归我是不坐了，我也该享几年的清福了！”周玉见杨梓传态度有了转变，心下很是高兴，说起话来也感觉自在了一些。

“纯如不做东家啦？”杨梓传听到这个消息大感意外，上次纯如回来时候还做着呢，这年前年后就这么几天的光景，怎么能说不干就不干呢？

“哎，她不做也好，一个女儿家毕竟是不太合适，冰羽来做这个东家还是比较合适的，大哥在后面再拉扯一把，没什么问题的。”杨梓传知道自己有些失言，连忙把话又拉了回来。

“是啊，现在小两口的日子过得甜蜜着呢！咱们这当老人的看在眼里，不也是替他们十二分地高兴吗？以后，你这当岳丈的，再从中帮衬着他们小两口一下，我就更没什么可担心的了。”周玉十分兴奋而真诚地对杨梓传说。

周玉再三地说纯如和周冰羽现在的生活如何如何，也是想用这一层关系来打动杨梓传的心，毕竟，纯如和周冰羽以前不和睦的日子，此时有了这么大的改变，哪一个父亲不希望自己的女儿过得舒服畅快呢！

“那是自然的了，帮衬他们都是你我分内之事。大哥既然话都说开了，关起门来自然是一家人。年前纯如回来，我听她说要筹建这个‘江浙丝绸商会’，我听得也不是十分明白，不知大哥能不能再给我说来听听？”杨梓传试探着问，他想应该也是到了转入正题的时候了。

“其实呢，这个主张是纯如提出来的，她认为我们江浙商人应该联起手来，精诚团结共同做一些大事，而不能如从前一样各自为战，那样大家都得不到什么好处，就是以后到了广州那边去和洋人做起生意来，我们散兵游勇、势单力孤，各家也都讨不到什么便宜。我认为纯如的这个想法是对的，我也表示了支持。目前，大概的情形也就是这样，还没到具体去运作的时候，也不知道结果会是如何。”周玉回答道。

“大哥，你也知道，你我历来是靠生丝起家，现在也是单靠生丝吃饭，和绸缎一直没有搭上边，这商会的名字上有‘丝绸’

二字，是不是范围圈得有些大了？要知道，江浙两省做‘丝’和‘绸’的加起来商户不下六百家，这么多人家混杂在一起，没有一个好人管理起来是十分不容易的，非得有个德高望重的出来当这商会会长不可。否则，一旦成立了起来，群龙无首，各行其是，没有几天，这商会也只会是个摆设，有可能最终还是逃不过分崩离析的命运。”杨梓传将其中的利害关系分析给周玉听，也表示了他的担心。

“那兄弟的意思是？你有没有什么更好的办法？”周玉听杨梓传说得也是有些道理。

“我的意思是，这个事情办起来必须以我们丝业的东家为主，让做绸缎的东家随着我们来做，自愿加入，这样我们就有了主导权，也就有了这商会的领导权。只是这商会的会长到底由谁来做，不知大哥心里现在有没有合适的人选呢？”杨梓传说着说着，不经意间抛出了他最关心的问题。

“我是这么想的，丝绸，丝绸，这‘丝’和‘绸’自古以来就是不分家的。纯如年前也让我请了对织染非常精通的朋友来，日后周家也会参与到绸缎的行当中去，兄弟，你要是有这个意向，我们可以一起出股份来做，这都没有什么问题。至于以后这个商会成立了，会长这个位置嘛，你我兄弟都上了年纪了，都不适合在外面奔奔波波，更不必亲自去上阵冲锋了，冰羽是你的姑爷，也是我的儿子，都是自家人，就是以后咱们办起事情来，自然也是比别人好办得多了！我想，不如我们联起手来，就保荐冰羽来坐商会会长这个位置吧！”周玉将自己的盘算一口气都说给了杨梓传听，这也是他来的首要目的。

第五十一章　如意遂愿

杨梓传听见了周玉说的话，并没有接他的话茬，而是不经意地看了一眼曹叔。

曹叔心领神会，不慌不忙地站了起来，说：“周东家，刚才看你们老哥俩聊家常聊得实在是亲近热乎，我不便插言，可现在说起这商会的事情来，老朽还是有几句话要说的，不知当讲不当讲？”

“兄弟，这位是？”

周玉一直对对面坐着的这个老者感到疑惑，他自从进门时就想着他是谁，可怎么回忆，也想不起来杨家有过这么个人。杨梓传也一直没有给自己做过介绍，自己当然也是不方便主动去问，现在老者主动站了起来说话，周玉也想解开心中的疑惑。但不管怎么着，这老者不是杨梓传的什么亲戚，也一定是杨梓传的心腹之人，否则，今天这个场合不可能坐到这里来。

“哟，你看我这记性，大哥，我忘了介绍，这是曹叔，我们是忘年交。”杨梓传只是简单地将曹叔介绍给了周玉。

看杨梓传这么尊敬地称呼这位老者，周玉当然也得站起来，恭敬地朝老者一拱手，说："曹叔，您请讲。"

"这'丝'和'绸'确实是两者不分家，可要是没有丝，哪来的绸呢？所以说这商会还是要以丝业的商家为主。另外，至于这商会的会长位置，冰羽此刻就站在我面前，依我看来，虽然冰羽一表人才，可终究还是太年轻了些，老朽也曾听说前一年，冰羽被骗了巨额的蚕丝，损失很是惨重，这说明冰羽阅历还是尚浅了些，行起事来自然是莽撞的。恕我直言，冰羽恐难堪此等大任！咱这江浙地面丝绸巨贾的'四象'，除了咱两家不说，就是让其他两'象'也是难以信服的，更难以让那'八牛''七十二条金狗'信服！"

听到曹叔说起自己被骗的事情，周冰羽又羞又恼，这个老头真是哪壶不开提哪壶，这是周冰羽心里最让他疼的痛处。可曹叔毕竟是长者，父亲还在这里坐着，周冰羽也只能是忍着恼火，不能发作。

"那曹叔的意思是？"周玉听到曹叔说的话，心里面不禁咯噔了一下，知道来者不善，可是话说到了这个份上，也不得不继续说下去。

"我的意思是，我们两家还是联手保荐我们东家杨梓传才不失为万全之策！"曹叔朗声地答道。

曹叔接着又说道："既然我们想做大事，就得抛开个人私利与门户之争，选出一位真正能带领江浙丝绸商人走出去的当家人，我看我们东家才是最合适的人选。"

周玉听曹叔这么说，明白了曹叔此时就是杨梓传的代言人，杨梓传不方便说出的话，都让曹叔给说了。关于这"江浙丝绸商会"

成立以后会长谁来做的话题，如果再继续谈下去的话，势必大家都要僵在这里，最后闹个不欢而散。

周玉想到这里，站起身来对曹叔说："曹叔说得确实是有道理，刚才是我想得太简单、太莽撞了。"

他又转而对杨梓传说："如果兄弟不辞劳苦，想在这日后成立的商会里担待得更多，那我一定是要支持兄弟的。都是一家人，谁来做还不是一回事，图的都是一个办起事情来方便。只是这商会会长的位置，到时候非得是大家公推出来才成，否则的话，确实如曹叔所言不能服众的。我怕的是觊觎此位之人，是大有人在啊，既然兄弟有意坐此位置，还望早做打算！"

"大哥，我还哪能有如此心思做什么会长啊？确实如曹叔所言，我怕的就是冰羽太年轻，万一这做了会长，压不住阵脚，会惹来麻烦的。大哥，你没有再出山当这个会长的意愿，我也只能是勉为其难去做一做。再说了，等到了一定火候，冰羽也确立了自己的威望和地位，我再让给他来坐。其他人能不能支持我，这个现在看来也是不好说，也只能是听天由命的事了，支持更好，不支持也无所谓了。"杨梓传见周玉已经不再坚持举荐冰羽，转而表态支持自己，心情自然大悦，说起话来也是侃侃而谈。

"还是兄弟想得周全。那我们就等过了年后，再具体商议一下这个事。我就先告辞了。"周玉说。

"大哥，这大过年的，来到兄弟处，怎么着也要吃过酒食再走！"杨梓传站起身来假意阻拦。

"不了，家里面还有事，改日再来叨扰。"周玉起身离座，和周冰羽告辞出来。纯如也和母亲聊完了家常，和二人会合一处，一同出了杨宅。

“冰冻三尺非一日之寒。”周玉知道，虽然杨梓传和他表面上又开始称兄道弟了，但彼此心里的芥蒂还是存在的，心里的疙瘩都还没有完全解开，今天，只是各自都向前迈出了一步而已。杨梓传虽然挽留自己，但要是真和杨梓传喝起酒来，也没什么知心话可说，有可能变得更加尴尬。再说，周玉今天来的心愿并没有完全达成，心情也不很畅快。

杨梓传的想法其实和周玉有几分相似，唯一不同的是，今天这些事情都是遂了他的心愿的，周玉亲自登门拜访，来找他杨梓传商量商会成立事宜的消息，现在应该是已经在大街小巷之中广泛传播开来，周玉当着面又公开表达了支持自己的想法，这更是意料之外的事情。杨梓传想，千万要见好就收，不能再和周玉理论下去，否则再要扯出其他的枝蔓来，就得不偿失了，所以，他也只是稍稍意思了一下，见周玉去意已决，正合他的心意，也就不再挽留。

等周玉走后，曹叔对杨梓传说：“东家，通过我刚才的观察，这个人应该还是不错的。你们之前有一些误会和磕磕绊绊，事情已经过去很长时间了，东家也应该摒弃前嫌才对，合起力来，才能把事业做得更大。周家的儿子是你的姑爷，一个女婿半个儿。再说，不看姑爷，还得看女儿，女儿是你亲生的，这里里外外说起来都是一家人，日后有个大事小情来，怎么着都是比外人可以依靠。”

曹叔出自于名门望族，又饱读诗书，虽有清高之气，但自带着一股天生的大家风范。他不但耿直忠诚，也带着悲天悯人之心。他见过宦海沉浮，妻离子散，也经历过琼楼盛景的衰落凋敝，他饱受过世间的人情冷暖，也见证过家族的荣辱兴衰、风雨沧桑。他的经历，是一部人生的曲折传奇，所以他对亲情和人情世故有更深刻的体会和领悟。

杨梓传听曹叔说完，并没有说话。他刚才在送周玉三人出门时，看见女儿纯如和周冰羽一副幸福快活的模样，他心中一动，到今日纯如能和周冰羽婚姻美满恩爱，是自己没有想到的，作为一个父亲，是打心眼里为他们高兴的。只是有这生意上的百般牵扯和纠缠，还有往日旧事的痛处一时之间难以消除，他不但和周玉闹得不可开交，就是和周冰羽——自己的姑爷也没有了平常人家翁婿之间的情分。他也希望享受女贤婿孝的天伦之乐，可他也舍不得、放不下眼前的名利荣华，这是横亘在他们亲情之间的一条鸿沟，在杨梓传看来，至少目前是无法跨越过去的。“同行是冤家”，如果他和周玉、周冰羽不是同行该有多好，杨梓传在心里默想着。

曹叔见杨梓传没有说话，只是有些踌躇状态，接着说道：“成立了这‘江浙丝绸商会’，不管谁坐上这会长的位置，周家都是一股不容小觑的力量，想成大事，就得有容人之量。要说起来，对于东家的这些话，不该我说，也轮不到我说。但我既然认可你为我的东家，我就有责任说给你听，不说是我的过错，听不听有你的道理。我看周东家有想让儿子当上这个会长之意，刚才我也是出于公心，也出于对东家的私心，把周东家后面想说的话给顶了回去。但东家，你还真得有个万全之策，关于这会长的位置，虽然我们的主张是游说那‘七十二条金狗’，可他们毕竟还是小户，到了关键时刻，他们都会见风使舵，墙头草顺风倒，真正起到决定作用的还是‘四象’‘八牛’这十二家，你看看还有哪些是你强劲的竞争对手？我们好做到心中有数。”

杨梓传刚才虽然没有吱声，但他一直都在认真地听曹叔说，因为他知道，就曹叔的出身、经历和德行，说的这一大番话，都是真心为了他好，完全出自于真心实意，这也是他能信赖和依靠曹叔的原因。关于如何对待周家，他此刻的心情确实是矛盾的，但纠结归纠结，他怎么着也是要坐上这商会的会长之后，再做下一步的具体打算，眼前是不能因为周玉的一次登门拜访和几句兄弟间的好话，就将这要到手的会长位置拱手相让的，那也太小看了他杨梓传。

至于曹叔说到其他家的竞争对手，杨梓传认为这个问题，他确实是没有想周全。至少，他这几次的商议、布置当中，矛头一直是对着周玉去的，却忘了还有另外一个强劲的对手，也是死对头，那就是“德胜行”的东家高尚。高尚自有高尚的优势，堂姐慧贤皇贵妃，堂哥是两江总督高晋，他还有最大的一个资本，那就是年轻，又在江湖上历练多年，外面颇有“经验老到”的评价，加之他修的“百善堂”也给高尚添上了不少形象分，让他赢得了一个善人的好名声。

杨梓传知道，对谁不重视，也不能对高尚不重视。因为，高尚这种人你不去招惹他，他也会主动来找你的麻烦的。可是，自从和高尚闹掰之后，虽说当初高尚没有分给他从周家骗来的丝，但高尚也还是退还给了他那五万两的银子。自己派楚秋要火烧高家的大库，却也阴差阳错没有烧成。这些想来都是公平的，谁也没有吃亏，也没有明面上的深仇大恨，但从此却注定没有了往来。现如今，如何防备高尚再次在后面捣鬼，或主动出击去打击一下高尚，他却是没有任何主意的。

“东家心里面是不是还有什么人让你有顾虑？”曹叔见杨梓传

任凭自己怎么说话，都只是在那里保持沉默，他知道杨梓传一边在听，一边在想事，并不是故意冷落他，他也就再次主动发问。

“曹叔，你这些话都说到我心里去了，可这最后让我顾虑的人，我还没想出什么头绪来应付。”杨梓传抬头眼望天棚，长出了一口气，好像在喃喃自语。

“无论什么事，什么人，我们只要先给他一个判断，就好行事了。例如，我看周东家虽说有着生意人的精明，但我看来，他人本质上是不坏的，那好，我们就按着他是善良人来对待。反之，如果对方已经坏到骨头都冒了水，无可救药，那也好，我们就让他一败涂地，永世不得翻身！”

曹叔脸上带着自信的微笑，可说出的话来，让人听了冷森森的，杨梓传听了也是有些心有余悸。

第五十二章　黄雀在后

周玉和周冰羽回到了家中之后，父子二人来到客厅里，商量着刚才去杨梓传家的事情。

“爹，我看杨梓传他是欺人太甚，您亲自去拜访他，已经给了他十足的面子，可他真是给脸不要脸。他事先是知道咱们要去的，可他连大门都没出，这也就罢了，可您进得厅去，看看他那牛哄哄的样子，一副爱搭不理的样子，我看他那副德行，当场真想上去揍上他几拳。”周冰羽到现在回想起杨梓传对待自己父亲的态度仍然感觉愤愤不平。

“儿子啊，这就是你不对了，杨梓传毕竟是你的岳父，他是长辈，他无论对我做什么，都和你没有干系，我们老一辈之间的事，你不要掺和进来。再说，他怎么说都是纯如的父亲，现在无论怎样，以后这亲戚总是要走动的，你要明白这个道理，以免再伤了和气，怨气越结越是个疙瘩，这疙瘩越大，也就越难解开。”周玉解劝着周冰羽。

“我把他当岳父，他把我当姑爷了吗？爹，您看出他的野心有多大了吧？他分明就是想当这个商会的会长，扭捏作态了一阵子，把弓拉满了，让那个叫曹叔的老头来给他放箭。这一箭放得可好，把我说得一无是处，顺带着又将我嘲讽奚落了一番，到最后也把您拉下了水，不得不顺情替他们说好话！爹，当初去之前，我就劝阻您不要去，您看，是不是被我说中了，自讨无趣不说，还正中了他们的下怀。”周冰羽越说越生气，说完了杨梓传，他也对周玉轻率地领着他和纯如去杨梓传处颇有微词。

“儿子，不要说傻话，我们去，自然有我们的目的！此番回来，我们的目的已经达到了大半，至少我捕捉到了三点信息，而这三点信息，对于我们来讲都是至关重要的。”自从周冰羽那场大病好了之后，周玉已大改从前动不动就对儿子发火的坏脾气，变得对儿子异常地慈爱和有耐心了。

看周冰羽瞪大眼睛看着自己，好像要探究答案的样子，周玉继续说：“第一点，现在看来，你的岳父是一定要争抢做这商会的会长了，如果我们也想做，就还会和他发生正面冲突，如果这样的事情发生了，我们如何应付？到头来后果会怎样？我们知道了这一点，此刻你至少就要做好心理上及其他方面的准备。”

“第二点呢？”周冰羽听见父亲还是支持自己去竞争会长之位的，又来了精神，忙不迭地问。

“第二点，我和你岳父之间，虽说到目前还是互有嫌隙，但这事情经年累月，本来就不是一时半会儿能解得开的事，但这次我们都试探性地向前迈出了这么一步，已经很不容易，我看彼此冰释前嫌也是早晚的事，所以你也要耐下心来，静观其变，即使这次竞选输给了你岳父，你也要沉得住气，不可轻举妄动。毕竟，他是你岳父，总比别人来坐这会长的位置要强得多。”

周玉见周冰羽没有吭声，就继续接着说：“至于这第三点，我也能从你岳父的一些举动中看得出来，他对于你和纯如现在的感情状态还是很高兴的，女儿高兴了，他当爹的也就舒服了。你也知道，他没有亲生儿子，有一个亲闺女绎如远走高飞，一个养子楚秋又不知所踪，以后你就是他的依靠，别看他现在脸黑嘴硬，等他走不动爬不动，自然而然会主动找到你的头上来。虽说咱家也算是家大业大，不会觊觎他那金山银山，可到了最后，他能留给谁，还不是留给你吗？”

周玉说这么多，无非是不想打击周冰羽，鼓励他往前冲一冲。再有就是要告诉周冰羽，杨梓传在这会长的问题上不会轻易退让，更不会拱手让给周冰羽，他怕周冰羽因此衔恨杨梓传，到时候真的非要和杨梓传争个你长我短出来，他也怕儿子吃亏，更怕周冰羽接受不了败选事实，弄不好还要生出许多是非来。

“爹，您这后两点说的都是未来的事，没有发生，谁也不知道最终会是个什么样子，现在想也没什么益处。我认为还是您说的第一点才是目前最打紧的事，您如何打算呢？”周冰羽听父亲开头说的还算是正题，可听到后来，都是些和自己无关紧要或者虚无缥缈的事情，也就没什么兴趣听下去了。

“你是东家，我想听听你的意见。”父亲周玉反问道。

“兵来将挡，水来土掩，既然杨梓传要和咱们争抢这商会的会长，咱们也不能坐以待毙，更不能让他白白拿走这会长的位置坐到他的屁股底下。毕竟这成立商会的想法和倡议，是我们周家提出来的，去找他，无非就是想和他打声招呼而已。他现在反客为主，我们只有和他去拼个你死我活，他现在就是我的眼中钉、肉中刺，有他没我，有我没他。”周冰羽说得非常铿锵有力，明显有和杨梓传水火不容的架势。

“你岳父这回找了一个有德行的高人来给他做参谋，我看曹叔这人生得仙风道骨、慈眉善目不说，就是在那神态里也有一种悲天悯人、嫉恶如仇的正义之气和大家风范。虽说他说你的那些话不中听，但说的也都是事实，是各为其主的忠厚本意，没什么大不了的。俗话说，‘近朱者赤，近墨者黑’，有曹叔这样既有大智慧，又有大志向的人来辅佐，我想，你岳父未来会有大改变的。我还是那句话，你该准备的，你准备好，但不可再和你岳父闹什么生分，更不可一时意气用事。”

周冰羽正待辩解什么，可在这时候，听到厅门“吱”的一声被推开了，抬头一看是纯如闪身进了来。

“你怎么来了，我正和爹商量事情，你先回避一下。”周冰羽对纯如说。

纯如笑呵呵对周玉说：“爹，你说我用回避吗？”

周玉有些尴尬地说：“都是自家人，回避什么，来，纯如，你坐下，正好也听听你的意见。”

“我在外面正好路过，听到冰羽说得字正腔圆，义愤填膺的，忍不住就停下听了那么几嘴，本来也不想进来掺和，但是我听冰羽说我父亲说得越来越激动，我想我还是来发表一下我的意见为好。”纯如面带微笑，看起来她并没有因为周家父子二人在这里背后谈论自己的父亲而恼火，而是带着一股轻松调侃的味道。

“是啊，是啊，你就是不进来，我还是想让冰羽一会儿回到房间里，问一下你的意见呢，正好都在，我们就讨论讨论，大家都说一说。”周玉忙替儿子打着圆场。

“爹，您刚才说的有些话，我佩服。当然不是因为我是他的女儿，就替我父亲说话，你们现在重新和好的势头实属来之不易，彼此都应好好珍惜才对。还有冰羽想当商会会长这件事，我看确实也是有些操之过急，毕竟商会还没有建立起来呢。再说，冰羽和我父亲比起来，确实也少了很多经验和在业界的威望。”

“纯如，你说这话，我就不爱听，你这分明是胳膊肘子往外拐。我是你丈夫，你是杨家已经嫁出来的闺女，这还没怎么着呢，就想替你爹先上咱家来扯上口袋啦？”周冰羽气呼呼地说。

“纯如说的是有道理的，确实你在那些方面欠缺了些。”周玉怕周冰羽再说出来什么难听的话，也是马上附和着纯如说道。

“冰羽，我可是对公不对私，你们两个背着抱着一边沉，我谁也不偏袒。你也听我说完，要说起来，就算我娘家爹也不适合当这个会长！”

“啊？”

周玉和周冰羽听到纯如的话，都很是惊诧。

“那纯如你有更合适的人选？”周玉问。

“爹，我认为‘德胜行’的东家高尚适合。”纯如淡定地说。

“不行，不行，他可不行。你看错人了。”周玉听纯如说后，连连摇头，表示反对。

“亏你想得出来，这种唯利是图、卑鄙下作的小人他也配当会长？市井当中的百姓不知道他什么样的为人也就算了，可从你口中说出来，可真是让人觉得是个笑话。看来父亲让你当了那么两天的东家之后，美得你都不知道姓什么了！”周冰羽听见纯如说要推荐高尚，气得个半死。

“呵呵，我是这么想的，我和爹提议建立这商会的初衷，就是为了我们江浙丝绸商人能抱团取暖，可现在的情况是，这商会还没怎么成个模样呢，大家就都开始琢磨如何能争抢到这会长的位置了。如果照这个样子下去，势必又会引起许多是非来，闹不好，大家都会不太平。我正因为知道高尚是什么人，我才说要推荐他来做这个会长，否则，他不但得找我父亲的麻烦，他也会找咱们周家的麻烦。”纯如对周冰羽的奚落一笑而过，认真地向父子二人解释着。

“可让高尚这样的人当上了会长的话，那以后这商会不得让他闹腾得乌烟瘴气啊？一旦他还是平常的德行，偷奸耍滑，爱走偏门，会员与商会离心离德不说，一旦闹出什么样的龌龊事来，那烂摊子不同样难以收拾吗？”周玉紧张地说。

“这个我预料到了，我想，商会毕竟不是他一个人的商会，有那么多会员，有那么多双眼睛盯着他呢。除了会长，还有副会长，一旦他要瞎决策，这些人也会对他进行警告制约，再不行，我们可以和众人一起将他换掉，做到让他心服口服，他以后也就兴不起什么风浪来了。还有，我这两天心里总是慌慌的，总是感觉家里要有什么事情发生似的。”

“纯如，你有什么样的不好预感，且说来听听。”周玉闻听纯如这样说，十分关心。

“爹，冰羽，我自从上次去‘德胜行’高家之后，虽然高尚是满口答应支持我们成立商会这件事，可他越是这样爽快，我这心里面也就越没了底儿，毕竟他的为人，我们是了解的。再加上我听你们说起我娘家父亲，也是如此跃跃欲试地要坐这会长的位置，我更担心了，害怕高尚在此事情上大作文章，背后对我们两家下黑手，做出对我们不利的事情来。”纯如说出了自己的忧虑。

“难道就因为害怕他，我们就这么轻易地放弃商会会长的位置？他会使坏，我们也会使。俗话说‘先下手为强，后下手遭殃’，不等他来惹我们麻烦，我们先出手，先让他来个人仰马翻，也让他知道我们不是好欺负的。”周冰羽说。

“那你有什么好策略吗？”纯如问。

“暂且没有，但我相信我一定会想出来的。他要是真惹恼了我，我就去找他拼命，无非就是来个鱼死网破。”周冰羽固执地说。

“你不要在这里说傻话，这样糊涂的想法，亏你想得出来！”周玉听周冰羽说得有些离谱，连忙制止了周冰羽继续说下去，转而又对纯如说，“纯如，你分析的我认为很对，对于高尚这样的人我们是不得不防啊。可是，我已经答应了你父亲，举荐他来坐这个会长的位置，如今再让我们去举荐高尚，我怕你父亲会对我有想法啊！”

“这个您放心，我会再回去一趟和他解释清楚的。”纯如说。

“嗯，那就好。”周玉说。

周冰羽在一旁则是一副嗤之以鼻的样子，对父亲和纯如说的话不以为然，有些赌气地说：“父亲，现在我是‘广客隆’的东家，在这件事情上，我有我的主张，我还是坚持我的想法，这会长的位置，不管和谁争，我都得去争！”

“你这孩子，一点儿也不成熟，我刚才和你说什么了，不能轻举妄动……”

正待周玉要再批评周冰羽两句的时候，突然，赵管家急慌慌地跑进了来，气喘吁吁地说：“老爷，前门里来了十几个自称是湖州府办差的人，他们指名道姓要找您。”

第五十三章　无妄之灾

周玉听闻赵管家说完，倒吸了一口凉气。今天是大年初五，这大过年的，官府的人上自家里来做什么?

周冰羽拉住周玉，说："爹，我看他们来是黄鼠狼给鸡拜年，应该没什么好事，你且躲一躲，我先出去看个究竟。"

"冰羽，是福不是祸，是祸躲不过，躲得过了初一，躲不过十五，我还是出去看看。"说完，周玉转身出了会客厅，往前门厅走去。

纯如也不好说什么，只好和周冰羽尾随在周玉之后，心中不免七上八下敲起了鼓。

前门厅里站着十几个衙役，一个个神情冷峻严肃，目不斜视，脸上都像挂了一层冰霜，一点儿笑模样也没有，都像别人欠他们债似的。

为首的一人见周玉走了过来，一抱拳对周玉说："周东家，不好意思，这大过年的，上家来打扰你，多有得罪啊，哈哈。"

周玉定眼一看，原来认识，这不是湖州知府衙门里的安捕头吗？他也忙上前一步，拱手施礼道：“不知道安大人和兄弟们大驾光临，有失远迎啊，快进屋，屋里说话，喝几杯热茶。”

“不必了。兄弟实属公务在身，有诸多不便。今天兄弟来，主要是知府李大人要请周东家到衙门里走一趟，这大过年的，还望周东家多多包涵。”安捕头因为和周玉平常是认识的，说起话来也显得极为客气。

“安大人，方便透露一下我此行的目的吗？”周玉试探地问。

周玉知道安捕头话里这“请”字的深层含义，这眼前的架势，哪是什么请啊？分明就是带着衙役拘捕自己来了，只是因为平日里和安捕头有点头之交，所以安捕头也是给自己在家人和外人面前留了面子，才说得如此委婉客气的。可周玉想知道，自己到底犯了什么罪呢？这么不明不白被带走，自己糊涂不说，传出去，也恐被人误解猜疑啊。

“周东家，这个，恕兄弟无可奉告！到了知府衙门，见了知府大人自然就有分晓，你在这里暂且就不要打探虚实了，还是准备一下，随我们走吧。”安捕头不软不硬地把周玉要探听消息的口风给挡了回来。

周玉见状，知是来者不善，但也不好再说什么，心里不免忐忑不安。临走，想叮咛儿子周冰羽几句话，可也不知道说些什么，欲言又止，也只好作罢。他吩咐赵管家道：“去给来的各位兄弟们拿些银两，当个茶水钱。”

赵管家忙不迭从怀里掏出十几个银子，每个约莫着有一两，分发给了那些衙役们。

纯如知道，这大过年的，周玉被这些衙役如此急迫地带走，怕是凶多吉少，一时之间是有去无回，她忙吩咐下人们，给周玉找来了一些新的、保暖的衣裳，又对周玉说："爹，家里有我和冰羽照看，您放心。今晚您若在知府大人那里住下了，明早我就和冰羽接您回来。"

周玉微微点了点头，并没有说话，他知道这是纯如在安慰他。

纯如又转而私下对安捕头小声说："安大人，还望您能在路上多照顾一下我家公爹，就是纵使到了知府衙门里，也拜托您内外周旋，山不转水转，民女在这里谢过大人了。"

"好的，好的，你放心。再说，我和周东家往日都是老相识了，照顾那是自然的。"安捕头见纯如这么说，倒是很爽快地就答应了下来。

周冰羽也看似要对父亲说点什么，但哽咽了几下，终究是没有说出来。

安捕头说完之后，对和他一起来的衙役一挥手，喊了一声："我们走！"那些衙役听了，把周玉裹挟在他们中间，走出了大门。

纯如和周冰羽不放心，也忙跟着出了大门，看见那些人走了一会儿，停了下来，在火把照亮之下，安捕头命人给周玉戴上了木枷戒具，当了犯人一般给押送走了。

"这帮王八蛋，刚才还人模狗样的，刚转过身去，就变了颜色。真是变脸比翻书都要快！"周冰羽恨恨地说。

"安捕头还是给了咱家面子的，要是真黑下脸来，当作不认识爹，在咱家这大门里，就得给咱爹戴上了。现在也不是说这个的时候，我们得知道，到底爹是犯了什么罪过，连这大年十五都没过，就给带到知府衙门里去了。今天天色已晚，明天一早就要去知府衙门，我们还得先去找这个安捕头，他一定是知道内幕消息的，刚才他也是看人太多，不便说明。”纯如一边安慰着周冰羽，一边自言自语地说。

周冰羽听了纯如的话，也不再说什么，他现在知道，一些大事上，他确实不如纯如冷静和沉着。

“不行，我看咱们两个现在就得动身，远远地跟上安捕头他们。否则明天一早出发，我们即使找得上安捕头，但想和他再说上话就难了，他也不一定有好时机方便搭理上我们。正好，今晚借刚才客气的机会，趁热打铁，我们找到他，和他私下聊上一聊，心里好有个底。否则，我们今晚睡觉也不踏实。”纯如突然之间又改变了主意。

周冰羽此时已经完全没有什么自己的主张，又觉得纯如的话也是十分有道理，忙急三火四地准备车马。纯如告诉赵管家准备好银两，以备不时之需。

一时间，准备妥当，两人坐上了马车，随着安捕头走的方向远远跟随而去。

夜色越来越浓，一轮弯月斜挂在空中，朦朦胧胧的，好像一把利刃弯刀挂在天公的腰间，一个不小心，就会跌落在人的头顶上一样。道路两旁的树木，随着马车的前进，也在后退倒伏下去，影影绰绰之中，几只猫头鹰如鬼魅般的眼睛发着幽暗的绿光，一闪而过。

周冰羽和纯如两个人坐在车上，都冻得瑟瑟发抖，两人嘴里呼出的白气，连同马奔跑时呼出的白气都缭绕在身边，然后慢慢散去，两人的身上、头发和眉毛上都挂上了白霜。在这空旷的道路上，只有沉闷的马蹄声和车轮转动摩擦地面发出的“吱呀”声，显得那么的单调和寂寥，让人恹恹欲睡，又猛然被路途上突然出现的颠簸惊醒。

安捕头回到知府衙门里，将周玉押解到衙门里一处临时安置犯人的房间，叮嘱了一番看守的衙役之后，就来到衙门的大堂找知府李靖，他知道李知府此时一定是还没有回家，一定是在等着他交差呢。

“大人，我将‘广客隆’的东家押解回来了，放在了咱衙门后院的一处房里，严加看管了起来。”安捕头见了李靖的面说。

“他有没有什么激烈的反应？”李靖眯缝着眼睛问。

“大人，就卑职看来，周玉好像对于自己犯了什么罪过并不知情，从进他们家门起，他也没什么太过激的反应，反倒是很配合的样子。”安捕头说。

“呵呵，大难临头，能泰然自若，不失东家风度，也是让人佩服。只是不知道这明天衙门的大堂之上，吃了几棍子之后，还能不能保持住这个气节！”李靖恶狠狠地说。

“卑职不明白，周玉到底所犯何罪，让大人如此挂怀，这大年初五没过，就将他拘来拿问？”安捕头小心翼翼地试探着问李靖。

“明日堂上自见分晓，你先下去吧。”李靖故作神秘地说，看来他此时并不想让安捕头问过多的情况。

安捕头见知府大人不说，官大一级压死人，不能自讨无趣，也不便再问，连忙告辞出来，往自己家的方向走。

安捕头刚走到了自家的大门口，听见后面有急促的脚步声，而且声音越来越近，他转身喝道："你们是什么人？敢跟踪本捕头，真是吃了熊心豹子胆！"

"安大人，莫怪。我们是'广客隆'东家周玉的家人，刚才我们还见过面。"纯如听见安捕头的喝问，连忙答道。

"哦，你们怎么跟了上来？"安捕头仔细一看是纯如和周冰羽二人，先是一愣。

纯如并没有立即回答安捕头的问话，转而说道："安大人，到了您府第的大门口，能不能让我们先讨杯茶喝？"

"好吧，随我进来。"安捕头听了纯如这话，也是无法拒绝。

安捕头带冰羽和纯如进得客厅里，安排他们二人落了座。

"安大人，冒昧跟踪来访，请您恕罪。我们只是心急，不知道我家公爹到底犯了什么罪过？至于让安大人如此急急地拿问？"纯如不等安捕头再说什么，而是直接说明了来意。

"说句实在话，我真的是不知道。刚才我还想和知府大人私下探听一下，可是李大人也没有告诉我实情，说等到明天到了堂上自见分晓。现在看来，你家公爹的事情是不小啊！"安捕头面无表情，又有些无可奈何地答道。说完之后，打了个哈欠，好像是有些疲倦了的样子。

"这事让安大人费心了。"纯如一边说着，一边将一百两的部文银送到了安捕头的手中。

"这，这不好吧？"安捕头看见纯如给他这么多的银两，非常地惊讶。

"安大人，从进我们的家门起，您就没有为难过我公爹毫厘，作为家人我们心里明白，也感激着呢，只是当时碍于人多嘴杂，没有过多的表示。这是我们家人的一片心意，您就快收下吧。”纯如非常诚恳地说。

安捕头握着手里温润的银两，真是有些爱不释手，不忍放下。他之前也曾私下收过一些犯人家属的银两，却从不曾收过如此成色、如此厚重的。和做生意的真是比不了啊，出手如此大方阔绰，面前的这个小妇人也是如此机灵慷慨！

安捕头一边想着，一边连忙说："其实我和周老东家先前也是认识的，虽然是君子之交淡如水，但彼此的情分都是有的，我做的那些都是举手之劳之事，不足挂齿。这次去你们家，也实属公务在身，万般无奈，也推诿不开，但想想，我去，总是比别人去能对老东家客气一些的。这件事，我现在也帮不上什么忙，也只能是等到明天到了衙门的大堂之上，我也才能探听得消息出来。但我保证，一旦我得到些什么风吹草动的消息，一准儿第一时间告知你们。"

纯如见安捕头确实是不知情，也只好作罢。她见安捕头答应得也是随和诚挚，看来也只能是等到明天公爹周玉上了大堂之后，才能见到分晓。她忙起身离座，弯腰施礼道："那就先谢谢安大人了。这个事，以后少不得前前后后要麻烦安大人，我们家人也是知恩必报之人，一定不能让安大人徒增烦恼！"

"好说，好说。"安捕头随口应承着。

纯如和周冰羽从安捕头这里告辞出来，到知府衙门附近找了一家客栈住了下来。

"纯如，不是我说你，你和他一个捕头打探打探消息也就算了，还给他什么银子啊！你这还给他留了口风，这人情弄得越来越大。我们莫不如把银子送到知府大人那里去，不是要比送给他一个小小的捕头强。”周冰羽有些埋怨纯如，他不是太心疼银子，而是有些瞧不起安捕头，嫌他的官太小。

“冰羽，你没听说过‘县官不如现管’这句话吗？现在咱爹在安捕头手上，他能给行个方便，咱爹就能少遭点儿罪，就是到了大堂之上，也会少些皮肉之苦。再有，现在我们没有摸清知府李大人的虚实，还不知道他的葫芦里卖的什么药，我们要是去找到他，说不定还会起了副作用。谁知道是不是我们的哪个对头，在后面给李大人这张弓装了毒箭，然后借着李大人这张弓往咱身上射冷箭呢？如果那样的话，我们更不能去自讨没趣，甚至有可能被李大人安上一个‘贿赂朝廷命官，帮助家人逃脱罪责’的罪名，到那时候咱们就百口莫辩了。”

第五十四章　血洒公堂

周玉被关进了这阴冷潮湿的房子里，虽然不似大牢里那般肮脏污秽，可也只有一堆湿漉漉的柴草铺在地上。周玉明白，这里就是他过夜当床板的地方了。

他围着这堆柴草心烦意乱地转圈圈儿，思来想去，也想不明白自己到底犯了什么国法，事先没有任何征兆，就糊里糊涂地被抓到了这湖州知府衙门。想来，自己一向奉公守法，平时也并没有招惹到谁，也没有和知府李大人有过什么交集，也就谈不上李靖故意找茬儿来整治自己，可自己怎么就平白无故地被弄到这里来了呢？连让自己消停地先过完年都不肯！

周玉在今天这几个时辰之间，可以说是从天堂瞬间就坠落到了地狱里，冰火两重天的境地，让他猝不及防，毫无心理准备。一大早还是意气风发地去杨梓传家，下午回来还在和儿子儿媳研判商会大事，还在为谁当那商会会长的事操心，可就是转眼之间的光景，就身陷囹圄，由一个大户东家变成了待审的囚徒，这让谁能平静得下来呢？

周玉身上还戴着沉重的戒具，这让他坐也不是，站也不是，走的时间长了，浑身酸痛得厉害，感觉到疲乏了，索性，他靠在冰冷的墙上闭目养神。他知道，明天会有一场恶战等待着自己。

懵懵懂懂之际，他听见房门被打开了的声音，他睁眼一看，见是安捕头进了来。

安捕头对他做了个“嘘”的手势，示意周玉不要说话，他拿出钥匙，将周玉脖子上戴的戒具打开来。

周玉顿时感觉到身上一下子轻松了许多。

“安捕头，您这是？”周玉非常感激，喏喏地说道。

“周东家，我且问你，你要如实回答，你回忆一下，你可曾做过什么见不得人的事情吗？抑或有什么小辫子被谁人捏在了手上？”安捕头也是很小声地问道。

周玉听了安捕头的话，沉默了一下，然后说：“这些年来，我只是做好我生意上的事情，并无他图，作奸犯科之事，自认为从来没有做过，说实话，被困于此，我也是糊里糊涂，不知所以。”

“周东家，你不要提防我，刚才你儿子与儿媳去我家找了我，和我说了很多好话，我也是看两个孩子可怜，加上平日里咱们也认识，我这才又从家里出来的。一是想让你松快一下，少遭些罪，好好休息一下，明天到了堂上，好有些精神应付。二来，我毕竟在衙门里待了这么多年，我想替你分析一下情况，以免明日上了大堂，你慌了神儿，可是有罪让你遭的。”

安捕头因为纯如的拜访，又收了银子，而且听说事后还有孝敬，当然想顺水推舟，送个过水的好人情。何况周家是响当当的丝业巨贾，日后要是周玉没被审出什么罪过来，自己有今晚的举动，周玉感念起自己的好处来，也是绝不会亏待自己的。

“安捕头，我确实不知所犯何罪。要是知道，明天上了大堂我也是得招，为何不现在就和你实话实说了呢？再说，我也能听得出来，捕头大人也是为了我好啊！”周玉怎么努力回忆，也是想不起来什么事能牵连到自己的头上来。

“我刚来你这时，刚好碰到了知府李大人的贾师爷，他是李大人的亲近人，我从侧面探听了一下你的情况，他说你好像是在外地的分号向朝廷少交了巨额的税银，如今被人揭发，才至于此的。周东家，你再想想到底有没有这么回事，你得抓紧有个章程，过一会天也就快亮了，到时候一上了衙门的大堂，就容不得你考虑那么多了！对了，好像提到了盛京什么地方，后面的我也没来得及仔细听，贾师爷也没和我说得那么明白。”安捕头说完，不待周玉再说什么，自己转身走出了牢房，他又吩咐看守的衙役不知从哪里弄来一套破棉被，扔给了周玉。

周玉回想着刚才安捕头和他说的这几句话，特别是“分号”“少交了巨额税款”“盛京”等字眼，他猛然心里一惊，身体也不由自主地打了个寒战，他明白了，看来自己就是因为那件事情才被扔进这里来的。

周玉想起了盛京主管丝盐税赋的王道员，也想起了自己的家族兄弟周璞，莫不是周璞衔恨纯如将他撵出了“广客隆”，为了出气，将自己出卖了，将他告了官？还是王道员犯了事，将麻烦牵扯到了自己身上？他思来想去，也是想不明白，实在是太累了，没有办法，只能是躺在那薄薄的柴堆之上，又盖上了那套破棉絮，不知不觉间竟然睡了过去。

第二天早上，衙役给他投了两个窝头，算是周玉的早餐，周玉连忙捡拾起来，三下五除二就吃了个干净，昨天一天也就只吃了早饭，到了现在实在是饥饿难耐了。他还想朝衙役要口水喝，衙役朝他一个冷笑，嘴里骂着："你这个不识相的家伙，这窝头还是安捕头临时交代我给你的，要是知府大人知道了，我少不了挨一顿臭骂，你还想让我给你找水喝，我丢了这衙门上的饭碗，日后上你家吃饭去啊！"

周玉听了，只能是勉强地咽了口吐沫，刚才吃得急了些，窝头又冷又硬，有些渣滓噎在了他的喉咙处。他听见衙役这么说，也只能忍住渴意，不敢再作声。

又过了有半个时辰，有四五个衙役将他推搡出了这个房间，径直将他推到了知府衙门的大堂。大堂之上，贾师爷喊一声："知府大人上堂审案喽！"两旁站立着的、手里杵着水火棍的衙役也随之拖着长音喊："威……"

周玉抬头一看，李靖迈着四方步，四平八稳地走到了大堂长案的后面，坐在了厚重的靠背椅子上面。

李靖是湖州知府，按品轶来讲是正四品的官，头上戴着蓝色涅玻璃镶嵌的顶戴花翎，身穿八蟒五爪的蟒袍，外罩一件刺绣了雪雁的石青色文官补服，甚是威严英武的样子。他的头上一幅"正大光明"匾额高悬，让人看了更是心生肃杀之气。

李大人坐定之后，用手一拍惊堂木，震得大堂里面山响。周玉随之也被后面的衙役生生地按倒，跪在了地上。

"下面所跪之人，可知何罪将你拘来？从速招来！"李靖按程序问完周玉的名字籍贯之后，直接切入了正题，厉声问道。

“草民不知犯了何罪，还请大人明示。”周玉不卑不亢地说，但没敢抬头。

“你身为丝业东家，可知要向朝廷缴纳钱粮税赋？”李靖问到。

“草民自从业以来，以向朝廷缴纳钱粮税赋为第一要务，一直不敢忘怀片刻。此番大人教诲，更将谨记心间，绝不敢逾越此根本界限。”周玉答道。

“好，看来你是一个奉公守法的商人。那我再问你，你向朝廷缴纳钱粮税赋之时，可曾有过钻营朝廷法度空隙，走关系向朝廷不缴纳或者少缴纳了税银？”

“草民一直以多缴纳税赋为荣，以偷缴、少缴为耻，更不敢营私舞弊，蒙骗官府和朝廷。周某人日夜寝食难安，唯恐缴税缓迟一天，迟了国用，更恐计算谬误，少缴了税赋，良心遭谴，如果因此坏了朝廷的法度，家里上下老小罪责难逃，这个道理我是懂的。”

“那我再问你，你在外面的分号，特别是设在盛京的分号，有没有过少缴税赋的情况？从实招来！”李靖信心满满，说话的嗓音也变得越来越尖厉了。

“回大人的话，从来没有！我都是令他们多缴，从来没有少缴的时候。”周玉很镇定地回答。

“不愧为‘广客隆’的老东家，伶牙俐齿不说，见的世面也确实多。‘良心’‘法度’，说得好，说得妙，只可惜你不知晓本大人的大堂之上天网恢恢疏而不漏，你也不晓得我知府衙役手里面水火棍的厉害！既然你敬酒不吃吃罚酒，也好，来人啊，给我打！”李靖见周玉对于自己的问话，回答得滴水不漏，言辞振振，不免火从心头起，恶向胆边生，在面前的长条案子上的竹筒子里取出一根写着“令”字的竹签子，重重地掷在了地上。

两边各分列出一个衙役，其中一个衙役弯腰捡起了李靖掷在地上的令牌，另一个人走到了周玉的身边举起水火棍就打。

其实这用棍子打人也有很多技巧的，特别是这些衙役，经过长年累月的摸索与锻炼，早已经对下手的力道轻重、部位的要害程度、表里与内脏会伤到何种程度摸得门清，就如庖丁解牛一般。

有的犯人被打了几棍子，表面上没青没红，可一旦退了堂，到下面一看，有可能就奄奄一息了，只是给你留了口活气而已。有的犯人，真要是让这些衙役瞧不上眼，或是他想把在家里外面的邪火发泄在你身上，他一棍子下去，不直接打死你，也会让你落下个半残。可有的犯人因为家属托了人、找了关系，即使被打得血肉横飞、鬼哭狼嚎，但也只是一些皮外伤而已，下了大堂，将养些日子，也就什么事也没有了。

而今天这两个举起水火棍要打周玉的衙役，都是安捕头手下的人，在今天上堂之前，安捕头已私下交代了他们，要他们打周玉的时候要多加照顾。两个衙役自然是明白事理的人，头儿让自己怎么干就怎么干呗，何况头儿还给了二两银子做酒钱。

周玉打小儿到现在，哪里吃过这趴在地上被水火棍狠揍的滋味。这些年，虽然四处奔波做生意，说不上是锦衣玉食，可也没有遭过什么罪。今天这一棍子下来，已是让他皮开肉绽，鲜血淋漓，周玉疼得是撕心裂肺，痛不欲生。

周玉连声呼喊：“大人，冤枉啊，冤枉！”

可衙役哪里管那么多，李靖不说停，他们就得接着打。这打了第三下的时候，已将周玉打得昏死了过去，李靖命人抬来一桶凉水，泼在了周玉的头上，周玉才缓缓地醒了过来。

“周东家，我就是想让你知道，是你铁齿铜牙硬实，还是衙役手中的水火棍结实。我李靖为官以来，从不冤枉一个好人，但也从来不放过一个坏人！来人啊，把那证据给他瞧瞧，见到了棺材自然就会落泪啦！”

第五十五章　呈堂证供

周玉接过衙役递给他的那张纸单子，忍着周身的疼痛，用手颤巍巍地拿到自己的眼前，仔细地看了一遍上面的内容，没错，记载的都是他让盛京分号的掌柜、自己周姓族里的兄弟周璞送给王道员的钱财礼物，至此，他彻底明白了被拘捕来衙门的原委，也确认了昨天晚上安捕头和他说的都是实话。

“怎么样，这上面写的物件，你可都看清楚了？这就是你指使手下人行贿盛京丝盐税赋稽查王道员的物证，你向他行贿，为的就是偷逃应向朝廷缴纳的税银！”李靖面露杀机，又是一拍惊堂木，轻蔑地问。

“大人，这只是朋友间的私下人情往来，和偷、漏缴纳朝廷的税银没有半分关系，我也从来没有少缴给过朝廷税银。还有，您平白无故弄来这样一张纸，也让草民十分糊涂，这上面写的这些东西，并没有我周某人的点滴墨迹，说这张纸和我有牵连，我也莫名其妙，这件事，还望大人明察。”周玉紧紧地咬住嘴唇说。

“周东家，你真是让人佩服啊，看来你是不撞南墙不回头的主儿啊！那好，我也不会白让你挨那几棍子，我这就让你心服口服。传证人上来！”李靖见周玉还是死不认账，知道这人也是个硬骨头，狠打也不是一个办法，还得物证、人证俱在，才会让周玉招供。

周玉听着要传证人来，强忍住疼痛，抬起眼来，偷瞧从外面进来的证人。

他一看，所谓证人不是旁人，正是自己族里兄弟周璞。他不免心中一阵凄凉，自家人举报自己，自家人来当证人，曾经的掌柜告发自己的东家。而他周玉从来都待周璞不薄，周璞被纯如赶出了“广客隆”，那也是他咎由自取，确实有事犯到了纯如手上，周玉虽然不想让周璞走，可那也是没有办法的事。就是周璞被赶走之后，周玉还几次偷着让账房给他送去些银两，为的就是不至于让周璞太难过活。但此时看着眼前的情形，周玉怎么着也没有想到，周璞会翻出这些账本来和他算这么一大笔陈年旧账！

周璞跪在了地上，向李靖报上了姓名之后，只是把屁股撅得老高，把头贴在地面上，不敢看李靖，他更不敢斜视他一旁已被打趴在地的哥哥周玉。

“周璞，你且说说，这礼单子上的情形，是送给了何人？为了达到什么目的？又是受谁人指使？要仔仔细细、明明白白地讲清楚，如若遗漏半句，拿你是问，你可听清楚了？”李靖问。

“大、大人，您的话，小的都听清楚了。”周璞弱弱地答道。

“那就好，说吧。”李靖对于周璞的回答很满意。

“我，我受‘广客隆’东家周玉的指使，有四五年的光景，逢年过节，我都要给盛京主管丝盐税银征收稽查的王道员送巨额银两和贵重礼物，那张礼品单子就是明细。起初，我也不知道周玉为什么要送这些给王道员，后来王道员自己酒后说漏了嘴，说周玉之所以送这么大数额的银两给他，是因为他从中替周玉周旋，我们‘广客隆’每年少向朝廷上缴了巨额的税赋，不单是我们盛京分号，其他分号也是如此。”周璞将举报周玉的原因说了个详细。

“你说的可属实？你和堂上的，也就是你所举报的人是什么关系？”李靖继续问道。

“小的说的句句属实。我和他、他、他……”听到李靖问他和周玉的具体关系时，周璞嘴里的舌头发硬，说起话来也是吞吞吐吐起来。

“你没听明白吗？快回答本大人的问话！”李靖一拍惊堂木，喝问周璞。

“周玉，他、他是我原先的东家，也是我、我周姓族里的哥哥。”周璞把脸紧贴在大堂的砖面上，旁人看不见他具体是什么样的表情，但从蚊子般嗡嗡的声音里，可以听得出他内心的懦弱和胆怯。

周玉听到周璞告发的内容如此翔实，甚至在一些方面还是添了油加了醋，如果他所说的一旦被查实，会是被判极刑的死罪，连所有的家产也会被全盘没收，真到了那时候，自己及家人可是被牢牢地打入了十八层地狱，永世也翻不了身！

李靖听到周璞的话，称赞他道：“周璞，别看你身份低微，但大义灭亲、效忠朝廷，此举，还是让人称道的。”

转而，李靖又对周玉说：“你可听明白了你族里兄弟周璞的证人证言？”

周玉听到李靖问话，抬起头来，忍住身心剧痛，从牙缝里挤出了“周玉听明白了”六个字来，但声音却是不小，铿锵有力。

“人证、物证俱在，那你还有什么可狡辩的吗？”

“有。”周玉非常坚毅地答道，“只是李大人，我下面要说的话，事关朝廷和皇上的颜面，也牵涉到朝廷里有关大员，您要屏去左右，我才能说。”

“哼哼，死到临头，还想抵赖。你还要搬出皇上来为自己挡罪，你真是吃了熊心豹子胆，皇上岂是你一介草民可以随便说、随便讲的。我告诉你，如果你说半句对皇上大不敬的话，我治你一个满门抄斩、株连九族之罪，到时候让你哭都找不着调儿！虽然我知道，你一会要满口胡言，但你既然提到了陛下，且容你站起来和我说话，屏去左右，就不用了，看看你一个急了的疯狗到底能咬出什么来！”

李靖听到周玉说到此事牵扯到皇上和朝廷，他是一百个也不能相信的，怎么可能呢？你一个小小的丝业东家，偷税倒是偷到了朝廷和皇上的头上，可你一介草民的所作所为和皇上、朝里的大臣能牵扯上什么关系呢？但他还是很好奇，真想听听周玉怎么来狡辩，周玉一会儿要说到皇上，让他趴在那里也真是不合适，这要是传出去，自己也会犯了对皇上大不敬的罪过。

周玉被两个衙役扯着胳膊从地上给拽了起来，可是因为疼痛，还是站不稳，需要两个衙役两边扶着才能说话。

“李大人既然这么说，草民也只好从命。乾隆三十五年，也就是去年，是皇上的六十大寿，这件大事，朝廷里的和珅和大人从乾隆三十年就已着手准备了。因为事体重大，花费的银两开销自然也大，朝廷又不便明说，和大人就私下以户部尚书的名义在全国各地、各个行业里挑选了一批东家，命我们在要缴给地方上的税款里，拿出大部分直接交到他掌管的京城‘崇文门税务’里，为的就是积少成多，等着日后给皇上操办六十寿辰。我等这些草民接到了和大人的命令，谁敢违抗？又不敢声张半分，怕招惹到麻烦来，只好命我的盛京分号，每年拿出应交给地方上税赋的百分之六十，集齐后运到我京城分号，然后由京城分号的马掌柜统一以‘厘金税’的名义再转交给和大人，但之后的税金具体流向我就不知道了，也不是我等草民应该打听和关心的事了。”周玉将事情的来龙去脉说得很清楚，也很有条理，这得益于昨日晚上安捕头对他的提醒，否则，他一时之间也难以将这件事情说得这么明白，毕竟，这件事已经发生有几年的光景了。

李靖听到这里，不由得倒吸了一口凉气。

周玉说的这件事体实在是太大了，这里面确实牵扯到了皇上，不但牵扯到了皇上，还牵扯到了皇上面前最炙手可热、权倾朝野的大人物和珅和大人。自己要是一个不留神牵扯到了和大人，被和大人看作了眼中钉，自己这一辈子的仕途也就到此为止了。弄不好，和大人再给自己安个罪过在头上，说不定下辈子还得吃牢饭度日。这事无论真假，就皇上和和珅大人来讲，都是拿不到台面上来说的事，到头来，自己两头也讨不到一分好处，有可能还给自己无端惹出祸患来。

李靖想到此处，心里也是有了主张。但大庭广众之下，自己也只好寻个阶梯下来。他又继续说：“大胆刁民，敢编此等故事糊弄本官，你可有证据？”

周玉答道：“我有。我京城里的马掌柜，现在就在我的柜上，可寻得他来作证，他手里还保留着将税银交给和大人的全部账目，就是交接时，和大人的笔帖式安明签字画押也是都保留完好的。大人可以差人去将马掌柜叫来，一问、一看便知。”

李靖看周玉说得言之凿凿，他知道，看来这件事十有八九是真的了，周玉根本不敢伪造和大人手下人的东西来糊弄自己，何况对周玉是突然拘捕，周玉对此事事先也不可能有任何准备。看来自己不能将这个问题继续深挖下去了，不能再将此事扩大化，否则，自己以后没法收拾这个烂摊子。

“好，就算你说的是事实，为朝廷和皇上分忧，可是你私下行贿盛京盐丝道的王道员又是为了哪般？”李大人只好寻找下一个突破口，怎么着也要给周玉定个罪过，罪过不管大小，也算是给高尚一个交代，同时给自己找回些颜面，好下得了这个台阶。

“王道员那里和大人差的人告诉我那么做的，目的就是为了掩人耳目，不至于让此事在地方上知晓，传得沸沸扬扬，伤了皇上和朝廷的体面。王道员他拿去的那百分之十，我无从知晓去向，可据我所知，王道员是和珅大人的门生，他也是替和大人在外面办事。但我知道，就是王道员也不知道和大人为了给皇上做寿而和我们打招呼筹款的这件事情的，为的就是将此事的不利影响降到最低程度，知道的人越少越好。李大人，这也是我刚才和您请求，屏去左右的缘故。草民说得句句属实，以全家老小身家性命作保，还望大人明察，还我一个公道。”

周玉说完，已是虚弱无力，他知道，今天这番话也是犯了危险的官商忌讳，只是情急之下，自己被李靖逼得不得不说。如果自己执拗着不说，接下来就会给自己惹来杀身之祸，自家人从此便会流落街头，无所依靠，从此周家的基业也在他的手上毁于一旦!

李靖听周玉说得头头是道、天衣无缝，自己已是再无狠话可问，一时间也是不知如何是好。这时候，安捕头见李靖左右为难，他走到李靖近前，和李靖耳语了一阵。

“周玉，本官不会只听你一面之词，待本官查实再说。来人啊，先将周玉打入牢里，严加看管！”李靖又从面前的长案上扔下了一根签子。

周璞听到哥哥周玉所言，如同听了天书一般，云里雾里地想不明白，自己所经手之事，也就是自己所举报周玉之事，背后竟然有如此大的玄机在里面，心里不免是又惊又怕，又羞又愧。

第五十六章　仙人指路

周玉在湖州知府衙门过了大堂，虽然最终没有给定下什么罪名，可还是以“事实不清，继续调查”之名被投进了大牢，失去了人身自由。

安捕头从衙门出来之后，急忙将周玉被拘捕的缘由、周玉在堂上的表现和被审问的经过，详细地说给了周冰羽和纯如夫妻二人，也特意强调了他是如何在堂下、堂上照顾周玉的，并告诉他们二人，大牢里不让探望，周玉现在暂时无性命之忧，家人无须担心，过些时日，如果没什么风吹草动的话，他背后再撺掇一下李靖，看情况再定。

周冰羽和纯如听了安捕头的话，喜忧参半，喜的是听安捕头说来，看来父亲应该没什么罪过，那被从牢里放出来也就是指日可待的事了；忧的是父亲在牢里的这些时日里，还要吃许多苦头，不知道身体上和精神上能不能受得了。

周冰羽此时也明白了，纯如昨晚给安捕头的那一百两银子，是没有白用的，确实是在父亲身上起了很大的作用。他和纯如当场对安捕头千恩万谢了一番，又再三请求安捕头，在牢里面给找些狱卒的关系，不要让他们恶意打骂周玉等。而后纯如又从怀里掏出了二百两银子给了安捕头，名义上说是当作打通狱卒关系的资用，实际也知道，至于安捕头怎么使用，他们也无从知晓。安捕头这回也没有再客气什么，理所当然地收了下来。

周冰羽心里对周璞充满了恼怒和愤恨，暗道再不济都是同族之人，居然为了发泄被撵出周家之火，做出了如此下作之事，实在是令人不齿。即使不念同族之情，毕竟你周璞在“广客隆”做了掌柜这么多年，被撵出周家也是因为你做了龌龊事，不思悔改也就算了，反过来就如野狗一般反咬了这么一大口，把周玉当成了敌人，真是忘恩负义的小人。

周冰羽一边想着一边嘴里嘟嘟囔囔骂着，纯如内心也很气愤，但看到周冰羽的状态，也只能劝解着。

周璞从湖州知府衙门的大堂上下来，也是满腹的不畅快，自己做了举报老东家之事，怎么着，让外人听起来都是不光彩的。何况自己和周玉还是同族兄弟，自己以后在族里是没法抬起头来了。还有最重要的，那就是他的这个举报，现在看来，完全是因为自己不知内情的莽撞行为，徒劳了一场，还惹了一身腥臊。

他是在高尚的威逼利诱之下才做出了举报周玉的决定。他也知道，高尚是在利用他，可又有什么办法呢？人在屋檐下，不得不低头。自己被撵出了周家，高尚出于好心收留了自己，高尚对自己也算是有知遇之恩。当初高尚在背后支持他举报周玉，周璞是很矛盾的，但高尚拍着胸脯保他后半辈子衣食无忧，这对于他有很大的诱惑力。年前，纯如要求他几日内凑上他掌柜任上给盛京分号造成的巨额亏空，自己东拼西凑地勉强给还上了，差的一些银两还是高尚给他先行垫付的。说来说去，那也怨自己不得，都是因为银子闹腾的。

周璞一边走一边想着这些闹心的事。在湖州城里随便地走着，迎面一个老者堵住了他的去路，周璞不免一愣问道："请问，您是？"

老者对周璞一拱手说道："周掌柜，恕老朽冒昧！我看周掌柜神情有些恍惚，走起路来脚步有些慌乱，老朽请周掌柜喝一杯如何？"

"你我并不相识，也不曾打过什么交道，你如何认得我？"周璞听眼前陌生的老者要请他喝酒，更是感觉莫名其妙。

"哈哈，没打过交道，并不代表我就不认识周掌柜，周掌柜曾做过'广客隆'盛京分号的掌柜，现今又在'德胜行'里给高东家做事，我说得没错吧？"老者有些得意地说。

"你说得没错，可是我并不认识你，你这又何故请我喝酒呢？"周璞见老者对自己知根知底，也越发好奇了起来。

"周掌柜，我看你印堂发黑，两眼无神，行色慌张，怕不是近期摊上了官司，就是财物用度上有了窘迫之感。我请你喝酒，一是想和你聊聊天，宽慰你几句，帮你理理矛盾的心绪；二来说不定，我能在你事业上和钱财上帮上你一些忙，让你渡过眼前的关口。至于我是谁，这里不是说话的所在，一会寻一个好去处，我自当告知。"老者笑吟吟地说。

周璞见老者如神机妙算一般，将自己眼前的烦心事都说了出来，又看见老者一副和善的样子，也就放松了戒备。还有，老者说能帮到他，他也很感兴趣，况且，自己心里十分地郁闷，也正想借酒消消烦闷。

想到这些，周璞答应了老者，随着老者来到了附近的一座酒楼，选了一处僻静的所在，两人坐了下来。

"我姓曹名川，祖上为盛京人氏，我生在南京，祖上三代任过江宁织造的郎中，只是后来家道中落……"老者首先做了自我介绍。

还没等老者说完，周璞只是听了曹川的这几句话，已十分地激动起来，连忙站起身来，对老者深施了一礼，然后说道："前辈，周璞有眼不识泰山，曹家之威名，在下如雷贯耳，刚才多有怠慢了，还望海涵！"

"哪里，哪里，周掌柜，请坐，我的年龄比你长一些，你就叫我曹叔吧。想当年，我曹家如日中天般辉煌过，家道败落之后，也成了人人口诛笔伐的罪臣贼子，老朽谢谢周掌柜还记得我们曹家。"曹叔看见周璞对待自己如此客气，心里也是感慨万分。

"那您现在在这湖州城里做些什么？是路过此地，还是在此定居？"周璞知道了曹叔的根底，特别是知道了他是江宁织造曹家的后人，心里十分尊敬和崇拜，能和曹家人坐在一个桌面上喝酒，那也是天作的缘分和莫大的荣耀。

"说来惭愧，老朽看淡浮华之事，只想靠膝下一双脚板云游四方，哪承想，走到此处，被'兴昌隆'的东家杨梓传收留了下来，现在我在他的门下混口饭吃。"

听到曹叔是在为杨梓传做事，周璞不免又有些紧张了起来，他知道，现在自己的东家高尚和杨梓传是水火不容，现如今曹叔主动来找上自己喝酒，怕的也是因为两家之事来的。周璞心里想着，对曹叔的戒备之心油然而生。

“那曹叔您找我来，怕不只是喝酒聊天这么简单吧？是不是还有些其他什么教诲？”周璞单刀直入，直接切入了正题。

“哈哈，周掌柜此时对老朽是不是又多了些猜忌？其实想来这也是很正常的事，毕竟你我二人各为其主，在不同主子帐下谋一口饭吃。高东家和杨东家二人不和，也是尽人皆知之事，这个大可不用避讳，在商言商嘛，磕磕碰碰都是难免之事。只是……”曹叔说到此处，故意停顿了一下。

“只是什么？还望曹叔明示在下。”周璞有些着急地问。

“自古忠臣保的都是明主，可是周掌柜这次却有些不明智，选了一个昏主做自己的东家，这也就罢了，如果再和这昏主一起往下继续蹚浑水，怕日后也会给周掌柜无端添上许多烦恼。”

“呵呵，曹叔怕是说得有些言过其实了吧？高东家是何样的人，怕是曹叔不甚了解的，这也是我和高东家之间的私事，外人就不便评论了。我只是听说您是曹家后人，在下仰慕曹家许久，才坐到此时光景的，如果曹叔没有别的什么事，周某人也就告退了，来日方长，日后有机会再聚。”周璞见曹叔顾左右而言他，说不上正题，心里有些恼火，想要走开。

“周掌柜，且慢，既然周掌柜是爽快人，那我也就不含糊了。直说吧，人无远虑必有近忧，这次你举报了你的族内兄弟周玉，还在堂上当庭做了证人，你这么做，恐怕不单日后难以在周姓族内抬起头来做人，就是在整个丝绸行业里，也难以混下去。高东家这么做，实际上是断了你日后的退路，也断了你未来的生路。‘德胜行’东家高尚的为人，你应该是了解的，他虽然许诺你千般富贵，以后能不能实现是很难说的，他如果落败了，泥菩萨过河难保自身之时，他又会如何保你呢？再有，这次你的举报，怕也是难以达到高东家那见不得光的目的，你已经在他那里失去了利用价值，怕是你此番回去，他也不会给你什么好脸色看，你在他那里如果失去了经济来源，丝绸业内再没有人敢用阁下，你一家老小又该如何生活呢？”曹叔将其中的利害关系很清楚明白地说给周璞听。

周璞听了曹叔的话，陷入了沉默之中，曹叔的话说得确实很有道理，自己现在的确进退维谷，左右为难，后悔做了这样的蠢事，可是已然来不及了。不说自己哥哥周玉的一家人对自己的背叛恨之入骨，就是行业里的其他人，谁敢用一个曾经对自己东家做出背信弃义之事的人呢？高尚如果再不待见自己，那自己确实是找不到什么其他好的活路了。

周璞想到此处，倒是想听听曹叔后面要说的话，说道：“在下还真想听听曹叔有何高见，周某人愿洗耳恭听。”

“不瞒周掌柜，现如今‘广客隆’的少东家，哦，对了，也就是现任的东家周冰羽，也是你的侄子，他已经和我‘兴昌隆’的东家联合起来做事，毕竟他们两人之间是翁婿关系，不是其他一般关系所能比的。如果我们两家日后珠联璧合起来，‘德胜行’和我们竞争起来，实力上自然会显得差了那么一大截，这是其一。”曹叔先把眼前的形势说给周璞听。

“其二，如果周掌柜以后想给自己留条后路，就不能在‘德胜行’里把事情做绝，也就是老朽刚才所言，应该给自己留条后路。

至于这条后路如何留，还得是周掌柜自己做主张。我这里有个想法说给你听，这也是我们东家梓传的想法，如果周掌柜真能按照我们说的去做，不但日后会获得你族里哥哥周玉的原谅，还能重新在咱们江浙丝绸圈子里获得个好名声。还有这最后一条，我认为最主要的，周掌柜可以有自己的一方天地，自己做东家！”曹叔陡然间把话音降低了许多，但好似字字珠玑，落地有声。

“曹叔，那我如何做才好呢？难道是让我现在就退出‘德胜行’，离开高尚不成？”周璞听曹叔说的话，有点儿蒙，但曹叔说的话，对于他目前的情况而言，确实有很大的吸引力，这种吸引力超过了高尚所能给予他的，特别是最后那“自己做东家”几个字深深地打动了他。

“周掌柜，你误会了，不是让你离开高尚，恰恰相反，我们要你留在高尚身边，最大程度上争取他更进一步的信任。我们要你想法得到高尚藏在秘密处的一本花名册子，这将是你戴罪立功的好机会。事成之前，梓传东家先给你五百两银子，补贴家用和平时用度。事成之后，他再给你两千两银子做周转资金，再以你的名义给你盘下一处店面，让你自己做东家。你也可以在我们‘兴昌隆’先拿货后付款，免去你一切后顾之忧。还有，就是高尚先前借给你的银两，梓传东家也会如数替你还上。”曹叔说完，眯起眼睛认真地看着周璞，等待周璞的回应。

“曹叔，您说的那一本花名册到底是个什么物件？”周璞扬起了脖子，问道。

第五十七章　拱手相让

转眼之间，到了正月十五，“德胜行”的东家高尚来到周宅，他是来和纯如商议筹建“江浙丝绸商会”之事的。因为高尚先前答应了代纯如去各处商家积极宣传和联络，他今天来，主要是对纯如委托他办的这个事情有个反馈，做到有始有终。

但周家“广客隆”的现任东家不再是纯如，而是周冰羽了，这样一来周冰羽接待高尚，是理所当然的事情。

纯如对周冰羽不是太放心，一直在旁边作陪。

“周兄，我今天来呢，主要是向你汇报一下嫂夫人年前交代我去给各个商户宣传一下咱们要组建商会这件事情的一些情况。”高尚开门见山地说明了来意。

“高兄，辛苦你了！年前我有一些缠身事，脱不开身，才让内人代我去贵府走了一趟，否则的话，我一定会登门拜访请教的，也不敢多劳烦高兄去四处奔波的。”

周冰羽四平八稳地坐着，回答得十分得体，只是他要把纯如当了一段东家的这个过程淡化说给高尚听。他要告诉高尚，只是他一时脱不开身，才让纯如代劳去办这件事的，筹建商会这件事归根结底是周家倡导建立的，你高尚只是在这其中帮了一个小忙而已。

“周兄说的是哪里话，筹建商会是我江浙丝绸商户天大的好事情，理应人人都尽一份力气的，谁也没有袖手旁观之理。你我年龄相仿，在周老东家面前，虽然都算是年轻人，但说句不中听的话，未来的天下也是我们年轻人的。哎，我听说了周老东家前些日子出了些事情，我也是干着急，使不上什么力气，但如果周兄有哪里用得着兄弟的，兄弟一定是万死不辞，效犬马之劳。”

“还是高兄高瞻远瞩，能将商会之事看得如此之重，高风亮节之气息，实在让我佩服。家父之事，实属家门不幸，为族人构陷冤枉，但朗朗乾坤之下，岂容几个小人作祟，在这乾隆盛世，将黑白给颠倒了呢？我相信，不过几日，等知府大人查明白了，自然会还家父一个清白的。至于日后有需要高兄帮忙的地方，我是一定会去府上叨扰的。”周冰羽十分客气地说。

“那是，那是。周老东家的为人，在这江浙丝绸业界，谁人不了解？谁不是暗自在心里称颂呢？周璞这人，做得实在是太过分了，我听了这件事，也是恨不得寝其皮、食其肉，敲骨吸髓，替周老东家讨个公道。可咱们都是奉公守法之人，不能和周璞此等小人一般见识，也会降了自家的身价，只是周兄以后多加注意一些也就是了。刚才听闻周兄说，周老东家没什么事儿，我也就放心了，这是可喜可贺之事，等周老东家安稳回来之时，我一定多摆上几桌给周老东家压惊！”高尚不自然地提到了周璞，表现出了恨之入骨的神情。

看见高尚对自己父亲的事如此上心，又满脸义愤填膺之情，周冰羽心下也是十分感动。业内都说高尚这人德行不好，看来都是子虚乌有的谣言罢了，自己眼前的高尚分明是深明大义、通情达理之人，被人讹传的那般不堪也真是太冤枉了。想到此处，周冰羽不免为高尚打抱不平，心里也感觉和高尚亲近了许多。

“高兄，家父之事让你费心了，就是我这当儿子的也不如高东家这般挂怀，我代家父在此谢过高兄了！高兄刚才说到联络各个商户筹建商会之事，不知道高兄带来什么样的消息呢？”周冰羽虽然心里感激高尚对父亲的关心，但毕竟父亲之事，无论真假，被关进了知府衙门的大牢里，听起来都不是什么光彩事，他不想就着这个话题继续谈下去。

“哎呀，你看我这脑袋，一说起老东家的事情，就扯不住自己的心神。是这样，周兄，咱们江浙丝绸界可称上名号的有六七百家之多，在这众多人家里面，‘四象’‘八牛’‘七十二条金狗’，我几乎是一家没落，走了一个遍，嘴皮子都快要磨破了，有些东家上了岁数，脑筋不活络了，还不等你说什么，就开始一个劲儿地拒绝，连下句话都不让你说上，好在最后业内这些同仁还都给我高某人一些面子，不管怎么着，说来说去，大家也都应承了下来。这不，我刚忙完这些，就来给周兄做汇报了嘛！”高尚十分谦恭地对周冰羽说。

周冰羽听了高尚的话，心里不免有些得意，这么多个人家，给你“德胜行”高东家的面子也就是给我“广客隆”周冰羽的面子，毕竟这事是我周家先挑起来的。

“高兄，辛苦，辛苦！不知高兄对这个商会，又有何打算？”

周冰羽问高尚。

“现在是商会的草创阶段，当然不能一大帮人都来掺和，那样也就乱套了。我和这些商户已经定下了二月初二龙抬头之日，进行第一次碰头会议，主要就是研究商会成立的主要章程、常设机构、人员设置、下次会议具体流程等，我想这次碰头会议的主要参与人员范围也不应太大，也就是局限在这‘四象’‘八牛’‘七十二金狗’有实力的商家百人范围之内。不知周兄意下如何？”高尚显然早已成竹在胸，说得头头是道。

“高兄所言极是，我看已很周全，我没有什么意见。只是高兄，对于商会的人员安排是不是已有了合适的人选呢？”周冰羽还是没有忘记将他最关心的问题说出来，他想探探高尚的底细。

“周兄，我确实是有些想法，只是这是我自己私下的盘算，不知说出来合不合适？”高尚故作神秘地说。

“这也只是你我二人私下商讨，但说无妨。”周冰羽被高尚欲言又止的样子刺激得有些紧张起来。

“我的意思是，这个商会成立之后，最主要的是要选出一个最得力的领头人，这是关键所在，‘家有千口，主事一人’，当然这会长的位置，就显得尤为重要了，这会长一旦选出，其他位置也就不难选出了。”高尚说。

“高兄对于这会长的位置，心目中可有合适的人选了吗？”周冰羽迫不及待地问。

“已有了。会长的位置如此重要，我想这未来的会长，首先一定是个有着鸿鹄之志之人，商会才能壮大；其二，此人一定要出自名门大户，是有才学谋略之人，才有实力，才能服众；其三，此人也一定要有丰富的从业经验，才能决断。不具备此三点，不足以坐上这会长的宝座。”高尚说了半天这会长应具备的条件和资历，就是没说他所选何人。

周冰羽听得是心惊肉跳，这高尚也太能卖关子了，他说的到底是谁呢？

“高兄，我想此人一定是出自江浙丝绸世家，不知你口中所述此等高人姓甚名谁？我也想一睹其风采。”

“此人远在天边，近在眼前。周兄，这日后的‘江浙丝绸商会’的会长位置非周兄莫属，我高某人举双手支持！”

周冰羽听到高尚要全力推荐自己，真是有些不敢相信自己的耳朵！要知道，高尚平时和周家并没有什么生意上的往来，私下里也并无什么交情，这高尚何故在这商会会长的位置上推荐自己呢？这是他周冰羽求之不得、梦寐以求的位置，高尚竟然没有一点儿要和他争抢的意思，这既出他意料之外，也让他感觉十分奇怪，心里自然充满了感激之情。

“高兄，我周冰羽何德何能，能堪此大任？我看还是高兄来坐这位置合适，我举荐高兄任这商会的会长。”周冰羽假意推脱着。

“周兄，这么重要的事情，绝非儿戏，高尚所言，已是深思熟虑的结果，你就不要推脱了，能者多劳嘛！只是，只是……”高尚说话之间，忽然变得吞吐起来，抬眼看了看在一旁坐着的纯如。

纯如到现在为止，一言未发，她只是在那里静静地听着高尚和周冰羽两人你来我往、一唱一和，也不知道她到底在那里想什么。

“只是什么？高兄，不要有什么避讳，这里没有外人，你且说下去。”周冰羽听高尚的话，听得越来越顺耳，越来越中听，也越来越合自己的心意，听见高尚忽然间有了顾虑，他连忙催促道。

“周兄，你知道，这会长的位置，虽说我举双手来举荐你，但并不代表别人也会是这样，觊觎此位置的大有人在，说句嫂夫人不待见的话，我听说，嫂夫人的父亲，也就是杨叔，也是有意来竞争这会长职位的，并且早已经做好了各方面的准备工作。这样一来，会不会让周兄为难啊？杨叔毕竟是你的岳父大人，他是长辈，也是业内德高望重之人，看来说不好，周兄只能到最后把这位置让给杨叔啊！”高尚无可奈何地说出了自己的顾虑之后，长长地出了口气。

商会会长的位置，一旦高尚主动退出竞争，周冰羽当然知道，接下来杨梓传就是自己最主要的竞争对手了，这也是上次去杨梓传家里，杨梓传已和他挑明的了。高尚尚且如此深明大义，主动让贤，难道你一个做岳父的，就不能对自己女婿谦让一下吗？非得和自己女婿争个你长我短的吗？如此说来，这做岳父的杨梓传，还不如高尚一个外人值得深交。

想到此处，周冰羽有些快快不快地说道：“此事为公，就要公事公办，马虎不得，也不能私下徇情，到时候，还是看大家最后的意见决定吧。对于此事，我是非常感激高兄刚才表下的态度。冰羽不才，还望日后在关键时刻，多多提携！”

周冰羽这样说，无非直接告诉了高尚，他已做好了要和杨梓传竞争这个商会会长位置的心理准备。

“好，周兄，你若有此意，我高某人一定鼎力支持，只是我这么做，就会对杨叔多有得罪了，可这也是没有办法的事，怎么着，这事最终都是为了大家好，嫂夫人，您说是不是？还望嫂夫人能从中周旋。”高尚用手一拍座椅的扶手，表达了自己的意见。

纯如听见高尚对她说话，并没有答话，只是脸上含笑朝高尚微微地点了点头。她心里暗自揣度，按自己原先的计划，周家应该避免与高尚争抢这个会长的位置的，以免引来什么祸端。可眼前，高尚却是苦口婆心相劝周冰羽，心甘情愿将这会长的宝座拱手相让，这让纯如想不通，也让她有些措手不及。

第五十八章　染坊玄机

高尚走后，周冰羽还没有从刚才的亢奋中回过神来。

从高尚的言语中，周冰羽得到了有生以来除了钱春娇之外，别人从不曾给到的莫大安慰和自信。“江浙丝绸商会”会长的位置，那是一个多么令人尊重、令人艳羡、位高权重的重要位置，鼎鼎大名的“德胜行”的东家，竟然首先想到的是推荐我周冰羽来做，想来那是非常不容易的。

能得到“四象”之一高尚的褒奖和推荐，也可见我周冰羽并非常人口中的池中之物。千里马常有，而伯乐不常有，周冰羽自然感激高尚这个伯乐慧眼识珠。既然是人中龙凤，就会有出头之日，看来这个日子离自己不远了，一旦坐上会长的位置，那可真要大展拳脚，带领江浙丝绸商人干一番大事业了。

而纯如则有些闷闷不乐，她百思不得其解，这高尚葫芦里卖的是什么药？高尚将会长高位拱手相让于周冰羽，看似大仁大义、高风亮节，可他为什么要这么做呢？高、周两家素来没有什么交情不说，就是高尚真想让贤，周冰羽绝对不是这商会会长的最佳人选，这点纯如是敢打包票的。还有高尚也在若明若暗地为了会长这件事，挑唆周冰羽和自己父亲起争端，难道他只是想借此事之机，破坏杨、周两家的亲家关系，从而自己渔翁得利？可会长他又要举荐周冰羽，他又有何利可图呢？

纯如并没有因为高尚举荐周冰羽而感到分外高兴，恰恰相反，纯如好像是一副心事重重的样子，这让周冰羽有些恼火。看来纯如是因为听到高尚说要举荐自己做会长，而她又知道杨梓传也大有此意，所以担心和忧虑吧。纯如啊，纯如，你怎么就知道和我作对呢？这次我一定要好好和你父亲争斗一番，也让你知道知道我的厉害，不做出个样子来，你是不会对我刮目相看的！

纯如是十分了解周冰羽的，此时他正在高尚举荐他当会长的兴头上，谁的话他也听不进去，弄不好，让他不快不说，还会引来他的太多猜忌，影响了好不容易建立起来的夫妻感情，这件事情，现在也只能是静观其变了。

那天，两人各怀心事，不欢而散。

又过了有十几天，纯如来到前院柜上，她要找程九信商谈建织坊和染房的事情。

而程九信也正在为周玉被关进了知府衙门的大牢里忧心忡忡，虽然他在江宁织造衙门里做织染局的“都事”多年，也曾经是个从七品的小官员，但他从来没有在地方上从政的经历，知府衙门里的有些事，他根本闹不清楚是怎么回事，所以也只能是干着急，没什么办法。

“程叔，您看明天就是二月初二了，这年也就算过完了。我知道这些日子里，您一直没闲着，不知道我能帮您做些什么？还有什么需要提前准备好的？例如银两什么的，我先让柜上准备好，免得需要用起来的时候不凑手，误了您这边的事儿。”纯如知道程九信和周玉的关系，她也看得出程九信是一个实诚、可靠的人。无论程九信的资历，还是他对丝绸织染业界的熟悉程度，都让纯如十分钦佩，自然说起话来，也是带着十二分的尊重。

“大少奶奶，其实我这也没什么太多需要准备的了，染坊和织房的地方，咱们家都已经有了，不需要大兴土木再去建，这就省了许多的麻烦事。现在我们要做的，就是需要按照织、染的流程，有序摆放好工具，合理安排工序，做到不窝工，不折腾，能起到事半功倍的作用，也就可以了。织房说来是非常简单的，只要织机好用，织娘和绣娘工艺娴熟，就应该没什么问题，最主要的，也是最复杂的，还是在‘染’这一块上，我们必须得下一番功夫才可以啊！”程九信说起自己二十几年的老本行，那真是烂熟于心，滔滔不绝。

“是啊，程叔，这个你最懂，我们却只知道些皮毛而已，您说的这个‘染’到底有多复杂呢？”纯如确实感到很好奇，加上她的求知欲望很强，想多了解一些这里面的知识。

“染，首先就要有染料，现在的染料种类繁多，当然，还是以‘蓝’为主，例如蓝草就有五种，即茶蓝、蓼蓝、马蓝、吴蓝、苋蓝。现在松江府（今上海）染坊分工就已经非常细了，按所染色的不同，分为分蓝坊、红坊、漂坊、染色坊。蓝坊专染天青、淡青、月白等色，红坊专染大红、露桃红等色，漂坊专漂黄糙为白色，染色坊专染黄、绿、黑、紫、古铜、水墨、血牙、驼绒、虾青、佛面金等颜色。这些我们是全做，还是在其中选择一二，需要东家来定夺，我只能给他说说我的意见。”

“这里面有什么说道吗？”纯如问。

“就说这蓝坊吧，这是市面上的主色调，无论达官显贵，还是贩夫走卒，大多身上穿的都是这个色。真想染出好东西来，这蓝靛是必不可少的。蓝靛，俗称‘大叶青’，又名‘红根草’或‘入骨丹’，这种染草，均从生于山野坡地上，这些年来吸引了大批汀州府人，也就是被永安府人称为‘采蓝家’和‘靛青客’前来采摘，数量逐年在减少。现在也只能改由人工种植，才能供得上染坊用了。”

程九信端起茶杯，喝了口水继续说道：“永安种植的主要是茶蓝，以茎段繁育。种植茶蓝的方法是在秋冬收获时，将茶蓝的叶子全部剥去，茎秆除去头尾，仅留靠近根部的老节，略经晒烤后埋藏在土中，有点类似甘蔗、木薯的种法。春天时，种蓝人放火烧荒将杂草除尽，以锥锄挖成斜洞，间插种苗，待六月时节即可收获。蓝靛客收购原料后，将茎和叶放入作坊的缸中浸泡七日，待浸出蓝汁后，加入少量石灰，反复搅拌，静待凝结、沉淀。最后，撇去浮沫晒干，称为‘靛花’或‘靛青’，质量最好的叫‘标缸’。”

“程叔，您真是行家啊！您说的这些，我真是闻所未闻，让我开了眼界了，看来我们真得好好研究一番，才能定得下事情来！”纯如真是打心眼里佩服程九信的才学。

“大少奶奶，还有呢！染坊，有‘大行邱’和‘小行邱’之分，大行以染成批匹布、单色、印花等为主，都是流水似的规模化生产，各道工序分工非常明确。小行以染零星杂色布料及旧衣为主，事无巨细样样都要拿得起。要做好染坊的东家，还必须熟知染匠的隐语切口，这些都是在他们行当里秘不外传的。例如，他们称染料为‘膏子’，赭色为‘衣黄’，浅蓝为‘鱼肚’，靛青为‘烂污’，滕黄为‘蛇屎’，铅粉为‘银屑’，绿色为‘翠石’，白色为‘月白’，墨色为‘蓝元’，色浅为‘亮’、色深为‘暗’，盛放各色染料的瓦钵为‘猪缸’等。还有，待染的棉纱为‘千绪’，棉布为‘硬披’，绸布为‘软披’，衣服为‘片子’，帽子为‘瞒天’，长衫为‘套子’，马夹为‘脱臂’，女装为‘阴套’，成批的布料为‘匹头’，印花用的横板为‘花身’，开具的单据为‘飞子’等。染匠还把石灰称为‘白盐’，染缸为‘墨悲’或‘酸口’，染缸下的地灶为‘地龙’，从染锅中提染件的绞棍为‘棍头’，晾布的高木架为‘天平’，楠竹杆为‘长箫’，轧光的碾布石为‘上石元宝’，晾晒染布为‘斗光’，理布的橙子为‘瘦马’，刷染坊的扫帚为‘洒子’。染坊里染工的主管师傅为‘管缸’，有技术的染匠为‘场头’……”

“程叔，真是三百六十行行行有玄机啊！那染坊也有诸如其他行业的祖师爷吗？”纯如问。

“当然有了，染坊供奉梅福、葛洪为行业祖师，两人合称‘梅葛二圣’或‘梅葛二仙’。梅福为西汉末年人，曾任南昌尉，后出家修道炼丹，宋元丰年间，被神宗赵顼封为‘寿春真人’。葛洪为东晋著名道士，精通各种炼丹术。民间传说，梅、葛二仙曾化作跛脚行乞，为感恩于一对青年夫妇的施舍，他俩在酒足饭饱之后唱道：‘我有一棵草，染衣蓝如宝，穿得花花烂，颜色依然好。’两人手舞足蹈、边唱边跳，周围瞬间长出许多小草。青年夫妻听闻草能染衣，便割了几筐放在缸里，过了数日仍不见动静。不久，两位跛脚汉又来借宿喝酒，临走时把剩酒和残汤全倒入缸内，顿时缸水全变成蓝色。二仙告诉说他们说，水蓝是因为有蓝靛草而变的，染衣可永不变色。小两口高兴地用它来为乡亲染布。此后，人世间便出现了染布业。染行在每年的农历九月九日，即‘梅葛二圣’的诞辰都要举行祭典。我准备啊，在咱们的染坊也要请来二位神仙，好好供奉啊！”程九信越说越高兴。

“程叔，听您刚才说的意思，我感觉染匠在这里边起了很大的作用，我们是不是应该现在着手就要开始找了呢？”纯如一边听着九信的话，一边在心里合计着应该问的问题。

“大少奶奶，这个不用你担心，人我已经找好了，过几天，我就让他来。此人姓林，是我原先在织造衙门里的属下，人品很好，他染丝绸工艺独到，首先将丝绸下水后进行蒸煮，再送入大木桯内冷染，晒干后复蒸并上胶再染。经此反复后布色鲜艳、硬挺，同等丝绸经他手里染后，晒干碾整，那叫一个漂亮。他还有一手绝技，能将一块丝绸同时染成一面白一面蓝，并可穿二十年不褪色，那也叫一个绝！”程九信有些得意地说。

“程叔，有这样的人给你当助手，那我可就放心了。还有，叔儿，在织、染这一块，您就按照您的意思来吧，什么事情上您全权做主也就是了。你也知道，我们周家人对这一块都不是很懂，你要是再把自己当外人，这样做起事情来，我们难免会栽跟头的。”纯如很诚恳地对程九信说。

“是啊，我和你公爹是几十年的莫逆之交，山高水长的交情，我怎么能不把周家的事当作自己的事来办呢？可是，可是……”忽然间，程九信说话变得吞吐了起来。

“可是什么？程叔，您尽管说出来。”纯如追问道。

“唉，关于织、染的一些事，我和冰羽也谈起过几次，我能从冰羽的话语和神情里面听得出、看得出，他对这行并没有什么太大的兴趣，说起话来，也不如咱们爷俩说起来这么投机，他可能还是只想做周家的老本行，只做生丝这一块的生意。冰羽毕竟是现在‘广客隆’的东家，什么事，我必须是要瞧着东家的主张去做的。如果他认为染坊和织房可有可无，我也无意在这里做下去了。”程九信此时说起话来，好似从刚才的兴奋之中被剥离出来，显得有些落寞。

“叔，您说的这些，我明白，我也是感同身受，虽然我和冰羽是夫妻，可有些事，我也是没法和他说。您暂且就多担待他些，等着我公爹平安归来就好了，冰羽也只听得进去我公爹的话。”纯如一脸无奈地说。

第五十九章　龙要抬头

二月二，龙抬头，传说此节起源于三皇之首伏羲氏时期。伏羲氏“重农桑，务耕田”，每年二月二这天，“皇娘送饭，御驾亲耕”，自理一亩三分地。后来黄帝、唐尧、虞舜、夏禹纷纷效法先王。到周武王，不仅沿袭了这一传统做法，而且还当作一项重要的国策来实行，于二月初二，举行重大仪式，让文武百官都亲耕一亩三分地，这便是龙头节的历史传说。

又一说为武则天废唐立周，自己做了皇帝，惹得玉帝大怒，命令龙王三年不下雨。龙王不忍生灵涂炭，偷偷降了一场大雨。玉帝得知便将龙王打出天宫，压于大山之下，黎民百姓感念龙王降雨深恩，天天向天祈祷，最后感动了玉皇大帝，于二月初二将龙王释放，于是便有了“二月二，龙抬头”之说。

其实“龙抬头”之说，与古代天象有关，旧时人们将黄道附近的星象划分为二十八组，表示日月星辰在天空中的位置，俗称“二十八星宿”。二十八星宿按照东西南北四个方向划分为四大组，产生“四象”：东方苍龙，西方白虎，南方朱雀，北方玄武。“二十八宿”中的角、亢、氐、房、心、尾、箕七宿组成一个龙形星象，人们称它为“苍龙”。

每年的农历二月初二晚上，苍龙星宿开始从东方露头，角宿，代表龙角，开始从东方地平线上显现，大约一个钟头后，亢宿，即龙的咽喉，升至地平线以上。接近子夜时分，氐宿，即龙爪也出现了。这就是“龙抬头”的过程。之后，每天的“龙抬头”之时，均提前一点，经过一个多月时间，整个“龙头”就“抬”起来了。后来，这天也被赋予多重含义和寄托，最终衍化成“龙抬头节”。

按照既定的计划，在二月初二的这一天里，江浙丝绸商家中算得上大户人家的，齐聚在湖州府城内一处宽阔的院落里，院子里有一个高搭的戏台，平时有南北往来的戏班子唱戏就在此处演出，此时被当作“江浙丝绸商会”成立筹备会议的临时会场。在院子的四周，石榴含苞，桃花盛开，琵琶、石榴舒展着嫩绿的叶子，一派生机勃勃、春意盎然的景色。

今天来的这些丝绸大户，都是被当地人常挂在嘴边津津乐道的，也就是他们口中俗称的“四象”“八牛”和“七十二金狗”。这些名头不是空穴来风白叫的，各自都是按照他们的身家实力来划分的，据说，被称为“四象”的“广客隆”周家、“德胜行”高家、“兴昌隆”杨家、“万和”吕家，每一家的身家资产都超过了三百万两银子，“八牛”的每一家身家资产，也都超过了一百五十万两，至于“七十二条金狗”的家当必须得超过五十万两银子才能被列入这个行列里。这样粗粗算下来，今天到场的东家，如果把他们全部的身家资产加起来，足足有六千万两白银，这是一个非常可观、令人垂涎的数字。

这次筹备会议由“广客隆”周家发起，当然“广客隆”的东家周冰羽就是主角，他和其他“三象”坐在戏台之上。周冰羽看起来有些紧张，不时朝台下纯如坐着的方向望去。

其他商户的东家则按顺序坐在台下的长条木凳上，大家神情都很庄重，并没有出现人多嘴杂、乱哄哄的样子，毕竟这是江浙经营生丝和绸缎商人的大事，每个人都是有身份的人，自然不能如平常百姓来看戏时那般交头接耳、插科打诨。他们知道，这次会议，或多或少都会给自己带来一些好处，有些远见的人，正思考着如何借这个机会改变自己的命运。

高尚手搭凉棚往下观瞧，看下面的人都已到齐，他从位子上站起来，走到台前，轻轻地咳嗽了两声，清了清嗓子，然后高声说道：“既然各位东家都已到齐，那我宣布今天‘江浙丝绸商会’的筹备会议现在开始，现在请大家用热烈的掌声请出建立‘江浙丝绸商会’的发起人和倡议人，也是本次会议的召集人，‘广客隆’的东家周冰羽讲话！”

高尚说完，又重新坐到了自己的座位上，他和“兴昌隆”的东家杨梓传中间隔着“万和”的东家，两人自从来到了这会场之上，没有说上一句话，隔开坐，也是刻意安排的。

周冰羽有些紧张地走到台前，先朝台下拱了拱手，然后说道：“各位同仁，各位东家，不好意思，昨晚偶感风寒，身体有些不适，这样，让我的内人上台和大家说一说我们这个、这个商会筹建的目的和宗旨。”

周冰羽说话时，声音确实有些沙哑，说完，不待众人说什么，自顾转身回到了自己刚才所坐的位置上。

这时候，台下有些微微的骚动。

大家本以为，周冰羽是“广客隆”的新东家，又是此次筹备会的倡议人，年轻有为，饱读诗书，才华出众，想来一定是要有一番长篇大论讲给大家听的，哪知周冰羽竟然突然之间让他的夫人替他来讲，众人面面相觑，都有些摸不着头脑的样子。

纯如在台下，听见周冰羽让她去台上讲，真是哭笑不得。周冰羽临阵退缩，当了逃兵，更是让纯如措手不及。一是自己不是“广客隆”的东家，在这个场合，出面说话不合适。二是自己毕竟是个女人家，和一群大老爷们吆五喝六起来确实是不方便。再有，周冰羽这个行为会让外人耻笑他无能，连在台上讲个话都不敢讲，还何谈日后要坐这个商会会长的位置呢!

周冰羽平时和人说话，无论话题是什么，都能插言说上几句，并没有看出有什么问题来，可今天，怎么人一多起来，还不敢讲了呢？难道只是因为面对台下多了几十号人的缘故？即使受了风寒，讲几句话总归是应该没有问题的吧。但此时的情形之下，已不容纯如多想，她用手理了理发髻，站起身来，轻快利落，却又带着几分坚定，走上了台。

纯如弯腰给大家道了个万福，然后说道：“各位东家，我‘广客隆’的东家刚才说话时，大家也能听得出来，因为风寒，声音沙哑，说起话来确实不方便。那我就代他讲一讲我们成立这个商会的初衷……”纯如故意停顿了一下，好让刚才冷场时台下众人的骚动和窃窃私语停下来。

杨梓传看见女儿上了台，有些得意，虽然女儿代表周家出来讲话，但此时这种场景，在这江浙地界的丝绸行业里，父女同在台上，怕还是没有第二家能有他这种福气的，女儿真是替他争气，也为他挣足了面子！

而高尚则是一副漫不经心、无所谓的样子，他两只胳膊环抱在胸前，眯起了眼睛，只是自顾自地瞧着台下面的人群。

“说起来无论这丝业，还是这绸业，这关起门来各做各的生意，也是有几百上千年的历史了。自己一个店面，自己一本账，管理好伙计，交际好客户，最后把银子赚到手，也就行了，各显各的能耐，各有各的神通，说来，这就是各干各的好处，但无非也就这么多。可是大家有没有想到，也正因为如此，有一些人借机钻营，在外面私下偷打我们的旗号，以次充好坑害买家；有的商家囤积居奇，哄抬物价，赚取黑心的银两；有的肆意贱卖，赔着本钱赚吆喝，故意扰乱市场秩序；还有的时候，为了争抢客户，我们彼此之间也是互相压价，恶意竞争，最后都做了亏本买卖；还有一些情况下，因为信息不畅通，本来两家能合起伙来做的事，却费力不讨好地自己全做了，例如你只需要半车货，如果还有另外一家也刚好需要半车货，那好，同拉一车货，运费成本就少了很多，利润自然而然也就多了。诸如此类，还有很多，我就不再赘述，总之我刚才说的这些，只要我们有了自己的商会，这些自然而然就可以避免了，这也就是我们成立这个商会的初衷。”

纯如在台上说着，台下的人听得十分认真，有的频频点头，表示赞同纯如的说法，有的轻声和旁边的人合计了那么几嘴，立即凝神继续听纯如说。

“还有，最重要的，自康熙爷二十四年，广州‘公行’确立七十多年以来，都是‘外洋行’和‘福潮行’垄断着这里的业务。‘公行’里除了福建人，就是当地的广州人，被遮掩得风雨不透，我江浙的商贾一直被排斥在大门的外边。此时，乾隆爷刚过完六十大寿，正是春秋鼎盛之时，大家应该也听说了，朝廷要裁撤广州的‘公行’，这正给了我们江浙丝绸商户进军广州‘公行’的天赐良机！可是，你们也知道，我们在座的每一家单走出来去广州和他们拼，无异于以卵击石，不堪一击。只有我们精诚团结，抱起团来共同去面对、去争取，才有机会，也才有胜算，这也是我们成立这个商会的重要目的之一！一旦我们进得了这‘公行’裁撤之后的机构里面，能做得了主，能成了事了，那也就是我们江浙商人扬眉吐气、大展宏图的那一天！我们要直接去大把赚洋人的银子，我们要朝廷更高看我们江浙商人一眼！你们说，有这样的好事，你们做不做？”纯如一口气把她心中所设想的全部说了出来，真是不吐不快，说到最后的时候，自己也被自己感染了，面色潮红，很是兴奋的样子。

“做！”

“有这等好事，不做，是傻子！”

“今天就是我们江浙商人‘龙抬头’的时候！”

台下的各位东家听到此处，大多数人都不约而同站立起来，欢呼雀跃，偌大的院子里响起了雷鸣般的掌声，大家认为纯如说得非常有道理，也为纯如所描述的广州那里的远大前程而激动万分。

台上的杨梓传听得是瞠目结舌，他不敢相信自己的眼睛，更不敢相信自己的耳朵，这面前慷慨激昂的演讲者，是他杨梓传往日那个善良、安静又带着些许抑郁气质的女儿吗？这分明是这台上台下坐着的这些男人的领路人和舵手，在给他们道破迷津，给他们指引前进的方向！“长江后浪推前浪”，看来自己真的有些跟不上年轻人的脚步和头脑了，就是让自己上这台上讲几句，也说不出女儿这个水平来。

周冰羽更是在心里有些敬佩纯如的胆识，还有清晰明了、非常有条理的说话思路。想想自己一个大男人，关键的时刻竟然怯了场，临时拉纯如做垫背，自己只能灰溜溜地在台上坐着听着纯如说，不免又有些惭愧和懊悔。

高尚还是如刚才那般，看不出他是什么样的心情，懒散之中，透着一份气定神闲的样子，漫不经心，却也悠然自得。

大家目送着纯如走下台去，又窃窃私语起来，说的无非就是这商会真要是成立了，这商会还应该做些什么事，不该做什么事，该定下哪些规矩，等等。

这时候，台下中央位置坐的一个人，忽然站了起来，对众人说：“这成立商会我们都赞成，可没有规矩不成方圆，我们下面是不是应该把这商会会长的人选推举出来呢？”

第六十章　宝座针毡

听到有人提出了要推举出商会会长人选的问题，大家马上安静了下来。家有千口，主事一人，选出一个德高望重、德才兼备的会长来，给这个商会掌舵把脉，谋利兴业，这可是关乎大家切身利益的大事，也是关乎未来“江浙丝绸商会”能否有一番成就的重要决策，大家当然都认为，绝不能掉以轻心，不能草率推荐，必须慎之又慎。

台下坐着的“七十二金狗”看着同样坐在台下的“八牛”，台下坐在前排的“八牛”望着台上坐着的“四象”，彼此之间都是在用眼神交流，交换意见，见机行事。

高尚抢先一步站了起来，走到台前，大声地对众人说：“既然话已经说到这个份上，我们的‘江浙丝绸商会’此时此刻也就算正式成立了，既然是筹备会议，那定然是要推举出会长来的。那好，我就表达一下我的个人意见，我推举……”高尚故意停顿了一下，表示自己所推荐之人，是经过自己深思熟虑过的样子。

台上的其他三人和台下的众人，都纷纷竖起了耳朵，仔细倾听，他们要看看年轻有为、心高气傲的“德胜行”东家高尚到底要推举个什么样的人。

“我推举‘广客隆’的东家周冰羽来坐这我们商会的会长宝座！”高尚十分肯定地说出了他要推举的人选。

周冰羽虽然事先知道高尚要推举他，但是在此地此时听起来，感觉还是难掩激动的心情。他忍不住向高尚投去了感激的目光，心脏也是“怦怦”地乱跳，失去了原有的节律。高尚果然没有失言，想来自己现在已经摸到了那会长宝座的半个椅子边儿了。

“为什么我要推举周东家？首先，他年轻有为，饱读诗书，是一个家事、国事、天下事，事事都关心之人，这样的人，一定会站在咱们的立场上，为我们谋取利益。我也相信，他这样的人，假使朝廷有什么做得不公正的地方，周东家都可以代我们去抛头颅、洒热血，为咱们去讨公道。其次，我再重申一下，我们这个‘江浙丝绸商会’成立的发起者和倡议者，包括此次筹备会议的召集人，都是周东家一人所为，周东家这也就理所当然地应该成为我们这个商会的会长，你们说是不是？”高尚继续补充说明了他推举周冰羽的原因。

周冰羽听到高尚这样抬举他，心里自然是热血沸腾，喜不自禁，脸上不免也露出了几分得意的神情。

坐在周冰羽旁边的杨梓传却是面如沉水，明明周玉当着他的面说好的，周家要推举自己来当这个会长，但看现在的情形，周冰羽是一点儿谦让自己的意思都没有，难道是周玉被关进了大牢，周冰羽自己私下里瞒着父亲改了主意？还是那日周玉本来就打上了糊弄自己的主意了。

还有让他想不通的是，周冰羽怎么和高尚搅到了一个锅里？高尚举荐周冰羽，这完全出乎杨梓传的意料。按照他的想法，他怎么也想不明白高尚为何要放弃争取这会长的位置，而大度地让给周冰羽来坐。不是周冰羽主动去巴结高尚，和高尚私底下达成了什么见不得人的秘密协议，就是高尚背后对周冰羽有不可告人的目的和企图，否则的话，高、周两家，高尚和周冰羽两人怎么着也没有走到一起做这件事情的道理。

想到此处，杨梓传朝下面坐着的曹叔使了个眼色，曹叔则是心领神会，他拉了一下坐在旁边一位东家的衣襟。

那位东家心领神会立马站了起来，他这一站起来不要紧，他的周围有二十多人也呼啦一下，都跟着站了起来。那人高声喊道："高东家推举'广客隆'的东家做会长，我们坚决反对！论辈分、论资历、论声望、论经验、论能力，'广客隆'的老东家周玉还可以入列，但他此时却在知府衙门的大牢里，也就没了这个机会，那现在这会长的位置，也就非'兴昌隆'的东家杨梓传莫属了。'广客隆'虽然是这商会的发起人，但并不代表就有当这会长的资格，如果高东家一定要坚持已见，不顾及我们的感受，那我们就不参加这个商会也罢，以免日后吃亏上当，得不偿失。还有，我们听说，大年初五那天，'广客隆'的老、少东家，亲自去杨东家那里拜访，他们是求得杨东家的肯定意见之后，才大张旗鼓去操办要建起这商会的，没有杨东家的支持，怕是周东家也没这能力，把我们这些人都召集到这里来吧！"

"那是，那是。"那位东家刚说完，站在他一旁的那些人立即随声附和起来。

高尚知道，这些人一定是杨梓传私下结交的，甚至出现这样的场景，他们这一伙人都早已预料到，并已事先都排练好了的。他不禁心中暗笑，这样小儿科的做法也只能是糊弄周冰羽这样的人，这些人在他高尚看来无非就是些上不了台面的跳梁小丑而已。他虽然斜眼看见了周冰羽向他投来企盼和求救的目光，但他只是装作没有看到，深深地把头低了下去，摆出了一副话已说完、事不关己的样子。

纯如在下面急得团团转，眼看着自己的丈夫和父亲因为会长之事，要在台上竞争起来，两家刚刚有了重归于好的势头，现在看起来又要闹起生分来。真是大水冲了龙王庙，自家人不认自家人。会长之争，看来无论结果如何，杨梓传和周冰羽二人今天总是要有个人下不了这个台面了。她看见自己的父亲像个没事人似的，闭着眼睛，脸半朝向天，一副冷漠严峻的样子。周冰羽则是在台上坐立不安，脸上青一阵紫一阵，既有些狼狈又十分恼火的样子。

这时候，又有一群人站起来喊："我们看啊，高东家是最合适的人选，他综合了周东家和杨东家两人的优点，集人所长，补己之短。他有周东家的年轻资本，又有杨东家的经验资历，我们放着这样的人不用，那还有谁更合适做我们的会长啊？你们说，是不是？"

这一群人刚喊完，立马又有一群人站了起来，都随声附和道："那是，那是，高东家最合适。"

高尚听到台下吵吵嚷嚷要自己当会长，又站了起来，高声喊道："大家不要起哄，否则今天这个会长，到了后半夜也选不出来。我声明，我是坚决不干的，你们看吧，在周东家和杨东家之间选出来一个就行了，这么耗着，终究不是个办法！他们两人，你们选谁，我都没意见。”高尚一边坚决推辞着，一边改变了自己刚才只推荐周冰羽的想法，而后，再次坐在那里闭目养神。

下边人听见了高尚的话，知道高尚确实是真心不想当这个会长，也就不再坚持推荐他，但人们都伸出拇指，称高尚大度、礼让，有不为名利所动的高风亮节。大家就按照高尚说的这个意思和思路，在台下商量了起来，台上的周冰羽还是杨梓传到底哪一个人更能胜任这会长的职责。

但明眼人都能看得出来，支持杨梓传的人是非常多的。杨梓传和底下在座的大多数人都认识，并且其中的很大一部分人，都是杨梓传事先和他们过好话了的，要他们在今天这个场合里，一定要支持自己做会长。并且也承诺，一旦当上会长，一定为这些人谋取一些利益作为回报。

高尚看大家一时半会儿怕是拿不出主张来，就又站了起来，说道：“各位，你们在底下这样讨论来讨论去也不是个办法，我看这样吧，我们举手表决如何？”

“同意！”

“那好，支持‘广客隆’东家周冰羽当会长的请举手。”高尚高声喊道。

台下有十几个人举起了手。

“那接下来请支持‘兴昌隆’东家杨梓传当会长的举手。”高尚再次高声喊道。

台下有五十多个人举起了手。

周冰羽一看就知道，完了，这会长的宝座，到底还是让自己的岳父当着自己的面给抢去了，真是又羞又恼，他站起身来转身就走。

高尚见状，连忙拉住他，附在周冰羽耳边说道："周兄，莫急着走，台下这么多人看着呢，传出去会说周兄度量太小，白白让人家笑话。要走，也等我宣布完结果，我陪着你一起走也不迟。"

周冰羽听了高尚的话只好作罢，重新回到了自己的座位上，气呼呼地坐在了那里。

高尚像要喊破了嗓子似的，大声说道："那我宣布，我们新成立的'江浙丝绸商会'的第一届会长由'兴昌隆'的东家杨梓传担任，任期三年，到期任满后，再另行组织选举。"

台下面则是响起了一片掌声，算是对商会会长推荐结果的认可。

杨梓传这时也颇为得意地笑了，站起身来，连朝台下拱手施礼，嘴里说着什么"真是为难老朽了""却之不恭啊"等言语，台下的人则有给梓传道贺的，有嘴里嘀嘀咕咕在骂娘的，会场里显得有些混乱。

忽然，院子外面传来锣鼓开道的声音，也夹杂着马匹和多人奔跑的声音，一时间，院门大开，闯进了一队人马，大约有一百五六十人的模样，他们的衣服上有的是个"兵"字，有的是个"勇"字，手里都拿着各式的武器，待他们进到院子来，立即四散开去，将会场里的人团团围困在中间。

众人里有识货的东家，小声嘀咕着："湖州知府衙门辖属节制的戈什哈来这里干什么？"

当中有一人，好似这些当兵的头头，高声对众人喝道：“你们都坐在自己的位置上，谁也不许动弹半分，否则，立即以‘妨碍衙门执行公务’论处，严惩不贷，绝不姑息！”

众人听见了，大气都不敢再出，都乖乖地坐了下来，一时间，刚才乱哄哄的会场也随之安静了下来。

这时候，从院门口又进来一顶四人抬的轿子，等轿子四腿着了地，立马有一个戈什哈跑上前去，将轿子帘向一侧掀了起来，一个官员弯腰从里面走出来。

众位东家里有一些人是认得他的，此人正是湖州知府李靖。

第六十一章　王法何在

一行人拥着李靖走到了台上，高尚立马站起身来，知趣地给知府大人让了座位，杨梓传、周冰羽及“万和”的吕东家三人也连忙离开座位，垂手立在一旁，把头都低了下来。

李靖坐下后，面上好像挂了一层霜似的，没有一丝温和的模样，一只手按在膝盖上，一只手指着台下的众人，大声喝问道：“你们这一大帮子人，聚众此处，是为何事啊？”

台下的人听见李靖的问话，都把头低了下来，没有一个敢出声回答知府大人问话的。

李靖看无人答话，便扭过脸来，甚是严厉地问高尚：“你可听清楚了本大人的问话？来，你来如实回答，不得欺瞒！”

“回大人的话，我们在这开筹备会。”高尚规规矩矩地如实回答。

“你们开筹备会？为何而筹备啊？”李靖接着问。

这时候，台下一个胆大的，看李靖虽然面色难看，但言语好像平和了一些，就仗着胆子站了起来，回答道："大人，我们在开'江浙丝绸商会'的筹备会。我们要成立商会，维护我们商人自己的利益！"

"大胆！"李靖一声断喝，吓得刚才答话的那个人，一个趔趄坐在了地上。

"成立商会维护你们的利益？我且问你，谁又曾伤害了你们的利益不成？是我李靖鱼肉你们了？还是知府衙门为难你们了？再就是朝廷有作践你们的地方了？如果这些都没有的话，你们又是维护哪门子利益？你们可知污蔑地方官员，故意抹黑，对抗朝廷是犯了死罪的吗？"李靖突然间连珠炮似的发问，甚至咆哮了起来。

此时台下的气氛变得异常紧张起来，空气好像凝固了一样，谁也不敢再站出来说话，生怕自己一个不小心，再如刚才那个人一样，捅出什么篓子来。

看这次没有人主动出来回答他的问话，李靖就继续问道："这个商会的筹建，谁是发起人？"

大家虽然没有回答李靖的问话，但却齐刷刷地把眼睛看向了台上的周冰羽。

周冰羽被众人瞧得手足无措，冷汗也从额头上冒了出来，浑身像筛糠似的抖个不停，他明白想躲是躲不了的，忙走到李靖面前，躬身回答道："大人，是我。"

"那今天你们所谓的这个筹备会，谁又是召集人呢？"李靖恶狠狠地盯着周冰羽问。

"回大、大人的话，也是我。"周冰羽有些结结巴巴地回道。

"呵呵，行啊，是条汉子，承认得倒还算痛快。那好，我问你，你叫什么名字？商号又为何名？你要成立这个商会的目的是什么？”李靖问。

“大、大人，我叫周冰羽，是‘广客隆’的东、东家。大人，真没、没有什么目的，就是，想、想把大家团、团结起来，一、一致对外。”周冰羽被吓得有些结巴，说话也是上气不接下气，断断续续的，整个身体颤抖得更厉害了。

“‘广客隆’？周冰羽？那我问你，你是在押犯人周玉的什么人？”

“周玉是在、在下的父亲。”

“哼哼，团结起来，一致对外？周冰羽，我看你真是吃了熊心豹子胆，你告诉我，哪里是你说的‘外’？我看你分明是因为你父亲被押在大牢里心有不甘，怀恨在心，想在此结党营私，对抗我湖州知府衙门，反叛朝廷吧？”李靖说完，腾地站了起来，挽起了马蹄袖，用手指用力地戳点了几下周冰羽的脑门子。

不单是周冰羽，就是台上、台下的所有人，听到李靖把“反叛朝廷”这么一顶大帽子，扣在了周冰羽的头上，都不禁倒吸了一口凉气，这可是重罪啊，如果这帽子摘不下来，就是诛灭九族也是完全可能的。

周冰羽“扑通”一声就跪在了李靖的面前，哭着说：“大、大人，小的不敢，小的不敢，还望大人明察！”

“你不敢？那我问你，你做此事之前，为何不主动上我知府衙门报备信息？为何不经过我的批准，就胆敢在此聚众密商大事？你不敢？刚才台上不是还有人在夸奖你，家事、国事，事事关心，还可以为了大家抛头颅、洒热血呢吗？怎么着，此时见了本官，就变成了脓包不成？”李靖还是恶狠狠地质问周冰羽。

李靖说的这里面的后几句话，都是高尚刚才在台上用来推荐、吹捧周冰羽的，哪承想，李靖听得是一字不落，都记在了心中，此刻都用来当作周冰羽谋反的罪证。

周冰羽被问得摸不着头脑，这成立商会还需在知府衙门报备信息？还要经过知府大人批准？自己也不知道这码子事啊！此时，也真是被问得哑口无言，没敢再回答李靖的问话。

“哼，好，不再狡辩，即是默认了罪行。来人啊，把这个周冰羽押下去，等回到衙门，给他投进大牢，待本官细细审问。”

李靖一声喝令，两个戈什哈立即跑上台来，将周冰羽两个胳膊倒扣在背后，连推带搡地押了下去。

周冰羽连声喊着：“大人，冤枉啊，冤枉啊！”可李靖就像没听着似的，把脸扭向了一边，还是气哼哼的样子，显然怒火还没有消。

高尚的脸上则浮现出一丝旁人不易察觉的冷笑。

“还有，我问你们，既然你们这会上选出了商会会长一职，那就把这会长请出来吧，本大人有话和他说。”李靖不阴不阳地说。

杨梓传听到李靖这一句话，身上也是一哆嗦，看来今天自己也将在所难逃，但自忖无法逃避，连忙小跑到李靖面前，躬身抱拳说道：“李大人，在下不才，被这些东家们选为了商会会长。”

“呵呵，刚才那位是组织者，你呢，是现在这个非法组织的领导者，来人呢，将他给我一并拿下，押解回知府衙门。”李靖一个冷笑，再加上这么一句让人胆战心惊的话，整个院子里的气氛变得更加沉闷压抑起来。

杨梓传怎么也没料到，李靖不问青红皂白，要将自己押解起来，他当上这会长还没有一炷香的光景，转眼之间，就成了湖州知府衙门的阶下囚。杨梓传不服气，也十分恼怒、气愤，但他知道，此时哭喊都是没有任何用的，唯有等把事情弄明白了，才能还自己一个公道。所以杨梓传没有任何反抗，任凭两个戈什哈拽着胳膊往台下走。

“大人，且慢，民女有话说。”纯如一边喊着，一边冲到台下的最前面来，站在了李靖的对面，扬起脖子看着李靖。

“你是什么人？你有何话要讲？”李靖见是一个俊俏模样的少妇，说话的声音也变得柔和了一些。

“回大人的话，民女是周冰羽的内人。大人，请问，我们组建商会，到底犯了《大清律例》哪条哪款，惹您到这里来，不问青红皂白，就要将人抓走？我们商人成立商会，一不杀人越货，二不抢劫放火，我们的目的无非要抱团在一起，做一番利国利民的大事业，给江浙父老谋利益，增光添彩。知府大人不但不支持我们，怎么反而在您的嘴里，我们就成了忤逆朝廷，要和朝廷作对的要犯了呢？我们此次筹备会议是没有报备给知府大人，可我们今天所为，对天对地问心无愧，我们最多也只是犯了一个没有走报备程序的错误，知府大人到这里来，尽可以批评教育我们一番，我们马上补上这个报备程序也就是了，怎么大人非要治我们这么大个罪过呢？”纯如面上并无激动慌张的神色，只是有理有据、掷地有声地对李靖说明这件事情。

李靖没有想到脚底下这个弱女子，如此沉着冷静，不卑不亢，他一时间，也无法回答纯如对他提出的问题，脸上红一阵，白一阵，被气得青筋暴跳，忍不住恼羞成怒："放肆，你竟敢对本官如此无礼！哼，犯了什么王法？那我告诉你，我就是王法！我想押走他们，难道你敢拦着不成？"

"民女当然不敢。但当今乃是康乾盛世，青天红日、朗朗乾坤之下，黎民百姓遵循的都是朝廷的法度行事，王子犯法还与民同罪，万岁爷也不能说他就是王法的，大人您当着我们这些普通百姓的面，自作主张，说您就是王法，这话要是传到京城里那些御史大人们的耳朵里，是不是您也要背上这个'僭越皇廷、乱典擅权、损贬朝廷'的罪过呢？您这么说，更是让我等草民不寒而栗，唯恐哪一天不小心惹了您的不高兴，就会被您莫名其妙地抓了去。"纯如继续和李靖争辩着。

这时候，台下的人群也不如刚才那般安静了，就是有些戈什哈也有些交头接耳起来。终归是法不责众，商户的东家里有些胆子大的，竟然暗自给纯如竖起了大拇指，表示对纯如的敬佩之情。

李靖此时进也不是，退也不是，真正是下不了这个台面了，他被纯如逼问得狼狈不堪，索性横下一条心来，我连你一起抓走，看你还如何在这里和我不知深浅地张牙舞爪！

想到这里，李靖说："本官刚才看你也上了台的，代要犯周冰羽在台上讲了话的，还说了不少蛊惑人心之语，本大人原本只想今日抓走这组织者和领导者也就算了，哪承想，你这不知死活的妇人，竟然不知进退，不思悔改，当众羞辱本大人，硬要往本大人的刀刃上撞！那好，今天本大人就成全了你，和你的郎君一起去牢里做个伴吧。来人啊，把她也给我带走！"

纯如听到李靖的话，毫无惧色，笑着对李靖说："大人，您要记住，善恶终有报！今天，您拿着朝廷的俸禄，却用朝廷给你的公权徇私枉法，遮天蔽日！我就不信了，我大清朝如此盛世之时，就没有了老百姓说理的地方了！”

纯如对李靖说完，又转过身来对众人说：“各位东家，今天让你们受惊了，今天所发生之事，你们也都看在了眼里，公道自在人心，我今天在此和你们说，这个‘江浙丝绸商会’，但凡我纯如有出头之日，一定要将它建立起来！”

台下众人听了，竟然不由自主地鼓起掌来。

李靖见此情况，知道不能再久留，忙一挥手，走下台去，钻进了轿子里，后面跟着那些戈什哈，押着纯如、周冰羽、杨梓传三人扬长而去。

高尚在台上望着他们远去的背影，满意地笑了。

这是继他让周璞出面举报周玉偷漏税银之后的第二步好棋，也就是那日在知府衙门里，和李靖耳语时，告诉李靖如此这般做的。

他还有第三步棋！

第六十二章　锦囊显灵

纯如被带回知府衙门，然后被投进了大牢里。因为她是一个女犯，所以单独被关进了大牢里一处僻静的角落。她有满腹的委屈和不解，可人在此处，她无人可诉，也无人能听她诉说。

她闭上眼睛，坐在冰冷的地面上，思前想后，努力地想把今天发生的事情弄明白。倡议发起建立“江浙丝绸商会”不是自己的首创，山东、山西、安徽等地，各个行业都有自己的商会组织，甚至有些商会在京城和其他一些地方还都开有自己的楼堂馆所，为的就是人员往来、打尖住店行个方便。商会也会在本省里的老乡遇到困难时扶贫救孤，为赶考的学子安排住宿、研习等诸多事情。可为什么这样的事情到了自己头上，就成了大逆不道、对抗朝廷和知府衙门了呢？

李靖对成立商会之事有如此多的偏见和气恼，难道李靖为官多年，绥靖一方，不知道成立商会的益处吗？即使不知道有益处，可他也不能不分青红皂白，就把一个对抗朝廷这样足以诛灭九族的罪名生生地扣在周冰羽和父亲的头上啊！这明显带着一股以权代法、借权打人，用公权来发泄私愤的味道。

他这样做了，又为了哪般？杨家人和周家人都不曾得罪过李靖，就是公爹周玉的事情，也完全是按照李靖的意思，羁押在牢里，等待查明真相。作为家属，周家人一直没有去知府衙门里哭闹过，一直都是在静静地等待消息。思来想去，纯如自认为从来没有做过什么出格的事情。

她又想起了"德胜行"东家高尚在这件事情上前前后后的所作所为。自己主动去找高尚，让他帮忙联络各个商户，筹备成立商会之事，高尚是满口应承，样子也是欢欣鼓舞的，高尚在这其中确实出了不少力气，按理说，高尚不可能对这商会暗地里做什么手脚。高尚来到家里，要推举冰羽做会长，自己当时也是在场的，虽然话里话外能听出，高尚有些挑拨周冰羽和父亲不和的话外之音来，还有他夸大其词地吹捧周冰羽的才学之外，她并没有看出高尚有什么其他的异样。今天在台上，高尚也是践行了自己对周冰羽的承诺，主动出来举荐周冰羽，就是台下有人说要推举高尚本人，高尚也是一口回绝了的，这说明高尚对这会长的位置没有觊觎之心。

可纯如有一点想不明白，今天的筹备会上，高尚作为组织者身份出现，在台上不单是主持人，还说了好多话，就是李靖嘴里强词夺理说出的那几句，所谓周冰羽要对抗朝廷"抛头颅、洒热血"的证言，也是从高尚嘴里说出来用来吹捧周冰羽，抬高周冰羽身价威望的，可为什么李靖却对高尚视而不见，听而不闻呢？如果按照李靖的逻辑推敲，周冰羽是主犯，高尚至少也得算上是个从犯和帮凶，也同样得被关进这大牢里啊！可眼前，明明是高尚什么事也没有，自由自在的好人一个！这真是让人奇怪，难道是李靖匆忙间把高尚这个“犯人”给忽略掉了？

至于父亲杨梓传，纯如认为他没有出卖商会的必要。父亲是一心要坐这会长的位置的，公爹周玉主动退出了竞选，特别是后来公爹又被关进了牢里，父亲从哪方面来讲，胜算都是很大的，推举的结果也证明了这一点。何况父亲也作为李靖口中的商会的领导者，同样也被关进了大牢里，那才真叫一个冤枉，刚当上会长一小会儿的光景，就被当作结党营私的主犯成了阶下囚，父亲也不可能在这里面做什么见不得光的事情。

纯如思来想去，也没有理出个头绪来。

现在怎么办？周家一门三口都身陷囹圄，不能自保，“广客隆”的生意怎么办？周家谁人来支撑？马上要着手开工的织房和染坊此时失去了主心骨，又该怎么办？想想都让人挠头。

纯如也有些后悔，刚才有些意气用事激怒了李靖。如果她没有让李靖下不来台，她至少不会被带走关进这牢里。如果自己此时在外边，至少家里面的事和生意上的事她是能拿得起来的。还有，公爹周玉和周冰羽的事情，她在外面能去四处活动一下，事情有可能会好办得多，可眼前想这些都不可能了，也不现实！

正在纯如胡思乱想之时，只听“哐啷”一声响，牢门被打开了。一个约莫有五十岁模样的老女人走了进来，长相极为凶悍，面目可憎，一脸横肉丝儿，随着一双大脚板走起路来，胸也是一颤一颤的。老女人面上也带着狰狞的恶笑，乍一看，好像是凶神恶煞一般，她手里紧紧攥着一个有拇指粗细的鞭子，能看得出刚刚被沁过了凉水，水流还顺着鞭子头往下淌着。

纯如看见此人，是分外害怕。

“你是什么人？”纯如忍不住有些恐惧，高声地喊道。

“哈哈，问我什么人？亏你问着了，我是阎罗王的人，专门索人命的。”老女人一边说着，一边走到了纯如的近前，伸出她那又黑又大的手来，老鹰抓小鸡一般，就把纯如从地上拽了起来。

“大婶，你我往日无冤，近日无仇，你要干什么？”纯如的喊声比平时遇到害怕的事情时，变得尖厉了许多倍。

老女人的力气实在是太大，纯如被她拽得身上像散了架一样，全都发痛。还有那老女人此时就和自己面对面，那样子变得更加恐怖了。

“谁是你大婶，我告诉你，别人都叫我‘黑无常’。无冤无仇？你今日得罪了知府大人，让他在众人面前下不了台面，这就成了冤仇。这是你自己造的孽，我就是来让你这孽障受点苦头的！”

老女人说完，从腰间拿出一根绳子，要将纯如捆绑起来，吊在牢里的房梁上。

纯如一听，明白了此人的来意，老女人是受李靖的指使来找她出邪气来了，看来今天是凶多吉少啊！想到此处，纯如本能地挣扎了起来。

老女人见纯如反抗，更加惹火了，一边口中说着：“小娘们儿，老娘还治不了你了！”一边抽出一只手来，左右开弓，就照纯如的脸上打了两巴掌，纯如只感觉眼冒金星，她能感觉出脸上火辣辣地疼，也好像是有些肿了，鼓胀胀的，耳朵也在嗡嗡作响。

老女人将纯如吊了起来，没有再说话，抡圆了手中的鞭子就要打。

忽然间，老女人像傻了眼似的，脸上泛出了惊恐之色，显然她看着纯如被吊起来后露出的挂在腰间的香囊，忙不迭丢了手中的鞭子，连忙将纯如从房梁上放了下来。然后匍匐在纯如的面前，痛哭流涕，口里连声喊着："在下有眼不识泰山，请帮主恕罪！"

纯如被老女人的举动吓得更蒙了，这是怎么一回事？刚才老女人如凶神恶煞，对自己要打要杀，怎么突然间又对自己如此这般卑微了呢？还有老女人嘴里喊的帮主？什么帮主？谁是帮主？难道说我是帮主？看来老女人是认错人了吧？

纯如见老女人还在地上，连忙去搀扶她起来，说道："大婶，你说的我不是太明白，你能否说明白一点，这到底是怎么回事？"

老女人见纯如并没有理会她，继而又跪下说道："帮主，您就不要再故意为难在下了，刚才是我有眼不识金镶玉，打了帮主，我该死，该死！"老妇人说完，竟然自顾自地打起了耳光。

纯如有些急了，连忙拉住老女人，说道："大婶，我真不知道你所说的什么'帮主'，我确实也不是什么帮主！"

老女人听了，再看看纯如的神态，她知道纯如并没有说假话。她又腾地站了起来。

"请把你腰间的香囊解下来，让我看看。"老妇人虽然听见纯如说不是她口中所言的"帮主"，但言语间已是客气了不少。

纯如解下香囊，交给了老女人。

老女人恭敬地接到手上，上下左右翻瞧，口里自言自语："这确实是我们'宣州头'帮主的信物啊，虽然我没见过新帮主长得是什么模样，但这信物，在帮里都是有画像流传的，弟子们平日里也都铭记在心，不敢差出分毫的。"

“那请问您，您这香囊是从何而来的呢？”老女人问纯如。

“我结拜姐姐给我的。”纯如如实回答。

“那请再问您，您结拜姐姐尊姓大名？”

“钱春娇。”

老女人听见纯如说出了香囊的来历，非常激动，立即拱手对纯如说道：“师叔在上，容徒弟一拜！”

接着又说道：“这香囊正是我们漕帮‘宣州头’帮主的信物，此物在眼前，就如同帮主站在我前面。刚才不知轻重，得罪了师叔，还望您恕罪。”此时，老女人说起话来，没有刚进来时的粗鲁与泼皮的样子，就像只小绵羊一样，温柔可亲。

纯如听老女人这么一说，也恍然大悟。这个香囊是钱春娇去广州之前，从腰间解下来赠予她的。还特地说了，如果有什么灾难的时候，或许能用得上，看来，今天就是派上了大用场。

纯如对老女人也是一拱手，说道：“什么恕罪不恕罪的，今天是大水冲了龙王庙，好歹我是今天碰见了你，要是碰见了别人，或许此刻早已是小命休矣，看来我们也是有前世的缘分啊！”

老女人听了，咧开嘴，嘿嘿一笑，说道：“师叔，你说对了，今天李靖让我在这里找你麻烦，不保明天他再派别人来，我想，我得帮助你逃出去，才是万全之策。”

“不行，我不能出去，那样的话，我就不成了越狱了吗？没有罪，最后也就真成了罪人。”纯如对老女人肯定地说。

“师叔，你不知道，你被关进了这大牢容易，可你想再出去就难了！知府大人有的是由头不让你出去，即使你什么罪名也没有，就以一个‘案情不清，继续调查’的由头关你个三年五载的，也是正常的事。要是知府大人再对你怀恨在心，随便找几个碴子，把你折磨死，也是说不定的事。依我看，咱好汉不吃眼前亏，留得青山在不愁没柴烧，你还是逃出去，想办法，把这件事情平息了也就完了，再不行的话，你去找我帮主，上她那里进了帮里，官府对你也是没有什么办法的。”老女人长相凶悍，但说起话来确是入情入理。

纯如仔细地听着老女人的话，感觉十分有道理。要真如老女人所说，不明不白地死在了这牢里，周冰羽、公爹和自己的父亲都还在牢里怎么办？他们的冤屈又何日能得到平反呢？如果不能把他们从牢里捞出去，这周、杨两家从此也就完了！

想到此处，纯如对老女人微微地点了点头，表示同意老女人的建议。

老女人也甚是高兴，对纯如说：“师叔，那好，我今天晚上就来救你出去，你放心，不会出什么差池的。哦，忘了介绍我自己了，我叫蜡梅，十几年前，因为婚后长期不受夫家待见，那个杂种总是虐待于我，我失手打死了他，之后被衙门的人四处通缉追捕，我四处躲藏了好多年，但终究还是没有躲过捕快的眼睛，就在要被抓住的时候，是前任帮主救了我，我也就投在了他的门下。后来帮里打通衙门的关系，主动将我送到衙门里来，做了一个专门整治女犯的狱卒，李靖知道我的狠劲，能为衙门所用，也就没有再追究我什么。”

第六十三章　猛虎出笼

子夜时分，蜡梅又偷偷潜入了纯如待的牢房里。

她塞给纯如一包药，说："师叔，这是一包江湖人称'过阴散'的药，人吃进去之后，就没了呼吸、脉搏，如同死人一样，一个时辰之内，人的性命是没有任何问题的，在这个时间之内吃上解药，再等上半个时辰，就什么事都没有了。现在我就给你服下，师叔，你不要紧张，等药性一发作，我就救你出去。"

纯如知道蜡梅没有任何恶意，顺从地接过了药，然后不无感激地说："这事做不好，也担着你的身家性命，会无端让你陪着我受罪，我这心里真是过意不去，真是谢谢你了！一会儿，你也要小心行事，不可强求！"说完，纯如一扬脖子，将药吞服了下去。

不一会儿的光景，纯如就陷入了"死人"一样的状态，脸色蜡黄，眼窝凹陷，身体僵硬，人也没有了呼吸，乍一看就是一个刚刚死去不久的"尸体"，变得冰冷挺直，毫无气息地躺在了地上。

蜡梅从口袋里拿出一个装有猪血的瓶子，打开了盖子，将已经有些发乌的血液涂抹在纯如身体的各处，然后，又拿出一个棉布做的口袋，将纯如塞了进去，再将口袋扛在了自己的肩头，往大牢门外走去。

大牢门外当值的两个狱卒，看见一个人影扛着个大口袋走了过来，连忙拿着松油的火把呼哧带喘地跑了过来。

“你是什么人，快给我站住，你胆子也太大了，大半夜偷东西，竟然偷到我们知府衙门大牢里了！”

蜡梅并没有停下来，而是径直向两人走去，一边走，一边吵嚷着说道：“大半夜的大呼小叫什么？你个龟儿子是学野猫发春了？瞎了你们的那双狗眼！”

一听这粗鄙下流的嬉笑怒骂腔调，其中一个狱卒就知道，没旁人，一定就是那蜡梅。

“这是谁啊？怎么这么横？”另外一个今天新来的狱卒问。

那位一边跑着，一边说：“别提了，这老女人，不单是悍妇，那就是一个土匪头子，不光什么都敢说，也是什么都敢做的主儿。你要惹着她，她一定是骂你个狗血喷头，两腿打战，尽了她的兴致才行。她哪是个女人啊？她比男人还男人！”

两个狱卒走到蜡梅近前，其中一个说：“我说蜡梅，你这死娘们儿，这大半夜的，你不去焊你的猪头，吵吵嚷嚷的，扛个口袋干什么去？”

“你管我呢？快让开路，别耽误我正经事。”蜡梅干脆就没在乎他。

“哟，正经事？莫不是你这口袋里装着哪个牢房里关着的小白脸，你要将他扛回家让你消遣？哈哈。”

“哈哈。”那个狱卒说完，又是笑了一阵子。也是，这大半夜没事闲的，拿蜡梅打趣取乐也是挺好玩的一件事。

“别说，真让你两个龟儿子给猜着了，老娘我真偷了个人，可惜啊，是个小娘们儿，真晦气。”蜡梅有些无可奈何地说。

两个狱卒见蜡梅说话好像有几分认真的样子，也严肃了起来：“我说蜡梅，这平日里说是说，笑是笑，但这知府衙门的大牢，关着的可都是重犯，这可不是闹着玩的，你给我放下来，让我们哥俩瞧瞧。”

“我说你们两个龟儿子，听说是个小娘们儿，瞧你们那猥琐样，还要瞧瞧，老娘告诉你们，小娘们儿是小娘们儿，可惜啊，死了！”蜡梅一边说一边把肩上的口袋放在了地上。

“死人？”两个狱卒一边打开布口袋，一边惊讶地说：“这不是今天刚弄进来的那个如花似玉的小娘子吗？怎么着，这就让你给弄死了？”

“是啊，老娘遵大人之命，要我好好改改这个小娘们的臭脾气，哪承想，一个不留神给打死了。”

两个狱卒借着松油火把的亮儿，凑近纯如的脸仔细观瞧，其中那个新来的有些胆怯地说：“老张，我看这人好像是真死了。”

另外一个壮了壮胆子，用手指去触碰了一下纯如的脸，又将手指上沾着的血，凑到了自己鼻子边上闻了闻。

“我说你这个龟儿子，真是个杂碎，连死人你都不放过，小心她诈了尸，连你的小命也一起带到阴曹地府里去！快给她磕个头，让她饶命，要不一会她就上了你的身，折腾你个王八蛋半死不活的。”蜡梅吓唬着那个狱卒说。

那个狱卒好像是听了蜡梅的话，真是有些害怕了，不再去仔细查验那具“尸体”了，而是对着蜡梅说：“我怎么闻着，不是人血味呢？这血味，怎么好像刚被杀的猪血味呢？一股子土腥味！老王，不信你闻闻！”

“这大半夜的，我只想闻女人的胭脂味，我可不闻这死人的血腥味，让人晦气，要闻你自己闻吧，别带上我。”新来的那个狱卒回答道。

蜡梅又笑骂道：“你个龟儿子，厉害了，人血味和猪血味你都能分辨出来，你没闻闻你自己的血到底是个什么味道？你信不信，我一巴掌能给你打出个狗血味来！你是什么意思啊？要不，老娘把这个小娘们儿今晚放你被窝里，你搂她一宿，仔细闻闻她到底是个什么味？但咱可得把丑话说到前头，明早儿，你们可得替我去知府大人那里交差。我得趁着这月黑风高的时候，把这小娘们儿抛了，明天一早，人多嘴杂，传出什么对知府大人不利的谣言来，知府大人可不能再找我，到时候，他得找你们，说你们误事，到时候有罪过，也是你们的，和我蜡梅无关。”

两个狱卒听了蜡梅的话，面面相觑，有些拿不定主意。

要说在这牢里打死个人，也是经常的事，有的是被严刑逼供而死，有的是被一个监号里同住的犯人欺负死，有的是被仇家买通了关系活活地被看管犯人的牢头在里边给打死，有的还落下一个连尸首都没了的下场。死了人的家属，几番哭闹以后，最后都因为无凭无据，与衙门又耗不起光阴，也就不了了之，自认倒霉。

“你们两个龟儿子，今晚到底是怎么回事，着了魔了吗？魔怔了也回你家娘们儿被窝里折腾去，快给个知会，到底让不让我给她抛了？”蜡梅有些生气地嚷道。

两个狱卒又对视了一下，然后其中一个走到大门前，开了旁边的小角门，朝蜡梅挥了一下手，表示放行。

蜡梅也不含糊，再次将布口袋扛在肩上，嘴里说着：“误了老娘这么多时辰，看老娘我明天怎么收拾你们。”说完，两脚迈出了大牢的门槛。

蜡梅走出百步开外之后，从旁边的树丛里跑出几个人来，将纯如背起来，又继续往前跑。跑了有一炷香的时间，一辆马车和几匹快马停在路边上等候，他们七手八脚将纯如放进了马车，然后分头上了马，挥鞭朝城南门而去。他们不将马匹停在大牢的门口，怕的也是万一马嘶鸣声，或车轮滚动的声音，引起牢里人的警觉。

这些人早就买通了看管城门的戈什哈，一路畅通无阻出了城南门，再大概着走了有两炷香的光景，他们停下车马来，进了一处宽阔的院落里。

屋里边一个老者，正在等他们。

老者安排蜡梅等人将纯如轻轻地放在床上，然后给纯如服下了解药，这时候，众人才安静地退了出去，屋里面只剩下蜡梅和老者在一旁守护。

又过了有半个时辰之后，只听见了纯如微微地咳嗽了两声，人算是醒了过来，纯如一眼看见了蜡梅，她知道，她这算是成功从大牢里逃了出来，她朝蜡梅微微地点了点头，算是对蜡梅谢过。

她再往蜡梅旁边看，见是一位老者，借着纱灯仔细一端详，原来也是认识的，这不是在给父亲做事的曹叔吗？真按辈分排起来，自己应该叫一声曹爷爷的，但好像大家叫起“曹叔”显得更亲近些。

纯如有些奇怪，为什么曹叔也在这里，就开口问道："曹叔，您这是？"

"哦，姑奶奶，说起来话长，我也是漕帮的人，我是钱春娇的师父，也是我们'宣州头'的前任帮主，后来我把帮主之位传给了春娇来坐。我虽然一直严守漕帮的规矩和自己的本分做事，但也不想太多过问江湖事了，自己老了，想四处走走，好好看看我们大清的大好河山，哪承想，走到你父亲的门口，我们爷俩投脾气，被你父亲强留了下来，也就是现在这个模样了。今天出了这件事情之前，我还不知道你和春娇是如此亲近的关系，是蜡梅将此事告诉了我，我才知道的。"曹叔对纯如解释着自己的身份，他怕纯如误会，因为他也没有和杨梓传说过。

"曹叔，现在我父亲、公爹和冰羽都在大牢里，您有没有什么办法将他们也救出来？"纯如知道曹叔是一个阅历丰富而且有智慧的人，她想听听曹叔的意见。

"姑奶奶，有是有的，可现在不是时候，我们还要有几步要走，才能将他们全部救出来。还有，我要告诉你，你公爹被人举报之事，是高尚背后支持周璞搞的鬼。今天这筹备会上的事是不是也和他有关系，暂时我这还没有什么证据，但我想，这事情也和他脱不了干系。"曹叔非常自信地说。

"啊？"纯如虽然怀疑过高尚，但从曹叔的嘴里听来，还是忍不住惊讶万分，高尚何苦要这样加害周、杨两家，同是丝业东家，并没有什么深仇大恨，为何这般咄咄逼人，要置人于死地呢！

"姑奶奶，请放心，人在出招攻击别人时，自己也会露出破绽的，我现在已经抓住了高尚身上最脆弱的软肋，就等我们反戈一击，让他一败涂地，永世翻不了身！”曹叔恨恨地说。

纯如听了曹叔的话，忍不住打了个寒战，虽然她听曹叔说完，也对高尚生了恨意，但她从来都是一个善良而大度的人，她不希望，也看不了任何人家落个身败名裂、家破人亡的下场。

她连忙对曹叔说道：“曹叔，只要我们把我爹三人救出来，帮他们洗去身上莫须有的罪名，然后我们再设法让李靖同意建立我们的丝绸商会，也就算了。赶尽杀绝的事我们不做，得饶人处且饶人，以后不和他处事，多加提防也就是了，小人再怎样卑鄙无耻，我们不能和他一般见识！”

第六十四章　运河北上

“曹叔，您刚才说要分几步走行事，您能不能先透露一二？”纯如问。

“姑奶奶，关于你公爹周玉的事，拖的时间越长，越容易夜长梦多，节外生枝，应该尽快想办法，将他解救出来。至于办法呢，我想必须找到京城里的和珅和大人才能解决得了，毕竟事情暗地里面牵扯到了他，但你要有个心理准备，像和珅这样的大人物，想见到他实在是难上加难。”

“那我父亲和冰羽怎么办？”纯如继续问道。

“你父亲和冰羽的事情同属于一个因果，自然是同一小人在我们背后作祟弄出的动静。所以，他们两个人中一个人的问题解决了，另外一个人自然迎刃而解。刚才我还在想，成立一个江浙丝绸商会，即使是小人在后面使坏，也不足以让李靖对我们如此恨之入骨。我又想了一下，李靖可能是怕咱们抱成团，日后对我们难以控制，他考虑到这个利害关系，真的怕我们商会人多势众，一旦世面上有些风吹草动的时候，我们真给朝廷闹出什么乱子来，让他不好收场，如果真这样说来，倒也是出自他的公心。”

“那李靖他还有私心吗？”纯如十分佩服曹叔的分析，她认为自己就没有想到这个层面来。

“要说私心，也一定是有的。他在你们三人头上扣上了那么一顶‘对抗朝廷’的大帽子，而后又关进了大牢里。这足以说明，他伙同与他同流合污之人，要对你们打击报复，只是借助了朝廷赋予他李靖的这个知府权力罢了。我知道，你们周、杨两家平时与李靖并无过节，那也就是说，李靖他个人没有打击报复你们的理由。那么，一定是有人背后使坏，怂恿李靖来做这件事情，此人一定是和我们有利害关系之人，否则也不会做出这般龌龊下流的事情来。”

“有利害关系之人，难不成此人意在不想让我们把这个商会建立成功，或是从前就有过节嫌隙此番借机来报复？”纯如问。

“你说得没错，这两种可能性都有，还有第三种可能性，那人的根本目的就是为了趁乱夺得这会长的宝座！要知道，你父亲和周家父子都身陷囹圄，那要再想夺得这会长宝座，对于某些人可就变得容易多了！”曹叔意味深长地说。

“听曹叔之言，纯如有醍醐灌顶之感，先前您不是说，我公爹之事是高尚背后怂恿周璞所为吗？那此时如您所言，看来商会这件事情，也应该是高尚在背后使的坏了。”纯如将曹叔前后的话串在了一起，突然间得出了自己的推断。

“姑奶奶，这也正是老朽想说的。我知道你为人善良厚道，总是把人往好处想，待到我们要对高尚下手时候，你会对高尚心慈手软，所以我还是想让你自己把这件事情琢磨透才好。”曹叔非常满意地说。

“曹叔，我有个大胆的想法，不知说来是否合适？”纯如扑闪着大眼睛，脸上显现出兴奋的样子，在灯光下，双颊红扑扑的。

“姑奶奶，什么合适不合适的，现在是有一条可行的路，我们就要去试试，说不定，哪条路就行得通了。”

“我想，无论是我公爹所谓偷漏税银的这件事，还是我父亲和冰羽商会这件事，合起来终究是一件事，只要我们得到和珅和大人的支持和帮助，量湖州知府李靖也不敢在这些事情上再迫害我们。”纯如说。

“姑奶奶，请继续说。”

“曹叔你想，公爹的事，自不必说，是和珅大人命令或指使他这么做的，自然出了事情，和大人应该善后，再说他也完全有这个能力。和大人又主管着户部，既然地方上不支持我们成立商会，我们就上京城里找上面批准，总归是没错吧？一旦户部批准的事，李靖他也不能再在此事上做什么花样文章，这些被扣在头上的帽子自然而然就被摘除了，知府衙门对咱们的无端指控到时自然也会不攻自破的。”

曹叔听完纯如所说，一拍大腿，欣喜说道：“是啊，我怎么就没能想得这般周全呢？和珅权势熏天，李靖一个四品知府，他的这个小胳膊怎能拧得过和大人的大腿呢！哎，这些细枝末节，老朽都想到了，就是没有能力把这事情揉搓出个形状来，姑奶奶，老朽佩服你啊！”

曹叔此时对纯如佩服得五体投地，终于把这几件事情理出了眉目，找到了解决问题的症结所在。

“可是，姑奶奶，和大人那里该怎么办呢？”曹叔冷不丁又想到了这个难题。

“曹叔，我想好了，我去京城里走一趟，我亲自去找和大人，向他汇报这些事情的来龙去脉。”纯如十分镇定地说。

“姑奶奶既聪慧过人又侠肝义胆，真乃世上少见的奇女子。可是去京城路途遥远，就是坐船走京杭大运河，加上在京城里的耽搁，往来也得需要两个多月，不知道你能否经得起旅途劳顿的折腾？还有，湖州知府李靖过几个时辰就会知道蜡梅深夜将你从狱中劫走，弄不好要四处贴出告示缉捕你，你也要多加小心才是。”曹叔既是敬佩纯如的为人，又对她去京城很担心。

“放心吧，曹叔，为了周、杨两家几十口人的性命，就是让我去拼命，我也得去拼上一拼！只是我怕我走之后，周、杨家里面再生出什么变故，还拜托曹叔多代我留意周旋着。”

“姑奶奶，你放心，两家我都能给照顾得好好的，不会出一点儿差池的。高尚那边有一样物件，只要等我拿到了手，他那里是绝对不再敢做出什么对咱们不利的事的，到时我把这物件随便往地上那么一扔，就是让他身败名裂也是轻而易举的。”

“曹叔，那您就多费心了。只是高尚那里，您‘得饶人处且饶人’，不能将他逼得狗急跳墙，以免再出事端。等这些事情都平息了，咱们再从长计议才是。”纯如还是不忘叮嘱了一下曹叔。

“那是自然，这样的事情，我会把握好时机的，三思而后行总归是没错的。这样，我让蜡梅陪你去京城，两个人是个伴儿，也互相好有个照应。”

“不用了，曹叔，两个人江湖上行走，更容易引起别人的注意，我自己去就行了。现在我休息一下，今晚上就出发。”纯如感激地说，她也感觉自己有些累了。

“好吧，那我就和沿路的兄弟们联络一下，让他们对你多加照顾，我想，有这些人暗里应承着，你应该也不会出现什么闪失的。”

曹叔说完，和蜡梅退出了房间，让纯如好好休息一下，等待晚上启程。

是夜，一艘小船停泊在一处僻静的港湾里。

艄公安详沉稳地手握一只长长的竹篙，正在等待船上的人和岸上的人话别。

纯如早已被曹叔一帮人化妆成了一个富家公子的样子。她站在船头，朝岸上的众人挥了挥手，说：“都快回去吧，等我回来！”

大运河的河水在这漆黑的夜里仿佛是凝固的，就如一条无边无沿儿的巨大花岗岩，看似一动不动。只有两岸的芦蒿，随着南来的春风摇曳，发出了沙沙的响声。鸟儿此时早已都在岸边的草丛、树上的巢里睡着了，没有了一点动静。就连猫头鹰此时也好似打了个盹儿，寻不见它的踪迹。

艄公熟练地撑起手中的竹篙，而后，小船就如一只轻灵的蜻蜓，拂过静静的水面，飘然向远方而去。

一个白衣公子立在船头，衣带飘飘。极远茫茫之处，已是浓雾重重，水天相接。

纯如知道自己前途未卜，凶多吉少。

她不禁想起了自己的母亲陈氏，想起了自己那个刁钻伶俐的妹妹绎如，想起青梅竹马一起长大的楚秋，还有命运多舛的丈夫周冰羽，甚至还有自己的婆婆姜氏，这些人的影子一一浮现在她的眼前，而后又闪电般地消失得无影无踪。

自己眼前的生活，并不是她想要的。

她从前只想和一个爱她、她也深爱着的人长相厮守，窗前月下，静待花开花落，白头到老。可是命运弄人，将她从深闺之中硬生生地拉上了这有肉也有血、有风也有火的前台，这不是她想要的，可她却任凭怎样甩手也丢不出去。

人生如戏，戏如人生，只是人人都没有随身带上准备好的脚本。

纯如此时孤身一人，没有亲人、家人的陪伴与庇护，就如同失了群儿北去的大雁，凄凉与感伤不禁都暗自涌上了心头。

东方露出了鱼肚白，几缕朝霞在地平线以上泛出了殷红之色，太阳随后也慢慢地升了起来，看起来就如刚被放飞的孔明灯一般，有些飘摇的样子，却也越飞越高。

“李公子，前面就快到苏州府了，按照师父的吩咐，我也只能送你到这里了，等上了岸，自然还会有帮内的其他人接应的。按照师父事先做的安排，你应该是从苏州府到扬州府这一段骑马走旱路，以防湖州知府衙门沿着水路来追击。”

艄公的话，打断了纯如凌乱的思绪。

“辛苦你了！我记住了，你回去也要多加小心才是。”纯如十分感激地说。

没有一会儿的光景，艄公将小船靠了岸。

纯如忽然间想起了唐朝诗人张继那首脍炙人口的《枫桥夜泊》：

月落乌啼霜满天，江枫渔火对愁眠。

姑苏城外寒山寺，夜半钟声到客船。

只是，此时不是夜半，已为破晓。古老的苏州城，就在眼前，吴侬软语，碧螺春香，扑面而来。

第六十五章　卜问前程

纯如上岸后，早已有曹叔安排的人在此等候。那位艄公将纯如介绍给这些人后，转身又悄然撑开那一叶小舟翩然而去。

“李公子，此地不宜久留，现在苏州城四门之上都贴了缉捕你的告示，那告示上也有你的画像，怕你此时是进不了城的。好在此时我们在城外，我们带你去一个秘密堂口，待上一个白天，待到夜晚时分，我们才可动身。今晚出发，明晚我们就可以到镇江住下，最迟后天晚上就可到扬州，到扬州之后，我们再看情况而定。”

“谢谢各位这么周到的安排，在下真是感激不尽，让你们费心了。”纯如说。

“李公子，这也是没有办法，湖州知府衙门那里的行动速度如此之快也让我们措手不及，并没有准备得十分妥当。现在看来，我们也得改变最初的计划，弄不好，你怎么着也得过了淮安，到了山东界，才能继续坐船前行。就不知道你这富家公子骑起马来跑夜路，身体能不能吃得消？”

实际上这些人是知道纯如女儿家身份的，只是不管有没有旁人在场，为了遮人耳目，都要这般称呼。

纯如听了，脸一红，自己从来没有摸碰过马匹，何谈骑过马啊？但此时漕帮已经给安排得足够仔细、周到了，再也不好麻烦人家什么。再说，自己的事情紧急，也不能在路上多耽搁，别说骑马，上刀山，下火海，自己都得认。

“放心，不碍事的！”纯如淡定地答道。

“那就好，我们就先按此计划行事。”

说完，四个人抬过来一顶小轿子，纯如坐了上去，直奔一处山林里走去。

走了半个时辰的光景，来到了一处有些破落的建筑前，门上悬着的匾额上依稀可见“念都庵”三个字。

进了大门，里面几进几出的院落倒很宽敞。轿子停了下来，纯如随着几人进了庵里。庵里的住持是一个五十岁上下的尼姑，她将纯如安顿在靠东面的一间正房住下。

“施主，不要看我这庵有些残败，就是在你现在所在的这间房里，当今圣上在第二次南巡的时候，还住了一宿呢！”住持颇有些得意地对纯如说。

“啊？皇上在这屋里住过？我只是一个民女，那岂不是犯了僭越之罪？您还是把我安排在别的屋里去住吧。”纯如非常吃惊，看似一个香客稀落、破壁残垣的庵子，没想到皇上还在这里下榻过，想来真是有些不可思议。

“皇上只是带了几个贴身的护卫来的我这里，你知道他来做什么吗？”住持颇有些神秘地说。

“做什么？”纯如不免好奇地问。

“他来找我问前程！”老尼姑又是情不自禁兴奋地说。

“啊？皇上来找您问前程？我没有听错吧？”听住持这么说，纯如都有些惊愕了，张着嘴巴半天都没有合上。

是不是这老尼姑上了岁数说的疯言疯语啊？或者是总待在这里太过冷清了，没事在这和她逗闷子、寻开心。皇上南巡，亲自登门特意来向你问前程？还住上了一宿？这让纯如听起来，无论怎样也是难以相信的，简直就是天方夜谭。

“看来施主有些怀疑贫尼所言。我雍正十三年入宫，那年正好十三岁，做了先皇的一个品级极低的常在，哪承想，不到一年的光景，大行皇帝雍正就龙驭宾天了。我出身于有名的易学世家，深得父亲真传，虽然入宫的时间不长，但平时因为妃嫔们在一起经常凑趣玩乐，我都会给她们小小卜上一卦，每每都是说得她们心服口服。虽然宫禁之内是不允许搞这些的，但因那时我还小，谁也就没有把我这个卜卦的事儿当回事，就是知道了也是一笑而过。有一次，大行皇帝和当今圣上在一起碰见了我，还让我给当今圣上卜了一下，没想到我说了几句之后，大行皇帝对我赞赏有加。等先皇归了天，当今皇上看我年龄尚小，尚且刚入宫没有多久，便没有拉我去西陵，而是恩免让我出家当了尼姑。”说起往事，住持不免有些唏嘘。

纯如看住持说得如此真切，也不再怀疑她什么，她继续问道：“住持，那皇上南巡之时，御驾亲来找你问前程，又是怎么一回事？”

“皇上南巡走到咱们苏州的时候，有一天半夜里做了一个奇怪的梦，梦里有一个十分活泼伶俐但又长着一副女孩脸蛋儿的男孩，这个男孩有七八岁的样子，百般纠缠着皇上，非要跟着皇上走，口口声声说要一辈子伺候皇上。皇上醒来后，对这个梦感到十分奇怪，也不知是吉是凶，他知道我在此处出家，就来问我。”

“那你是怎么回答的？”纯如继续追问道。

“我告诉皇上，既然是男孩，有可能日后就会成为左右皇上的小人，但长着女孩的脸蛋儿，又说明他和皇上前世就是有着缘分的，既然非要跟着伺候皇上，怕也是天命所归，强推脱不得的。皇上乃真命天子，九五曰：‘飞龙在天，利见大人，何谓也？’子曰：‘同声相应，同气相求；水流湿，火就燥；云从龙，风从虎；圣人作而万物睹；本乎天者亲上，本乎地者亲下，则各从其类也。’我和皇上说，他就真是个小人，也奈何不了皇上什么的，贫尼就建议皇上，等机缘到了的时候，就将此人留在身边。”老尼答道。

“那皇上听你的了吗？”纯如问。

“皇上当时未置可否，并没有说什么，只是问了我，遇见此人还需要大概有多少光景，我告诉他十五年左右吧。皇上听了哈哈大笑，说还有那么长时间，怕到时候把这人的模样早都忘却了，就命我把此人十五年后应该长什么样子，给他画了下来。皇上还和我开玩笑说，你我各留一幅，也都各自书写上几笔，十五年后好相互印证一下，看我卜得准不准，我也就照皇上的吩咐做了。”住持回忆起和皇上相处的那段往事，也是满心欢喜的样子。

“住持，那算起来，现在也有十五年的光景了，您当时对皇上所言的，到底准还是不准呢？到底验证了没有？”

“呵呵，验证了，贫尼算得确实是准了。这不，皇上还没有忘记这码事，前几日，还派人送来他的御笔书信一封，对我大加表扬了，又送来诸多宫里的礼物，着实让我感念隆恩浩荡。”住持说到此处，眼角已经泛起了激动的泪花。

“那此人到底是谁呢？”纯如已经完全沉浸在了住持传奇般的叙说之中。

住持并没有马上答话，而是从袖子里抽出一张四尺斗方的宣纸来，小心翼翼地摊铺在纯如的面前，说：“就是此人！你看这上面还有当今圣上的御笔，也用了他随身携带的印玺‘乾隆御览之宝’的，直到现在看来，还是这么清晰，这么透亮。”

纯如凑上前去，仔细端详画像上的人，问住持此人到底是何人物，住持一脸得意地答道：“此人就是当今皇上眼前最红的人，早已是人上之人的和珅和大人！”

“施主，你知道我为什么要和你说这么多吗？为什么我又要拿出此幅我珍藏多年的画像给你看吗？”住持看纯如对自己崇拜得已经说不出话来，就反过来问纯如。

纯如使劲地摇了摇头，口里好似自言自语地说道：“住持，我不知道，还望您明示。”

“我知道你此行去京城里，要去找的人就是和大人，但你也知道，你想见到和大人一面，比登天还难，别说你要和他说上几句话了。所以，我准备让你带上此幅画像去找他，他看到画像不但会见你，还会帮你帮到底。要知道，他从皇上嘴里早已听闻，十几年前就有人在皇上面前给他画像之事，早已想见上一眼，可惜世上只有两幅，一幅在皇上那儿，一幅在我这里，他哪能见得着呢？你想想，他日思夜想、梦寐所求之事，现在你主动给他送上门去，论他是多么大个官儿，他不感激你才怪呢！也让他知道，有此画像在手之人，定然不是什么平凡人物！”住持这时候才告诉纯如，她之所以说给纯如这么多前前后后的原因。

纯如听到这里，既是莫名惊诧，又是对住持十分感激，她立马跪了下来，激动地对住持说：“纯如在这里感谢住持对我的一片慈悲之心，纯如定当永世不忘！”

住持见状，连忙将纯如拉了起来，十分慈祥地说：“你还不知道，如果按照俗家的规矩，你得叫上我一声‘姐姐’才对，不单是我的年龄比你大，还因为我本就是春娇的同胞亲姐姐，你们是结拜姐妹，你照例管我叫上一声‘姐姐’总归是没错的。”

纯如一听，又是一惊，她顾不了许多，一把将住持搂住，泪水禁不住大滴大滴地流了下来。此时，正是自家多事之秋，这不是亲人胜似亲人的帮助与关怀，更令人无比地感动，她将脸靠近住持的肩头，甜甜地叫了一声“姐”！

住持也十分疼爱地拍了拍纯如的后背，说道：“虽为出家之人，本不该如此称呼，但是再能认下你这个妹妹，就是破了一些戒规，我也认为是十分值得的。只可惜，今晚你就要走，不能多在这里耽搁，我又是出家之人，红尘之事，我也不便多参与进去，否则的话，我一定陪你去京城，或留你在我这里多住上几日了。”

“姐，您说的我都理解，不用为我的事多挂心，等我从京城回来，把事情都处理完了，我就来看你，到那时候，我要在你这里多住上几天。”纯如听了，十分感伤地说。

住持这时候将纯如按在凳子上坐下，然后非常郑重地说道：“妹妹，此番去往京城，非比寻常，还是多加小心才是。临行前，姐姐还是要和你说上几句，听不听在你，但我必须说给你听。”

纯如十分调皮也十分肯定地说：“姐姐都是给当今皇上断过前程的人，姐姐说的话，妹妹怎么能不铭记在心呢？”

“妹妹面如满月，五岳朝拱，四水归元，要是男子，必是出将入相之材。虽说妹妹是女子，但几番历练下来，脱胎换骨，必得重任在肩。你命中自带福气，自然会遇难呈祥，逢凶化吉，就是日后再做东家，或是有比东家更大的名利之事，你也不要再谦让了，这是你命中注定有的。否则，天予弗取，反受其咎，倒是不祥之兆了。还有，你此番去京城会遇到一男子，你注定和此男子在此生有桃花一劫，还望你多加注意，不要为情所困。最后，未来几年内，你可能有放虎归山之害，同室操戈之痛，望你早有些心理准备！”

“姐姐说的，我一定都谨记在心，不敢忘怀。只是姐姐说这桃花劫，恕妹妹直言，好像和妹妹有一些不着边际，妹妹已是有夫之妇，不知姐姐这桃花劫之说是从何而来呢？”

“命里有时终须有，还望妹妹多多留意才是！阿弥陀佛！”

第六十六章　河东河西

到了晚上，纯如与念都庵的住持依依惜别，与曹叔安排的两位弟子连夜往镇江方向而去。

纯如是第一次骑马，对马的习性没有丝毫了解。这匹马见了生人自然也不听她的使唤，时而扬起前蹄嘶鸣，时而尥起蹶子掀人，几次要将纯如摔下马去，吓得纯如是心惊肉跳，样子非常紧张和狼狈。

但纯如一直咬紧牙关，不哼不哈，努力地坚持着，不要让自己落下行进的队伍。其他随行两人都是为自己辛苦奔波，自己岂能在后面拖后腿呢！

趁着浓浓的夜色，慢慢地，纯如骑了那么一大段时间之后，渐渐地掌握了骑马的一些技巧，感觉马匹也是越来越乖巧了。所以纯如的胆子也就越来越大了，放下心来，不停地催促着马匹加速向前跑。

到了后半夜，正是人困马乏的时候，突然之间，纯如的对面也飞奔过一匹马来。

纯如骑的马本来就已十分疲惫虚弱，加之道路狭窄，对方又是迎面呼啸疾驰而来，这匹马受到这突如其来的惊吓，收蹄不及，将纯如重重地掀翻在地上，头重重地撞在了路边的石头上，一时间，昏死了过去。

所骑乘的那匹马瘫软在地上，再也起不来了。

对面骑马的是一个年轻的男子，见此突发情形，慌忙从马上下来，跑向趴在乱石丛中的纯如。

他一边忙不迭地呼唤，一边将纯如小心地翻转过来，准备查看一下纯如的伤情。突然间，这个男子惊喜地大喊了一声："纯如？纯如！纯如！怎么是你？"

与纯如同行的那两个人，刚才马骑得太快过了头儿，见纯如并没有紧跟上来，此时刚刚调转马头回来寻找纯如。他们见一个男子抱着纯如要再次上马，以为此人是官府的捕头，忙亮出腰间的朴刀，朝那男子逼过去。

那男子见状，连忙解释道："两位大哥，这位与你们同行的小姐，乃是我的妹妹纯如，我们是一家人。"

随纯如同行的那两个人相互对视了一眼，听说他们是一家人，也就各自收起了手中朴刀，一前一后走过来，帮忙包扎好纯如的伤口，又帮助这个口中自称"哥哥"的人将纯如抱上了马。

三马四人继续前行大概有半个时辰的路程，看见不远处影影绰绰有了灯光，知道是到了有客栈的地方了。三人商量了一下，要寻个可休息的地方，将纯如从昏死中唤醒了再说。

入了客栈，一切料理妥当。

纯如醒过来的时候，发现自己躺在床上，虽然浑身还是十分酸痛，但总比骑马要舒服多了。

“纯如，你醒了？”一个十分熟悉的声音从纯如的耳畔传来。

纯如微微地睁开了眼睛，看见坐在她眼前的是一个男子，背着灯光虽然看得不是很清楚，但她能听出那是谁的声音。

没错，这是她的楚秋哥哥！

“秋哥，怎么是你？你怎么会在这儿？”纯如见是楚秋，十分恍惚，想挣扎着起来。

楚秋连忙轻轻按住纯如的肩膀，示意她躺着不要动，他十分怜爱地对纯如说：“纯如，你刚刚受了伤，需要静养一下，暂且不要动。”

“秋哥，自从上次相见，已经快有两年的光景了，这两年里，你都去了哪里？当初你又为什么要离开家呢？”纯如有满腹的疑问，想一股脑儿地问出来。

“是啊，想来上次我们见面，还是那晚在咱家花园的‘心逸亭’里。唉，一晃两年多快过去了，说来话长，也是一言难尽啊！”楚秋握着纯如柔软的手，苦笑了一声说。

“秋哥，这两年多来，我总是会时不时地想起你来，我想知道这两年多里你到底发生了哪些事情？你慢慢讲，我慢慢听，好不好？”纯如想解开心中的所有疑惑。

她看着眼前的楚秋，如此真实，又感觉分外遥远，她和楚秋二人仿佛又回到了那两小无猜的儿时时光。

“那年，爹为了朝廷购买生丝评议之事去了南京。之后，忽然有一天，我接到他的来信，信中爹让我去火烧高尚设在无锡的大库。我从命而去，可是到了那里，刚要点起油捻子的时候，突然间院子里来了一大帮人，说是要拉走高家的生丝，听到后来，好像那些人是漕帮的人，等了有一个多时辰的光景，我看实在是没有再下手的机会，只能翻墙逃了出去。我知道，这件事没做成，爹会对我有厌恶的想法，我也没脸回去和爹交代，再加上我早已有离家出走之意，索性也就没有再回家。”

“那你最后去了哪里？”纯如接着问。

“我先是去了徽州，回了一趟儿时的老家，虽然过了十几年的光景，但路我还是认得的。到了村里，我才打听到，我的亲生父母从那次逃荒出走后，就再也没有回来过，听人说，他们一路乞讨到了福建那边。徽州离福建，山高路远不说，就是到了那里，我也不知道猴年马月能找到他们，索性我也就没有继续去寻找他们。后来，我就向北去了京城，在京城寻了一家丝行，给人家做伙计谋生，因为我有经验，又踏实肯干，东家就让我做了掌柜。”楚秋不紧不慢地讲述了这两年多来的经历。

“那你这次要往何处去？为何大半夜走得如此匆忙？”纯如继续问。

“我在京城的遭遇还没有说完。有一天，我在前面的柜上正在忙着手里的活计，忽然一抬头，看见一对穿着华丽的老夫妇在仔细地端瞧着我，好像认识我一样。我也好似曾经在哪里见过他们二位，只是一时之间回想不起来。我走上前去，问他们有什么需要的，那个老妇人先是问我姓什么，我回答说姓杨。再之后，老妇人问我，我背后是否有三个青色的胎记，竖着排列在脊梁骨上，我十分惊奇地回答‘是啊’，又反问他们，为何对我如此了解？”

"难不成，这二人是秋哥过去的亲属？"

"纯如，何止是亲属啊！他们是我的生身父母！"楚秋很是兴奋地说。

"啊？怎么这么巧？你的父母变化如此之大，连你这个做儿子的都认不出来了？想当初，他们把你放在我家门口时，你已经五岁了，你应该记得他们面貌的啊。"纯如有些不解地问。

"是啊，想当初，他们带着我逃荒之时，面黄肌瘦，食不果腹，衣衫褴褛，说句不该说的话，都没有个人样子了。而此时，站在我面前的二位，穿的是绫罗绸缎，锦衣华服，戴的也是金银美玉，身体也都发了福，再加上将近二十年没有见面，你让我如何能认得出他们？"

纯如一边听着楚秋的叙述，一边也随着楚秋的回忆又惊又喜。惊的是楚秋的父母过了二十年还能认出自己的孩子，相认得也是如此简单直接。喜的是楚秋一家父子相逢，母子团聚，一家人经历了坎坷波折，又终于生活在了一起。

她也发现，此次再见到楚秋，楚秋的性格变得开朗了许多，像换了个人似的，人也健谈了起来。她能在他的话语里感受到希望、幸福和力量，这些变化，都是纯如从前不曾在楚秋身上感受到的。

"二十年的时间里，他们为何会有如此翻天覆地的巨大变化？他们又是如何找上门来寻你来了呢？"纯如继续问道，想解开自己心中的疑惑和谜团。

"这也是当时我问他们二老的问题。那次他们把我放在你家门口后，就一路继续向南乞讨，一直走到了福建的漳州府，在那里停了下来。有一天，乞讨到当地一大户人家时，被这家主人给认了出来，原来这家主人是个上了岁数的老爷子，是我父亲的一个不算远的亲戚，论起来，我父亲还得管人家叫一声‘舅爷爷’。这个老爷子也是先前三十几年逃荒过去的，可是因为头脑灵活，人又长相出众，就被当地的一个富绅看中，入赘当了上门女婿。再后来，等那富绅死了之后，这位老爷子就把家业继承了过来，可惜的是，老爷子的独生子早殇，八九岁的时候，得天花死了，之后也再没有子嗣。就这样，我父母就在老爷子这里安顿了下来。我父母都是经历过大灾大难的人，九死一生，当然更加珍惜这来之不易的安稳生活，做起活计来十分拼命，深得老爷子的信任。可天有不测风云，过了五年左右，老爷子忽然得了急病卧床不起，临终时，就将偌大的家业交给了我父母，然后撒手人寰。”楚秋讲到此处，也是长吁短叹，颇有一些感慨的样子。

“那这家老爷子生前到底是做什么行当的？”

“和我们一样，都是做蚕丝起家，然后做绸缎生意。也该是我父母的命大福大造化大，继承了老爷子的家业之后，经过这十几年的发展，他们的生意越来越大，现在已是福建地界里实力最强的丝绸商了。”楚秋讲到自己的生身父母的现状时，情不自禁地带着几丝骄傲和自豪。

“对了，纯如，你刚才问我，他们是如何上门找上我来的。其实我亲生父亲继承了老爷子的家业之后，就来到湖州，去咱们家找我，被咱家爹告知说，我早已夭折了。我亲生父亲信以为真，只能是满怀失落和内疚又回到了福建。过了几年，我母亲不甘心，又来到咱家附近打听消息，她从别人处了解了事情的真相，又找到了咱家父亲，要将我带走。可是咱家父亲威胁她说，如果要将我带走可以，但必须拿出一百万两银子来。我父母继承的是别人的家业，岂能因为一己之私拿出这么多银两来赎买自己的儿子呢？况且，我亲生母亲来时，也并没有向咱家父亲透露半点儿他们的现状，都是很普通的装扮，怕的也是咱家父亲狮子大张口，哪承想，咱家父亲早已是料知我母亲拿不出多少银两来，还是朝他们开了个一百万的天价，为的也就是将他们逼走，我母亲也只能作罢，无功而返。”

纯如听出了在楚秋言语之中对自己父亲的不满和幽怨，自己是了解父亲的这个脾气秉性的，可是谁也没有什么办法能说动他！

楚秋沉浸在回忆之中，又自顾自地说：“孩子都是父母的心头肉，虽然我亲生父母没能将我带走，但也是隔个二三年就回来，偷偷地躲在远处看我几眼。他们想，既然眼前不能带走我，也就不能打破我本来平静的生活，以免让我知道事情的原委，而在咱家不受待见。就这样，他们一直是时不时就关注我的动向，自从我上次离家出走后，他们就得知了消息，一路追我到了京城，这样我们一家才得以再次相见。这次是奉我亲生父母之命，也是我自己的主意，回家与咱父亲、母亲做个最后辞别的，毕竟养育了我这么多年，如果真是不声不响就这么销声匿迹，良心上也会不安。这也就是整个事情的来龙去脉。”

楚秋说完，长长地出了一口气。

第六十七章　前途无忧

第二天晚上，纯如、楚秋四人又是夜行，过了镇江，朝扬州方向而去。

这一次纯如没有再坚持独自骑马，而是任由楚秋抱着自己，她与楚秋二人同乘一匹马。

纯如坐在马身的前面，楚秋坐在马身的后面，他一只手扯着马的缰绳，一只手揽住纯如纤细的腰肢，以免纯如再从马上摔了下去。

此时，自己依偎在楚秋温暖的臂膀里，感受着楚秋的气息和心跳，两个年轻的身体如此近距离地依靠，让纯如脸红心跳，心如撞鹿，仿佛又回到了那青春萌动的少女时代。这几天里的牢狱之困、奔波之苦，也仿佛在此刻得到了释放，让纯如在不知不觉间变得轻松了起来。

其实纯如是有些尴尬和窘迫的，虽然楚秋是自己口中所称的“哥哥”，但毕竟两人之间没有任何血缘关系。况且，两人之间还曾有过互生情愫的往事。想来，如此情形，确实是有些令纯如难为情的。只是好在楚秋在自己的背后，看不到她脸上什么颜色，心里才稍稍感觉坦然了一些。

随着路越来越不好走，加之，头上刚刚受过伤并没有及时休养过来，纯如的身体也越发地瘫软起来，随着马上的剧烈颠簸，她有些情不自禁地将整个身体蜷缩在楚秋的怀里。她能感受得到楚秋将她抱得越来越紧，仿佛要将她整个人融化，将自己放进他炽热的胸膛和汩汩流淌的血液里似的，两人的脸也随着颠簸时不时地会贴在一起，每一次的触碰摩挲，都如电光石火一般，在黑暗中，让纯如感觉到眩晕。

漆漆黑夜，崎岖长路，在此时，纯如不再感觉那么苦楚和艰辛了。

楚秋更是有另一番感触汹涌在心头，如潮水一般澎湃激荡。他在马上紧紧拥抱着纯如，既感觉到无比的甜蜜，又有些魂不守舍。

他上一次，也是此前唯一一次拥抱纯如，还是那年在杨家花园的“心逸亭”里，虽然时间短得只有那么刹那的光景，虽然只是一时的冲动，可那也是他和纯如之间曾有过的最亲密的举动。而此时，在这夜幕笼罩之下，拥佳人入怀，耳鬓厮磨，让楚秋也是不由得心猿意马起来。

楚秋知道，他不再是当初那个苦命逃荒人的弃儿，他不再是寄人篱下莫名受人白眼和无端冷落的养子，也不再是从前那个只能委曲求全，不敢吐露任何心声的楚秋了。就是自己的亲生父母也早已不再是从前那般的困厄贫瘠，乞求别人施舍的逃荒之人了。现在，他们的身份是福建最大的丝绸商人，在当地的百姓和业界商户里，受人敬仰和爱戴，谁也不敢再小觑他们，在人群之中也是鹤立鸡群一般，不必再如从前一样，在乎他人吆五喝六，甚至肆意辱骂和嘲笑驱赶了。

他父亲现在的地位和身家，和养父杨梓传比起来，有过之而无不及。现在看起来，他和纯如是如此这般的相配，宛如天造地设的一般，他此时的身心，也如那初春的枯树上新抽出的枝叶，油灿灿的，充满了勃勃生机。

一行人到了扬州城外之后，那两个随行之人先进了城里去打探一番，没有发现缉捕纯如的告示，也没有发现其他的什么异样，就折返回来，请纯如和楚秋的主意。

楚秋看了看纯如说："既然扬州是太平世界，这里又离湖州有些距离了，不妨先进城里找个客栈，歇息整顿一下。"

纯如表示同意。她对那两人说："按照事先的安排，过了扬州，前面就是淮安和淮阴，到了山东界，我们就可以坐船前行了。我想就不必再劳烦两位兄弟相随了，你们这两天陪我们星夜兼程，确实是太辛苦了！到了扬州这里，应该也是没有什么大问题了，你们二位就请回吧，也代我谢过帮内的众位师父。"

那两人听了，互相对视了一下，说："那也好，我等就不在此盘桓了，现在就回去复命，一路保重，就此告辞！"说完，二人拨转马头，往来时方向飞驰而去。

扬州历史悠久，文化璀璨，商业昌盛，人杰地灵。楚秋和纯如二人进了扬州城，找了家客栈先将包裹、马匹安顿了下来。收拾好这些之后，两人找了一家僻静的看似非常干净的酒楼吃饭。

这些天一直忙着奔波，纯如没有吃上一顿像样的饭菜，此时早已饥肠辘辘。楚秋知道纯如早饿了，看她面黄肌瘦的样子，也十分心疼，所以到了酒楼里，他就点了千层油糕、双麻酥饼、翡翠烧卖、蟹黄蒸饺四种点心，外加蟹壳黄、萝卜酥饼、鸡丝卷子、桂花糖藕粥、四喜汤团、生肉藕夹、豆腐卷、五仁糕、虾籽饺面、笋肉混沌等十几个扬州当地有名的小吃。

“纯如，好好请你在扬州吃一顿，我看看你饿了时到底是个什么样子。”楚秋有些关心，又带着些许戏谑的口吻说。

纯如对楚秋的贴心照顾心存感激，冲楚秋甜美一笑，然后也就不再客气，大快朵颐起来。

楚秋在一旁看着纯如吃，又不停夹饭菜给她，自己并没有吃太多。

“秋哥，点了这么多，你为什么不吃啊？”纯如问楚秋。

“不吃也饱了。”楚秋笑嘻嘻地说。

“为什么？”纯如不解地问道。

“秀色可餐呗。”楚秋又装作很正经地说。

纯如听了，不好意思地低下了头。她能感觉到这一路上的楚秋，好像已经变了一个人似的。

曾经的楚秋少言寡语，为人处世上让人感觉非常淡漠和冷峻，从不太积极和主动，并且总是将自己悄悄地掩饰起来，不想为人注意，人也总是一副蔫巴巴的样子，没有年轻人本应有的朝气。而现在，楚秋不单会主动照顾人，嘴巴说起话来也变得油滑，让人听起来分外舒服，他也很注重修饰起自己的仪表，越发显得神采奕奕了。纯如不知道，发生在楚秋身上这么多的变化对自己是好是坏，但有一点可以肯定，她更喜欢现在楚秋的样子。

就在二人吃完准备结账要走的时候，忽然，从外面进来了一人，说了一声：“周家的少奶奶，真是好兴致啊！”

这一声带着些阴阳怪气，又听起来有些耳熟的话，让纯如吓得惊慌失措，忍不住紧紧地拉住了楚秋的衣襟。抬头看时，却是认识，不是别人，来人是湖州知府衙门的安捕头。

安捕头走到近前来，也没有太客气，直接拿起了桌子上剩下的一块鸡丝卷子，自顾自地吃了起来。

纯如见状，连忙起身，先给安捕头道了个万福，然后说：“安大人，是来抓捕小女子归案的吗？”

“呵呵，大少奶奶，我要是想捕你，怕是你进了扬州城就成了我的阶下囚了，还能等到你二人卿卿我我、酒足饭饱之后吗？”安捕头冷笑着说。

“安大人，您误会了，这是我家里的哥哥，我们是兄妹关系！”纯如急忙解释道。

“呵呵，哥哥？也是，确实是哥哥！但是少奶奶不知道我是干什么的吗？我是捕头，最善于察言观色了，而且滴水不漏。好吧，不提这个了，少奶奶此番想去哪里呢？”

纯如听见安捕头的话，略带些许尴尬地答道：“我们要去京城。”

“去京城里告御状？还是要逃到京城里，隐姓埋名，过起神仙一样的逍遥日子呢？”安捕头还是在不阴不阳地问。

纯如猜不透安捕头到底怀的是什么想法，既是捕头，既然找到了自己，就应该将自己“绳之以法”，抓捕回湖州知府衙门，邀功请赏。可眼前的安捕头，却只是坐在这里不管左右和自己聊起了闲嗑，安捕头到底葫芦里卖的什么药呢？

“小女子父亲、公爹和夫君都身陷囹圄，不得自由，我自己也是背了一个越狱、畏罪潜逃的罪名，小女子也只是在恐慌之际，慌不择路，私下打算能走到哪里算是哪里了。”纯如小心地答道。

“少奶奶，想当初，你家公爹周玉被我抓了去，你去我处探听消息，还给我一百两的银子，我对少奶奶的好印象是极为深刻的，我知道大少奶奶是明白人，所以这次我手下留了情，没有难为少奶奶。”

“安大人，您过奖了！那些都是我应该做的。如若这次放过小女子，我也万分感激。”纯如连忙说道。

“别着急感激，我还有话没有说完。那天知府李大人去抓你们，并不是用我的捕头，而是带着兵勇去的，所以，当时我并不在现场。后来听说你们是因为要成立什么商会要图大事业，可是我现在看着你们周、杨两家已成‘倾巢之下无完卵’之势，想翻身很难不说，那大事业也就成了泡影。现在你们两家要想翻身，能出来四处活动，能依靠的也就是周家的大少奶奶你了，你这个身子现在可是金贵啊！再说时间紧迫，我还是建议少奶奶少在儿女情长上耽搁时间，为两家的大事早做些准备啊！”安捕头意味深长地对纯如说。

纯如此时明白了，这安捕头没有抓她，又和她说了这么多，这是在和她要人情。可安捕头到底要向她要多大的人情，纯如心里没有底，但看着安捕头说话间的意思，少了，一定是不行的。还有，安捕头话里话外，一再敲打自己和楚秋，将她二人挂上亲密暧昧的关系，怕的也是为了增加这人情的筹码，为的也是要一笔“封口费”，以后不要传出什么闲言碎语来。这明显就是安捕头乘人之危，再额外地敲他们一笔竹杠了。

“安大人的一番好意，小女子心领神会。此时，我也不知道如何报答，小女子这里有一张二百两的银票，当请安大人吃顿酒的资用吧。”纯如试探着说。

“呵呵，二百两，往常我的身价，也还真就值二百两，谁让我生得轻贱呢，没有生在你们大门大户里，可是虽然我的身价不值钱，但周、杨两家老少三位东家的身价可是值钱，大少奶奶清白的名声更是值钱啊！这二百两银子和你们的身价比起来，少得太可怜些了吧！”

“那安大人的意思是？”纯如按捺住心中逐渐升腾起的怒火问安捕头。

“两千两，一个子儿都不能少！并且我保你去京城前途无忧，不会有人再找你们的麻烦。”安捕头亮出了自己最后的底牌。

第六十八章　狐假虎威

听到安捕头如此狮子大张口，纯如惊愕万分，两千两银子？这数也是太大了吧？眼前自己拿不出不说，就是先答应给了安捕头，日后等周玉和周冰羽从牢里出来，又如何交代得清楚呢！

纯如有些后悔，如果在扬州城门外，不打发曹叔派的那两个随行的人走，谅安捕头也不敢如此明目张胆地靠近他们来敲诈。她也不知道自己当时是怎么想的，急着让那两个人走干吗，可事已至此，后悔又有什么用呢！

看见纯如犹豫不决，安捕头继续说道："少奶奶，甭想和我讨价还价，我也没有那闲工夫在这里陪着你们扯闲篇，给个痛快话，到底是同意还是不同意？"

"安大人，就是答应了您，现在也拿不出来那么大数目的银两啊？"安捕头刚才所说的话，先断了纯如想和他说些好话，求他少要的念想。就眼前的情况来看，逼得纯如没有任何办法，也只好先答应安捕头的要求，应承了下来再说。

“呵呵，看来少奶奶是同意了我们之间的这笔交易，少奶奶真是个聪明人，大家风范，令安某人真是佩服之至！我安某人在衙门里当差这么多年，最是通情达理，理解别人难处。这样，我知道你们此番必去京城的，此处离京城还有二十几天的光景，我先走一步，在京城等你们，你们周家在京城里是有分号的，到了京城里你再给我，这也是咱们约定最迟给我银两的时间了，如果给我晚了，或者是想有其他的什么猫腻，就当我今天这番话白说。当然到有了事情的时候，也别怪我安某人不讲情面，下死手！”安大人不紧不慢地说，看来他把这事情前后的一切都已经计划好了。

面对安捕头如此咄咄逼人的样子，纯如知道今天这个事情想躲是躲不过去了，她抬头无奈地看了一眼一旁坐着的楚秋。

楚秋知道纯如的难处，他也知道，此时，是他站起来说话的时候了：“安大人，这样，你尽管放心，到了京城里，周家人拿不出来给你，我替他们给你，你看如何？”

“好！看来少奶奶没有看错人，关键时刻还得‘哥哥’出手，你这英雄救美的气概，同样让安某人钦佩，那咱们就‘君子一言，驷马难追’，京城再见。”说完，安捕头抬起屁股，走出了酒楼。

纯如对楚秋非常感激，虽然他还没有做什么，但是能说出这样的话来也已经让她很感动了，加上刚才满腹的委屈、私下对安捕头的愤恨，一股脑儿都涌上了心头，纯如此时再也控制不住自己的情绪，猛地扑进楚秋的怀里，放声号啕大哭了起来。

楚秋将纯如揽进了怀里，他并没有劝解纯如不要哭，他知道纯如需要将那些情绪发泄出来。只是用手轻轻地抚摸着纯如的长发，怜爱地抚慰着，也为自己在关键时刻，有为纯如挺身而出的能力，感到骄傲和自豪。

有了安捕头打的包票，纯如和楚秋知道，他们再也不用为官府的追捕而提心吊胆了，当然也不用等着过了淮安到山东境内再坐船了。两人当下决定就在扬州坐船去京城，这样时间既短，也免了骑马的许多辛苦。

过了山东的济宁、聊城，河北的德州、沧州，再过天津，就到了京杭大运河的终点通州。

纯如和楚秋在船上待了二十多天，这也是二人有生以来有机会独处的最长时光。一路上疾风骤雨，电闪雷鸣，日暖夜寒，一一经历，同甘共苦。纯如也因为有了楚秋的陪伴，有了安全感，也少了许多旅途漫长的寂寞和孤单。

北京城的繁华盛景自不必说，天子脚下，京畿重地，龙盘虎踞，风水宝地，天下没有第二个地方可与之媲美。

二人进到京城里，楚秋先将纯如安排在离自己住所不远的豪华客栈里，然后他去了他父母那里要银票。

他的父母因为一直对自己的儿子满怀愧疚之情，所以连原因都没问，就将两千两银票给了楚秋。

楚秋又返回到客栈的时候，发现安捕头已经坐在了纯如所住的房间里，等着他回来呢。

见面后，楚秋、纯如二人和安捕头彼此之间并没有太多废话，将银票给了安捕头之后，安捕头也是只道了声谢，然后转身匆匆离去。

纯如自然是对楚秋的慷慨帮助满怀感激，楚秋为她除去了一个心头之患，否则，这患处总让她感觉胆战心惊，不得安宁。但纯如也知道，没见到和珅和大人，没有最后一刻得到和大人的帮助，自己此行的目的就还没有达到。

“秋哥，我想今天歇息一晚，明天一早就想法子去找和大人。”

“这事说来容易，但想见到他本人不容易，见到了，你能说上几句话就更不容易了，这个你要做好心理准备，以免到时候失望太大。这样，我一会就出去探听一下和大人的府邸，你先在这里休息一下。”

“秋哥，你真是待我太好了！”纯如真诚地说。

“纯如，我们之间的关系，还那么客气干什么？你的事，也就是我的事。养父养育过我自不必说，你我也曾心心相印，情真意切，只是当初因为我的怯懦，拱手将你相让于他人，也断送了自己的幸福。从前的秋哥已经死了，要说没变的，也只是对你的一片赤诚之心。”楚秋十分动情地说。

纯如见楚秋如此动情，怕他再继续说下去，会说出更多难免令人伤感的话来，就连忙对楚秋说：“秋哥，那你快去吧，我确实累了，想休息一下。”

“好，那我就出去探听一下，免得打扰了你，这样，我明天一早再给你报信儿。”楚秋说完，转身离去。

剩下纯如自己在房间里，她顿时感觉孤单起来。

这二十几天来，她已经习惯了和楚秋在一起，习惯了楚秋白天在船上给她讲笑话听，让她笑得前仰后合，也习惯在晚上，楚秋像哄孩子一样拍着她的肩膀，让她甜美地进入梦乡。

可是纯如也清楚地知道，她和楚秋之间的关系也只能止于此时亲密无间的兄妹关系了，不可能再越雷池一步了。

自己已经是有夫之妇了，也不是水性杨花之人。虽然纯如自己也知道，自从遇见楚秋之后，相伴而行的这些时日里，自己对楚秋多了很多的依靠和依赖，楚秋对自己的态度和言语上确实也有些过于亲昵和暧昧，甚至超越了普通男女应有的举止分寸。但她也并没有太多理会这些禁忌，因为这里面确实包含有兄妹间自小一起长大熟络亲热的情分。但纯如也被安捕头的一番话惊醒，自己要与楚秋刻意地保持一定距离，毕竟都是成年人了，男女有别，授受不亲，不可能再像孩童时那样，有过于让人产生无限遐想的举止了。

纯如就在这样的胡思乱想当中，迷迷糊糊地睡着了。

第二天早晨，纯如从睡梦中醒来，懒懒地伸了一下腰，然后下了床去洗漱。

听见房间里面有了动静，楚秋知道纯如醒了，然后他轻轻地敲打了几下门板，等纯如开了房门进了房间。

“我已经打听到了和大人的住处，因为他住在内城里边，离我们住的这里，走起来大概有半个时辰的路，说起来也不远。只是听说，和大人这一段时间早出晚归，并不是太容易能寻得他的踪迹。”楚秋说。

“那也没有别的好办法，咱们先去他府上，请求见面，见不到，就在那里等，总归有他得空的时候。”纯如说。

两人说完，走出了客栈的大门，往什刹海的前海西街方向走去。

到了和大人的府邸，纯如刚要走到大门前去拍打门环，门房里就走出了一个人，挥手制止她继续往前走，一边高声喊着：“这是和大人的府第，闲杂人不要靠近。”

纯如并没有被他这一声制止住，反而继续往前走。

那人看见，立即两手叉起了腰，高声喊道：“我说你这小娘们儿，难道耳朵聋了吗？还不给我退后。”

纯如听那人说话如此不客气，也不得不低下头来说：“这位大哥，能否行个方便，我并不是闲杂人，我是从湖州来，有要事找和大人商量的。”

那人看见纯如低声下气的样子，反而感觉更加理直气壮了，嘴里嚷着：“找和大人商量事情？你商量什么啊？和大人每天说的都是军国政务大事，他和你商量得着吗？你也不看看这是什么地方，是你随随便便报上个名号，我就能给你进去通禀的吗？这往来的不是骑马的就是坐轿的达官贵人，你算老几啊？我告诉你，你不要敬酒不吃吃罚酒，小心在这里无礼取闹，将你送进刑部的大牢里。去，去，去，哪边凉快上哪边待着去。”那人说着，又挥舞起胳膊来驱赶纯如。

纯如见自己越是对他低三下四，对方越加变本加厉，索性站在那里，一动不动，口里也和对方高声嚷开了：“怎么着，就是和大人的门面，普通百姓连站上一站都不行了吗？你且给我说说，这是哪门子的王法？今天我就是不走，看你能把我怎样？”

往日里，这种情况下，只要见面给门房说上一些好话，再奉送上一些银两，也就没什么事了，至少进去给通禀一声是不成问题的。但今天，纯如知道，这和大人的府第，不同于一般门户，门房里的人是见惯了大场面、大阵势的，往来和大人府上的人非富即贵，塞上一些碎银两，人家未必会瞧在眼窝子里的。

还有一点，纯如很是清楚，自己一个民女身份，往日也不曾与和大人有过任何交集和情分，就是这门房进去给通禀了，和大人也根本不可能让她进去。要是平民百姓随便哪一个人来了和大人都要见上一面，那和大人不得累死才怪，还谈得上什么帮助皇上协理军国政务？天天不好好陪着皇上，和你一个平民百姓厮混，那还能成为皇上眼前最红的人吗？

其实纯如此番来时，就暗自下定决心，她要想见上和大人，必须要用上与平日里不同的一些非常的手段才行。她此刻做的，为的就是引起更多人的注意，最好是能引起和珅和大人的注意，才是最好的结果。

当然，这要是平常百姓没有见过什么世面的，早被门房的人给吓唬走了，欺软怕硬，狐假虎威，惧贵嫌贫，巧言令色，是这些看门人的看家本事。

纯如打小儿就是大户杨家的大小姐，长大了嫁到周家，那也是大少奶奶的身份。平常人家或许一辈子也不会经历过的大风大浪，她前一阵子也亲身经历过了，眼前岂能只因为一个和府看管大门奴才的几句话就退避三舍、不战而退呢？！

第六十九章　世事难料

门房那人看没有将纯如吓唬住，一时间也没有什么办法，只是用身体挡在纯如面前，不让她更进一步。

纯如本身也不想往和府里闯，她知道，她也闯不进去。如果硬往里闯，那可是犯了“冲击朝廷大员府邸”的大罪，弄不好，真会被送进刑部的大牢的。再说，即使硬闯进去了，见不到和大人，也是没有任何意义的。

两个人就在这府外的大门处对峙上了，谁也不肯相让。

正在二人相持不下的时候，忽然远处传来几声锣响，也听见了衙役“和大人回府，闲人闪避”的申斥声。

踏破铁鞋无觅处，得来全不费工夫。纯如听见了，知道自己的坚持没有白费，看来，今天的运气也实在是好，比自己预想见到和大人的难度小得多，真是令人无比兴奋。

见到和大人已是近在咫尺的事，只是还需要再闹出点儿大动静来，才能更加引起和大人的注意。想到此处，纯如主动推搡起门房的人来，嘴里也是不断吵嚷着“狗眼看人低”“我就想见和大人”等言语。

门房见状，更是恼羞成怒：“我们和大人回府，你少在这里撒泼纠缠，一会挡了大人的路，让你吃不了兜着走！”

“什么人在这里放肆吵嚷？”八抬大轿里的人低声斥问道。

纯如知道，她已经成功地吸引到了和大人的注意，连忙跑到轿前，跪下说道：“湖州民女杨纯如叩见和大人，民女有事情请大人您的主意。”

“呵呵，你演的这出戏，也真是老套，真是一点儿新意也没有。本大人刚从朝中出来，还有公务在身，你需要什么主意，自去找你湖州当地父母官便是。快让开路来！”和大人很是和气地拒绝了纯如，但他并没有轿中出来，轿帘子也一直低垂着，看不到他到底是个什么神色。

“说民女想请得您的主意，还不如说有事情要向您汇报，这件事情关系到和大人的前途和声誉。还有，民女有一幅画像想亲手献给和大人。”纯如听和大人已经看穿了她的小把戏，继续坚持着说。她也并没有站起来，而还是跪在那里一动不动。

“你在这里夸夸其谈，故弄玄虚，你可知道欺诈朝廷命官，该当何罪？快起来，本官不吃你这一套，休得无礼。”和大人在轿子里，见此女子如此执拗，已经有些火气了。

“和大人，至于民女是不是您所言之人，您给个说话的机会自然就见分晓。可是这里不是说话的所在，我必须单独对您一个人说。至于画像之事，您亲眼见后，自然就知道它的分量轻重了，它是一件世上难寻觅的宝物，也是大人您梦寐以求却一直都不曾得到的东西。”纯如振振有词，说起话来，也是透露着一股伶俐和自信。

轿子里的和大人沉吟了片刻，用一只手撩起轿子的一角，吩咐门房那人道：“将此人领到我的书房来。”

纯如知道，这是和大人答应见她了，自己当然能面对面地和他说上话了，纯如高兴得几乎要跳了起来。但她知道，此刻千万不能得意忘形，让和大人看出她不稳当、不是办大事的人。否则，可能功亏一篑，失望一场。

待进得和大人的书房，纯如也不由得紧张起来。

她知道，和大人乃当朝一品大员，又是在皇上面前大红大紫、权势熏天的大人物。最主要的是，和大人的聪明睿智和能言善辩，在朝中那藏龙卧虎之地都无人能及，何况自己只是一个平常的小女子呢?

“你是何人？据你所言，有事情牵扯到了本官的声誉和前途，你且说来，让本官听听，注意不要啰唆，言简意赅即可。”和大人开门见山，直入主题。

纯如躬身给和大人道了个万福，然后说道：“回大人的话，我乃是湖州丝业商人‘广客隆’的家里人，大年初五，我家公爹被抓进了湖州知府衙门，说有人举报我公爹行贿盛京茶丝道王道员，故意偷漏了应交予朝廷的巨额税银，然后就被投进了知府衙门的大牢里，至今没有出来。”

“这和我有什么干系？”和大人冷冰冰地问道。

“大人，我公爹早前在家里私下和我们交代过此事，确有此事，只是事出有因，他是遵大人您的命令行事的。”纯如不敢说，这是周玉在湖州知府衙门大堂上供出来的，这一下子就会引起和大人的反感。

“我命令的？你和你家人胆敢污蔑本官？我乃堂堂朝廷一品大员，食朝廷的俸禄，怎会插手你这民间鸡飞狗跳之事？”和大人气得一拍桌子，暴跳如雷。

“大人请息怒，有可能您贵人多忘事，加之，事情过了有些时日，想来，忘了曾有这一码子事是很正常的。我听我公爹说，家里还珍藏着您当年兼着户部尚书时，派人给我公爹送去您下达的手令，我们全家知道是您的亲笔，一直奉若至宝，从不轻易拿出示与外人相看。手令上，让我们周家将大部分的税银上缴到您设在京城的‘崇文门税务’里，还有，王道员那里，也是民女公爹度量着您的意思去办的。”

纯如稍稍停顿了一下，接着说：“当然，民女知道，您这么做，是为了朝廷和皇上分忧，出于士大夫之公心，不得已而为之。但因为这事情，民女一家被举报到知府衙门，公爹身陷牢狱不说，一家老小早已是惶惶不可终日，可是，民女今日对大人所言，却不能随处诉说，怕被他人误解，或被不怀好意之人加以利用，败坏了大人的好名声，更怕传到了朝堂上，影响了您的大好前程。”

和大人微微沉吟了一下，仿佛在努力地回忆着什么，然后说道：“你刚才所言之事，我曾经略听过一二，其实那事和本官没有一点儿干系，是下面人假借本官名义，私下行事，败坏本官声誉，只是本官一直忙于军国政务，还没有工夫去追查此事。”

纯如听到和大人说话，已明显不如刚才那般强硬，知道自己所言对和大人产生了触动，也起了一定的作用。

“大人，民女家里无力解脱这飞来横祸，这才千里迢迢奔赴京城，来寻您的帮助。”纯如知道和大人此时一定是在思考如何处理此事，此时她不宜说太多的话，免得节外生枝。

“你所言，本大人知道了，待一二日，本大人自会告知你如何处理。听你刚才在门外所言，还有一幅画像要呈给本官，是什么道理？你是从哪里得到的？”和大人显然还没有忘记画像这回事，甚是关心地问道。

“回大人的话，这幅画像是民女从苏州‘念都庵’里得到的，是庵里的住持当年所画，听说这画像所画之人，正是您和大人，听说这上面还印有当今万岁爷的随身玉玺呢！民女只是卑微之人，听说这画像有如此大的来头，并不曾敢打开看过，这不，到了手，就立马给您送过来了！”纯如答道。

听到纯如的话，和大人脸上立即现出惊喜之色，连忙说：“难得你一片赤诚之心，快拿来与本官看看。”

纯如连忙将身后背的包裹解下来，小心地层层打开来，可全部打开来时，却吓得她大惊失色，自言自语道：“这怎么，怎么就剩下了一个空空的卷轴，画像呢？画像跑哪里去了？”

看见纯如失魂落魄的样子，又在那里自顾自地喃喃自语，和大人也是一脸茫然：“怎么着，画像难道出了什么问题？”

纯如急得要哭出来了，但还是镇定一下心神说：“大人，画像本来是放在这个包裹里的，卷放在这个画轴上的。可现在却不见了，容民女再想想，是不是忘记放在了他处。”

和大人冷笑一声说：“看来你根本就不曾得到过你口中所说的画像，画像之事本来就是你道听途说，然后添油加醋、臆想杜撰而来的，为的就是取悦本官。看来，你为了你公爹之事，真是在本大人面前，枉费了许多心机！”

纯如知道和大人这样说，也是在进一步试探她所言真假，并不是真正就断定她没有这幅画像。毕竟，就和大人的精明来讲，你说一句谎话，第二句早被他识破了，接下来，他不可能再和你浪费一句口舌。

“大人，容小女子出去再找一找，问问和我同来之人，是不是放在了他那里。您且等我一会儿，我去去就回。”纯如言辞恳切地说。

“好吧，只是你不要要什么花招，再来诓骗本官就是。”和大人其实内心里并不比纯如轻松，他也是急着要见到那幅画，只是碍于身份，不能显得太慌张和急切罢了。

纯如连忙转身出了书房，奔向和府的大门，她要去寻和她同来的楚秋，问问楚秋那幅画是否在他的手上，或者让楚秋帮忙回忆一下是不是不小心遗落在了哪里。

这一段时日来，靠近她的人毕竟不多，楚秋算一个，安捕头算一个，再有也就是那两个曹叔派来的人了。

此幅画像对于和大人的意义不言而喻，对于纯如同样是一道救命符。纯如就等着把画像呈给和大人之后，看到和大人的笑模样，取得了他的信任和欢心，然后，乘机再把成立“江浙丝绸商会”之事，以及再将要解救自己父亲和周冰羽的事情说给和大人听，趁热打铁，顺势把所有来京城的使命都完成了。

可现在，如果这幅画找不回来，不说这商会之事不能再向和大人张嘴，就是刚才和大人答应好的解救公爹周玉之事，连带着也要打水漂了。

纯如的心是七上八下，理不出头绪来，她忐忑不安，也怀着一丝希望地跑到和府的大门外，可她并没有发现楚秋的踪影。

纯如急忙一边呼喊着“秋哥”“秋哥”，一边小跑着四处寻找，但终究还是没有找到楚秋。

秋哥干什么去了呢？说好的，他在大门外边等我啊！莫不是他将我的画给拿走了？他拿去又干什么用呢？纯如心里犯起了嘀咕。

现在怎么办？这是摆在纯如面前让她最难回答的一道题。此时，画找不到，楚秋人又找不到，只剩下她孤身一人，如何回去向和大人交代呢？

曹叔派来的那两个人是来帮助自己的，不可能偷拿她的画。安捕头只是重利之人，他只是想敲诈银两，并不会关心这画会如何如何。再想下去，也只有楚秋值得怀疑了。

不说这楚秋偷画是什么动机，现在的问题是，如果画真的是被楚秋拿走了，她下一步该怎么办？她要将此事明白地说给和大人，让和大人调动衙门的人缉捕楚秋，然后将楚秋关进大牢？还是自己想方设法，再去单独寻找楚秋，问个明白，然后将画给要回来？但如果真是楚秋拿走了，自己对京城本来就不熟悉，在这茫茫人海之中，到哪里寻得着楚秋呢？

纯如茫然无措地站在和大人的府第大门之前，心力交瘁，也痛彻心扉，世事难料，变幻无常！

纯如也在心底问自己，自己到底做错了什么啊？让一个与自己从小一起长大，憨厚老实，自己曾经深爱和无比信任的人，转眼之间，就背叛了自己！

第七十章　曲终人散

楚秋只是临时有急事，暂时脱开了一会儿身！

他和这件事情一点儿干系都没有，自己所想的都是对楚秋的误会！

或许他拿了那幅画，为的就是看着自己着急的样子，逗他开心一笑！

纯如站在那里幻想着，只要再等上一会儿，楚秋就会重新出现在自己的面前，还如同在这二十几天里一样对她那样关心、照顾和万般宠爱！

纯如甚至出现了幻觉，几次有行人经过，她好似都看到是楚秋朝她走了过来，她也都一边喊着楚秋的名字，一边急忙迎上前去，但每次仔细辨认过，都是失望地将身子慢慢地再退回原处。也有几次听见街角处有人高呼，纯如也仿佛听到是楚秋在呼喊她，她也是连忙朝那里挥手致意，告诉楚秋她在这里，可那人终究也没有给予她一点儿回应，自顾自地往另一个街角走去。

再到最后，纯如也没有了力气再去呼喊和张望，只是两眼充满了泪水，孤零零地在那里呆立着，一动不动。

“这位小姐，我家老爷让我问你，这两个时辰都快过去了，到底找没找到和你一起来的那个同伴？要是还没有个结果，我家老爷这会儿让你进去呢，一会儿他还要有贵客来访。”门房的那个人走到纯如近前，非常恭敬地说。

“嗯？”纯如仿佛被门房的人惊醒了一般，迷茫地问，“怎么？真的过去有两个时辰了？”

“是啊！我家老爷等你等得都有些不耐烦了！快进去给老爷回个话吧。”

“对了，你快和我说说，你可曾看见我进府之后，和我同来那个男人怎么样了？”纯如一把抓住门房人的衣袖，带着十分的企盼问道。

“他看见你进去之后，从袖子里抽出一张四四方方的纸来，那张纸好像是被他放在袖子里时间过长，弄褶皱了，他重新卷了一卷，握在手中就朝那个方向快步走了。小姐，他为什么没有等你呢？你是一直在找他吗？”

和府门房的人，天天面对达官显贵，人来人往，记忆力那不是一般的好，早已练就了过目不忘的本领，特别是在待人接物时，对他人的语言、动作细节，观察得更是细致入微，什么也逃脱不了他们的眼睛。

“他为什么没有等我？”纯如怔怔地重复着门房人的问题。

过了好一会，纯如才自问自答道：“我也不知道！”

此时，她听了门房人的话，什么都明白了，她最后的那一丝希望和幻想，瞬间破灭，化成了泡影，直至消失殆尽。

“我说你这位小姐啊，我看你是在这里站的时间太长了，身体上是吃不消了，我怎么瞧着你好像是失了魂似的，这一会你进去，如何回答得了我家老爷的问话呢？我劝你啊，还是赶快清醒清醒，免得惹了我家老爷恼火。”

门房的人看着纯如此时的模样，和刚来和府门前时神采飞扬的样子，已判若两人。虽然那个时候，他对纯如有满心的气恼，可此时，他也对纯如起了恻隐之心。

门房人的话，让纯如从恍惚中慢慢地醒悟了过来。

是啊，我站在这里，还再等什么啊？等的人不会再来了，可牢里的人还在等着自己去救呢！纯如偷偷地拭去了眼角的泪滴，长长地吐了一口气，振作了下精神，转身随着门房人又进了和府。

“过了两个多时辰，你可曾将那幅画找了回来？”和大人有些气急败坏地问。

纯如摇了摇头，横下一条心来，对和大人说：“被他偷走了！”

“他是谁？莫不是和你同来之人？”和大人急急地问。

纯如十分难过地点了点头，禁不住眼泪又断了线般簌簌掉了下来，自己满腹的委屈和不解，她和谁去诉说呢？

和大人从纯如的表现就可以断定，纯如没有说假话。

“我现在就派人通知九门提督，速将此人查获，你只需将他的名字和住址告诉我。”

“大人，我能有个请求吗？”纯如满含着泪水，望着和大人说。

“你说。”和大人也被纯如眼前这般痛楚模样打动，忍不住也是泛起了怜悯之心。

“等您抓捕到他的时候，能让我单独和他见上一面吗？我想和他说上几句话。”纯如咬着嘴唇弱弱地说。

“好吧，你这个要求，本大人一定能满足你。只是我要告诉你，即使我将他绳之以法，也可能让你失望了，并不能将他怎样。毕竟，这只是一幅画，不值钱的物件，传出去，会让人以为本大人滥用公权，虚张声势，好说不好听。再说，我私底下也不想把这件事情闹大，你可明白？”

“民女明白。”纯如答道。她也不知道，和大人对楚秋不会过于深究，对自己而言，是喜还是忧。

“那就好，我暂且让下人安排你住在我府里，等有了消息我再通知你。”

等和大人说完，纯如又陷入了恍惚的样子。

纯如任凭着和府的人把她领进了一间房里，然后坐下来，望着天棚发呆，谁人也不知道她到底在想什么。

两天后，和府的人又将纯如领向了另一个房间。

此时的纯如已经面黄肌瘦，精神萎靡，不成个人样子了，虽然这两天，和府的人三餐顿顿不落地给她送来，可是怎么端来，也是怎么端回去的，纯如连一筷子都没有动。她吃不下去任何东西，闻着一点油腥味儿都想吐。

房间里的一角，蜷缩着一个人，被用绳索重重地捆绑着，动弹不得。

纯如奔上前去，哭喊着：“秋哥，秋哥。”

她想去给楚秋解开绳索，可是旁边和府的人说道：“和大人有命，只限你们之间说一刻钟的话，你不能帮他解开绳索，否则，将立即将你带离。”说完，见纯如没了什么动作，那人退了出去。

楚秋则一直低垂着头，眼睛也使劲地在闭着，一声不吭。

纯如将眼泪擦干，稍稍稳定了一下情绪，凄然地问道：“秋哥，那幅画真是你拿去的？”

楚秋没有应声，只是将身子蠕动了一下，紧紧地贴在墙上，脸上也没有太多的表情，看不出他在想什么。

“你为什么要拿那幅画？那幅画真的对你那么重要吗？”纯如有满腹的疑问，她急慌慌地想要寻找答案。

楚秋这时候慢慢睁开紧闭的双眼，但并没有马上回答纯如的问话，而是轻轻地打了一个“唉”声，将蜷缩的腿伸了伸。

“那幅画难道比我们之间的感情还重要吗？”纯如索性一股脑儿地将所有要问楚秋的问题都说了出来。

“纯如，事已至此，我也无话可说，要杀要剐，随你便吧。”楚秋终于开口说了话。

“秋哥，杀了，剐了，又有何用？我要听你说的真心话，你不说，我可能就在这痛苦的纠结中过完下半生了，你怎么着也让我明白，这到底是怎么回事吧？”

“纯如，那日晚上和你在路上相遇，纯属偶然，绝非我有意为之，请你相信我。”楚秋又长长地叹了口气，也随之好像变得轻松了些。

然后，他接着说道：“后来，我得知你来京城的意图，是为了解救养父和周家父子时，我心里就起了矛盾。救养父，天经地义，那也是我楚秋义不容辞的责任。可是看你那般热切地要救周冰羽出牢狱之灾时，我心里酸溜溜的，其中道理你是明白的。我不知道你们之间后来关系发展如何，但我有一点可以肯定的是，我一定比他待你更好！”

“可为什么，安捕头之事，你还要拿出那么多的银两来帮助我呢？”纯如有些忧伤地问。

“当时，不答应给安捕头那么多的银两，怕他真要将你捕回湖州，这是我的初衷。到了京城之后，我知道我父母也急着要见到和大人，正苦于没有找到一个合适的敲门砖，我就将你说给我听的那幅画的情形，说给我的父母，他们听说这幅画有如此重的分量，就苦苦哀求我，让我把这幅画留下来，也就在那时，我也就动了偷拿你这幅画的心思。那两千两的银票说来是为了帮助你，可也让我为偷拿此画对你少了一些愧疚。”楚秋终于将事情的经过因果说了出来。说完之后，他又将头深深地埋了下去，显出一副无地自容的样子。

“秋哥，今天之事，和大人先前就和我说了，就是捕了你，也不会有什么事的，给你关进牢里待上几天，也只是为了掩人耳目，不会过于深究，过几天也就会将你放了。此画像对于和大人确实关系重大，和大人才会如此上心，他说要捕你，我心里也是十分矛盾的。”纯如此时说话间，已是泣不成声。

“纯如，不要哭了，是我对不起你！无论出于什么原因，偷拿了你的画，都是我的错。”楚秋怅然所失地说。

“秋哥，你不要瞎想了，你做此事，确实也情有可原。我在此处等你从牢里出来，你不是要见父亲吗？我们一起回湖州去。”纯如十分真情地对楚秋说。

“纯如，出了此事，我哪还有脸见养父呢！别看此时如此模样，就是日后，你我之间再相见也会心生嫌隙的，这是人之常情，我懂。养父那里，你就代我和他老人家说一声，我楚秋将永远铭记他的养育之恩，代我向他老人家磕上几个响头，来日方长，终会有给养父报恩之日。我对你的愧疚，不是一时就能消除的，就是你原谅了我，我也原谅不了自己，这也是我此生做过的最大的憾事吧！”楚秋说到此处也是动了情，沙哑的声音之中，带着呜咽。

“那你日后如何打算？”纯如问。

“我将随同父母去福建，帮他们打理生意。”

“那我们何年何月能再见上一面？”

“纯如，恐怕日后再见面之时，你我不是兵戎相见，也会是同室操戈了。”楚秋十分感伤地说。

“为什么？”纯如十分惊讶地问。

“我知道，你成立‘江浙丝绸商会’的最大目的就是日后要进军广州的‘公行’，现在广州十三行里除了广州当地人之外，也就是福建人最多了。而我父母也是福建丝绸业界的翘楚，你要去争，我也要去争，我们之间能没有冲突吗？纵使我多么不情愿有那么一天，可又有什么办法呢？一方诸侯，代表着多方的利益，怕到时候，想躲也是躲不过去的。”楚秋无限伤感地说。

纯如听见楚秋的话，没有作声，可心里却如刀绞一般疼痛。是啊，真若如楚秋所言的那般场景出现，又将会是如何的凄凉和不堪呢？

这时候，和府的人推开门，敲着门框，对纯如说：“时候到了，时候到了，和大人找你呢！”

纯如回过神来，站起身，静静地看着楚秋，然后对着楚秋说："秋哥，好自珍重！"然后，转身离去。

纯如走出门外，听见了楚秋号啕大哭的声音，嘴里还在喊着："纯如，你也一路多保重！"

第七十一章　天梯难攀

纯如见过楚秋之后，怀着十分复杂的心情被和府的人带到了和大人的面前。

“你说的那幅画，我已看过。其实并不是什么稀罕的物件，本大人见的这种东西，也实在是太多了。但念你一片赤诚之心，千里迢迢将它给我送来，我也就勉强收下了。至于你公爹的事情，我已派人将我写给两江总督高晋的亲笔书信送了出去。我想，高大人接到我的书信后，就会有消息传到湖州知府衙门，你公爹之事的解决，指日可待，你只需在家等待好消息也就是了。”和大人对纯如说。

纯如连忙对和大人道了个万福，说道：“民女一家感谢和大人的恩典，永世不忘。只是，民女还有一事相求……”

“还有一事？说来听听。”和大人有些警惕地问。

纯如就将成立商会的前前后后的事情都说给了和大人听，包括成立商会的目的、商会的筹备会议上所发生的一切等。

和大人一边听着，或是沉吟，或是摇头，一副莫衷一是的样子。

听完了纯如的诉说，和大人紧皱着眉头，说："这件事情纯属地方事务，就看湖州知府衙门如何定性，毕竟你们之前并没有在他那里备案，江浙两地如此多的巨商富贾聚集在一起议事，要说引起当地衙门的注意实属正常，就是把这组织者和领导者关在牢里审查，也并不过分。要知道，朝廷怕的也是人聚堆，人聚多的时候，容易出岔子，何况你们都不是平常百姓呢！如果你们真是抱起团来，私下一起探讨如何避税少捐、如何克扣长工的工薪、如何剥削民脂民膏或者是真做出有对朝廷大逆不道的事情来呢？这都是些说不准的事。"

"那和大人，莫不是我们就平白担了这'忤逆地方、对抗朝廷'的罪过？那真是冤枉了我们啊！"纯如有些着急地说。

"说起来，麻烦就麻烦在这里，就你说的现在这个情形，当地衙门对此事完全可松可紧，可大可小，自由裁度的范围很大，给你个什么结果，都不过分，就是朝廷也挑不出湖州知府的毛病来。"和大人一副事不关己的样子，淡淡地说。

"民女想，既然事情有大人说的松紧严宽的情况，大人深得皇上的信任，您一定有办法，将此事大事化小，小事化了的！"

纯如知道，看来那幅画像，虽然和大人说的那般轻巧，但一定是在他那里起了作用。否则，和大人哪有闲心和她聊这么多，说得如此清晰透彻呢！此时她也一定不能再对和大人太客气了，必须抓住这最后的时机让和大人把这个忙帮到底。错过此时，功亏一篑，机不再来，自己此行的目的和愿望，算来一半还没有达成。

“你哪里知道我们的难处！身在朝堂，也不能干涉地方巨细事务，深受皇恩，更不敢越雷池一步，更当披肝沥胆为万岁爷效命。如果让人知道，我对此事利用了我的职权对湖州知府施加了影响，就等于我越俎代庖的口实就被人给抓住了，传到了万岁爷的耳朵里，怕是不好解释啊。”和大人至此，说出了自己的难处，但态度还是极为平和，不急不躁，已早没有前几日初见纯如时那般不耐烦的催促和声严色厉。

“民女斗胆请教和大人，那就没有其他的门路可走吗？”纯如是越听越着急，越听心里越没底。

“要说门路倒是有一条，这件事情，只要得到万岁爷的首肯和支持，下一道圣旨给湖州知府，这事情自然迎刃而解。可走皇上的门路，却需要通天的梯子才行啊！可这通天的梯子，难找不说，就是找起来的价码也是不小啊！”和大人终于将最后的底细交给了纯如。

纯如听到和大人的话，心里大为震惊。

江浙丝绸商人要得到朝廷的支持成立商会，再想让湖州知府衙门将周、杨两家的人放出来，这两件事，放在谁人的眼前都好似是一座山，可就和大人的能量来说，他搬弄起来应该是易如反掌的事情。可眼前，和大人文过饰非，将自己说得一无是处且不说，又搬出了皇上这道挡箭牌，让自己走皇上的门路。皇上贵为天子，日理万机，怎能有光景照顾起在他眼里芝麻粒大点儿的事？和大人又说需要通天的梯子，这不是明明在暗示自己走皇上的门路，得先走他和珅这个梯子吗？纯如明白，这是和大人在和自己要人情！只是她还不知道，和大人口中所说的“价码不小”到底有多大？

“民女知道，这通天的梯子，谁也不能胜任，非大人莫属！这大清国里，谁不知道您和大人是皇上面前最红的人啊！民女也知道，这的确是让您有些为难的事情，但只要您想一些办法，还没有您办不成的事，我就是不知道日后如何才能报您的大恩大德啊？”纯如一边恭维着，一边试探着和大人的价码。

她想，她已经给了和大人那一幅视若珍宝的画像，和大人也一定不会太给她出什么难题，或者向她狮子大开口的。再有，很明显，和大人是在明哲保身，他想将皇上推上前台烧灶，他在后面给皇上添柴，表面上，他是在利用皇上的圣旨给纯如办事，实际上，眼前明摆着，和大人是要利用办事之机，给自己捞一笔好处。

“你们成立‘江浙丝绸商会’，按道理说，只要是宗旨明确，目的清纯，应该是件利国利民的好事，这也是我能奏禀万岁爷，请得动皇上圣旨的充分理由。既然成立了商会，你们这些商家的发展就会有长足的进步，你们的利益也随之就会水涨船高，有大幅的增长，我想，你们应该拿出一些银两来孝敬给皇上，让他老人家也替你们高兴高兴才对，你说呢？”

纯如知道，这已经到了和大人要说个数儿的时候了，和大人找了一个“孝敬皇上”冠冕堂皇的理由，也真是此地无银三百两，替他自己找块遮羞布罢了。皇上富有四海，这大清国的一草一木，金山银山，万千子民都是他一个人的，还能差商会“孝敬”的几个银两?

但看破不能说破，纯如知道，这是自古以来就流传下来的一种默契和规则。

“和大人，您说到孝敬皇上的事，这是我们平常百姓求之不得的！没有和大人您这登天的梯子，我们上哪能寻得着这样的机会呢？皇上是真龙天子，富有四海，到时候会不会嫌弃我们孝敬的那几个小钱啊？还请大人您明示。”

“要说这孝敬钱呢，皇上也会体恤你们经商之人的不易，我就斗胆私下给皇上做这个主了，我看你们商会每年就拿出销售额的十分之一来吧，交到我这里来，我再转交给宫里那边，作为你们的孝敬，用作宫里平时的一些开销用度。我也不让交的年头过长，连着交上三年也就成了。”

十分之一？纯如想着这个数字比例，感觉头都要炸了一样。

如果江浙丝绸商人一年的销售额加起来的话，应该在三千万两银子上下，这十分之一，就是三百万两，这是一个小数目吗？这十分之一如果真拿出来，商家的利润可就没有多少了。话再说回来，成立商会的目的，就是为了让大家能得到更多的好处，可现在来看，这商会还没有最终成个形呢，就要先欠下和大人这么多的债务，自己暂且不说，这别的商户能同意吗？这商会即使日后成立了，商会能认下这笔账吗？

可眼前，不答应和大人又是万万不行的。驳了和大人的面子，按和大人的说法，也就是要驳了皇上的面子，父亲和周冰羽的事情解决不了不说，这成立商会，也只能是纸上谈兵的事情了。纯如知道，今天此事答应和大人是一定的了，逃避不了，也只能是尽量把这个数字往低了去降一降，这样大家的压力会少一些。至于以后真是办起来，会是怎么一个结果，只能是走一步算一步，现在也容不得她考虑那么多，那么长远。

想到此处，纯如答道：“大人，能孝敬皇上，能为皇上分忧，这是我们百姓子民的本分和荣耀，求之不得，不是祖上积德，都是求不来的事儿！只是和大人您说的这个数，怕是我们承担不来的，我们和您比，和皇上比，都是一些蝼蚁而已，哪能有那么大的能量啊？我们有孝敬万岁爷的雄心壮志，但也只能是拼了命似的量力而为，您说是不是？涸泽而渔，我们小门小户人家，上下老小也都得生活啊！”

听了纯如的话，和大人面露不悦之色，说：“孝敬万岁爷是天经地义的事，君叫臣死，臣不得不死，岂能是你可讨价还价之事？但我刚才说了，万岁爷不惜龙体，体恤万民，是明君睿主。这样吧，我也是理解你们的难处，就给你们一个定数，不管销售情形如何，你们江浙商会就每年拿出五十万两银子来吧，三年共计一百五十万两，这总该可以了吧。至于不足之处，我再想其他的办法筹划。”

纯如知道，和大人给的这个数，自己再不能推脱了，从自己心中合计的三百万两银子，和大人一下子就给降到了五十万，这已是意外之喜了，再要去还价，和大人不会答应不说，也只能是自讨没趣，敬酒不吃吃罚酒。现在只能是就坡下驴，赶快应承下来吧，否则，真惹恼了和大人，后果可想而知。纯如也知道，这三年合计下来的一百五十万两银子的数目，正好是自家在那次朝廷评议中拔得评议的头筹，供给朝廷生丝的货款的数字。

“大人，虽然这商会还没有成立起来，但我代表我们江浙这些丝绸商户们，衷心感谢您对江浙商人的提携和关怀！这件事情，就这么定了，我们每年到了冬月初一的时候，一定会准时派人送到您的府上来。还有，以后成立了商会，少不得有些事情来请您的主张和指点，就不知道和大人军国政务繁忙劳累，到时候能不能顾得瞧上我们两眼。”

“好！我作为朝廷命官，食朝廷的俸禄，理应尽忠、尽职、尽责，就是为你们处理些事务也是理所应当的，都是为了国库的充盈和百姓安居乐业嘛！这样，以后真是碰到了大事难事，还是可以来找我的，但仅限于你，明白吗？还有，一会儿，我就知会一下刑部，让他们以八百里加急的方式通知湖州知府衙门及沿线相关衙门撤销对你的通缉，保你顺畅平安返回湖州。至于成立商会及你牢中亲人之事，只需耐心等待皇上的恩旨也就是了。”

“民女明白！小女子万分感谢大人！”纯如知道，事情到此为止，自己来京的心愿才是全部达成了，虽然那巨额的五十万两银子是日后的一个天大的麻烦和牵扯，但眼前的事情，终归都有了着落。

“还有，你周家以前可曾为朝廷做过什么贡献吗？”和大人问道。

“回大人的话，要说这贡献嘛，我想还是有的。乾隆三十四年，我周家的‘广客隆’为了皇上的六十大寿和皇太后的八十大寿，在朝廷组织的蚕丝评议中，最终拔得了头筹，给朝廷提供了蚕丝的上品‘七里丝’，为皇上和太后的脸上是增光添彩。和大人，您说这应该是我们周家给朝廷做的贡献吧？”

和珅听后沉吟不语。

和珅问这个干吗？他真能帮纯如解周家父子和杨梓传的牢狱之灾吗？又能帮纯如建立起江浙丝绸商会吗？

请看本书第二部上《长路漫漫》。